KONKURS NA ŻONĘ

Beata Majewska

KONKURS

NA ŻONĘ

Książnica

Nasze książki kupisz na:

PUBLICAT.PL

Projekt okładki
ILONA GOSTYŃSKA-RYMKIEWICZ

Fotografie na okładce
róża © TOPNTP/FOTOLIA
płatki © DMITRI STALNUHHIN/FOTOLIA
pierścionek © 123DARTIST/FOTOLIA
słoik © AFRICA STUDIO/FOTOLIA

Koordynacja projektu
IZABELA MAGIERA

Redakcja
MAG – USŁUGI WYDAWNICZE MAŁGORZATA GROCHOCKA

Korekta
JOANNA RODKIEWICZ

Redakcja techniczna
LOREM IPSUM – RADOSŁAW FIEDOSICHIN

ISBN 978-83-245-8265-5

Książnica
jest znakiem towarowym Publicat S.A.

PUBLICAT S.A.
61-003 Poznań, ul. Chlebowa 24
tel. 61 652 92 52, fax 61 652 92 00
e-mail: office@publicat.pl, www.publicat.pl

Oddział we Wrocławiu
50-010 Wrocław, ul. Podwale 62
tel. 71 785 90 40, fax 71 785 90 66
e-mail: ksiaznica@publicat.pl

Rozdział I

Ci, którzy nie znali Hugona Hajdukiewicza zbyt dobrze, twierdzili czasami, że powinien był urodzić się kilkaset lat wcześniej. Może dlatego, że od kiedy osiągnął pełnoletniość, jego życie przypominało historię szalonego szlachetki, a wygląd playboya i posiadane zasoby finansowe dodatkowo mu to ułatwiały.

Prowadził się swobodnie, ale teraz, gdy od pamiętnej osiemnastki minęła równa dekada, wszystko się zmieniło. Hugo zamierzał się ustatkować, tym bardziej że powody ku temu miały „znamiona najwyższej rangi".

Ubrany w garnitur, prężnym krokiem pokonał kilkanaście stopni do budynku uniwersytetu, równie energicznie przeszedł przez długi korytarz i zatrzymał się dopiero przed drzwiami biblioteki.

– Renata Kalinowska – westchnął cicho. – Pięćdziesiąt parę lat? Tleniona blondynka w okularach i pastelowym sweterku? – zgadywał.

Wlepił wzrok w niewielką tabliczkę informacyjną. W duchu zatarł ręce. Lubił takie kretyńskie pomysły, zwłaszcza te skrojone w jego wygodnym stumetrowym apartamencie, przy butelce przedniej whisky i w towarzystwie najlepszego kumpla, Adama Solińskiego.

Plan pod kryptonimem ŻONA był skomplikowany i wielopłaszczyznowy, w większej części sponsorowany przez Hajdukiewicza, ale ze wsparciem firmy reklamowej Solińskiego. W skrócie dzielił się na dwa niezależne obszary działań: wyszukanie kandydatki wśród najbardziej pilnych bywalczyń czytelni albo wyłonienie jej w drodze konkursu literackiego.

Hugo wyraźnie, jakby to było dzisiaj, słyszał ówczesne słowa przyjaciela:

– Pamiętaj, bracie, najlepszą kandydatkę na żonę znajdziesz w bibliotece albo kręcącą się przy dzieciach czy pracującą jako wolontariuszka w fundacji, ewentualnie na spotkaniach grup oazowych, ale z tym ostrożnie, bo na fanatyczkę trafić nietrudno. A jeśli pod uwagę weźmiesz, gdzie takie perełki mieszkają – szukaj wyłącznie po wsiach i małych miasteczkach.

Hajdukiewicz nie mógł nie przyznać mu racji. Dosyć miał swoich i Adasia przyjaciółek, koleżanek i znajomych, preferujących swobodny styl życia singielek, uprawiających fitness, clubbing i seks bez zobowiązań pięć razy w tygodniu, mających na koncie osiem związków typu *friends with benefits*, i traktujących facetów przedmiotowo: jako obiekty seksualne lub jak bankomaty na dwóch nogach.

I zupełnie go nie ruszało, że w zasadzie on i Adam byli ich męskimi odpowiednikami, a ich zachowanie i ocena tych kobiet były przesiąknięte czystą hipokryzją: inną miarę stosowali do siebie niż do kobiet, które bezlitośnie dzielili z Solińskim na te do życia i te do zabawy.

On potrzebował cichej, spokojnej, ułożonej i niezmanierowanej młodej dziewczyny, która szybko poświęciłaby swoją wolność na ołtarzu, zgodziła się na intercyzę i urodziła dziecko nie po trzydziestym piątym roku życia, lecz rok po ślubie, jak to kiedyś bywało. Czy to tak wiele? Przecież miał tyle do zaoferowania swojej przyszłej wybrance…

– Szable w dłoń – mruknął, zerkając na swoją skórzaną teczkę, i powoli nacisnął klamkę.

Łucja Maśnik jak w każdy piątek spędzała w bibliotece dwie godziny okienka między wykładami. Zerknęła na zegarek, tylko kwadrans dzielił ją od ulubionych zajęć z socjologii obszarów wiejskich. Przez moment rozważała, czy nie skusić się na jeszcze jeden artykuł o demaskatorstwie emocjonalnym, ale ostatecznie zamknęła książkę i zaczęła pakować swój notatnik do nieco sfatygowanego plecaczka z imitacji skóry.

– Dzień dobry. – Głośne powitanie dobiegło od strony masywnych drewnianych drzwi.

Podniosła wzrok. Do biblioteki wchodził właśnie młody, wysoki, dobrze zbudowany i bardzo przystojny brunet, z pewnością niewyglądający jak jej przeciętny kolega z uczelni. Łucja oceniła błyskawicznie, że to ktoś majętny, był znakomicie ubrany, doskonale uczesany i zdecydowanie zbyt pewny siebie jak na studenta.

Stukając obcasami, mężczyzna podszedł do bibliotekarki, ale zanim wypowiedział do zaskoczonej kobiety pierwsze słowo, jego oczy spoczęły przez chwilę na Łucji. Poczuła prześlizgujące się po niej taksujące spojrzenie i sama odruchowo za nim podążyła, zerkając na siebie. Listopad w tym roku nie rozpieszczał. Było obrzydliwie: wiało, lało, czyli okładało po twarzy mieszanką lodowatej wody niesionej przez bezlitosne podmuchy wiatru. Łucja zawsze była zmarzluchem. W piątkowy poranek wyciągnęła z rozpadającej się szafy w akademickim pokoju chyba wszystkie ciepłe ciuchy, jakie w niej zgromadziła: podkoszulek, cienką bluzkę w kolorze zgniłej zieleni, szarobury golf, tunikę z akrylu o barwie bardzo gorzkiej czekolady, grubsze rajstopy i do tego sztruksy w odcieniu wody z kałuży. Całości ponurej kompozycji dopełniał zupełnie niepasujący do reszty zrobiony na drutach pomarańczowy szalik, otrzymany w urodzinowym prezencie od czternastoletniej kuzynki Magdy, oraz jedyna, ale za to imponująca dekoracja, czyli „peleryna" blond włosów.

Łucja zagryzła wargi, miała wrażenie, że spiekła raka całym swoim osiemnastoipółletnim ciałem. Wiedziała, że na tle wystrojonych koleżanek, krakowskich i nie tylko krakowskich elegantek, prezentuje się wyjątkowo skromnie, ale po raz enty szybko przywołała w myślach uspokajającą formułkę babki: „Liczy się wnętrze, a fasada wystarczy, że czysta i świeża".

Na szczęście przystojniak zwrócił się właśnie w stronę pani Renaty i Łucja odetchnęła z ulgą, ale gdy kilkanaście sekund później opuszczała bibliotekę, jeszcze ciągle miała wrażenie, że ten tajemniczy człowiek nie przestał jej lustrować swoim przenikliwym wzrokiem.

– Jak dobrze, że już skończył zamulać... – Marta Zagórska sapnęła z ulgą, zerkając na wykładowcę spod pomalowanych perfekcyjnie na smoky eyes ciężkich powiek.

– Ja też ledwie ciągnę – jęknęła jej skrzydłowa Ola, ksywka Ruda, bo też spędziła poprzedni wieczór, szalejąc do drugiej w nocy w klubie Afirmacja na ulicy Grodzkiej. – Masz notatki? Pożyczysz? – Odwróciła się w stronę Łucji.

– Jasne.

– Dzięki. – Puściła do niej oczko.

Na początku października, gdy tylko spiknęły się z Martą, postanowiły, że muszą znaleźć jakąś frajerkę, która zapewni im wsparcie. Padło na Łucję. Choć zamierzały być bezlitosne, zachowanie koleżanki nieco zbiło je z tropu. Była miła, ciepła i sympatyczna, młodsza od nich o rok, ale wejść sobie na głowę nie pozwalała, co wzbudziło w nich szacunek. Czasami próbowały wlec ją ze sobą do klubu czy na zakupy, ale gdy kiedyś przy herbacie w uczelnianym bufecie opowiedziała im pokrótce swoją niewesołą rodzinną historię – zaprzestały.

Ostatecznie mimo ekstremalnych różnic w sposobie bycia, upodobaniach, pochodzeniu i prawie wszystkim, co było możliwe, całą trójkę łączyła dziwna, ale szczera przyjaźń.

– Idziemy na pizzę? Ja stawiam. – Marta podniosła się z twardego krzesełka, które przez ostatnie dziewięćdziesiąt minut pełniło raczej funkcję łóżka polowego. – Dostałam trzy stówki od tatusia. Ma wyrzuty, bo w środę wrócił na lekkiej bani i zrobił taki kwas matce, że teraz pewnie do świąt będzie pokutował. Przy okazji ja się załapałam. – Uśmiechnęła się tryumfalnie.

– Sorki, ale muszę poszukać czegoś w pasmanterii, a potem wracać do akademika. – Łucja wzruszyła ramionami. – Jadę na weekend do domu. Obiecałam babci, że kupię jej specjalną taśmę do firanek, dwadzieścia precli dla całej mojej rodzinki, a później czeka mnie pakowanie. Nie mam już czystych ciuchów. – Od razu przypomniała sobie spojrzenie dziwnego faceta z biblioteki.

– Uhm. – Ola była dzisiaj wyjątkowo zgodna. – Ale ksero zdążymy zrobić?

Dziewczyny już zmierzały w kierunku wyjścia, próbując przepchać się przez ponadstuosobowy tłum studentów, gdy ich wykładowca kilka razy stuknął w mały mikrofon.

– Chwileczkę, proszę państwa. Kurenda! – powiedział tonem nieznoszącym sprzeciwu.

Wszyscy natychmiast się zatrzymali. Profesor Śliwka nie lubił, gdy studenci przeszkadzali w zajęciach. O ile przysypianie w trakcie wykładów lub korzystanie z tabletów i komórek jeszcze tolerował, o tyle brak posłuchu lub nadmierna aktywność skutkowały konsekwentnym oblewaniem na egzaminach, a że miał pamięć słonia, więc nikt się nie wychylał.

– Na stoliku – wskazał palcem – leżą materiały dotyczące małego konkursu, proszę pobrać i się ustosunkować. Udział w przedsięwzięciu nie jest obowiązkowy, ale nagrody pieniężne ufundowane przez sponsora na pewno się państwu przydadzą, poza tym firma… – podniósł świstek leżący przed nim – ABC Matrix dotowała naszą bibliotekę kwotą pięciu tysięcy złotych i wypadałoby się odwdzięczyć – zakończył z emfazą.

– Borze liściasty, co znowu? – jęknęła cicho Marta. – Konkurs?

– Nie marudź. – Ola popchnęła ją lekko. – Nie musisz brać udziału.

Mimo tumultu przy stoliku dziewczynom udało się w miarę sprawnie „pobrać materiały", opuścić salę i stanąć w długiej kolejce do punktu ksero.

– Ej, sasanki! – Marta wybuchnęła śmiechem, wpatrując się w treść ulotki, którą właśnie wyjęła z kieszonki obcisłych biodrówek. – Czytałyście? Ale bzdety! – pisnęła cicho. – Rzeczywiście jesteśmy w matrixie.

– Pokaż. – Łucja nachyliła się nad kartką.

– Mamy napisać artykuł? – Ola nie dowierzała. – *Idealna żona, idealny mąż – XX i XXI wiek, różnice w percepcji.*

– O ja nie mogę, ale dżez. Co to ma być? – Marta piała na najwyższych rejestrach.

– Konkurs. – Łucja lekceważąco wzruszyła ramionami, choć ją też rozbawiła ta historia. – Jakie nagrody?

– Trzy miejsca: tysiąc, pięćset i banieczka, będzie na waciki. – Ola rzeczowo oceniła sytuację. – Spoko, można coś napisać. Podali link do szczegółowego regulaminu. – Długim paznokciem pomalowanym na wściekle różowy kolor wskazała linijkę tekstu na odwrocie ulotki.

– Ja odpadam. – Marta zmarszczyła nos. – Nienawidzę wypracowań i nie będę wam robić konkurencji.

Dyskutowały zawzięcie, śmiejąc się zarówno z tematu, jak i nazwy firmy, która sponsorowała konkurs. Zamilkły, dopiero gdy dopchały się do upragnionego okienka i wreszcie notatki spisane ślicznym, kształtnym pismem Łucji zniknęły w czeluściach kserokopiarki. Ich autorka kilka następnych minut studiowała uważnie treść ulotki, po czym oświadczyła dziewczynom, że chyba się zdecyduje. Wszak w jej sytuacji finansowej nawet banieczka stanowiła sporą zachętę.

– I jak było? – Adam solidnie beknął, odstawił na stolik szklankę po piwie Guinness i nerwowo rozejrzał się na boki. Na szczęście, o tej porze pub Irlandia był w miarę pusty, jedynie kilka stolików dalej siedziała jakaś parka.

– Ciekawie. – Hugo parsknął śmiechem, widząc zachowanie przyjaciela. – Starałem się wyglądać skromnie, nie epatować seksem, za to uwodzić kompetencją. Wszystko poszło zgodnie z planem. Oto lista z biblioteki. Pięćdziesięciu najgorliwszych czytelników wywodzących się ze studentów i studentek pierwszego roku Uniwersytetu Jagiellońskiego. W tym… – znacząco przeciągnął głos – aż trzydzieści osiem z pewnością ślicznych i młodych dziewcząt! I co ty na to?

– Nieźle, choć twojego zaskoczenia nie pojmuję. – Soliński poprawił swoje eleganckie okulary, wziął kartkę i zaczął przelatywać wzrokiem po nazwiskach, próbując dostrzec jakieś znajomo brzmiące. – Jak powszechnie wiadomo, babki stanowią trzy czwarte ludzkości lubiącej literaturę.

– Owszem, ale to chyba dotyczy wyłącznie literatury pięknej. – Hugo odpowiedział równie ironicznie i uniósł ciemne, dosyć szerokie brwi.

– Obawiam się, że pomyliłeś literaturę piękną z płcią piękną. – Adam ryknął śmiechem. – Jak świat światem, laski zawsze były większymi kujonkami, one pisały notatki i chodziły na wykłady, a my balowaliśmy, co nie przeszkadzało nam zdawać egzaminy znacznie łatwiej i uzyskiwać lepsze noty.

– Jesteś obrzydliwym szowinistą. – Hugo próbował nadać swojej twarzy wyraz największej odrazy, ale kiepsko mu to wyszło. – Poza tym u nas…

– …na Harvardzie. – Soliński dokończył za niego, okraszając wypowiedź kolejnym rechotem.

– Tak, dokładnie… – Hajdukiewicz ciągnął niezrażony – u nas na Harvardzie nie zauważyłem żadnych różnic między wysiłkiem włożonym przez facetów…

– O! – Adam podskoczył na klubowym fotelu jak dźgnięty nożem. – Widzisz, Hugi, tu tkwi twój błąd myślowy! My, faceci, gdy już w coś wkładamy wysiłek, robimy to całkiem inaczej niż laski i u nas na UJ-ocie…

– Zamknij się, pajacu! – Hugo nie mógł już wytrzymać. – Kumpel z lat dziecięcych zawsze był nieznośny i, niestety, z biegiem czasu to się nie zmieniło. Młody Soliński, syn przyjaciół jego matki, sprawiał problemy już przed narodzinami.

Pani Alicja, żona profesora Solińskiego, jednego z najlepszych kardiologów krakowskich, przeleżała plackiem całą ciążę z pierworodnym i, jak się później okazało, jedynym dzieckiem.

Adaś był niewiarygodnie inteligentny, podobnie ruchliwy i absorbujący, a gdy osiągnął wiek męski, jeszcze bardziej mu odbiło i zaczął korzystać z życia, czerpiąc je – jak to mówił – nie garściami, lecz raczej wiadrami. Miał ku temu warunki, bo ojciec ładował pieniądze w jedynaka, a i z urodą u Soli było nieźle: wysoki naturalny blondyn o niebieskich oczach.

– No dobra, nie gorączkuj się tak, bo zejdziesz na zawał. Same szlacheckie nazwiska – bąknął z przekąsem Soliński znad wydruku. – Liderem został kawaler Jaskółka Marceli, tuż za nim Targosz Szymon i pierwsza panna na liście „top ten" Ma... Maśnik? – jęknął z politowaniem. – Maśnik Łucja. Boże, ależ cię dziewczyno nazwali! Poza podium... Piputa? Jak można mieć na nazwisko Piputa i na imię Sandra? Jaja! Sandra Dżesika Piputa i Dżejkob Stuart Ślimak to brzmi dumnie!

– Dajże tę kartkę. – Hugo wyrwał mu listę otrzymaną od Renaty Kalinowskiej, która okazała się szczupłą, wysoką kobietą z krótko ostrzyżoną siwą szczeciną i męskimi rysami twarzy. – Nazwisko i tak będzie miała po mnie, a imię też można zmienić, choć wymaga to nieco zabiegów.

– Hajduk, i ty mi mówisz, że jestem szowinistą? Ty pieprzony hipokryto. – Adam pokręcił głową z udawaną zgrozą. – Szukasz młodej naiwnej panny, dziewicy i katoliczki, matki Polki, i na dodatek gdy będzie miała głupie imię, to jej zmienisz. Jaja! Synek, naprawdę, cojones jak balony! – Uderzył się lekko w uda. – Idziemy. Dość grzania dupy. Mam robotę.

– Poczekaj. – Hugo chwycił Solińskiego za połę marynarki. – Siadaj, jeszcze druga część.

– Trujesz. – Adam z jękiem opadł na fotel.

Łucja dotarła na miejsce dopiero przed szóstą. Było już ciemno, na dodatek ani wujek Janek, ani wujek Stefan nie mogli jej odebrać z przystanku i musiała przejść pieszo niemal dwa kilometry dzielące ją od domu rodzinnego. Przez dobre pół godziny odmarzała, siedząc w kuchni i grzejąc zgrabiałe dłonie o kafle pieca.

Babcia jak zawsze przygotowała „coś na chybcika" i teraz to „coś" wesoło perkotało w małym rondelku ustawionym na kuchence gazowej.

– Uwielbiam twoje obiady, babciu – powiedziała Łucja, gdy wylądował przed nią talerz pełen „odwrotnych gołąbków", jak je nazywał Łukasz – syn cioci Agatki.

– Oj tam, to żaden wykwintny obiad. Ostatnio wszystko mi leci z rąk – westchnęła cicho. – Głodna jesteś i zmarznięta, to i ci smakuje.

Babcia jak zawsze w trakcie jej posiłków przysiadła na krześle po drugiej stronie małego stołu i odruchowo wygładziła ceratę z nadrukiem wisienek.

– Nie, babciu! – Łucja pokręciła głową. – Miałam dzisiaj zaproszenie na pizzę, ale wolałam poczekać.

– Koleżanki cię zaprosiły? Ta Ola i Marta?

– Tak.

– Cieszę się, że masz przyjaciółki. – Babcia lekko się uśmiechnęła, widząc, jak jej ukochana wnuczka-córka stara się nie poparzyć i jednocześnie jak najszybciej zjeść całe danie.

– Ja też. – Niewyraźne mruknięcie znad talerza świadczyło, że Łucja skupiła się wyłącznie na sosie pomidorowym.

– Zaraz wybuchniesz, jak będziesz taka łapczywa. – Babcia pokiwała głową. – Zostaw trochę miejsca. Agatka dzwoniła i mają tu przyjść z Irenką, pewnie za kwadrans już będą z ciastem! Sernik przyniosą i babkę ucieraną.

– Teraz mi mówisz? – Łucja wywróciła oczami nad prawie pustym talerzem.

– Teraz, teraz... Znam cię, zawsze wolałaś najpierw deser, potem obiad.

– Babciu… jesteś niewiarygodnie przenikliwa! – Wnuczka w teatralnym geście osunęła się z krzesła na wyłożoną kolorowym linoleum podłogę.

– Musicie mi pomóc.

Łucja przyniosła swój plecak, wyjęła kartkę z regulaminem konkursu wydrukowanym w akademiku kilka godzin wcześniej i pokreślonym tu i ówdzie na żółto fluorescencyjnym pisakiem.

– Muszę zarobić na swoje potrzeby, a jest okazja. – Mrugnęła do zgromadzonych przy stole ciotek i babci.

– Co to? – Babcia założyła okulary zawsze dyndające nad obfitym biustem i zaczęła czytać.

– Mam napisać coś… może być esej, wywiad, opowiadanie, felieton, nieważne co. – Łucja machnęła ręką. – I ma to mieć minimum dziesięć tysięcy znaków ze spacjami, być opatrzone godłem i ma być o tym, jak wyobrażałyście sobie idealną żonę i idealnego męża w dwudziestym wieku, a jak teraz to widzicie. Gdy moja praca będzie dobra, zrzeknę się praw autorskich, ale za to dostanę kasę. I to cała historia.

Trzy kobiety wlepiły w nią trzy pary szaroniebieskich i jednakowo zdumionych oczu.

– My to mamy napisać? – Ciotka Agata w końcu nie wytrzymała. – Czy oni tam na tych uniwersytetach na mózg poupadali? To już teraz nie stawiają ocen, tylko płacą? I co to te znaki? Jakie znaki, stacje? Mamy liczyć jakieś znaki? – Przekrzywiła głowę pokrytą plastikowymi wałkami i obwiązaną fioletową siateczką.

– Już wyjaśniam. – Łucja nie traciła rezonu. – Spacje, nie stacje. Znaki to litery, samo się policzy w kompie, a ta praca to na konkurs sponsorowany przez agencję reklamową. Gdy wygram, mogę dostać nawet tysiąc złotych. Tysiąc złotych! – powtórzyła z rozmarzeniem. – Kupiłabym kurtkę puchową i nowe kozaki, może nawet na plecak by mi starczyło.

– Hm... – Babcia od razu zerknęła na leżący tuż obok jej nóg sfatygowany tobołek.

– Przepraszam. – Łucja natychmiast się zreflektowała. – Nie chciałam ci sprawić przykrości. – Zerwała się z krzesła i przytuliła swoją opiekunkę, aż coś niepokojąco zatrzeszczało.

– No przecież wiem, ty głuptasie. – Babcia wyplątała się z flanelowopiżamowych objęć wnuczki. – Tak krawiec kraje...

– ...jak mu staje – dokończyła Irena i wybuchnęła śmiechem.

– Aleś jest głupia! – Ciotka Agata, mimo że żart był płytki, też nie mogła opanować śmiechu.

– No co, same kobity, dorosłe, co poniektóre światowe... – Irena nie miała zamiaru się kajać.

– Cicho, kozy, bo was po kątach porozstawiam. – Babcia zgromiła wzrokiem swoje córki bliźniaczki i znów zerknęła na zadrukowany gęsto świstek papieru. – Co mamy robić?

– Przeprowadzę z wami wywiad, zanotuję i przepiszę do komputera. Proste. – Łucja znów sięgnęła do plecaka i wyjęła mały skórzany piórnik oraz plik kartek. – Zaczynamy od ciebie! – krzyknęła bojowo, wymierzając ostro zatemperowany grafit ołówka w ciotkę Irenkę. – Jaka powinna być żona idealna?

– Zawsze chętna? No co?! Tak mówi Stefan! – próbowała się wytłumaczyć, gdy tylko spostrzegła, że jej matka wygląda, jakby zamierzała zdzielić ją ścierką.

– Tu są dzieci, waż słowa. – Babcia nie zamierzała pozwalać Irenie na niestosowne żarty.

– Mamo, przesadzasz. – Ciotka Agata przyszła w sukurs młodszej o pięć minut siostrze. – Te dzieci teraz więcej wiedzą o tych sprawach niż my trzy razem wzięte.

– Internety. – Irenka wzruszyła ramionami. – Diabelski wymysł. Ostatnio złapałam Stefka, jak oglądał film z gołymi babami. Powiedział, że przez pomyłkę mu się wyświetliło.

– Oj, widzę, że szwagier nowoczesny, cyberseks, fiu fiu... – Agata parsknęła śmiechem, ale szybko się uspokoiła, bo matka szturchnęła ją ostrzegawczo w pulchne ramię.

– Heloł! Jestem tu! – Łucja powoli traciła cierpliwość.

– Spokój, dziewczynki, jeszcze raz. Irenko, jaka powinna być żona idealna? – Babcia starała się za wszelką cenę opanować sytuację.

– Łatwa?

Gdy dwie godziny później wujek Janek próbował się dodzwonić do Agaty i gdy nikt nie odpowiadał, sarkając na głuchotę swojej „idealnej" żony, wmaszerował do kuchni swojej równie „idealnej" teściowej, nikt go nie zauważył. Cztery panie nachylone nad stołem zarykiwały się ze śmiechu i nie zarejestrowałyby nawet trzęsienia ziemi czy przelotu komety.

Choć grudzień się jeszcze nie zaczął, nad Krakowem szalała zamieć śnieżna. Setki młodych ludzi, głównie studentów, wybierały się do lokali na imprezy andrzejkowe. Opatulone dziewczyny przemykały pod ścianami i z ulgą docierały do klubów i dyskotek, a ich koledzy z radością witali pierwszy śnieg i nie omieszkali skorzystać z okazji, żeby zabawić się w bitwę śnieżkami lub wrzucanie ich za kołnierze wybranych ofiar.

Hajdukiewicz wraz ze swoim najlepszym przyjacielem postanowili spędzić ten wieczór w jednym z pubów przy Rynku Głównym. Mieli się spotkać w większej grupce przyjaciół, ale ostra grypa zmiotła prawie osiemdziesiąt procent ich stałej załogi. Odwołali rezerwację loży i jak często bywało, wylądowali u Hajduka. Pozostało im własne towarzystwo okraszone butelką wybornego łyskacza oraz płytą ze standardami dżezowymi. Wprawdzie Olga nieustająco zabujana w Hajdukiewiczu zgłosiła swoją gotowość, ale ten miał dość jej ciągłych awansów i w końcu posłużył się małym oszustwem, mówiąc, że jego matka zamierza go odwiedzić.

Gospodarz nie martwił się o przebieg wieczoru, bo dzień wcześniej Adam oświadczył, że otrzymał właśnie cały stos prac konkursowych, co miało zapewnić świetną rozrywkę. Soliński dokonał już ponoć wstępnej selekcji, oczywiście od razu odrzucając te napisane przez przedstawicieli ich płci.

– Usystematyzujmy. – Adam odłożył na szklany blat listę gorliwych czytelników Uniwersytetu Jagiellońskiego. – Najpierw spotkasz się z laskami, które wzięły udział w konkursie, a gdy żadna nie spełni oczekiwań, sięgamy po listę rezerwowych, zaczynając od panny Maśnik.

– Sandra Piputa... – Hajdukiewicz parsknął śmiechem. – Czuję, że to moja przyszła żona.

– Tia... zostawi sobie panieńskie nazwisko, a ty zrobisz jej trzy małe piputki, cokolwiek to znaczy.

– Jasne. Czytałeś to?

– Uhm, ale dosyć pobieżnie. Jak na taki duży wydział jestem rozczarowany ilością. Raptem osiem pań zdecydowało się coś napisać. Na ile znam kobiety, wyczuwam w tym idealne kandydatki na korposuki. – Odłożył na bok cztery prace z zakreślonymi na czerwono godłami.

– Rozumiem.

– To księżniczki i blachary, więc też nie polecam, choć nie powiem, praca autorki... – Adam zerknął na plik kartek leżących na wierzchu drugiej kupki – nomen omen Księżnej HEJTU, jest napisana kapitalnie. Tysiak należy się jej bezapelacyjnie. Laska powinna rozważyć karierę literacką i odejść z UJ-otu, bo się marnuje. Ciekawe, jak wygląda. – Znacząco chrząknął, bo inteligentne kobiety zawsze go niewiarygodnie pociągały, nawet te cierpiące na borderline czy inne odchyłki od równowagi emocjonalnej, a może zwłaszcza takie. – Zresztą nieważne – kontynuował. – Przeczytam ci mój ulubiony fragment... O jest! „Idealny mąż to mąż nieobecny, papierowy, ewentualnie przyjmujący jako jedyną postać złotej karty kredytowej wręczonej tuż po miesięcznej podróży poślubnej spędzonej na Malediwach lub w równie odosobnionym miejscu..."

– Super. Masz coś jeszcze? Czy jednak muszę poprzestać na pannie Sandrze? – Hajdukiewicz podniósł się z fotela i podszedł do niewielkiego barku, aby znowu napełnić szklanki bursztynowym trunkiem.

– Mam. Aż jedną. Ksywka Łuska. Voilà! – Wręczył przyjacielowi plik kartek spiętych zwykłym metalowym spinaczem. – Moim zdaniem to nasz target, zdobyła drugą lokatę, więc będzie okazja do spotkania. – Zatarł ręce i sięgnął po szklankę, która już się lekko oszroniła.

– Łuska? Dziwne godło. Brzydkie. – Hugo podwinął rękawy białej koszuli, zdjął krawat i rzucił na oparcie fotela. – Kojarzy mi się z rybą.

– Nazwa niezbyt zachęcająca, ale zawartość owszem. Panna na sto procent ze wsi, wyczuwam cnotkę, wychowaną tradycyjnie i bardzo skromnie. Pilne dziewczątko, chyba z rozbitej rodziny, bo jakoś nie widzę ojca w tym wszystkim, choć to jest w jawnej sprzeczności z porządnymi katolickimi obyczajami.

Soliński, choć przed trzydziestką i jeszcze ciągle singiel, miał solidne podstawy, aby ferować swoje oceny tonem nieznoszącym sprzeciwu. Oprócz studiów związanych z reklamą równolegle odbył magisterskie studia psychologiczne i nawet zahaczył o dwuletni kurs z psychoanalizy i psychoterapii.

– Wizualnie jak? – spytał Hugo.

– Niestety, nie pomogę, ale proszę – położył na stole swoją wypasioną komórkę – na liście kontaktów znajdziesz wróżbitę Macieja.

– Wiedziałem, że mogę na ciebie liczyć. – Hajdukiewicz przełknął ostatnie krople whisky, szurnął pustą szklanką na stolik i rozparł się wygodnie na fotelu. – Szczerze mówiąc, uważam, że ten cały pomysł był idiotyczny. Nie sądzisz?

– Chodzi ci o kasę? Nie wierzę. Te sześć czy siedem tysięcy to dla ciebie problem? Nie zapominaj, że wsparliśmy bibliotekę, zawsze to jakiś pożytek. No i od podatku sobie odliczymy.

– Nie chodzi o kasę – Hugo potarł twarz dłońmi – ale o całokształt. To wszystko jest bez sensu. Najchętniej wyjechałbym do Stanów i już nigdy tu nie wrócił. Mam dosyć tego kraju, marudzących klientów, tych wszystkich nachalnych kretynek, nawet rodzicielki mam po gardło. Od kiedy sprowadziła ciało wujka, wiecznie przesiaduje na cmentarzu, a gdy już wróci z funeralnego tournée, płacze godzinami i muszę ją wyganiać do twojej matki. Na dodatek nie chce słyszeć o wyjeździe, a samej nie chcę jej zostawiać. No i teraz jeszcze ten debilny testament. – Fuck! – zaklął, uderzając pięścią w tapicerowany czekoladowobrązową skórą podłokietnik.

– Wyluzuj, chłopie. Życie jest piękne – Adam próbował bagatelizować. – Jesteśmy młodzi, dobrze rokujemy, twój biznes tutaj całkiem nieźle się kręci, laski na nas lecą, więc?

– Więc? Nic. Nic nie czuję, nic mi się nie chce. Jestem jak odrętwiały, chyba dopadł mnie kryzys tożsamości. Wyjadę w Bieszczady i kupię kozę. W naszej rodzinie nie ma familijnych happy endów. Wujek umarł jako stary kawaler, matka została porzucona, zanim się urodziłem, dlatego nie znam własnego ojca i nie mam rodzeństwa, choć akurat chyba dobrze, że go nie mam. W sumie nic nie mam oprócz kasy i kilkunastu franczyzowych kancelarii. Robienie pieniędzy, tylko to mi wychodzi w życiu, jak i naszej gigantycznej, wielopokoleniowej rodzinie – dodał z przekąsem. – I teraz, gdy już zamierzałem się do tego zabrać na poważnie, mój ukochany wuj wykręcił taki numer. Hipokryta. No to sobie pojęczałem. Sorry, stary.

– Spoko. Nie takie rzeczy się ogarniało. Zobaczysz, na trzydziestych urodzinach obchodzonych w najlepszej knajpie w Bostonie wypiję toast z twoją żonką trzymającą małego Hajduka na rękach. Gwarantuję. A potem niech się dzieje, co chce. W końcu od czego są rozwody? Poza tym też wychowywałeś się bez ojca i patrz, jaki gość z ciebie wyrósł? To co? Jeszcze jedną kolejkę?

Łucja szalała z radości. Wprawdzie jej praca nie zajęła pierwszego miejsca, ale srebrny medal też ją satysfakcjonował. W zasadzie nawet marna stówka sprawiłaby jej radość, a tu, proszę, jaka niespodzianka. Jej koledzy z grupy: Michał Janosz i Marcin Brzozowski, już odebrali nagrody. Ten ostatni, laureat główny, uciekł się do podstępu i napisał pracę jako kobieta. Ponoć wywołało to konsternację organizatorów, ale obiecany tysiąc złotych honorarium otrzymał.

Łucja nie mogła razem z chłopakami podjechać do siedziby agencji ABC Matrix. Po andrzejkach spędzonych w Afirmacji złapała ją taka grypa, że przez dziesięć dni leżała plackiem w akademiku, nawet na weekend nie pojechała do domu.

Trzeba przyznać, że jej przyjaciółki sprawiły się wzorowo. To one namówiły ją po ciężkich bojach na imprezę i to one poniosły konsekwencje, czyli odwiedzały ją codziennie, przynosząc chorej nie tylko notatki, lecz także „jadło i napitek", a ojciec Olki wypisał recepty na antybiotyk i inne leki wyłącznie na podstawie wywiadu z córką.

Łucja była więc porządnie „zaopiekowana", tym bardziej że w niedzielę wpadł wujek Janek z żoną i przywieźli tyle żywności, że starczyłoby dla całego piętra. Część rozdała z obawy o zepsucie.

Półgodzinna podróż tramwajem na drugi koniec Krakowa wlokła się jak wyrok dożywocia i gdy w końcu Łucja z niego wysiadła, rozejrzała się rozczarowana, że ciągle jest połowa grudnia tak samo jak i przy wsiadaniu do zdezolowanego wagonika. Jeszcze krótki spacer i dotarła do przeszklonego biurowca z bardzo efektowną podświetlaną reklamą, informującą, że na trzecim piętrze znajdują się biura firmy ABC Matrix.

– Pani Łuska? – Śliczna, wysoka i szczuplutka jak trzcina blondynka podeszła do Łucji, gdy tylko ta stanęła w progu windy. – Dzień dobry. Sylwia Banaś. Zapraszam, pan Hajdukiewicz, czyli fundator nagród, czeka na panią. Niestety, mój szef Adam Soliński, pośredniczący w całym konkursie, jest dzisiaj nieobecny.

– Dzień dobry. – Łucja nieśmiało się uśmiechnęła. – Czy mogę gdzieś to...

– Oczywiście. – Sekretarka zabrała lekko znoszoną kurtkę. – Ma pani ze sobą zaświadczenie z uczelni?

– Tak, proszę. – Wyciągnęła z plecaka kopertę z blankietem konkursowym.

– To dla pana Hajdukiewicza. A teraz proszę iść do pokoju numer osiem. – Wskazała drzwi po lewej stronie krótkiego korytarza.

Łucja stanęła przed drzwiami i wzięła trzy głębokie wdechy. Nie była jakoś szczególnie nieśmiała, ale na myśl o spotkaniu sam na sam z obcym mężczyzną odczuwała skrępowanie, zwłaszcza że Michał i Marcin stwierdzili, że ci sponsorzy to młodzi i bardzo pewni siebie kolesie.

Lekko zapukała i nacisnęła klamkę, a gdy weszła do środka, głos uwiązł jej w gardle. Przy biurku siedział tajemniczy mężczyzna, którego spotkała w bibliotece…

Rozdział 2

Hugo ze znudzeniem przeglądał czasopismo branżowe wybrane spośród setek podobnych walających się po całym biurze Adama. Siedział tu już prawie kwadrans sam jak palec, a raczej jak ciężki idiota. Soliński po ostatniej akcji z laureatami wykpił się z powtórki. Jego intrygująca Księżna HEJTU okazała się pryszczatym dwudziestolatkiem z aparatem na zębach i w podniszczonej marynarce. Ale słowo się rzekło i tysiąc złotych powędrował do sprytnego młodzieńca. Adam skwitował, że dobra karma zawsze wraca i że ten student przez następny miesiąc będzie im wysyłał pozytywne fluidy.

– Żebyś ty, chłopie, wiedział, po co to wszystko... – Hugo westchnął, wspominając minę dziekana, gdy wręczał mu skrócony regulamin konkursu.

Kolejny raz uświadomił sobie, że nie każdy pomysł zrodzony w trakcie pijackich zabaw miał sens, a ten ostatni, czyli projekt ŻONA, zdecydowanie przebił wszystkie poprzednie. To był najgłupszy projekt, jaki wdrożyli, na dodatek z góry skazany na porażkę, choć władze uczelni, gdy tylko otrzymały propozycję dotacji, od razu okazały zainteresowanie.

Hajdukiewicz zamierzał dzisiaj definitywnie zakończyć akcję, lista z biblioteki już wczoraj wylądowała w niszczarce, jeszcze tylko wręczy ostatni czek, pogratuluje zwyciężczyni i koniec głupot. Kwestię rychłego ożenku trzeba było załatwić w inny sposób. Nowy pomysł Adama, czyli rejestracja na portalach randkowych, kiedyś całkowicie nie do przyjęcia, obecnie wydawał się znacznie bardziej rozsądny.

Ciche pukanie przerwało jego rozmyślania. Już miał zawołać „proszę", gdy drzwi się otwarły i do środka wsunęła się nieśmiało młoda dziewczyna. Przez chwilę przyglądał się jej ze zdumieniem, bo zdał sobie sprawę, że gdzieś już ją widział.

– Dzień dobry – wykrztusiła i natychmiast oblała się rumieńcem.

– Dzień dobry. – Hugo podniósł się z fotela i podszedł do niej. Patrzył na jej zaróżowioną twarz, starając się usilnie skojarzyć okoliczności ich pierwszego spotkania.

– Łucja. – Przerwała ciszę i wyciągnęła rękę. – To znaczy... Łuska. To ja napisałam pracę.

– Hajdukiewicz. Hugo. – Odwzajemnił powitanie, dosyć szybko zabierając swoją dłoń. – Czy my...

– Tak. Chyba spotkaliśmy się w bibliotece miesiąc temu. – Zabawnie przekrzywiła głowę.

– Rzeczywiście, ma pani lepszą pamięć – mruknął z uznaniem.

– Proszę mi mówić na ty.

– Oczywiście.

Nagle uprzytomnił sobie, że ciągle stoją przy drzwiach.

– Proszę, usiądź. – Wskazał jej fotel.

Na szczęście dla niej, zanim zdążyła się umościć, do gabinetu weszła sekretarka Adama z tacą. Zrobiło się małe zamieszanie, Hugo zbyt szybko ustawił swoją filiżankę i wychlapał trochę kawy na spodek, Sylwia próbowała opanować sytuację, a Łucja w tym czasie mogła nieco ochłonąć.

Później Hajdukiewicz miał swoje pięć minut, gdy jego gość sypał cukier i dolewał mleczka, a potem przez dłuższą chwilę starannie mieszał gorący napój. Gospodarz bez większych problemów dokonał szybkiego rekonesansu, oceniając walory wizualne jedynej kobiety, którą mógł poznać dzięki akcji ŻONA.

Łucja nie wyglądała jak studentka. Przypominała licealistkę, i to nie z klasy maturalnej, lecz raczej pierwszej lub drugiej. Od razu przypadła mu do gustu. Niska, szczupła, z wąskimi nadgarstkami i drobnymi dłońmi, z owalną twarzą o bladej i delikatnej cerze skrytą w burzy długich włosów opadających na ramiona.

– Pyszna. Od razu czuć, że z ekspresu. – Uniosła jasne brwi i lekko się uśmiechnęła.

– Lubisz kawę.

– Lubię, ale rzadko mam okazję pić tak dobrą, w akademiku albo fusiasta, albo rozpustna.

– Rozpustna? – spytał zdumiony.

Łucja na moment się zmieszała, nie mogła uwierzyć, że tak młody człowiek nie poznał nigdy tego określenia.

– No tak się kiedyś mówiło na kawę rozpuszczalną. Taki stary żart. Nie znasz... nie zna pan... – Nagle zupełnie się zacięła, bo uznała, że Hajdukiewicz przygląda się jej badawczo jak jakiemuś zwierzakowi z trzema głowami. Pokraśniała i gdy zdała sobie z tego sprawę, nerwowo zagryzła wargi.

– Nie znam. Przepraszam – próbował załagodzić.

– To ja przepraszam. Czasami zachowuję się zbyt swobodnie. – W końcu udało się jej coś wyartykułować.

– Dopiero od trzech lat znów mieszkam w Polsce. Może dlatego nie znałem tego sformułowania. Rozpustna... – Uśmiechnął się. Atmosfera ponownie nieco się oczyściła. Hugo odstawił filiżankę, wyjął z szuflady czek i przesunął go w stronę Łucji. – Proszę, oto twoja nagroda. Gratuluję. Masz zgłoszenie z uczelni?

Łucja usiłowała gorączko sobie przypomnieć, gdzie schowała kopertę, na szczęście od razu stanęła jej przed oczami sekretarka i szybko sięgnęła do plecaka.

– Proszę.

Hugo rozerwał kopertę. Zrobił to wyłącznie dla formalności. W zasadzie teraz to i tak nie miało znaczenia. Spodobała mu się ta dziewczyna. I nie tylko pod względem urody, lecz także zachowania. Od razu dało się wyczuć, że jest pogodna, wesoła i sympatyczna, a że trochę nieobyta? Nad tym mógł popracować on albo jego matka. Z intelektem też źle nie było, wszak studiowała na prestiżowej uczelni, więc maturę musiała zdać, i to z wysokimi notami

– Łucja Maśnik? – przeczytał informację i natychmiast przypomniał sobie rozmowę z Adamem.

Zatarł w duchu ręce, bo siedząca przed nim dziewczyna była nie tylko autorką wyselekcjonowanej pracy, lecz także gorliwą czytelniczką. Mogło to sugerować, że z pewnością nie jest typem imprezowiczki.

– Tak.

– Mogę spytać, skąd takie godło? Łuska? – Uniósł wzrok znad kartki.

– Szczerze mówiąc, jesteś... jest pan... – kolejny raz się zacięła.

– Może ustalmy raz na zawsze. Hugo. Okej?

– Okej. – Potaknęła. – Więc Hugo, jesteś pierwszą osobą, która o to pyta, bo każdy myśli, że to od Łucji, a to nieprawda.

– A jaka jest prawda? – Teraz on przekrzywił głowę i nawet lekko nachylił się nad blatem.

– To zabawna historia – uśmiechnęła się. – Z dzieciństwa. Trochę długa.

– Chętnie posłucham. – Hajdukiewicz wrzucił kopertę do szuflady, odchylił się w fotelu i wygodnie wsparł ręce na podłokietnikach.

– Od czego by zacząć... – zawiesiła głos. – Gdy byłam mała, na pierwszej Wigilii, którą pamiętam, babcia powiedziała mi, że w portfelu powinnam nosić łuskę karpia, którego jadłam na wieczerzy i że to przynosi szczęście, to znaczy pieniądze się mnożą i nigdy ich nie zabraknie. Znasz ten zwyczaj?

– Tak.

– No właśnie. Ale ja byłam mała i coś mi się popiórkowało z siankiem pod obrusem. Wydawało mi się, że sianko ma być w portfelu, a łuska pod obrusem, i to przy każdych świętach. I gdy na przykład była Wielkanoc albo moje urodziny, albo odpust, albo niedzielny obiad, robiłam awanturę i płakałam, aż babcia lub ciotki włożyły łuskę pod obrus. Tak mi się zakodowało w głowie: obrus, święta, łuska karpia! – zachichotała. – Sprawdzałam, czy jest! I to zawsze. Obrus do góry, nie ma łuski, zaczynałam ryczeć: łuska… łuska… bo będzie nieszczęście… I wszyscy musieli szukać łuski, bo nie siadłam przy stole, póki jej nie było. Babcia zawsze trzymała pełno łusek w słoiku, żeby starczyło na cały rok, i tak się to ciągnie aż do teraz.

– Nadal robisz awantury? – Hugo uśmiechnął się od ucha do ucha.

– Nie! Chodzi mi o łuskę. Babcia co roku, gdy obiera karpie, uzupełnia słoik i wymienia na nowe. Gdy rozkłada na stole biały obrus, wsuwa pod niego zawsze jedną albo dwie. Mówi, że to na szczęście dla mnie. Na moje osobiste szczęście. A że co tydzień jemy obiad przy stole nakrytym obrusem, to i łusek nam idzie sporo. Ups! Wyszłam na niezbyt mądrą gadułę? – Łucja przytknęła dłoń do ust, bo dopiero teraz spostrzegła, że Hajdukiewicz nie spuszczał z niej oka i na dodatek w trakcie całej tej przemowy wypowiedział tylko jedno zdanie.

– Nie. To była naprawdę ciekawa historia, słuchałem z przyjemnością. – Obdarzył ją kolejnym uprzejmym uśmiechem. – Czyli łuska jest twoim talizmanem?

– Mniej więcej – potwierdziła już spokojniejsza. – Przezwiskiem też, choć ostatnio rzadko tak do mnie mówią. Czasami babcia, wujek Janek, ale od kiedy wyrosłam, chyba uznali, że nie pasuje tak się do mnie zwracać.

– Jak widać, przyniosła ci szczęście.

– No tak, a jak mówi babcia: jaki poniedziałek, taki cały tydzień, więc to dopiero początek – stwierdziła z przekonaniem.

– Jesteś optymistką?

– Niepoprawną.

– Pewnie wydasz całą nagrodę na książki.

– Na książki?

– Lubisz czytać – szybko uzasadnił. Zbyt szybko, bo Łucja natychmiast spytała, skąd wie.

– No przecież spotkałem cię w bibliotece. Czyż nie? – Odetchnął, że udało mu się wybrnąć, ale od razu skarcił się za nieostrożność.

– Owszem, lubię, ale mam inne plany. – Łucja uśmiechnęła się blado. Wiedziała, że całość pójdzie na zakupy uzupełniające jej skromną garderobę.

– Rozumiem.

Znów zapadła cisza. W zasadzie wszystko zostało powiedziane, nagroda wręczona, potwierdzenie bezpiecznie spoczywało w szufladzie. Łucja przez chwilę zastanawiała się, czy powinna coś jeszcze zrobić, gdy uświadomiła sobie, że przecież nie podziękowała. I po raz trzeci poczuła, że jej policzki znów płoną.

– Bardzo przepraszam, ale z wrażenia zapomniałam ci… to znaczy tobie i twojemu wspólnikowi podziękować. Boże, czasami zachowuję się jak idiotka. Bardzo dziękuję, naprawdę bardzo, bardzo. Jeszcze nigdy w życiu nic nie wygrałam. – Pokiwała głową dla dodania powagi swojej wypowiedzi.

– Wiesz, jest takie powiedzenie: kto nie ma szczęścia w kartach, ma je w miłości. Może jednak lepiej dla ciebie byłoby, gdybyś nic nie wygrywała? – Hugo znów nachylił się nad biurkiem.

– Hm… Chyba warto mieć szczęście i w jednym, i w drugim, a te pięćset złotych to w sumie nie wygrana, lecz raczej nagroda za coś. Ojej! Zakałapućkałam się! – Łucja zaśmiała się, bo uświadomiła sobie, że zabrzmiało to, jakby chciała zjeść ciastko i mieć ciastko.

– Zakała…

– …pućkałam – dokończyła za niego.

– Masz bardzo bogaty język – mruknął z uznaniem. – Rozpustna kawa, coś z piórkami też było, no i teraz to: zakała… coś tam, nie jestem w stanie powtórzyć.

– Nie wiem, czy bogaty, na pewno za długi i za ruchliwy, tak mówi babcia – wypaliła Łucja bez większego namysłu.

– Długi i ruchliwy? – Hajdukiewicz wytrzeszczył oczy i ryknął niepowstrzymanym śmiechem.

Siedząca przed nim dziewczyna najpierw podskoczyła nerwowo jak ukłuta szpilką, a gdy dotarło do niej, jak dwuznacznie mógł odebrać jej ostatnią uwagę, postanowiła, że natychmiast po powrocie do akademika własnoręcznie utnie sobie ten nieszczęsny nadpobudliwy organ w ustach.

– To może ja już pójdę – rzuciła niemrawo.

– Przepraszam. – Hugo błyskawicznie się zreflektował, że nieco przeszarżował. – Tym razem ja zachowałem się zbyt swobodnie – zacytował jej wypowiedź.

– Nic się nie stało.

Hajdukiewicz przez moment rozważał za i przeciw i pomyślał, że to faux pas mógłby obrócić na swoją korzyść.

– Hm... Zachowałem się niezbyt grzecznie. Może w ramach przeprosin dałabyś się zaprosić na kolację? Powiedzmy jutro o szóstej? Możemy spotkać się na miejscu albo podjadę po ciebie. Do akademika czy wolisz na uczelnię?

Osaczył ją, dając jedynie pozory wyboru. Manipulowanie ludźmi? Zawsze był w tym dobry.

– Jutro kończę zajęcia wcześniej, akademik będzie lepszy. – Była tak zaskoczona propozycją, że nawet nie zdołała trzeźwo pomyśleć. Gdy sobie uświadomiła, że nie ma w czym iść na tę kolację, było już za późno, bo się zgodziła.

– Świetnie. Napisz mi adres i numer telefonu. – Szybko wyjął z drukarki kartkę i podał dziewczynie razem z długopisem.

– Hugo... – zawahała się, ledwie skończyła pisać ostatnią cyferkę.

– Masz bardzo ładny charakter pisma. – Wysunął spomiędzy jej palców kartkę, szybko przeleciał wzrokiem, złożył na cztery i schował do wewnętrznej kieszeni marynarki. – Bardzo cię przepraszam... – zerknął na zegarek – ale nie przypuszczałem, że nasze spotkanie będzie aż tak fascynujące i kompletnie wyleciało mi z głowy, że za...

– Ale... Hugo... – Łucja próbowała wycofać się z zaproszenia, lecz mężczyzna zdawał się w ogóle tego nie zauważać. W końcu pozostało jej jedynie zabrać czek. – Bo ja... – podjęła ostatnią próbę, gdy już stanęli przy drzwiach, ale wtedy on podniósł jej dłoń i lekko ucałował.

– Do jutra, Łucjo.

– Do zobaczenia.

Wyszła z gabinetu na nogach jak z waty. Sama nie wiedziała, jak dotarła do windy, i gdyby nie Sylwia, z pewnością zapomniałaby kurtki i w samym swetrze wróciła do akademika. Godzinę później, patrząc na swoją rozpaloną twarz w łuszczącym się lusterku w małej akademickiej łazience, zdała sobie sprawę, że nazajutrz ma randkę z bardzo przystojnym i bardzo bogatym facetem i że z pewnością to wszystko wydarzyło się tylko dlatego, że łuska karpia zawsze przynosiła jej szczęście, i że to nie może być nic złego.

– Co za motyw? – Ola jak zwykle, z właściwym jej wyluzowaniem, dotarła na uczelnię z blisko dwugodzinnym spóźnieniem i teraz ładowała się na trzeciego do maleńkiego stoliczka w jednym z uczelnianych bufetów.

Właśnie skończyły się pierwsze wtorkowe ćwiczenia i cała grupa korzystała z półgodzinnej przerwy. Dziewczyny z trudem znalazły wolne miejsce przy klejącym się od wszystkiego co możliwe okrągłym blacie. Mimo wszechobecnego tłumu studentów trzy przyjaciółki akurat w tym miejscu miały nieco spokoju, bo od reszty oddzielała je prowizoryczna ścianka powstała z plastikowych pojemników wypełnionych pustymi butelkami po napojach.

– Młoda ma randkę. – Marta wskazała serową zapiekanką na Łucję. – Dzisiaj. O szóstej. Z tym kolesiem, który sponsorował konkurs. Zaprosił ją na kolację.

– Łał! – Ruda była pod wrażeniem. – *Really*? No, laska, niezły ci się trafił łup. Jaki ten koleś? Ładniejszy od Justina Biebera?

– No. – Łucja smętnie pokiwała głową. Zeszłego wieczoru jej uczucia falowały bardziej niż morze wokół wyspy Rockall.

Najpierw się załamała i wyzywała od naiwnych idiotek, minutę później tryskała entuzjazmem i wiarą w przeznaczenie, za chwilę rwała włosy z głowy na myśl, że nie ma w czym iść. Ostatecznie poszła spać po drugiej w nocy, z ciężkim sercem i pustym żołądkiem – od wizyty w siedzibie agencji ABC Matrix nie przełknęła nawet łyka wody.

– Młody?

– No – stwierdziła nad kolejnym kęsem obrzydliwie suchej pizzy.

– No?! – Olka nie mogła już tego wytrzymać. – A konkretniej?

– Pod trzydziestkę, prawnik. Hugo Hajdukiewicz. Sprawdziłam. Jest wszędzie, sama zobacz, jak chcesz. Na fejsie, na insta, na tłicie też. Kawaler. Playboy. – Marta w punktach zreferowała najważniejsze informacje. – Brunet, wysoki, ciacho. Status: wolny.

– Aha. E... laska, skąd taki żałobny look? – Ola lekko szturchnęła łokciem Łucję zakutaną w czarny, szeroki i niewiarygodnie długi szal. – Na pogrzeb idziesz czy na randkę?

– Ona chyba nie chce nigdzie iść. – Marta wzruszyła ramionami. – Łuki, no powiedz coś, zombiaku.

– Co mam zrobić? Iść? – Łucja podniosła wzrok znad papierowej tacki i popatrzyła z nadzieją na swoje przyjaciółki.

– No rejczel? Przecież nie zje cię na tej kolacji. – Ola ryknęła śmiechem. – Gdzie idziecie?

– Nie wiem. – Łucja pokręciła głową. – Nic nie wiem. Zaskoczył mnie jak gajowy wilka. Pif-paf i już byliśmy umówieni. Ma przyjechać o szóstej pod akademik. Nawet numeru jego komórki nie mam. Co za sierota ze mnie.

– Oj tam, zaraz sierota. Nie szpanuj. No dobra, może jakoś drogą dedukcji do tego dojdziemy. – Marta odłożyła resztkę zapiekanki i podparła się pod brodą. Zawsze tak robiła, gdy zamierzała nad czymś poważniej się zastanowić. – Skoro kasiasty i pan mecenas... – wymówiła to słowo z odpowiednią emfazą – i na dodatek chyba jakiś arystokrata...

– Arystokrata? – Ola wybałuszyła oczy.

– Chyba tak, bo to szlacheckie nazwisko. Nawet herb mają. – Marta wywlekała wszystkie szczegóły, jakich zdążyła się dowiedzieć z Internetu w ciągu dziewięćdziesięciu minut ćwiczeń. – Nieczuj? Tak to było? – Popatrzyła na otępiałą Łucję.

– Herbu Nieczuja. Ja też dzisiaj jestem „nieczuja" – stwierdziła z przekąsem.

– No dobra, i? – Olka zerknęła na komórkę. – Skracaj.

– Więc... – Marta wypowiedziała to słowo tak, że zabrzmiało jak „wiens" – na frytki w maku raczej bym się nie nastawiała. Na KFC też, naleśnikarnia również odpada i kebab też możemy skreślić.

– Aha. To co zostaje? Wierzynek? – Ola wpakowała sobie do ust resztkę zapiekanki.

– Ja się załamię. – Łucja pokręciła głową. Wyglądała, jakby niosła na barkach cały świat, i tak właśnie się czuła od poranka. Ledwie otwarła oczy i uświadomiła sobie, że jej pokój to nie apartament w hotelu Hilton, a ona w niczym nie przypomina tych ślicznych panienek prowadzących się pod ramię z równie ślicznymi facetami – resztki wczorajszego entuzjazmu wyparowały bezpowrotnie.

– *Trudne sprawy* – skwitowała dowcipnie Olka.

– *Dlaczego ja?* – Bohaterka dramatu nie pozostała jej dłużna.

– Ej, laski. Przerwa się kończy. – Marta zerknęła na swój elegancki zegarek od Korsa. – Co robimy?

– Dzisiaj nie mam dnia do nauki. Właśnie to do mnie dotarło. – Ola podniosła się z chybotliwego krzesełka. – Jadę do domu, a o czwartej wbijamy do targetu. Trzeba dokonać transformacji. Marta, weź jakieś fajne ciuchy, ja też coś zabiorę, choć nie wiem, czy nie będą za długie.

– Jakiej transformacji? – Łucja nie mogła zrozumieć, o co im chodzi.

– Trzeba cię ciut stuningować. Wiesz, wygląd na pierwszej randce to podstawa. – Ruda znaczącym gestem poprawiła swoje perfekcyjnie wygładzone prostownicą włosy. – Nie bój się, na laskę z widowni *Rozmów w toku* cię nie zrobimy. Będzie sexy, ale ze smakiem.

– Przywiozę kosmetyki. – Marta porozumiewawczo kiwnęła głową.

– Okej. Strategia ustalona. Spadam, a wy do nauki. Siemka, panny. – Ola błyskawicznym ruchem zapięła suwak swojej kusej skórzanej kurteczki i dziesięć sekund później o jej obecności świadczył jedynie unoszący się w powietrzu ciężki zapach perfum Killer Queen.

Słońce przygrzewało niemrawo, ale i tak było zwycięzcą w starciu z resztkami śniegu pokrywającego bulwar Czerwieński. Cała delikatna posypka, którą oprószony był Kraków od paru godzin, zamieniała się w szaroburą „polewę".

Hugo zatrzymał się i wsparł dłonie na kolanach.

– Cholera! Nie mam kondycji! – krzyknął do mijającego go Adama.

Soliński od razu wyhamował i biegnąc tyłem, zrównał się z sapiącym jak lokomotywa przyjacielem.

– Co jest? Hajduk, ty cieniasie. A mówiłem, siłka trzy razy w tygodniu, a nie leżenie dupskiem do góry. – Stanął i zamaszystym ruchem plasnął kumpla w wypięty pośladek.

– Nie leżałem. Wczoraj rano byłem w Katowicach, a dzisiaj mam pierwszy wolny dzień od trzech miesięcy. – Hugo wyprostował się z trudem. Ostatnio był bardzo zagoniony. Otwierał kolejny oddział i uzgadnianie szczegółów umowy franczyzowej z nową kancelarią wlokło się niemiłosiernie. Ciągle coś nie pasowało, a to jemu, a to Malinowskiemu, który bronił praw swojej dwudziestoosobowej grupy pracowników z determinacją godną podziwu. Na szczęście już prawie wszystko dopracowali i za tydzień umowa miała być podpisana.

– Dwadzieścia przysiadów! – Soliński zarządził wojskowym tonem. – Dajesz, wujek! Szlifuj formę, żonka musi mieć z ciebie pożytek.

– Przypominam ci, że idziemy tylko na kolację.

– Od kolacji do śniadania niedaleka droga. Więc nie marudź! Akcja!

Obaj mężczyźni z zapałem ćwiczyli, wyrzucając z siebie kłęby parującego powietrza. Dopiero dwadzieścia minut później zgrzani jak po maratonie powlekli się w kierunku najbliższego pubu na „czystą wodę", jak podkreślił Soliński.

Hugo odstawił szklankę i osunął się bezwładnie w fotelu. Rzeczywiście zaniedbał się strasznie. Gdy mieszkał w Stanach, prawie codziennie uczęszczał do siłowni, dwa razy w tygodniu korzystał z uczelnianego basenu, a tu? Na początku, owszem, chodził do pobliskiego klubu fitness, ale gdy te wypady zaczęły bardziej przypominać spotkania towarzyskie niż zajęcia sportowe – zrezygnował. No i jeszcze ta cała historia z Andżeliką, piękną instruktorką, która dała mu tak popalić, że do końca życia jego układ nerwowy i serce będą ją pamiętać, i to nie ze względu na trening kardio, który przeprowadziła z nim zaraz po poznaniu.

– Gdzie ją zabierasz? – Adam rozpiął suwak czarnej kurtki softshell.

– Myślałem o Sempre na Brackiej albo o Białej Róży. Jak uważasz?

– Moja matka woli Różę. Była tam ostatnio z ojcem i jeszcze z jakimiś znajomymi. Bartyzelowie? Chyba też lekarze. Nieistotne, w każdym razie była zachwycona.

– Czyli Sempre. – Hugo znał dobrze „ukochaną psiapsiółkę" matki i wiedział, że ma wyjątkowo sztywniacki gust.

– A jak ogólnie? No wiesz, wygląd, charakter – te sprawy?

– Rokuje dobrze. Ładniusia, blondyneczka, długie włosy, szarobłękitne oczęta, już ci mówiłem. Słowiańska uroda *first class*. Hajdukiewicz znów przywołał w wyobraźni obraz Łucji. Podobała mu się, była jak nieoszlifowany diament: z gładką jasną cerą i rumieńcami co chwila okraszającymi jej twarz, z małym lekko zadartym noskiem i pełnymi ustami w kolorze świeżych malin. Gdyby ją ubrać w coś ładnego, kobiecego, a nie te bezkształtne, ponure i zbyt duże ciuchy, które miała na sobie za każdym razem, gdy ją widział, wyglądałaby całkiem nieźle.

– Mówiłeś. – Adam potaknął leniwie. – A charakter?

– Chyba ty ją lepiej poznałeś, ja nawet nie czytałem tej pracy.

– Nie?! Musisz nadrobić! A jeśli cię o coś zapyta?

– Nie miałem kiedy. Poza tym prawie cały czas to ona mówiła. Istny słowotok, choć nie powiem, były momenty, że się zamknęła. Dosłownie i w przenośni.

– Czyli?

– Wystarczy ją zawstydzić, a o to nietrudno. – Hugo potarł się po szorstkim podbródku.

– Sugerujesz, że jest głupia?

– Nie. Raczej bardzo infantylna.

– No cóż, to chyba dobrze – stwierdził Adam. – Taki target nam pasuje. Łatwo sterowalny.

– *Exactly.*

– I o czym tak rozprawiała?

– Takie tam babskie gadanie, coś z dzieciństwa, o rybich łuskach i obrusach. Nie zająknęła się ani słowem o rodzicach, przypuszczalnie wychowuje ją babka. Mieszka w akademiku, z pewnością z kasą krucho, bo i ubrana skromnie i entuzjazm z nagrody spory.

– Jakie plany na dziś? – Adam znacząco przekrzywił głowę. – Kolacja i?

– I tyle. Chyba nie oczekujesz, że zawlokę ją do mieszkania i przelecę? – Hugo sam był zdumiony, że tak beznamiętnie podszedł do tematu. Dla niego cała ta randka była takim samym biznesem jak umowa z Malinowskim. Dzisiejszego poranka uświadomił sobie, że gdy tylko za Łucją zamknęły się drzwi, zupełnie o niej zapomniał i dopiero teraz na powrót zaczął myśleć o tym, co może go dzisiaj spotkać i co nowego opowie mu panna Maśnik.

– Zawsze możesz spróbować, przynajmniej będziesz wiedział, czy łatwa. – Soliński uśmiechnął się lubieżnie.

– Skoro tak zachęcasz… – Hajdukiewicz podniósł się i wyprostował wyciągnięte przed siebie skrzyżowane w palcach dłonie. – Może warto sprawdzić, jak z kręgosłupem moralnym i instynktem samozachowawczym. No, a teraz komu w drogę, temu galon oleju napędowego. Wstawaj, Sola.

– Nie otwieraj oczu!

Marta z Olą prowadziły Łucję przez cały korytarz do wielkiej lustrzanej ściany przy windach. Ponad godzinę trudziły się nad przyjaciółką, aby ją doprowadzić, jak to ujęła Ruda, do stanu „używalności wizualnej", czyli dobrze ubranej, uczesanej i z dyskretnym makijażem.

Gdy Łucja zobaczyła gigantyczny w jej mniemaniu kufer z kosmetykami, od razu zaprotestowała. Broniła się jak lwica, nawet uciekła się do oszustwa, twierdząc, że ma alergię, ale Marta wyczuła podstęp. Wskazując palcem na pośledniej jakości żel pod prysznic stojący na środku parapetu, oskarżycielskim tonem stwierdziła, że skoro myje się takim perfumowanym i zabarwionym na wściekle różowy kolor badziewiem o wdzięcznej nazwie Malinowa chmurka, to markowa kolorówka tym bardziej jej nie uczuli.

Dziewczyny spisały się na medal. Ola przywlokła wagon ciuchów, w klasyfikacji generalnej zwyciężyły: prosta czarna bluzeczka z długimi rękawami i bardzo mocno wyciętym dekoltem, takież kolorystycznie rajstopy – jedyna własność Łucji, spódnica z pianki, uszyta z ośmiu klinów i zadrukowana w bardzo kolorowe róże oraz rozpinany ażurowy sweter, dla kontrastu bielutki jak śnieg. Marta pożyczyła jej też swoje jeszcze ciepłe, jak podkreśliła, czarne kozaczki na szpilce. Sama nieco niechętnie wskoczyła w znoszone buty gospodyni, ale innego wyjścia nie było, bo kozaki, w których Łucja pomykała przez ostatnie trzy lata, wyglądały jak... One już w zasadzie nawet nie wyglądały.

– Już mogę? – Przyszła uczestniczka kolacji nieco się niecierpliwiła.

Zatrzymały się przed lustrem, ale dziewczyny jeszcze ciągle coś poprawiały. Marta zebrała pęk prostych jak struna włosów i przełożyła je na plecy Łucji, po czym zmarszczyła nos i z powrotem ułożyła jak obramowanie wokół dekoltu bluzki.

– Ten sweter jakoś mi nie leży. – Ola przez moment przyglądała się swojej stylizacji. – Zdejmiemy go, wygląda w nim jak moja prababcia, której nigdy nie miałam.

– Mogę już?

Marta błyskawicznie rozpięła pięć maleńkich guziczków i delikatnie zsunęła sweter z ramion Łucji.

– Możesz.

– Łał!!! – wykrzyknęła zdumiona. – Łał!!! – powtórzyła po chwili głosem pełnym zachwytu. Okręciła się delikatnie najpierw w prawo, później w lewo. Pierwszy raz w życiu podziwiała samą siebie, no może nie licząc dnia, w którym przystępowała do pierwszej komunii. Wtedy też była zachwycona, choć bielusieńkie alby przygotowane przez panie z kółka różańcowego przy ich kościółku nie wyróżniały się ani pięknym krojem, ani doskonałą jakością wykonania.

– Co? Nieźle? – Ruda z dumą założyła ręce. – Autografy jutro, bo dzisiaj nie ma czasu.

– Chwila, to makijaż i fryzura robią efekt, a nie jakieś tam twoje ciuchy ze szmateksu. – Marta nie mogła pozwolić na odebranie jej części udziału w ostatecznym wyniku.

– Ze szmateksu? Twoja stara nosi takie.

– No chyba twoja – odburknęła Olka.

– Koniec oględzin, bo się publika zbiera. – Zagórska przytomnie zauważyła, że z dwóch pokoi obok wychyliły się ciekawskie głowy współlokatorek Łucji.

– Bożyczku mój, dziewczyny, jesteście kochane! Nigdy bym się nie spodziewała! – Łucja wreszcie odwróciła wzrok od swojego odbicia i szybkim ruchem przytuliła obie przyjaciółki. – Naprawdę, zaraz nie wytrzymam, jesteście najlepsze na świecie – jęknęła, bo wzruszenie powoli zaciskało na jej gardle swoje mokre od łez dłonie.

– Łuki, wyluzuj, bo ci mejkap spłynie. – Ola wyplątała się z objęć, udając, że podziękowania nie robią na niej wrażenia, ale jej też coś niepokojąco błysnęło w kącikach oczu. – Nie robimy tego bezinteresownie. Jesteś naszym murzynem od notatek i ściągania na kolosach, zapomniałaś?

Marta nawet nie miała siły się odezwać, od dziecka łatwo się wzruszała i tak samo jak Ruda szybko odwróciła wzrok. – Idziemy do pokoju. Jeszcze szkolenie BHP. Pamiętajmy, że mamy do czynienia z początkującą i starym graczem.

– BHP? – Łucja enty raz tego dnia była zaskoczona.

– Tia... Masz farta, czerp z naszego doświadczenia, a zajdziesz daleko. – Zagórska puściła do niej oczko.

Rozdział 3

Hanna Hajdukiewicz nie miała lekko w życiu. Jej matka Maria mieszkała w uroczym dworku blisko Częstochowy, jako młoda żona otoczona zbytkiem, jaki tylko był możliwy w tych czasach. Pochodziła z bardzo majętnej rodziny, a małżonek Józef Hajdukiewicz dorównywał jej, jak to wtedy bywało, majątkiem. Posiadał ogromny areał oraz cegielnię, garbarnię i nawet niewielką fabryczkę porcelany.

Kupił samochód i woził Marynię po okolicznych miasteczkach, upamiętniając wycieczki aparatem fotograficznym. Niestety, wojenna zawierucha zmiotła cały dobytek rodziny Hajdukiewiczów, Józef zginął na froncie, a jego młoda, wcześnie owdowiała żona musiała zamieszkać w maleńkim mieszkaniu przydziałowym w starej kamienicy usytuowanej niedaleko centrum Częstochowy. Tam poznała syna sąsiadów, Zenona Krupkę, bardzo atrakcyjnego bruneta z zawsze idealnie przystrzyżonym ciemnym wąsem, hulakę i zawadiakę. Młodzieniec wyraził chęć ożenku i po kilku latach zabiegów z jego strony piękna Marysia ponownie została mężatką. I matką. Niestety, po ósmej rocznicy wspólnego klepania biedy oraz życia polegającego na wyprzedawaniu resztek majątku, czyli biżuterii i ocalałych sreber, pani Krupkowa postanowiła, że jedynym rozsądnym wyjściem będzie rozwód. Wyrzuciła z mieszkania leniwego Zenka, pozbawiła go sądownie praw rodzicielskich do syna i córki, wróciła do swojego poprzedniego nazwiska i takie samo nadała dzieciom.

Mała Hania była śliczną dziewczynką z czarnymi jak węgiel loczkami, takimiż oczętami okolonymi gęstym wachlarzem rzęs, bladą twarzyczką jak u porcelanowej lalki i ustami w kształcie serduszka. Urodę odziedziczyła po ojcu, charakter po matce. Jej starszy o rok brat Henryk ze swoimi płowymi włosami przypominał kropka w kropkę Marysię. Co do charakteru mama zawsze powtarzała, że jest jak jego dziadek Jan, a jej ojciec: inteligentny, sprytny, pracowity i zaradny życiowo.

Maria nigdy nie zapomniała swojego pierwszego męża. Czciła pamięć o nim jak największy skarb i może dlatego jej drugie małżeństwo z góry skazane było na porażkę. Na cześć nazwiska Józefa nadała dzieciom imiona zaczynające się na literę H. Dziesiątki razy pokazywała małej Hani zdjęcia z czasów swojej młodości. Część fotografii robionych w czasie wycieczek ocalała i teraz były niemym świadkiem jej szczęśliwych dni.

Hania dorastała w przeświadczeniu, że miłość to coś ulotnego, romantycznego i zupełnie odrealnionego. Tym bardziej że jej własny ojciec też dosyć szybko ulotnił się z ich życia. Gdy ona i brat osiągnęli wiek dojrzały, ich drogi się rozeszły. Henryk wyemigrował do Stanów, a Hania została z matką. Ukończyła studia pedagogiczne o kierunku filologia polska i podjęła pracę w pobliskim liceum. I nie wiadomo, jak potoczyłyby się jej losy, gdyby nie wyjazd ciała pedagogicznego na Węgry w ramach wymiany międzynarodowej.

To było jak w filmie: zakochała się całym swoim trzydziestoletnim jestestwem, spędziła duchem cztery fantastyczne dni nad Balatonem i ciałem trzy upojne noce w ramionach poznanego tam Marka Orneckiego, po czym wróciła wypełniona po brzegi miłością. Niestety, Marek już nigdy nie dał znaku życia. Gdy okazało się, że węgierskie noce zaowocowały dodatkowym szczęściem w postaci ciąży, Hania zaczęła wysyłać rozpaczliwe listy na jego warszawski adres. Kiedy w końcu pojechała tam razem z matką, zastały na drzwiach tabliczkę informującą, że pod tym adresem mieszkają państwo Kmiecikowie. Dwójka starszych ludzi ostatecznie pozbawiła Marię i Hanię złudzeń. „Nigdy tu nie mieszkał żaden Marek...” – zgodnie orzekli, kręcąc identycznie posiwiałymi głowami.

Hanka nie dała za wygraną, próbowała dotrzeć do ojca swojego dziecka przez Związek Nauczycielstwa Polskiego i organizację, która przygotowała wymianę, poruszyła nawet PCK – i nic. Marek Ornecki zapadł się pod ziemię. Dopiero gdy zaczęła rozważać nadanie komunikatu w Polskim Radiu, jej matka stanowczo zaprotestowała. Już i tak wstydziła się przed sąsiadkami, bo brzuszek Hani rósł równie szybko jak jej frustracja.

– Nawet nie wiesz, jak on się nazywał! Mógł cię oszukać! Skoro byłaś na tyle naiwna, że dałaś się nabrać na jego piękne oczy, teraz cierp. – W końcu nie wytrzymała i dzień przed Wigilią zrobiła Hannie awanturę. – Daj spokój, urodzisz i jakoś sobie poradzimy! Ja też was wychowałam sama, bo Zenek ani nie pracował, ani się wami nie zajął, a tylko wiecznie hulał po świecie.

Jak powiedziała, tak zrobiła. Żeby uciąć plotki i nie znosić ciągłych żartów, wyprowadziły się do Krakowa i tam zaczęły na nowo.

Gdy Hania urodziła ślicznego synka, jego babka poprosiła córkę o kontynuowanie rodzinnej tradycji przez nią zapoczątkowanej. Na pierwsze imię dały chłopcu Hugo, a na drugie Hubert. Razem wychowywały małego Hajdukiewicza, prześcigając się w tym, która ma się nim zajmować. Do siódmego roku życia spał albo z matką, albo z babką. Dopiero gdy powiedział w szkole, że nie ma swojego łóżka i koledzy publicznie go wyśmiali, zaprzestały tych praktyk, kupiły mu jednoosobowy tapczanik, ale jeszcze długo cała trójka cierpiała z tego powodu.

Hanna westchnęła cicho, gdy przypomniała sobie, jak często budziła się w nocy i chodziła po ich wielkim mieszkaniu, nie mogąc sobie znaleźć miejsca. Podniosła się z małej ławeczki postawionej przed laty przez Heńka, jak zawsze pogłaskała marmurowy pomnik z napisem głoszącym, że tu spoczywają Maria i Henryk Hajdukiewiczowie, piąty raz poprawiła wiązankę ze sztucznych kwiatów, którą przyniosła, po czym ruszyła w stronę bramy cmentarza Rakowickiego.

Wsiadła do samochodu i uruchomiła silnik. Przez chwilę przyglądała się, jak rozgrzane powietrze rozpuszcza cieniutką warstewkę lodu na przedniej szybie. Jej też przydałoby się takie ocieplenie. Pomyślała, że zadzwoni do syna. Starała się jak najrzadziej go absorbować, chociaż Hugo zawsze bardzo grzecznie z nią rozmawiał, raz w tygodniu jadł u niej obiad i zgrabnie udawał miłe zaskoczenie, gdy niezapowiedziana wpadała na kolację. Z oporami sięgnęła po telefon.

– Hugo? – spytała nieśmiało.

– Dzień dobry, mamo. Co słychać?

– Dzień dobry. Byłam na cmentarzu. – Cicho przełknęła ślinę. Wiedziała dobrze, że te jej codzienne wycieczki, zwłaszcza w zimie, trochę go irytowały. – A co u ciebie, synku? Może wpadłbyś na kolację? Zrobię naleśniki.

– Może jutro. Przepraszam, ale dzisiaj już jestem umówiony.

– Interesy?

– Nie. Spotykam się z dziewczyną.

Głos po drugiej stronie słuchawki brzmiał grzecznie, ale wystarczająco beznamiętnie, aby się domyśliła, że nie powinna drążyć tematu.

– Rozumiem. To wpadnij jutro. O której będziesz?

– Może o ósmej? Jeśli wyrobię się wcześniej, to cię uprzedzę.

– Dobrze. To do zobaczenia.

– Do zobaczenia.

Schowała aparat do torebki. Jej syn znów spotykał się z kobietą. Pomyślała, że to dobrze, chociaż nauczona doświadczeniem, studziła swój entuzjazm. Hugo spotykał się z wieloma kobietami i na razie nic z tego nie wynikało. Może był jak jego ojciec? Znów westchnęła. Już pewnie dawno by o nim zapomniała, ale los sprawił, że ich dziecko wyglądało jak kopia Marka Orneckiego. Te same rysy twarzy, budowa ciała, wzrost.

Kolejny raz szybko dokonała rozrachunków w swoim sercu i jak zawsze doszła do wniosku, że samotne macierzyństwo jest o niebo lepsze niż na przykład samotność w małżeństwie, chociaż tego drugiego z wiadomych względów nigdy nie zaznała.

Silnik peugeota cicho warknął, gdy wrzuciła jedynkę.

Od niecałej godziny Łucja miała wrażenie, że trafiła wprost do hollywoodzkiego filmu. Hugo przyjechał punktualnie, a ona tak się denerwowała, że wyszła wcześniej, choć dziewczyny ją ostrzegały, że to głupota stać pod akademikiem i czekać na faceta. Gdy Hajdukiewicz zajechał z fasonem swoją beemką, a później wyskoczył z samochodu, żeby się z nią przywitać, od razu zapomniała o tych upokarzających trzech minutach.

Szarmancko otwarł jej drzwi, pomógł zapiąć pasy, spytał, czy wygodnie, a w trakcie jazdy puścił płytę z nastrojową muzyką i kilka razy zagadał grzecznie, mówiąc na przykład o menu restauracji Sempre, do której się wybierali, i co mógłby jej polecić.

Był układny jak chodzący podręcznik savoir-vivre'u i Łucja pomyślała, że bardzo się jej to podoba i że szybko mogłaby przywyknąć do takiego traktowania. W restauracji nastąpił ciąg dalszy: Hugo dwoił się i troił, zdjął jej kurtkę, skomplementował strój i fryzurę, po czym zaprowadził do niewielkiego stolika we wnęce.

Znał ten lokal dosyć dobrze. Menu nie było zbyt bogate, ale wszystko, co oferowała restauracja, świadczyło o kunszcie kuchmistrza.

– Polecam ci łososia. Jest świetny. – Zerknął znad karty.

– Poproszę. – Łucja szybko odłożyła menu. Przelatując je pobieżnie wzrokiem, zauważyła, że ceny dań zupełnie nie pasują do jej studenckiego budżetu. Wprawdzie wygrała pięćset złotych, ale nie miała kiedy zrealizować czeku i Marta poratowała ją pożyczoną stówką, uprzedzając, że wszystko może się zdarzyć. Oczywiście Ola wyśmiała te obiekcje, mówiąc: „Hajdukiewicz zaprasza, Hajdukiewicz funduje" i „Na biednego nie trafiło", ale Łucja wolała mieć „jakiś grosz przy duszy", jak mawiała jej babcia.

Kelner przyjął zamówienie i bezszelestnie się oddalił. Hugo pomyślał, że zaproponuje coś na rozluźnienie atmosfery. Pamiętał, że podawali tu całkiem niezłe chardonnay.

– Wino?

– Dziękuję. Nie piję alkoholu.

– Nie? – Przyjrzał się jej spod lekko przymrużonych powiek. – Nigdy?

– Rzadko, ale ty się nie krępuj.

– Mam rozumieć, że odwieziesz mnie do domu? – Puścił do niej oczko.

– Och, zapomniałam, że prowadzisz – bąknęła, oblewając się rumieńcem.

– Masz prawo jazdy?

– Nie. – Łucja pokręciła głową. – W przyszłym roku zamierzam iść na kurs. Matka chrzestna obiecała na osiemnastce, że mi zafunduje. Ciekawe, czy sobie poradzę, bo strasznie jestem roztrzepana, przynajmniej tak mówi babcia.

– Uhm. Mogę o coś spytać? – Hugo lekko uniósł brwi.

– Tak. Najwyżej nie odpowiem – zauważyła rezolutnie.

– Co się stało z twoimi rodzicami?

– Nie żyją. – Leciutko zagryzła kącik ust. – Zginęli oboje, gdy miałam trochę ponad trzy lata.

– Wypadek samochodowy? – Hajdukiewicz sięgnął po karafkę i nalał wody do dwóch szklanek.

– Wypadek, ale nie samochodowy. Nadchodziła burza, zerwał się wiatr i zrzucił gniazdo z małymi bocianami z komina. Mama to zauważyła i poprosiła tatę, żeby je uratował. Tato wszedł na drabinę, a mama ją trzymała. Piorun uderzył prosto w nasz dach, poszedł po rynnie, a że drabina była metalowa… – nie dokończyła. Ścisnęła wargi do białości, żeby się nie rozpłakać.

Prawie nie pamiętała rodziców, ale zawsze było jej przykro, gdy przypominała sobie tę historię. Może dlatego, że babcia wzruszała się za każdym razem, gdy o tym mówiła, a może dlatego, że pamięć o rodzicach trwała zachowana w fotografiach, zwłaszcza w dużym portrecie ślubnym wiszącym na honorowym miejscu w pokoju gościnnym.

– Przykro mi. – Hugo rzucił konwencjonalną formułkę, ale lekko piknęło go w sercu, gdy pomyślał, że młodzi ludzie osierocili małe dziecko tylko dlatego, że chcieli uratować kilka bocianich piskląt.

– Dziękuję. – Łucja lekko się uśmiechnęła.

– Gdzie mieszka twoja babka?

– W Podolu. To mała wioska za Tarnowem. W domu jest tylko babcia, no i oczywiście ja, gdy wracam z uczelni. Na szczęście babcia nie jest sama, bo w domach obok mieszkają jej córki, siostry bliźniaczki: ciotka Irenka i ciotka Agata, ich mężowie, czyli wujek Janek i wujek Stefan, oraz moje kuzynostwo. W sumie jest nas kuzynów ośmioro: Łukasz, Justynka i Michał to dzieci cioci Agaty, a Marcin, Monika, Magda i Alinka cioci Irenki. Jest jeszcze Mariusz, mąż Justynki, i ich syn Dominik, czyli wnuczek ciotki Agatki. Moja babcia została na ojcowiźnie, miała siedmioro rodzeństwa, ale dwoje z nich już zmarło, a pozostała piątka rozpierzchła się po kraju. Oni wszyscy też mieli sporo dzieci, dlatego moja nieżyjąca mama i ciotki mają ponad trzydziestu kuzynów i kuzynek.

– Potężna rodzina. – Hajdukiewicz pokiwał głową z podziwem. – To rzadkie w dzisiejszych czasach.

– Na wsi raczej nie. – Łucja zmarszczyła czoło. – Mam taki przedmiot jak socjologia obszarów wiejskich i takie duże rodziny są często spotykane na wsi.

– Chciałabyś mieszkać w mieście?

– Mieszkam w mieście. Od niedawna, ale chyba już się przyzwyczaiłam. Mimo to nie wiem, czy chciałabym tu mieszkać na zawsze... Na stałe – szybko się poprawiła.

Zapadła niezręczna cisza. Hajdukiewicz wpatrywał się w siedzącą naprzeciw dziewczynę i myślał, że to spotkanie nie ma sensu. Łucja Maśnik była kimś zupełnie nie z jego świata, jakby zamierzał wiązać swoją przyszłość z elfem albo kosmitką. Była znacznie młodsza, pochodziła z innego środowiska, zachowywała się jak pełne ufności dziecko, podczas gdy on nie odnajdywał w sobie ani krzty uczucia, którym mógłby ją obdarzyć, ani nie czuł żadnej potrzeby, aby to ona w nim się zakochała. Nawet sposób, w jaki siedział: odchylony od stołu, oparty całymi plecami, jasno wskazywał, że nie szuka intymności, że nie ma ochoty ani wejść do świata Łucji, ani wpuścić ją do własnego. Postanowił, że po prostu zjedzą łososia, dopiją wodę i pożegnają się pod akademikiem.

Z każdym kolejnym kęsem wyśmienity łosoś stawał Łucji coraz bardziej w gardle. Nie pomagał ani szpinak z ryżem, ani przepijanie wodą o aromacie świeżej mięty, ani nawet nastrojowa muzyka. Łucja wiedziała dobrze, co było powodem, że ta pyszna ryba smakowała gorzej niż pizza serwowana w uczelnianym bufecie Stokrotka. Powód był jeden. Nazywał się Hugo Hajdukiewicz i siedział przed nią.

Czuła i widziała, że jest znudzony. Zanim kelner przyniósł kolację, próbowała zabawiać go rozmową. Opowiadała o uczelni, trochę o książkach, które ostatnio czytała. On rzucił jedną czy dwie zdawkowe uwagi, parę razy dyskretnie ziewnął, raz spojrzał ukradkiem na zegarek, a teraz co chwila zerkał na jej talerz, jakby chciał ją popędzić.

Starała się jak mogła, ale nie wychodziło, a raczej nie wchodziło, gdyby trzymać się ściśle semantyki. Kolejne kęsy zapychały gardło, zupełnie jak tort orzechowy, którego nie znosiła i którym kiedyś poczęstowała ją przyjaciółka babci, pani Julia. Wtedy też jadła na siłę, przełykając po cichu łzy, i dopiero babcia, która to zauważyła, kazała jej po prostu wypluć wszystko na talerzyk, ku oburzeniu pani Julii.

– Dziękuję, ale już nie zmieszczę. – Zdobyła się w końcu na odwagę i odłożyła sztućce.

– Nie smakowało ci?

– Smakowało! Naprawdę. – Łucja odwróciła wzrok, bo nie potrafiła kłamać. – Bardzo tu ładnie. – Rozejrzała się z udawanym zainteresowaniem. – Często tu przychodzisz? – Popatrzyła na Hajdukiewicza.

– Czasami. Z reguły szybko coś przekąszę na mieście lub w biurze. Za dużo obowiązków, żeby się rozsiadać w restauracji.

– No tak. – Potaknęła, przełykając ślinę.

– Dam ci moją wizytówkę. Może się kiedyś przyda. – Sięgnął do wewnętrznej kieszeni marynarki. – Cholera! – zaklął cicho. – Nie mam portfela, pewnie znów zostawiłem w kancelarii.

Łucja zastygła z wrażenia jak żona Lota. Fala rozczarowania przepłynęła przez każdą, nawet najmniejszą żyłkę: koniec randki, koniec wszystkiego. Komunikat o wizytówce był wystarczająco czytelny i rozwiał jej nadzieje do szczętu. Tak jak przypuszczała, to było zwykłe kurtuazyjne zaproszenie do restauracji, nie żadna randka. Druga refleksja: nie mają czym zapłacić. Ale w ułamku sekundy przypomniała sobie o stuzłotowym banknocie schowanym w kurtce.

– Mam sto złotych. Zapłacę – zaoferowała.

– Przestań! – warknął. – Nie będziesz płacić za kolację, na którą cię zaprosiłem. Poza tym nie starczy. Za kwadrans będę z powrotem.

– Przepraszam. – Znów zagryzła wargi. Tym razem tak mocno, że poczuła w ustach metaliczny posmak. Ze łzami w oczach patrzyła, jak Hugo zerwał się z fotela, energicznym krokiem podszedł do kelnera, który obsługiwał gości przy innym stoliku, i coś mu powiedział, po czym wypadł z sali.

– Marta? – Łucja przycisnęła telefon do ucha tak mocno, że prawie je zmiażdżyła.

– Tak. Co się dzieje? Czemu ryczysz?! Łuki, co się dzieje? – Zagórska zadawała pytania z prędkością światła.

– Nic – chlipnęła żałośnie.

– Jak to nic, przecież słyszę, że beczysz. Zrobił ci coś? Ja pierdzielę! No mówże!

– On mnie tu zostawił. – Łucja rozejrzała się wokół, na szczęście nikt nie zwracał na nią uwagi.

– Mów głośniej, bo słabo cię słyszę. Drą się jak idioci. Co ci zrobił?

– Zostawił – powtórzyła.

– Jak to zostawił? Gdzie?

– W restauracji. Zapomniał portfela, tak powiedział.

– Poczekaj, wyjdę na korytarz. – Coś zatrzeszczało w słuchawce. – No i co z tym portfelem? – spytała po kilkunastu sekundach.

– Pojechał po pieniądze, to znaczy po portfel do siebie, do biura – kontynuowała Łucja.

– Aha. No, to skąd ta grecka tragedia?

Przez moment zastanawiała się, czy wtajemniczyć przyjaciółkę w to, że piękna bajka jak szybko się zaczęła, tak samo szybko się zakończyła, ale ostatecznie zrezygnowała.

– A jak nie wróci? Ponoć te sto złotych nie wystarczy – wybrnęła.

– Tobie się chyba coś zrobiło z głową z tej miłości albo ci zwoje mózgowe wyprostowałam zamiast włosów. To nie jest złodziej ani żaden tulipan, żeby cię na darmowe żarcie naciągał! To jest prawnik. Bogaty prawnik, który nie będzie szargał sobie reputacji, zwiewając z knajpy. Poczekaj spokojnie, na pewno zaraz wróci.

– A jak nie? Przyjedziecie tu? – drążyła temat, starając się uspokoić.

– Jesteśmy z Olką w akademiku u chłopaków, wypiliśmy po parę piwek i nasza ruda koleżanka jest już lekko wstawiona, ale od biedy władujemy się w taksówkę i przybędziemy z odsieczą, choć nie powiem, że z ochotą, bo bawimy się świetnie.

– Uhm... to ja poczekam, ale jakby co, masz telefon pod ręką?

– Luz. Jak się nie zgłosi z trasy, dzwoń.

Łucja odłożyła komórkę na stolik. Rozmowa z Martą otrzeźwiła ją jak kubeł zimnej wody. Zachciało jej się siku, ale bała się wstać od stolika. „Co będzie, gdy kelner mnie zaczepi, bo pomyśli, że chcemy uciec, nie płacąc rachunku?" – zastanawiała się. Zerknęła na zegarek. Od wyjścia Hajdukiewicza nie upłynęło więcej niż pięć minut, a jej wydawało się, że siedzi tu sama całą wieczność. „Mogłam zabrać plecak" – żałowała w duchu. W plecaku zawsze miała coś do czytania. Sięgnęła w końcu po kartę win i z udawanym zapałem zaczęła ją studiować.

Hugo wpadł do szatni, wyjął z kieszeni płaszcza kluczyki i wybiegł na zewnątrz w samej marynarce. Przeklinał w duchu swoje gapiostwo. Ostatnio coraz częściej zdarzało mu się zapominać: a to dokumenty, a to telefon komórkowy, o terminach spotkań i nawet o posiłkach.

Wsiadł do samochodu, już odpalił silnik i wtedy przypomniało mu się, że przed porannym spotkaniem z Adamem włożył portfel do schowka. Zamierzał jak najszybciej wrócić do restauracji, gdy jego wzrok padł na paczkę papierosów, która leżała w schowku pewnie z pół roku. Wyjął jednego, wyszperał w bocznej kieszeni drzwi zapałki i uchylił szybę.

Odkąd wrócił ze Stanów, przestał palić. Nie mógł się przyzwyczaić do smaku polskich odpowiedników swoich ulubionych marlboro lightów. Zaciągnął się głęboko i kaszlnął, bo nieprzyzwyczajone do dymu gardło gwałtownie zaprotestowało.

– *Damn it!* – zaklął i po chwili prawie całego papierosa wyrzucił za okno. Wsparł głowę o oparcie fotela. Mógł pozwolić sobie na chwilę zwłoki. Podróż do kancelarii i tak zajęłaby znacznie więcej czasu.

Chciał znaleźć klucz. Coś, co pozwoliłoby mu na podjęcie decyzji: co dalej? Zauważył minę dziewczyny. Dobrze zinterpretowała sytuację z wizytówką, ale czy aż tak szybko zdążyła coś do niego poczuć? Spędzili ze sobą może dwie godziny, a jego zachowania na pewno nie można było nazwać szczególnie czułym czy uwodzicielskim. A może chodziło jej tylko o jego pieniądze? Bezradnie uderzył pięścią w kierownicę. Był jak dziecko we mgle, pewnie dlatego, że po raz pierwszy w życiu kobieta, z którą się umówił, sama była jak dziecko: nieporadna i naiwna.

– Fuck! – zaklął, gasząc silnik.

Po chwili echo poniosło trzask uderzenia drzwiami.

– Co się stało?

Łucja nie zauważyła, kiedy Hugo pojawił się przy stoliku. Błyskawicznie odłożyła kartę.

– Nic – zapewniła. – Nie myśl, że zachciało mi się wina, tak z nudów czytałam, ale za szybko wróciłeś. – Próbowała żartować, choć bez powodzenia.

Hajdukiewicz nawet nie skrzywił ust. Siadł i na chwilę wlepił w nią wzrok.

– Dlaczego płakałaś? Ktoś ci coś zrobił? – Rozejrzał się po sali w poszukiwaniu winowajcy.

– Nie! Nie płakałam – zaprzeczyła, szybko ocierając policzek.

– Przecież widzę. Rozmazałaś się – stwierdził sucho. – Z kimś rozmawiałaś? Stało się coś złego?

Łucja się zaczerwieniła. No tak, telefon leżał na blacie stolika jak dowód rzeczowy. Nie przypuszczała, że Hugo jest aż tak spostrzegawczy, a i o makijażu też nie pomyślała.

– Przepraszam, ale czy mógłbyś odwieźć mnie do akademika? – Spuściła wzrok na kolana. Przed jej oczami zatańczyły róże. Piękne, kolorowe, odwzorowane idealnie, z żółtopomarańczowymi pręcikami i płatkami o pofalowanych brzegach. Miała wrażenie, że gdy się nachyli, poczuje ich zapach.

Hugo bez słowa wyjął z portfela dwa stuzłotowe banknoty i położył na białym obrusie.

– Chodź – rzucił, podając Łucji telefon komórkowy. W milczeniu opuścili restaurację. Znów tak jak przed dwiema godzinami otworzył drzwi od strony pasażera, ale zamiast je zamknąć, gdy tylko wsiadła, stał i patrzył na nią. – Powiesz mi, o co chodzi? – westchnął, widząc jej nieudolną próbę zapięcia pasów. – Wystraszyłaś się, że ucieknę?

Dłoń Łucji opadła bezsilnie na kolana.

– Nie – mruknęła.

– To dlaczego płakałaś?

Łucja nie znosiła, gdy na nią naciskano. Im bardziej ktoś przypierał ją do muru, tym większy stawiała opór, aż do całkowitego zacięcia. Pomyślała, że prędzej się udusi, niż powie choćby jedno słówko. Niestety, łez powstrzymać nie mogła, znów zaczęły cieknąć ciurkiem. Choć za wszelką cenę próbowała zaciskać powieki, maleńkie kropelki i tak się wyślizgiwały, jak woda między palcami.

– Łucjo, popatrz na mnie. – Hugo chwycił ją za ramiona i obcesowo obrócił w swoją stronę. – Czy to przeze mnie?

– Raczej przeze mnie... – jęknęła, pociągając nosem. – Otwarła torebkę i wyciągnęła paczkę chusteczek. Dokładnie wytarła policzki, a potem, starając się zachować maksimum elegancji, wydmuchała nos.

Jej towarzysz obserwował cierpliwie trwającą prawie minutę operację i gdy tylko mała papierowa kulka zniknęła w kieszeni kurtki, znów lekko się nachylił w stronę dziewczyny. Starał się zachować spokój, ale cały ten dzień już go zmęczył i fizycznie, i psychicznie. Zwłaszcza końcówkę uznał za wyjątkowo uciążliwą i nieudaną.

– Powiesz mi w końcu, jaki masz problem? – wycedził, kręcąc głową.

– Hugo... ja wiem, że ty mnie nie lubisz. – Odważyła się podnieść na niego wzrok. – Wiem, że się nudzisz w moim towarzystwie, jedyne, czego nie znam, to powodu, dla którego mnie zaprosiłeś na kolację. Myślałam, że... – urwała, bo nie znajdowała słów, aby wytłumaczyć, co czuje.

– Że? – próbował jej pomóc, ale zabrzmiało to tak, jakby ją popędzał, więc uśmiechnął się dla dodania jej otuchy.

– Że wczoraj coś ci się spodobało, że fajnie ci się ze mną rozmawiało albo, nie wiem, zaciekawiłam cię? Cieszyłam się, ale dzisiaj, gdy chciałeś dać mi wizytówkę, zrozumiałam... – wykrztusiła, znów pociągając nosem.

– Dlatego się rozpłakałaś? – Przełknął ślinę. Czuł się niekomfortowo. Nie znosił, gdy kobiety płakały w jego obecności. Może dlatego, że jego matka nigdy przy nim nie pozwalała sobie na okazywanie słabości. Sióstr nie miał, wszystkie poprzednie dziewczyny wzruszały się wyłącznie przy zakładaniu soczewek kontaktowych, a jedna z nich wieki temu do łez doprowadziła jego, zamiast siebie. Czyli miał rację. Chodziło o wizytówkę. „Cholerne poczucie winy, jeszcze tego mi brakowało! – zaklął w duchu. – Co teraz, panie Hajdukiewicz?”

Naprędce próbował znaleźć jakieś wyjście, ale nic nie przychodziło mu do głowy. Przecież nie będzie się tłumaczył, że jest zmęczony, a cała ta randka była elementem durnego planu, bo pogrążyłby się jeszcze bardziej, i wtedy usłyszał zbawienny głos Solińskiego, który zawsze mu powtarzał: „Hajduk gdy jesteś w ciemnej dupie, po prostu zdaj się na instynkt!”.

Rozdział 4

Niczego nie pamiętała: ani drogi powrotnej, ani wejścia do akademika i do pokoju. Jej myśli i serce wypełnione były tylko jedną chwilą, odtwarzaną w kółko jak scena z filmu.

Hugo przyciąga ją do siebie, coraz bliżej i bliżej, ona zamyka oczy, ich nosy jakimś cudem stykają się bokami, a nie uderzają o siebie, czego zawsze się obawiała, a sekundę później czuje na ustach ciepły, miły dotyk męskich warg i nieśmiało pieszczący język.

Pocałował ją! Pierwszy raz w życiu naprawdę się całowała. Tak serio, jak w jej ulubionych komediach romantycznych lub melodramatach. Hugo nachylił się nad jej twarzą jak James Caviezel w *Oczach Anioła*, a ona jak Cameron Diaz w *Gangach Nowego Jorku* przytknęła dłonie do jego głowy, wplotła palce między jego jedwabiste czarne włosy i po prostu dała się ponieść… Serce waliło, aż brakowało jej tchu, a gdzieś w głębi swojego ciała poczuła nigdy wcześniej niepoznane pragnienie.

To było porażające. Łucja nie sądziła, że aż tyle można przeżyć, całując się z mężczyzną. Nie miała pojęcia, czy to może już miłość? Tak szybko? Czy to w ogóle możliwe? Zerwała się z łóżka, musiała komuś o tym wszystkim opowiedzieć! Natychmiast!

Wyjęła z torebki telefon. Babcia? Łucja pokręciła głową. Babci mogłoby się to nie spodobać. Dość się nasłuchała przez wakacje o tym, jak to powinna uważać na chłopaków. Doszło do tego, że dopiero propozycja pójścia do zakonu rzucona przy niedzielnym obiedzie zakończyła ten miniserial.

– Marta! – Przecież to oczywiste, że jeśli dyskutować o chłopakach, to wyłącznie z Martą, poza tym istniała spora szansa, że jest gdzieś blisko. Była dopiero dziewiąta, a dziewczyny pewnie ciągle jeszcze rezydowały w akademiku. Trzy minuty później jedna z uczelnianych przyjaciółek Łucji siedziała po turecku na wąskim tapczaniku i oczami wielkości pięciozłotówek obserwowała miotającą się po pokoju koleżankę. Ola z pewnością też chętnie by posłuchała, niestety, eksperymentalne drinki zrobione z soku Kubuś oraz wyborowej na to nie pozwoliły i została w pokoju Krystiana i Roberta.

– Weź się uspokój, siadaj i mów. – Marta klepnęła miejsce obok siebie. – Od początku.

– A mogę od końca? – Łucja zatrzymała się gdzieś pomiędzy szafą a małą umywalką. – Chyba jednak nie siądę, lepiej mi się myśli, gdy chodzę.

– Okej. Jak musisz, biegaj. – Zagórska oparła się wygodnie o wielką poduszkę obleczoną w wymiętą do granic możliwości białą poszewkę w stokrotki.

– No więc tak… – Łucja ruszyła w drogę, drepcząc wokół dywaniku jak więzień po zbyt małej powierzchni spacerniaka – odwiózł mnie do akademika, ale tego już z pewnością się domyśliłaś. Zanim mnie odwiózł, zaprosił na czwartek na kolejną randkę, bo chyba tak to już można nazwać. Nie na jutro, bo jutro ma zajęty wieczór. Powiedział, że idzie na kolację do mamy, na naleśniki. Jak myślisz? To prawda? – Zatrzymała się nagle i wlepiła wzrok w przyjaciółkę. – Czy to możliwe, żeby taki facet, trzydziestoletni prawnik, bogaty i elegancki, szedł do mamusi na naleśniki?

– Tia… Tacy też czasami muszą jeść i też mają matki.

– Może i masz rację – westchnęła cicho Łucja. – To już mamy ustalone. Tak, co było dalej, a raczej wcześniej… Otóż powiedział mi, że jest zmęczony i dlatego ziewał i w ogóle dlatego był taki… – Rozłożyła bezradnie ręce.

– Maśka, sorry, ale nic nie kapuję. Nic a nic. Chyba jednak musisz zacząć od początku. Po pierwsze, nie biegaj jak Tom za Jerrym, tylko usiądź. Po drugie, powiedz mi, dlaczego płakałaś, bo jak znam życie, nie chodziło o to, że zapomniał portfela. – Marta pokiwała głową.

– No dobrze. – Łucja przycupnęła na brzegu łóżka, zdjęła kozaki i usadowiła się wygodnie obok Marty. – Płakałam, bo... Bo na początku zachowywał się tak, jakby mu w ogóle nie zależało – westchnęła ze smutkiem. – Rozmawialiśmy, a w zasadzie to ja mówiłam, a on kilka razy ziewnął, potem popatrzył na zegarek, pewnie myślał, że nie zauważyłam, a gdy skończyliśmy jeść, powiedział, że da mi swoją wizytówkę na wszelki wypadek, gdybym kiedyś potrzebowała pomocy. I wtedy po prostu pomyślałam, że to koniec spotkania, koniec wszystkiego. No i wtedy właśnie on się zorientował, że zapomniał tego portfela. Powiedział, że zostawił go w biurze, i wyszedł.

– Aha, i wtedy zadzwoniłaś?

– No tak. A potem się okazało, że ten portfel został w samochodzie i Hugo szybko wrócił i mnie zaskoczył. Spytał, dlaczego płakałam, bo ten przeklęty makijaż mi się rozmazał. – Nerwowo potarła policzek. – I ja już nie mogłam wytrzymać, powiedziałam, żeby mnie odwiózł do akademika. On zostawił pieniądze, wyszliśmy, wsadził mnie do samochodu i znów się pyta, jaki mam problem. I nie wytrzymałam, powiedziałam mu, że ja to wszystko wiem i widzę, że go nudzę i że w ogóle bez sensu ta nasza randka... – Zagryzła wargi.

– Rozpłakałaś się? – Marta świetnie odgadywała stany emocjonalne.

– Tak. I wtedy on... – Nie zdołała dokończyć.

– Było buzi buzi? O! Super! – Zagórska znacząco uniosła brwi i uśmiechnęła się szeroko. – Jak ja lubię happy endy.

– Happy end? Czyli jednak koniec? – Głos Łucji lekko się załamał.

– Oj, Łuki, ależ ty jesteś zielona... A desperacją wieje, że zaraz mnie wyrzuci przez okno. Wiem, że większego doświadczenia nie masz, ale żeby aż tak? – Marta powoli traciła cierpliwość. – Posłuchaj, Hugo to zwykły człowiek, taki sam jak ty czy ja. Nie rób z niego bóstwa i centrum uniwersum, bo to jeszcze nikomu nie wyszło na dobre. Chyba ci pożyczę *Dlaczego mężczyźni kochają zołzy*, może trafi do ciebie.

– Przepraszam. Jestem głupia. – Łucja zwiesiła głowę. Wszystko było nie tak, a ten wspaniały pocałunek niczego nie zmieniał. Nawet Marta się wkurzyła jej zachowaniem. Ale co mogła poradzić? Hajdukiewicz spodobał się jej od pierwszego wejrzenia, już wtedy, w bibliotece. Potem na spotkaniu w biurze Solińskiego, gdy raz czy dwa uśmiechnął się, ukazując piękne zęby, i gdy przeczesywał swoje gęste błyszczące ciemne włosy i patrzył na nią tymi czarnymi oczami, okolonymi wachlarzem długich rzęs – popadała w zachwyt. Podobał jej się jak nikt na świecie. Nawet to, jak się ubierał, te wszystkie garnitury, koszule... Wyglądał idealnie, pachniał idealnie i w jej mniemaniu zachowywał się idealnie. Nawet jego nieco dziwny akcent wydawał się jej czymś oszałamiającym.

– Nie jesteś głupia, nigdy tak nie mów. – Marta przerwała wartki potok jej duchowych zachwytów. – Koleś skończył studia na Harvardzie, całe lata mieszkał w Stanach, pewnie ma kupę hajsu, ale to nie znaczy, że jest kimś lepszym od ciebie. Ani twoja wina, ani jego zasługa, że urodził się dekadę wcześniej i akurat tak mu się ułożyło życie i ma starych, którzy zapewnili mu dobry start, a ty nie. No i co z tego? Nieważne, jak zaczynasz, ważne, jak kończysz. Dotarło?

– Uhm – mruknęła Łucja z nietęgą miną. – Jak myślisz, dlaczego taki facet się mną zainteresował?

– Widzę, że nie dotarło! – Marta fuknęła. Chwyciła się za głowę i zaczęła intensywnie masować czoło. – Łuki, co to znaczy „taki"? Jaki? Że niby bogaty? I co z tego? I tak umrze, a do grobu majątku nie zabierze. Jesteś młoda, ładna, inteligentna, ambitna, fajna! Czego ci brakuje?

– Nie pasuję do niego. – Łucja drążyła temat. – Tak mi się wydaje.

– A mnie się wydaje, że bijemy pianę, a tak w ogóle jest późno i jak nie wrócę do domu przed jedenastą, starsza urwie mi głowę. Już dwa razy dzwoniła. Tysiąc razy jej mówiłam, że jestem dużą dziewczynką, ale chyba równie trudno jej w to uwierzyć, jak tobie we własną wartość. Dobra, uciekam. – Podniosła się z łóżka. – Wiesz, że nasza urocza przyjaciółka znajduje się trzy piętra niżej, u Krystiana i Roba?

– Uhm.

– Idź tam rano i spróbuj ją wywlec z łóżka, bo znów opuści zajęcia. Zrobisz dobry uczynek. Zostawiam kosmetyki. Nie chce mi się ich pakować, poza tym jutro wam bardziej się przydadzą, zwłaszcza Olce – zachichotała jak elf.

– Poczekaj! – Łucja zerwała się jak oparzona. – Potrzebuję pomocy!

– Coś jeszcze ci dolega? – Zatrzymała się przy drzwiach i spytała z nieco przesadną ironią.

– Zapomniałam na śmierć! Tym razem to ja mam zaplanować randkę – wykrztusiła przerażona.

– Ludzi straszysz. – Zagórska afektowanym ruchem przyłożyła dłoń do serca.

– Obiecałam mu to. Pomóż, gdzie, jak? Kino? – spytała, kręcąc nosem na własny pomysł.

– Pomyślmy... – Marta podrapała się po głowie. – Mam! Jarmark, a potem grzane winko w jakimś przytulnym pubie?

– Genialne! – pisnęła Łucja, ściskając przyjaciółkę. – Jesteś wielka.

– Mogę się oddalić?

– Kupię ci lizaka z napisem *I love you*, przyrzekam. – Ucałowała Martę w policzek.

– Kup swojemu facetowi, ja się odchudzam.

– Pani Haniu, mistrzostwo świata te naleśniki. – Soliński rozpływał się w zachwytach.

Kto jak kto, ale Adam był niepokonanym mistrzem w „nawijaniu makaronu na uszy" – jak to często określał jego rodzony ojciec. Hugo spontanicznie wyrwał Solę z kolegium redakcyjnego i w jego towarzystwie zjawił się u matki. Coraz częściej miał dosyć depresyjnych spotkań, podczas których mama referowała mu, kiedy i jak długo była na cmentarzu, kogo tam spotkała, ile zniczy kupiła i jaką wiązankę przygotowali w kwiaciarni, a poza tym nie bardzo miała ochotę na rozmowy o czymś innym, niż jego życie towarzyskie ze szczególnym naciskiem na towarzystwo damskie.

– Adasiu, może jeszcze dorobię ciasta? – Hanna uśmiechnęła się promiennie. Bardzo lubiła młodego Solińskiego, tak samo jak jego ojca, a nawet bardziej, bo przynajmniej w jego obecności nie odczuwała skrępowania spowodowanego częstymi zalotami Tadzia, męża Alicji – swojej jedynej i najlepszej przyjaciółki.

– Hugo, zjesz jeszcze? – Zerknęła na syna.

– Bardzo chętnie, mamo.

– Dajcie mi pięć minut. – Mrugnęła i wymaszerowała do kuchni.

– Czasami mam wrażenie, że nasze matki są mentalnymi bliźniaczkami. – Adam parsknął śmiechem, wskazując brodą na komodę zastawioną niezliczonymi bibelotami. – U nas jest identycznie, nawet zegar mamy taki sam. I takież serwetki. – Tym razem skupił wzrok na blacie stołu.

Rzeczywiście, mieszkanie państwa Solińskich było urządzone w bardzo podobnym stylu. Elegancko, ze smakiem, ale w ocenie Adama zbyt przeładowane zbędnymi przedmiotami. Na szczęście, odkąd pamiętał, jego matka nie musiała sama sprzątać, bo ojciec zadbał o pomoc domową.

U Hajduka wyglądało to nieco inaczej. Najpierw jego matki i babki nie było stać na takową, a gdy później wuj Henryk zaczął słać „zielone" i ich sytuacja finansowa znacznie się poprawiła, obie panie zgodnie orzekły, że żadna obca kobieta nie będzie się im na co dzień po domu szarogęsić. Podnajmowały jedynie gosposię Solińskich do cięższych prac, typu mycie wysokich, jak to w starym budownictwie, okien czy trzepanie wielkich dywanów.

– Codziennie dziękuję Bogu, że twoja matka tak się przyjaźni z moją. Gdyby nie ona, z pewnością mama kompletnie by zdziwaczała. Wiem, co mówię. – Hugo pokiwał głową. – Siedziałaby tylko na cmentarzu, no i może jeszcze w kawiarni raz na tydzień, bo lubi czasami wypić kawę z ekspresu.

– À propos kawiarni. Gdzie jutro porywasz małą? – Adam poznał już skróconą relację z kolacji. Pochwalił, gdy usłyszał informację, że kontakt fizyczny był i że wywarł na Łucji Maśnik absolutnie wstrząsające wrażenie. Podobało mu się również to, że Hajduk nie bawił się w zbędne ceregiele i narzucił termin randki, dostosowując go do własnego widzimisię.

– Ona porywa mnie. Dlaczego tylko ja mam się wysilać? Oddałem jej inicjatywę co do przebiegu spotkania – wyjaśnił.

– Niespodzianka?

– Tak. Nastawiam się na ekstremalne przeżycia – powiedział z udawanym entuzjazmem. – Gdy przeżyję, kolejna randka w piątek. Jakieś pomysły na idealną randkę z grzeczną panienką? – spytał. – Może lodowisko? Na Błoniach jest otwarte. Niech trochę pojeździ, mnie też ruch nie zaszkodzi.

– Dobry pomysł, wiesz... te wszystkie upadki, przypadki. Do macanek okazja idealna. – Adam znacząco uniósł brwi. – A później?

– Pewnie coś zjemy i do akademika. Wystarczy jak na trzecią randkę. Przypominam ci, to jeszcze dziecko, może nie metrykalnie, ale mentalnie... – Hugo machnął ręką.

– Ale rokuje dobrze? – dopytywał Soliński, czując się w pewnym stopniu odpowiedzialny za cały ten świeży jak wiejskie jaja „związek".

– Uhm. Jak najlepsze spółki na giełdzie.

– Mówiłeś jej coś o sobie?

– Niewiele. Prawie nic. Same ogólniki, i to też w dawce homeopatycznej.

– A sytuację rodzinną zna?

– *Nope.*

– Aha. Sprawdzałeś ją na fejsie?

– Mówiła, że nie ma konta na żadnym portalu społecznościowym, bo w akademiku nie ma komputera, jedynie w domu.

– Gdzie mieszka?

– Podole. Wioska blisko Tarnowa. Ma tam dom, to znaczy jej babka.

– Czyja babka? O kim rozmawiacie?

Pani Hania wkroczyła do salonu z półmiskiem wypełnionym po brzeg złożonymi w ćwiartki naleśnikami oprószonymi cukrem pudrem i ozdobionymi cieniutkimi jak opłatek plastrami pomarańczy ze skórką oraz listkami świeżej mięty.

– O Łucji Maśnik – wyjaśnił Hugo beznamiętnym tonem.

– Powinnam wiedzieć kto to? – Matka postawiła półmisek na środku okrągłego stołu. Przez moment przyglądała się uważnie swojej kulinarno-artystycznej kompozycji, by po sekundzie przesunąć porcelanowe naczynie niecały centymetr w lewo. Zawsze była perfekcjonistką i przywiązywała wagę do detali.

– To kobieta, z którą wczoraj się spotkałem. Byliśmy na kolacji.

– To twoja dziewczyna? – Usiadła na krześle, tuż obok syna, i nałożyła sobie jednego naleśnika. – Konfitury z róży? – Zerknęła na Solińskiego pytającym wzrokiem. – Przyniosę, jeśli lubisz. Domowej roboty, kupiłam na ryneczku.

– Dziękuję, wolę twarożek. – Adam szybko wrzucił na swój talerz kolejne trzy naleśniki i biały ser z miseczki. Nie pożałował sobie. Wszystko ledwie się zmieściło.

– Dopiero raz się spotkaliśmy. – Hugo nie zamierzał się rozgadywać. Tak samo jak jego przyjaciel załadował talerz do pełna i zajął się jedzeniem. Przynajmniej miał pretekst, żeby milczeć. Jego babka Maria nigdy nie pozwalała na rozmowy w trakcie posiłków. Twierdziła, że dziecko przy stole powinno zajmować się wyłącznie zawartością talerza. Tak się do tego przyzwyczaił, że gdy wyjechał do wujka Henryka, długo uchodził wśród nowych amerykańskich znajomych za mruka, bo podczas posiłku w ogóle się nie odzywał.

– Rozumiem, że to nie jakaś twoja znajoma? – Zwróciła się w stronę Adama.

– Pośrednio. Poznałem, a w zasadzie poznaliśmy ją przez przypadek. Moja firma współpracuje z UJ-otem. Realizujemy projekt wsparcia uczelnianych bibliotek, sponsorowany częściowo również przez jego kancelarię. – Wskazał na przyjaciela. – Uczelnia wysłała trzyosobową delegację z podziękowaniami. Ja spotkałem się z męską częścią, a Hugo trafił na pannę Maśnik. – Młody Soliński zgrabnie wybrnął z sytuacji.

– Ile ma lat? Kim są jej rodzice? – Hanna, ośmielona długą wypowiedzią Adama, zwróciła się do syna.

– Niecałe dziewiętnaście. Nie ma rodziców, zginęli w wypadku. Wychowuje ją babka – szybko zreferował.

– Osiemnaście lat? – Nie dała się zwieść zgrabnemu wybiegowi. – Hugo, nie uważasz, że trochę dla ciebie za młoda?

– Nie uważam. Poza tym przypominam, że byliśmy na pierwszej randce, jeśli w ogóle tak to można nazwać, i do kościelnych dzwonów jeszcze daleko – burknął znad talerza.

– Synku… – milczała przez chwilę – jeśli robisz coś pod presją…

– Mamo, może nie będziemy teraz o tym rozmawiać, dobrze? – Zwrócił się w jej stronę i obrzucił tak lodowatym spojrzeniem, że aż przeszedł ją dreszcz.

– Masz rację. Przepraszam. – Zaśmiała się lekko. – A co u ciebie, Adasiu? Jak w firmie? Wyobraź sobie, widziałam ostatnio reklamę, którą zrobiliście dla sieci delikatesów. Alicja mi pokazała. Naprawdę jest z ciebie dumna. – Hanna oparła się wygodnie. – I ma powody. To było naprawdę świetne. Z klasą, z humorem.

– Cieszę się, że przypadło pani do gustu. – Soliński potrafił równie gładko zmieniać nastrój i temat rozmowy jak i ona.

– Opowiedz, skąd ten pomysł?

– Otóż, nie uwierzy pani, ale inspiracją dla nas, a raczej dla mnie były pani tegoroczne imieniny, pani Haniu.

– Naprawdę? To jakaś niedorzeczność! – Hanna Hajdukiewicz wybuchnęła perlistym śmiechem.

– Niedorzecznością byłoby nie docenić tego wszystkiego, czym pani nas wtedy ugościła!

– Przeproszę was na sekundę. Muszę pilnie zadzwonić. – Hugo podniósł się z krzesła, wyszedł z jadalni, przemaszerował na drugi koniec mieszkania i schronił się w gabinecie. Siadł na starym fotelu wciśniętym między drzwi balkonowe a wielką szafę z książkami i oparł głowę o tapicerowaną poduszkę. Miał dość. Należało mu się pięć minut spokoju.

Rozdział 5

Było bajecznie. Łucja wyszła z akademika i rozejrzała się z zachwytem. Wyciągnęła przed siebie dłoń. Gdy mieszkała w Podolu, w takie dni jak ten na zewnątrz panowała dziwna, tajemnicza cisza, jak gdyby wszystkie dźwięki stłumił śnieg sypiący wielkimi płatami. Patrzyła na szybko roztapiające się płatki śniegu i pomyślała, że tu, w Krakowie, jest całkiem inaczej. Ludzie nie zwracali uwagi na piękno, szli starając się osłonić przed opadami i skupiając wzrok na posypanych solą chodnikach. Westchnęła, założyła włóczkowe rękawiczki, a potem energicznym krokiem pomaszerowała na przystanek.

Hugo zaparkował na Karmelickiej. Wysiadł z samochodu, zerknął na zegarek, później w niebo i z irytacją postawił kołnierz płaszcza. Wsadził ręce do kieszeni i ślizgając się po pokrytym mokrą breją asfalcie, dotarł pod Bagatelę. Łucja już czekała, odwrócona tyłem stała przy gablocie i chyba czytała repertuar teatralny. Poznał ją po rozpuszczonych włosach i tej samej kurtce, w której widział ją dwa dni wcześniej.

Przedarł się przez spory tłumek ludzi czekających na tramwaj, podszedł blisko i stanął zaraz za jej plecami.

– Hej – przywitał się cicho.

– Hej. – Natychmiast się odwróciła.

– Długo czekałaś? – Uniósł brwi i lekko się uśmiechnął.

– Nie lubię się spóźniać – wyjaśniła.

– Nie spóźniłem się. – Jeszcze raz zerknął na zegarek. – Za trzy szósta.

– Wiem. Nie miałam ciebie na myśli, mówiłam ogólnie. Akurat tak jechał autobus. – Czuła się okropnie skrępowana, bo wyszło na to, że jest nadgorliwa. Na dodatek miała wrażenie, że wszyscy ich obserwują, zwłaszcza dwie młode dziewczyny stojące bardzo blisko. Zanim Hugo się pojawił, dyskutowały żywiołowo o jakimś Tomku, ale teraz zamilkły i wlepiły oczy w Hajdukiewicza. „Pewnie wpadł im w oko – pomyślała, oceniając go wzrokiem. Ciekawe, czy się zastanawiają, co łączy przystojniaka w eleganckim wełnianym płaszczu z szarą myszką w znoszonej kurtce" – dokonała błyskawicznego porównania w głowie.

– Jaki plan? – spytał.

– Idziemy na świąteczny jarmark – oświadczyła trochę niepewnie.

– Zakupy? – parsknął pod nosem. – Mogłaś wybrać galerię, ale prowadź, to ty dzisiaj rządzisz – zażartował.

Ruszyli w stronę rynku. Jeszcze przed przejściem na drugą stronę ulicy Łucja nieśmiało wzięła go za rękę.

– Chętnie oddam ci władzę – wyznała z niewyraźną miną.

– Tymczasowo czy na zawsze? – Ścisnął mocno małą dłoń w czerwonej rękawiczce.

– Jak chcesz.

W milczeniu pokonali połowę Szewskiej, gdy nagle Hugo się zatrzymał.

– O co ci chodzi? – spytał, zerkając na nią.

– Mi? To znaczy mnie? – poprawiła się od razu, spuszczając wzrok na swoje znoszone kozaki. – O nic. – „Co miała mu powiedzieć? Że czuje się jak idiotka? Że ją onieśmiela swoim zachowaniem? Gdyby wyznała, na co ma ochotę, czyli na natychmiastowy powrót do akademika, pewnie by ją wyśmiał albo skrzyczał, że niepotrzebnie zawracała mu głowę".

– Okej. – Szczelniej zaciągnął poły jej kurtki, wziął za rękę i trzymając mocniej niż przedtem, pokierował w stronę rynku.

Spacerowali między straganami, zewsząd dobiegała muzyka, a raczej specyficzna kakofonia dźwięków. Przy co drugim, trzecim stoisku grało radio albo odtwarzacz, więc wszystkie kolędy mieszały się ze sobą, tworząc bardzo oryginalną kompozycję.

Łucja nie przepadała za Krakowem, ale dzisiaj pierwszy raz poczuła się troszkę jak u siebie. Odpowiadał jej ten rejwach kojarzący się z przedświątecznym zamieszaniem w rodzinnym domu w Podolu, natomiast Hugo czuł się jak skazaniec. Wlókł noga za nogą, rozglądał się, próbując znaleźć cokolwiek, co by choć trochę go zainteresowało. Ale cóż by to mogło być? Bombki? Stroiki? Dziesiątki pamiątek, kubeczków, figurek i innych nieco tandetnych bibelotów leżących na ladach i wyprodukowanych przez rękodzielników albo sprowadzonych z Chin? „Mogłem poprosić matkę, żeby to ona wybrała się na dzisiejszą randkę. Umarłaby ze szczęścia" – podsumował w myślach.

– Patrz, jakie cudne! – pisnęła Łucja i pociągnęła go w stronę straganu ze słodyczami.

– Rzeczywiście. Słodkie – stwierdził, starając się nie okazywać znudzenia i wykrzesać choć odrobinę entuzjazmu w głosie. – Zwłaszcza ten. – Pokazał na mały lizak w kształcie serca ozdobiony napisem *I lowe you*.

– Oj tam, czepiasz się – zachichotała. – Nie każdy cukiernik jest poliglotą.

– Nie da się ukryć.

– To coś znaczy? – zmarszczyła czoło. – *Low*, czyli niski, ale *lowe*?

– Nie kojarzę.

– Hm… kupię go. Jest oryginalny – stwierdziła figlarnym tonem.

– Dla mnie? – Uniósł znacząco brwi.

– Dla siebie. Jestem niska, może urosnę jak ty, gdy go zjem – wyjaśniła.

– Na pewno zadziała – zgodził się, rozbawiony jej poczuciem humoru i trochę zaskoczony, że to nie on otrzyma lizaka.

– Tobie kupię coś bez błędu – rzuciła.
– Wyznanie miłości na lizaku?
– Nie... – Przechyliła głowę. – To będzie coś innego. – Przez kilka minut wybierała słodycze do koszyka, mamrocząc coś cicho pod nosem. Zapłaciła, miły sprzedawca obdarzył ją uśmiechem i pożyczył im obojgu wesołych świąt.
– Proszę. – Wyjęła z siatki okrągły piernik. – To dla ciebie.
– „Uśmiechnij się" – przeczytał na głos treść napisu wykonanego z białego lukru.
– Uhm – potaknęła, zaczynając ściągać folię z lizaka.
– Wedle życzenia. – Hugo obdarzył ją nieco wymuszonym grymasem. – Zachowam na pamiątkę. – Mrugnął do Łucji i schował ciastko do kieszeni płaszcza.
– Wobec tego ja też zostawię mojego lizaka. – Zawinęła go z powrotem i włożyła do siatki.
– A to dla kogo? – Wskazał na wielkie piernikowe serce ledwie mieszczące się w reklamówce.
– Dla babci.
Znów chwycili się za ręce i ruszyli wzdłuż wąskiej ścieżki między kolejnymi straganami.
– A mniejsze serce? – drążył.
– Dla Damiana – odpowiedziała po chwili. Ucieszyła się, że Hugo zauważył, co kupiła. „Może choć troszkę jest o mnie zazdrosny" – pomyślała, podczas gdy on jedynie wertował pamięć w poszukiwaniu informacji, kim jest tajemniczy adresat piernikowego serca z napisem „Lubię Cię". „Byli Marcin i Michał, to wiem na pewno. Ale Damian? Chyba nie. Za dużo ma tych kuzynów" – skonstatował.
– Czyli? – poddał się po kilkunastu sekundach.
– Mojego przyjaciela, sąsiada z Podola.
– Rozumiem – rzucił beznamiętnie. – Może to on powinien teraz spacerować tu z tobą? – zapytał, uśmiechając się pod nosem.
Fala krwi uderzyła na jej policzki. Była na siebie zła. „Zazdrości ci się zachciało" – skarciła się w duszy.

– Hugo, chyba się nie obraziłeś? – spytała stropiona, zatrzymując się przy stoisku z ręcznie wyszywanymi serwetkami i obrusami.

– Nie. – Pokręcił głową. – A powinienem? – Stanął i z rozbawieniem obserwował, jak Łucja próbuje wybrnąć z sytuacji.

– Nie powinieneś. To mój przyjaciel, bo znam go od dziecka, ma tyle lat co ja – tłumaczyła się, czerwieniejąc na twarzy z każdym kolejnym słowem. – Mieszka niedaleko i zawsze po Wigilii przychodzi do nas do domu kolędować razem z braćmi. Ich jest aż sześciu, Damian najmłodszy – doprecyzowała. – Przychodzą co roku, bo taką mają tradycję, że odwiedzają najbliższych sąsiadów.

– Świetny zwyczaj. – Uśmiechnął się z aprobatą. – Czy nie powinnaś wobec tego kupić jeszcze pięć takich pierników?

– Hugo, po prostu... – na moment odwróciła wzrok, skupiając go na pięknym lnianym bieżniku wyszytym białą nicią w fantazyjny kwiatowy wzór – my kiedyś się spotykaliśmy i dlatego... – znów przerwała.

– Nie musisz się tłumaczyć. – Nie pozwolił jej dokończyć. – Dobrze mieć przyjaciela, zwłaszcza takiego, na którym zawsze można polegać i który zawsze o nas pamięta – oznajmił, kładąc dłoń na ramieniu Łucji.

– To nie tak, że my o sobie pamiętamy... – Nie potrafiła znaleźć właściwych słów. – To znaczy pamiętamy, lubimy się...

– A mnie nie lubisz? – przerwał jej, wybuchając śmiechem.

– Ciebie też lubię, ale inaczej, bo ja z Damianem, my... – zacięła się na dobre.

– Jesteście jak brat z siostrą?

– Dokładnie. Trafiłeś w sedno – potaknęła, oddychając z ulgą.

Hugo już chciał powiedzieć, że skoro kiedyś było inaczej, to nie powinna robić nadziei chłopakowi, wyróżniając go tym nieco romantycznym upominkiem, ale ostatecznie postanowił zakończyć dyskusję o tym, co łączyło jego nową dziewczynę i sąsiada z Podola.

– A ty masz jakąś przyjaciółkę? – spytała pozornie niewinnym tonem, a chcąc wypaść jeszcze bardziej przekonująco, podniosła jedną z serwetek i spytała o cenę właścicielkę straganu.

– Przyjaciółki nie, ale podobnie jak ty, mam przyjaciela.

– Uhm – mruknęła. – To ten Adam, z którym organizowałeś konkurs? – spytała.

– Tak.

– Koniecznie muszę go poznać.

– Przedstawię ci go, ale ty nie czuj się w obowiązku przedstawiania mi swojego przyjaciela – skwitował, we własnym mniemaniu bardzo dowcipnie.

Łucja pokręciła głową, bo zabrzmiało to bardzo ironicznie. Kupiła serwetkę dla babci i jako prezent dla mamy zaproponowała podobną swojemu towarzyszowi, ale ten odmówił, stwierdzając, że jego matka mogłaby sama otworzyć podobny stragan z tym, co posiadała.

Poszli dalej, zakręcili i weszli w drugą ścieżkę, natrafiając od razu na stoisko oblegane przez sporą grupkę młodych osób. Zagadka takiej popularności natychmiast się wyjaśniła.

– Pan szanowny kupi prezencik dla ślicznej dziewczyny! – krzyknął wesoło sprzedawca i chwycił Hajdukiewicza za rękaw płaszcza, żeby go zatrzymać. – Kupisz panience czapkę z uszkami, ona obdarzy cię całuskami – wyrecytował tubalnym głosem. – Smerfetki są z pomponami, a dziewczęta z rumieńcami.

Łucja zachichotała, podobnie jak kilka dziewczyn stojących obok i mierzących szaliki oraz czapki.

– Czapka w główkę grzeje, dziewczyna się śmieje! – skomentował zachowanie jednej z klientek, wywołując tym kolejne salwy śmiechu. – Sięgnijcie do mieszka i kupcie u Leszka! – Wymierzył wskazujący palec w swój wystający brzuch.

– Chcesz? – Hugo uniósł brwi, lekko się uśmiechając do Łucji. – Może to? – Wskazał na kiczowaty różowy zestaw składający się z szalika i czapki wydzierganej z puszystej włóczki i ozdobionej zabawnymi uszami jak u pluszowego misia.

– Panienka przymierzy, to tegoroczny hit. – Sprzedawca podał komplet.

Łucja stanęła przed niewielkim lustrem, założyła czapkę, owinęła się szalikiem i tak ubrana odwróciła w stronę obu mężczyzn.

– I jak? Wyglądam jak misia Pysia – zaczęła śmiać się jak szalona.

– Mysia pisia? – przekręcił pan Leszek, powodując wybuch powszechnej wesołości wśród wszystkich klientek, a nawet klientów, czyli Hajdukiewicza i młodego chłopaka, który stał obok i mierzył grubą uszatkę.

– Misia Pysia. – Łucja ledwie była w stanie sprostować, tak się śmiała. – To postać z *Troskliwych misiów*, takiej bajki dla dzieci.

– Przepraszam panienkę, bo ja jestem ten, jak to mówią, „dysk-lektyk" – wytłumaczył sprzedawca. – Dysk mi wypadł i noszą mnie w lektyce. – Puścił do niej oczko.

– Aha! – zachichotała Łucja, zdejmując różową czapkę.

– To może biały? – Podał kolejny zestaw.

– Chyba lepiej? – Znów się pokazała.

– Ślicznie! – Sprzedawca plasnął w dłonie. – Jak śnieżynka!

– Raczej bałwanek z uszami – podsumowała panna Maśnik, zerkając na swojego towarzysza i szukając aprobaty w jego oczach.

– Bardzo ładnie, bierzemy. – Hugo wyjął portfel i wręczył straganiarzowi stuzłotowy banknot.

– Będzie reszta, chyba że szanowny pan też coś sobie wybierze? – zachęcił.

– Nie noszę czapek. – Przeczesał palcami wilgotne od śniegu włosy.

– Hugo, bardzo ci dziękuję. – Łucja kolejny raz spojrzała do lusterka. – Cieplutkie i miłe – westchnęła, wtulając twarz w szalik.

– No to teraz proszę ucałować ukochanego! – zarządził sprzedawca, patrząc na dziewczynę i znacząco chrząkając.

– Może później. – Hugo zapobiegawczo się odsunął, bo nie znosił publicznego obściskiwania i okazywania czułości.

– Coś na łapeczki białego misia? – Sprzedawca nie odpuszczał. – Te nie pasują. – Wskazał brodą na czerwone rękawiczki.

– Niech będzie – zgodził się Hugo, który miał już dość zażywnego jegomościa z niezbyt wyrafinowanym poczuciem humoru.

Łucja założyła bialutkie rękawiczki, pan Leszek oderwał papierową metkę z czapki, złożył im życzenia, oczywiście okraszając je jeszcze jednym wierszykiem, a na koniec wręczył Hajdukiewiczowi parę męskich skarpetek jako gratis.

– Będę je zakładał do garnituru – mruknął Hugo, ledwie odeszli od straganu. – Trawiastozielone, pasują idealnie, i jeszcze te renifery…

– Uważam, że są słodkie. – Łucja schowała je do swojej siatki. – Może dość tych zakupów? – Ulitowała się, bo zauważyła, że jeszcze jeden stragan i Hugo nie wytrzyma.

– Na pewno? – prychnął. – Ja mogę tak chodzić godzinami. Uwielbiam zakupy, zwłaszcza połączone z występami artystycznymi – sarknął, biorąc Łucję za rękę i zdecydowanie przyspieszając.

– Mi się podobało – fuknęła, udając, że się obraziła.

– Bo ty jesteś misia.

– No tak, mnie sie podobało – zaśmiała się. – Idziemy coś zjeść! – zadecydowała, czując miły zapach grillowanych kiełbasek.

– Dobry pomysł, ale na ulicy jeść nie będę – uprzedził.

– Pójdziemy do jakiegoś lokalu – uspokoiła go, nieco zawiedziona, że nie zjedzą przy którymś ze straganów, skąd docierały te wszystkie przyjemne zapachy domowej kuchni. – Musisz powiedzieć, gdzie jest fajnie, bo ja rzadko bywam w restauracjach.

– Tu niedaleko jest niezła knajpa z amerykańskim jedzeniem.

– McDonald? – zażartowała.

– Niekoniecznie – odburknął.

– Prowadź wobec tego. – Wzruszyła ramionami.

Ledwie weszli do restauracji, a Łucja odetchnęła z ulgą. Pomieszczenia nie wyglądały jakoś szczególnie ekskluzywnie, nawet szatni nie było, więc uznała, że jej coraz bardziej kurczące się zasoby finansowe powinny wystarczyć.

– Co sobie życzysz? – spytał Hugo po krótkim studiowaniu menu. – Ja chyba wrzucę ten stek. – Pokazał jej jedną z pozycji.

– Hm... – Łucja miała niewyraźną minę.

Sądziła, że jej studencka kieszeń wytrzyma wizytę w tym niepozornie wyglądającym lokalu, ale, niestety, przeliczyła się. „Pięćdziesiąt cztery złote za stugramową porcję mięska" – pomyślała z trwogą. Z wystudiowaną obojętnością przeglądała kartę, aż trafiła na coś, co kosztowało niecałe piętnaście złotych.

– Nie śmiej się, ale chyba wezmę zestaw dla dzieci, nie zjem porcji dla dorosłego. – Położyła kartę przed sobą, podniosła oczy na Hajdukiewicza, a potem dla poparcia swoich słów wskazała spojrzeniem na sąsiedni stolik. Obok nich siedział mężczyzna i energicznie zabierał się do pałaszowania wielkiego hamburgera otoczonego górą frytek.

– Dostaniesz zabawkę – zakpił Hugo.

– Dam Dominiczkowi, synkowi Justysi – odparła rezolutnie.

– Co do picia?

– Herbata.

– Zdecydowali państwo? – Podeszła do nich ładna młoda kelnerka z zawieszoną na szyi plakietką informującą, że ma na imię Dagmara.

– Tak. – Hugo znów wziął kartę do ręki. – Dla pani zestaw kids i herbata, a dla mnie stek z polędwicy i podgrzane jabłkowe somersby.

– Coś na deser?

– Tak. Może sernik z polewą czekoladową.

– Hugo... – zawahała się Łucja – ja chyba nie zmieszczę.

– Jakoś sobie poradzisz – odparł.

– Zaraz wracam. – Łucja podniosła się z krzesła. Skierowała się w stronę toalet, weszła do kabiny i sprawdziła, ile ma pieniędzy. Skrzętnie przeliczyła wszystko, włącznie z bilonem, i z ulgą odetchnęła. „Powinno starczyć – wymamrotała, myśląc jednocześnie, że trochę nieelegancko płacić miedziakami. – Jakoś to będzie".

Gdy skończyli jeść, porozmawiali trochę o Krakowie. Hugo zwierzył się, że zdecydowanie woli Boston, co zaniepokoiło Łucję, więc zaczęła bronić Krakowa. Mówiła, że to piękne miasto i że bardzo dobrze się jej tu mieszka. Wtedy Hugo przypomniał, że jeszcze kilka dni temu była innego zdania o życiu w mieście. Ich pogawędkę przerwała kelnerka, która przyszła zabrać naczynia.

– Chcemy zapłacić. – Hajdukiewicz uśmiechnął się do niej.

– Ja zapłacę – zaoferowała się Łucja, ledwie zostali sami.

– Pozwolisz, że to ja ureguluję rachunek. – Wyjął z portfela dwustuzłotowy banknot

– Hm... Ja organizowałam dzisiejsze spotkanie. – Zmarszczyła czoło.

– Ustalmy coś. Nigdy nie pozwalam kobiecie płacić w restauracji. Gdybym tak zrobił, moja babka przewróciłaby się w grobie, a zależy mi na jej spokoju. – Puścił do niej oczko.

– Zgoda, ale pod jednym warunkiem.

– Tak?

– Niestety, nie mam doświadczenia, jak pewnie zdążyłeś zauważyć. Dlatego już nigdy nie będę planować przebiegu naszych randek. – Zabawnie przechyliła głowę.

– A będą kolejne? – spytał, mrużąc lekko oczy.

Łucja natychmiast spiekła raka. Na moment spuściła wzrok, wzięła głęboki wdech, żeby broń Boże się nie rozpłakać, i wyjąkała słowa przeprosin za zbytnią pewność siebie i za to, że zmusiła go do niezbyt przyjemnego spędzenia czasu.

– Źle mnie zrozumiałaś – próbował wyjaśnić naprędce, choć dobrze wiedział, że właściwie zinterpretowała sytuację, podobnie jak we wtorek, gdy chciał jej dać swoją wizytówkę. – Było całkiem sympatycznie, a spytałem, bo nie wiem, czy ty masz ochotę na kolejne spotkanie.

Dziewczyna przełknęła kluskę, która nie wiadomo kiedy pojawiła się w gardle. Sięgnęła po kubek i wypiła kilka ostatnich łyków herbaty, grając na zwłokę. „O co mu chodzi?" – zachodziła w głowę. W sukurs przyszła jej kelnerka, która wręczyła Hajdukiewiczowi rachunek. „Proszę wydać do stu pięćdziesięciu" – polecił. Uśmiechnęła się z powodu bardzo hojnego napiwku, choć akurat tym wcale nie była zaskoczona. Kojarzyła tego klienta nie tylko dlatego, że już parę razy go obsługiwała, lecz także z dwóch innych powodów: był bardzo przystojny i przeważnie przychodził tu w towarzystwie pięknej eleganckiej brunetki. Dzisiejsza towarzyszka znacznie mniej do niego pasowała i Dagmara trochę żałowała, że nigdy nie spróbowała go poderwać. Z góry zakładała, że u takiego mężczyzny nie ma szans. Gdy odeszła od stolika, Hugo zwrócił się do Łucji:

– To jak będzie? Spotkasz się ze mną?

– Jeśli chcesz, ja bardzo chętnie – wykrztusiła z trudem Łucja.

– Może jutro? Czy nie masz czasu?

– Mam – potaknęła ochoczo, prawie od razu żałując, że tak szybko się zgodziła. „Maśnik, panuj nad sobą, napalasz się jak młody dzik na gumowe szyszki" – skarciła się w myślach.

– Świetnie. O której?

– Może jak dzisiaj.

– W porządku. Przyjadę pod akademik. – Hugo podniósł się z krzesła. – Odwiozę cię.

Łucja nie miała wyboru, więc schowała do torebki maskotkę i też wstała.

– Mogę wrócić autobusem – powiedziała, patrząc na pustą szklankę po napoju Hugona.

Od razu zauważył, gdzie błądzi jej wzrok, i wyjaśnił, że somersby jest słabe. Podróż do akademika przebiegła w milczeniu, przetykanym jedynie lakonicznymi odpowiedziami Hajdukiewicza na nieśmiałe uwagi Łucji na temat pogody. Znów nie wiedziała, jak ma się zachować, więc odetchnęła z ulgą, gdy zaparkował pod budynkiem.

– Było bardzo sympatycznie – rzucił. – Dziękuję za miły wieczór.

– Ja też.

– Odprowadzę cię.

Nawet nie próbowała z nim dyskutować. Wysiedli z samochodu, gdy mijali portiernię, uspokoiła panią Krysię, że jej gość wejdzie tylko na chwilkę. Wszak była już prawie dziesiąta.

– Może masz ochotę na herbatę? – zaproponowała, otwierając pokój.

– Na herbatę nie, ale chyba ktoś jest mi winien podziękowanie za prezent – pociągnął lekko za prawe uszko czapki, przymrużając oczy.

– No tak. – Przełknęła ślinę. Serce waliło jej jak szalone, miała wrażenie, że słyszy je pod czaszką. Uniosła się na palcach, żeby cmoknąć go w policzek, ale Hugo nagle objął ją w pasie, przez sekundę popatrzył w oczy i zbliżył usta do jej rozchylonych warg. Znów odpłynęła. To było tak niesamowicie przyjemne, gdy jego język pieścił jej usta, a ich oddechy mieszały się ze sobą. Cudowny zapach jego ciała wydobywający się spomiędzy rozchylonego kołnierza płaszcza odbierał jej rozum. Dobrze, że jego silne ręce trzymały ją w mocnym uścisku, bo ugięły się pod nią nogi i niewiele brakowało, żeby osunęła się na ziemię.

Po kilkunastu sekundach delikatnie odsunął Łucję od siebie. Zerknął na jej zarumienione policzki i rozszerzone źrenice i uśmiechnął się z tryumfem. „Mam cię" – pomyślał.

– Do jutra – rzucił.

– Do jutra – powtórzyła po nim, jeszcze ciągle głęboko oddychając. Weszła do pokoju na nogach jak z waty. Padła na łóżko w ubraniu, zamknęła oczy i rozpłakała się z nadmiaru emocji.

Rozdział 6

Hugo zadzwonił. Dokładnie o szesnastej zero dwie. Dwie minuty po jej ostatnich zajęciach, czyli wykładzie z feministycznych teorii społecznych. Przywitał się, spytał co u niej, po czym nie czekając na odpowiedź, rzucił coś, co można by śmiało uznać za polecenie służbowe: „Ubierz się ciepło i wygodnie, najlepiej na cebulkę". Jeszcze tylko „do zobaczenia o szóstej" – i koniec.

Łucja nie miała zbyt wielkich wymagań. „Nie oczekuję średniowiecznego rycerza z mandoliną i piórkiem w zadku wierzchowca, na którym ten rycerz by przygalopował, ale ciut więcej zaangażowania i nieco milszego traktowania chyba mógłby okazać" – pomyślała. Odwróciła się i spojrzała na ostatni rząd krzeseł. Dziewczyny jeszcze się nie spakowały. Olka jak zwykle w piątki pewnie drzemała przez większość zajęć, a Marta rozmawiała z kimś przez telefon. Zagadać? Nie zagadać? – Zawahała się na moment.

Do domu już rano dzwoniła.

– Przepraszam, babciu, ale… dotrę dopiero jutro.

– A dlaczego zostajesz w Krakowie?

– E… bo… umówiłam się z kimś.

– Z kimś? A ten ktoś się jakoś nazywa?

– Tak, Hugo.

– Hugo? Dziwne imię. To Niemiec?

– Nie. Polak.

– To twój chłopak?

– E... coś w tym rodzaju...

I tak przez kolejnych pięć minut. Babcia przesłuchiwała, bo tylko tak można było odebrać kaskadę pytań, a Łucja wiła się jak piskorz, żeby jej odpowiedzi brzmiały jak najbardziej zniechęcająco i lakonicznie i żeby babcia dała już spokój. Oczywiście nie obyło się bez ostrzeżeń, uwag i innych pouczeń.

„Chyba mam dość rozmów o Hajdukiewiczu, czas na samodzielne decyzje" – Łucja westchnęła do siebie. Szybko spakowała plecak, pomachała dziewczynom i wyszła z sali.

W pół godziny dotarła do akademika, z czerwonym z zimna nosem i zgrabiałymi rękami. Na nic się zdały nowa puchowa kurtka kupiona okazyjnie od Oli, czapka, szal i para ciepłych rękawiczek. Kalendarzowa zima zaczęła swoje rządy z fantazją. W nocy dosypało bez mała pół metra śniegu, rano się pięknie rozchmurzyło, zaświeciło słońce i chwycił mróz. Dobrze, że chociaż wiatr nie wtrącił swoich trzech groszy, bo z minus piętnastu stopni zrobiłoby się trzydzieści.

Łucja poczłapała do łazienki. Stała dwadzieścia minut pod strumieniem gorącej wody i tajała jak sopel lodu na słońcu. Pomyślała, że najwyższy czas ogarnąć „krzaczory", czyli jak dosyć przesadnie nazywała, złociste włoski na ciele.

Babcia, przy wtórze ciotek, zawsze podkreślała, że nie rozumie tej mody na golenie wszystkiego, co wyrosło pod pachami czy na nogach. Na szczęście chyba nikt dotychczas jej nie oświecił, że depilacja obejmowała jeszcze jeden rejon. Dopiero by miała używanie. Uważała, że skoro Bóg dał człowiekowi włosy pod pachami, widocznie miał w tym jakiś cel i że natury poprawiać nie można. Oczywiście ciotki potakiwały i dopiero kiedyś luźno rzucona przez Łucję uwaga, że trwała, którą namiętnie robiła sobie ciotka Agata, i kasztanowa farba marki Celia, którą ciocia Irenka kupowała równie często jak Łucja podpaski – też naturalne nie są. Podsumowała, że ich zachowanie to hipokryzja, babcia zapałała świętym oburzeniem, ciotki śmiertelnie się obraziły i dopiero trzy bombonierki kupione z kieszonkowego oraz głośno wyrażona skrucha załagodziły sprawę.

Co jak co, ale rodzina Łucji nie grzeszyła nowoczesnością. Zwłaszcza starszyzna. Kuzynostwo co nieco ogarniało, na przykład Justynka radziła sobie nieźle i Monia też. Obie pracowały w Tarnowie, jedna jako ekspedientka w małej drogerii, a druga w salonie fryzjerskim. Ale i tak najbardziej „światowa" była Łucja. Jako jedyna poszła na studia i jako pierwsza wyjechała aż do Krakowa.

Ostatnie pociągnięcia maszynką i zabiegi kosmetyczne zostały zakończone. Łucja, owinięta szczelnie grubym szlafrokiem, szybko przedostała się do pokoju. Dobry kwadrans zajęło jej wysuszenie włosów. Były jak przekleństwo i błogosławieństwo razem wzięte. Pielęgnacja kosztowała sporo pieniędzy i zachodu, ale za to wrażenie, jakie wywierały, piękne i zdrowe, wynagradzało ten trud.

Makijaż zamierzała sobie podarować. Nietrudno było się domyślić, że Hugo porywał ją gdzieś, gdzie nie miało to większego znaczenia, poza tym za pierwszym razem nie zwrócił uwagi na efekty prawie godzinnych starań Marty, a i wczoraj nie rzekł nawet słowa. Po parominutowym wgapianiu się w lusterko leciutko pociągnęła rzęsy tuszem, a usta bezbarwnym błyszczykiem.

Teraz ubrania. Znów miała kłopot. Co to znaczy ciepło i wygodnie? Dżinsy i do tego rajstopy? A może założyć dwie pary legginsów i wełniane skarpetki? Z górnymi partiami problemu nie było: podkoszulek na ramiączkach, bluzka z długim rękawkiem, golf. Ale z dołem? Ostatecznie zdecydowała, że jednak ciepłe rajstopy i spodnie dżinsowe będą lepsze.

Łucja zerknęła na zegarek. Za trzy szósta. „Powoli! Bo znów będziesz stała pod akademikiem" – powiedziała do siebie, wkładając buty.

Kobiety rzadko zaskakiwały Hajdukiewicza. Miał ich sporo. Od koleżanek ze studiów, przez dziewczyny z sąsiedztwa, skończywszy na trzech romansach po powrocie do Polski. Ze strony Łucji nie spodziewał się fajerwerków. Zaliczył ją do kategorii tak zwanych mentalnych kucharek, dziewcząt studiujących, bo tak wypada, i nieoczekujących od życia niczego więcej niż rodzina, mieszkanie i przyzwoita praca, najlepiej na państwowej posadce.

Przyjechał jak za pierwszym razem punktualnie i tak samo jak we wtorek Łucja już czekała, drepcząc w miejscu. Było bardzo zimno i przez moment rozważał, czy wypad na lodowisko to dobry pomysł, tym bardziej że parę razy kichnęła, a całą drogę wycierała co chwila nos. Wypożyczyli łyżwy, on zasugerował, że może powinna jeszcze założyć ochraniacze na kolana, ale odmówiła. I zaczęło się...

Już po trzech minutach Hugo wiedział, że środowe proroctwa Solińskiego o możliwych wypadkach i upadkach oraz macankach w przypadku Łucji się nie sprawdzą. Ta mała jeździła świetnie, znacznie lepiej niż on. Rozpędzała się i wtedy jej długie włosy wystające spod uszatej czapki powiewały na wietrze. Wyglądała ślicznie, zarumieniona, uśmiechnięta. Mijając go, żartowała, że chyba przymarzł do tafli, i lekko go szturchała.

– Goń mnie! – krzyknęła przy kolejnym okrążeniu.

Rzucił się za nią, ale nie miał najmniejszych szans. Prześlizgiwała się między innymi łyżwiarzami z wprawą równą tej, z jaką on wyprzedzał jaguarem wujka wszystkie samochody na sześciopasmowej trasie przebiegającej przez Boston.

Zatrzymał się i podjechał do bandy oklejonej kolorowymi plakatami. Stał i patrzył na Łucję z niekłamanym zachwytem. Domyślił się, że takie umiejętności nie wzięły się z sufitu. Musiała kiedyś ćwiczyć, i to intensywnie.

Łucja zjechała tyłem na środek lodowiska, wybiła się lekko i wykonała całkiem zgrabnego toe-loopa. Wróciła do okręgu i znów rozpęd i skok na środku. Tym razem spróbowała zaliczyć rittbergera, ale nie wyszedł jej zbyt poprawnie.

– O! Jennifer Lopez! – powiedziała, słysząc pierwsze nuty *Let's get loud*. Uwielbiała ten utwór. Kiedyś ćwiczyła układ do niego. Szybko przypomniała sobie kroki i znów jechała na zewnętrznej krawędzi łyżwy, tym razem nieco szybciej. Kolejne wybicie, druga próba wykonania nieszczęsnego rittbergera i wyłożyła się jak długa. – Maśnik, jesteś lewa – parsknęła śmiechem. – Lewa, bez kondycji i zastana jak sportowiec emeryt! – skwitowała swoje wyczyny, leżąc i patrząc w wielki reflektor wiszący nad lodowiskiem.

Hugo też podskoczył, gdy jego oryginalna panna grzmotnęła o taflę. Szybko do niej dotarł, tym bardziej że Łucja leżała bez ruchu.

– Hej, wszystko w porządku? – Przykucnął tuż obok.

– Nie bardzo – zachichotała, siadając. – Dwa podejścia, dwa nieudane. Punktów brak. Wypadłam z tabeli.

– Nie mówiłaś, że taka z ciebie łyżwiarka, gdzie się uczyłaś? Dlaczego nie zajmujesz się tym profesjonalnie?

– No właśnie dlatego – klepnęła w lód – że jestem słaba. Siedem lat treningów i co? „Psińco" – zacytowała babcię. – Niestety, nie potrafiłam pozbyć się lęku i zawsze coś chrzaniłam przy skokach.

– Zaskoczyłaś mnie. – Pokręcił głową z uznaniem.

– Ty mnie też. – Łucja wstała i zaczęła otrzepywać spodnie. – Było super. Dzięki. Stawiałam raczej na spacer nad Wisłą, a tu, proszę, taka niespodzianka.

– Dlaczego? – Hugo chwycił ją za rękę i zaczął holować w stronę bramki. Zauważył, że jest zmęczona, bo ciężko dyszała. – Czyżbyś uważała mnie za sztywniaka? – spytał, lekko się uśmiechając.

– Hm... – Łucja znów ochrzaniła się w duchu za zbyt długi język. Może Hugo nie był szczególnie rozmowny, ale słuchaczem był świetnym i z pewnością potrafił czytać między wierszami, a już zwłaszcza w niej czytał jak w otwartej księdze. – To nie tak – powiedziała po chwili namysłu. – Myślałam, że takich facetów jak ty interesują bardziej... – urwała, szukając właściwych słów – wyrafinowane formy ruchu.

– Wyrafinowane formy ruchu? – powtórzył po niej.

– No tak mniej więcej – potwierdziła Łucja, mając na myśli sporty dla bogaczy: golf, tenis, może nawet grę w polo.

Z trudem się opanował, żeby ponownie nie wybuchnąć śmiechem, tak jak to zrobił, komentując wypowiedź o długim i ruchliwym języku. Ruszyli do wyjścia, oddali łyżwy i pomaszerowali w stronę parkingu.

„Ciekawe, co teraz?" – Łucja zastanawiała się gorączkowo, czy to już koniec randki. Podobało się jej. Było znacznie milej niż w trakcie poprzednich, no może oprócz chwil, gdy Hugo ją całował. To przebijało wszystkie inne momenty. Pomyślała, że zachowuje się jak nimfomanka, ale prawie natychmiast stwierdziła, że chyba termin „nimfomanka" nie jest w jej przypadku adekwatny. Była dziewicą i nawet nie miała żadnego chłopaka na serio, a kilka niewinnych spotkań z Damianem od Kowalików przecież się nie liczyło, bo Damian był jeszcze bardziej „zablokowany" niż ona i nawet nie wziął jej za rękę, gdy kiedyś wybrali się do Tarnowa na koncert i spacer.

– Głodna? – Hugo zatrzymał się przy samochodzie i otwarł jej drzwi.

– Trochę tak. – Pokiwała głową i od razu pociągła nosem. „Znów ten przeklęty katar" – pomyślała.

– Może zjemy kolację u mnie? Posłuchamy muzyki? Mam niezłą kolekcję winyli. Sporo klasyki i dżezu. Lubisz?

Hajdukiewicz wsiadł z drugiej strony, zapiął pas, odpalił silnik, żeby szyby się odmroziły, i teraz przyglądał się Łucji ze stoickim spokojem, jakby jego propozycja była czymś najbardziej niewinnym na świecie.

„O matko! O matko jedyna! Co mam powiedzieć?! – Przez głowę Łucji galopował milion myśli i wątpliwości. – On chce, żeby do niego jechać! Chce mnie uwieść. Na stówę".

Od razu przypomniała sobie ostrzeżenia Olki. „Pamiętaj, jeśli powie ci, że na przykład czegoś zapomniał zabrać z domu i żebyś razem z nim po to skoczyła, bo nie chce zostawiać cię samej w samochodzie, to wiedz, że coś się dzieje..." – Przeciągnęła wtedy głos jak pewien ksiądz znany z licznych filmików na YouTube. Oczywiście wszystkie ryknęły śmiechem, bo nawet Łucja widziała kiedyś taki film, pokazany przez jej kuzyna Michała.

– Kolacja?

– Kolacja – potwierdził. – Mówiłaś, że jesteś głodna. Poza tym widzę, że chyba bierze cię grypa i włóczęga po restauracjach raczej ci nie pomoże.

Łucja znów kichnęła. Przynajmniej miała pretekst, żeby opóźnić odpowiedź.

– Przepraszam na moment. – Otwarła torebkę i udając, że szuka paczki chusteczek, gorączkowo rozważała za i przeciw. „Na logikę, gdyby miał złe zamiary, nie zapraszałby tak otwarcie, raczej próbowałby mnie zmylić właśnie takim trikiem, o jakim wspominała Ola. Poza tym nie bądź takim dzikusem, Łucjo Maśnik, Hajdukiewicz to nie Kuba Rozpruwacz" – uznała. – Dziękuję za propozycję, ale to raczej ja powinnam cię zaprosić do siebie w rewanżu za wczoraj i za wtorek – wybrnęła dyplomatycznie.

– Nie ma sprawy. Masz pełną lodówkę? – Hugo odwrócił wzrok i skupił go na przedniej szybie. Ruszył z parkingu bardzo ostrożnie i powoli.

– Nie bardzo. W przyszłym tygodniu już nie mamy zajęć. Świąteczna przerwa aż do siódmego stycznia – próbowała się wytłumaczyć, wyklinając w duchu własną głupotę i brak wyczucia.

– Rozumiem, wobec tego jedziemy do mnie. Musisz coś zjeść i się zagrzać. Mam chyba nawet jakieś krople do nosa.

– Dobrze. – Łucja delikatnie chrząknęła. – Gdzie mieszkasz? – zagadała po minucie. Nie mogła wytrzymać napięcia, które się jej udzieliło zaraz po tym, jak Hugo zaproponował kolację u siebie. I jeszcze to jego milczenie, choć powoli zaczynała się przyzwyczajać do takiego stylu bycia.

– Na osiedlu Wiślane Tarasy, zaraz obok Galerii Kazimierz.

– Uhm. A twoja mama? Też w Krakowie?

– Tak.
– Sama?
– Tak.

„I znów. Cisza jak w grobie. Cholera jasna! – Normalny człowiek to by coś dodał? Gdzie dokładnie, w jakim mieszkaniu, dlaczego sama i tak dalej?! Przecież nie mogę go tak wiecznie ciągnąć za język! No co za mruk!”

– Puszczę coś – odezwał się Hugo, włączając Radio Zet.

„Dobre i to” – westchnęła do siebie.

Hajdukiewicz się miotał. Nie fizycznie, bo sztukę zachowania twarzy pokerzysty opanował do perfekcji jak większość dobrych prawników, zwłaszcza po Harvardzie. Miotał się wewnętrznie.

Miotał się, bo pierwszy raz w życiu zachowywał się irracjonalnie i bez planu. Żeby chociaż był pijany, mógłby jakoś wytłumaczyć swoje bezsensowne posunięcia, ale był – jak by to ujął Adam – rześki jak miętus i wypoczęty. Wstał dopiero po jedenastej, olał pracę i całe popołudnie czytał Dostojewskiego, potem oglądał telewizję i snuł się po mieszkaniu.

„Po cholerę ją zapraszałeś? Idioto!”– pomyślał, ale sekundę później się rozgrzeszył. Przecież był pewien, że się nie zgodzi, że jakoś wybrnie z sytuacji, i w zasadzie wybrnęła, ale zrobiła to nieudolnie.

Dojechali na osiedle. Wysiadł i zanim Łucja zdążyła odpiąć pasy, już był przy jej drzwiach. Szli do apartamentowca w milczeniu. Hugo chwycił dłoń dziewczyny, a ona nie oponowała. Dała się prowadzić jak owieczka na rzeź, rozglądając się na wszystkie strony.

– Ślicznie tu – westchnęła, gdy przemierzyli mniej niż połowę sporego placyku między budynkami. – A jakie chodniki czyste. Niewiarygodne.

Rzeczywiście miejsce zachwycało, nawet w zimie. Drzewa dyskretnie ozdobiono świątecznymi dekoracjami. Lampy w dziwacznych, nowoczesnych kształtach oświetlały małe skwerki rozrzucone tu i ówdzie. Przeszklone ściany budynku zdradzały luksus wnętrz. Cały plac codziennie bardzo dokładnie odśnieżano, a granitowe płyty chodników były czyszczone gruntownie i do sucha specjalnymi maszynami.

– W lecie przyjemniej. Fontanny działają – rzucił lakonicznie.

Weszli do holu. Dopiero gdy minęli recepcję i stanęli przed drzwiami windy, Łucja wzięła pierwszy oddech. Zaraz po przekroczeniu progu otaczający ich przepych po prostu zatkał ją tak, że prawie zapomniała o tej fizjologicznej czynności.

– Na którym piętrze mieszkasz? – spytała zupełnie bez sensu, ale musiała cokolwiek powiedzieć, gdy stali, czekając na windę. Miała po dziurki w nosie tego milczenia.

– Na siódmym – odparł dopiero wówczas, gdy do niej weszli. – Chcesz nacisnąć guzik? – spytał ironicznie i poczuł nieodpartą chęć, by palnąć sobie w łeb. Nie miał pojęcia, dlaczego tak się pastwił nad Łucją. Zdawał sobie sprawę, że jest nieprzyjemny i co chwila wprawia ją w zakłopotanie.

Dziewczyna nie odpowiedziała na tę impertynencję. Oparła się o ściankę windy i spuściła wzrok, udając, że kolejny raz szuka czegoś w torebce. Hugo zdał sobie sprawę, że jeszcze jeden taki tekst i znów będzie miał łzawą randkę, jak za pierwszym razem. Łucja nie była wyszczekana jak wszystkie jego koleżanki, przyjaciółki i eksdziewczyny. Była delikatna, ufna i bardzo wrażliwa. Jeśli chciał coś ugrać, najwyższy czas, żeby to sobie uświadomił.

– Wchodź. – Popchnął ją lekko do mieszkania.

Kolejny raz stanęła jak wryta. O ile cały parter budynku ją zachwycił, o tyle teraz miała wrażenie, że znajduje się na planie amerykańskiego filmu o milionerze. Wszystko, co ją otaczało, było niewiarygodne. Znów gra świateł, dziesiątki małych żarówek odbijających się w marmurowej posadzce o eleganckim kremowym odcieniu, lustra na ścianach i rozpościerający się przed nią ogromny pokój dzienny z jadalnią i aneksem kuchennym, cały utrzymany w ciepłej, brązowokarmelowej tonacji.

– Mogę zdjąć buty? – Popatrzyła na Hugona z nadzieją w oczach, że tym razem nie powiedziała nic głupiego i nie zachowała się niegrzecznie. Znała zasady savoir-vivre'u. Kupiła sobie kiedyś książkę o tej tematyce i przebrnęła przez nią kilka razy. Nie wypadało zdejmować butów, idąc z wizytą, ale z drugiej strony, jak mogła paradować w kozakach po tak jasnych i sterylnie czystych podłogach?

– Jeśli chcesz, pozwalam – zaśmiał się, zrzucając swoje. – Kapci nie mam, bo podłoga grzeje wystarczająco. – Odebrał od niej okrycie i wskazał miejsce na czapkę oraz szalik. – Poczekaj sekundę, zaraz sprawdzę, czy mam krople.

Zostawił ją na środku niewielkiego holu, a sam zniknął w bliżej nieokreślonym pomieszczeniu.

– Proszę. – Wręczył jej po chwili buteleczkę otrivinu. – Tu jest toaleta, jeśli chcesz skorzystać. – Wskazał palcem na drzwi po lewej stronie.

Łucja z ulgą schroniła się w łazience. Musiała ochłonąć. Pierwsze, co zrobiła, to ochlapała twarz zimną wodą, uważając na oczy, żeby, Boże broń, znów się nie rozmazać. Zrobiła porządek ze sprawiającym kłopoty nosem, skorzystała z toalety, umyła ręce i zamiast wyjść, opadła z powrotem na opuszczoną deskę sedesową.

– „I co ja robię tu? Co ty tutaj robisz?"... – cicho zanuciła, rozglądając się wokół.

Nie pasowała ani do tego miejsca, ani do Hajdukiewicza. Właśnie w pełni zdała sobie z tego sprawę. „On jest z Ameryki, a ja ze wsi" – pomyślała. Nawet w łazience było tysiąc razy ładniej i bardziej elegancko niż w jej rodzinnym domu. Przez chwilę rozmyślała o tym, co ją dotychczas spotkało, czyli jak w powiedzeniu „Od Sasa do lasa". Hugo zachowywał się nieprzewidywalnie. „Chociażby dzisiaj: najpierw lodowisko, było fajnie" – przyznała sama przed sobą. W samochodzie katastrofa, w windzie też. Ledwie przekroczyli próg i znów dobrze, gospodarz był miły, sympatyczny i troskliwy. „Nie nadążam za panem, panie Hajdukiewicz – stropiła się. – Nie nadążam".

– Wszystko w porządku? – Dobiegł ją zza drzwi męski głos.

– Tak. Już wychodzę. – Poderwała się nerwowo.

– Zapraszam! – Hugo krzyknął gdzieś z salonu.

Szybko podążyła w kierunku jego głosu.

– Zaraz będzie makaron. – Odwrócił się na chwilę i zerknął na nią.

Rozejrzała się, próbując znaleźć w miarę przytulne miejsce na wielkiej narożnej kanapie, zajmującej jedną czwartą powierzchni wyłożonej grubą beżową wykładziną. „Tu będzie dobrze" – pomyślała, przysiadając na skraju sofy. Przynajmniej z jednej strony chronił ją, oczywiście symbolicznie, szeroki podłokietnik.

– Usiądź tu. – Zauważył jej ruch i wskazał miejsce przy dużym prostokątnym stole ze szklanym blatem.

– Przepraszam. – Łucja szybko się przemieściła. „No tak! Była gapą, przy niskiej ławie stojącej przed sofą jadłoby się niewygodnie".

– Lubisz szpinak?

– Tak.

– A parmezan?

– Tak.

– Czosnek?

– Też.

– To dobrze – rzucił, stojąc przy piekarniku. – Dzisiaj piątek. Konsjerżka chyba bardzo skrupulatnie przestrzega katolickich obyczajów, bo zamówiła coś wegetariańskiego – zakpił.

Łucja obserwowała zdumiona, jak sprawnie mu idzie nakrywanie do stołu.

– Zapraszam – oznajmił, lekko się uśmiechając i stawiając przed nią dzbanek, którego zawartość przypominała sok wiśniowy.

Łucja była głodna. Pyszny makaron znikał w mgnieniu oka. Wprawdzie i tym razem nie zamienili przy posiłku zbyt wielu zdań, ale przynajmniej pogawędka była bardzo sympatyczna, i to Hugo wiódł prym.

Opowiedział w dużym skrócie, jak wygląda mieszkanie w takim miejscu. Zdradził, że od poniedziałku do piątku ktoś z recepcji zamawia dla niego ciepłą kolację do samodzielnego podgrzania, że w recepcji mają kartę do drzwi i sami to jedzenie dostarczają wprost do lodówki. Pokojówki zabierają też brudną odzież, którą zwracają po dwóch dniach czystą i pachnącą.

Na obawy Łucji, że jak tak można wchodzić do czyjegoś domu pod nieobecność właściciela, Hajdukiewicz odrzekł, że ufa obsłudze, poza tym i tak co drugi dzień ktoś tu sprząta, więc jest przyzwyczajony do braku prywatności, a personel jest dyskretny.

– Hm... Chyba mogłabym przywyknąć do takiego życia – Łucja westchnęła, lekko się uśmiechając. – Ale mnie i mojej rodziny nigdy nie będzie na to stać, chociaż czasami cuda się zdarzają, jak mówi babcia, gdy raz w roku puszcza kupon Lotto.

– Owszem. Czasami się zdarzają. – Hugo wyłuskał dwie pastylki i przesunął w jej stronę paczkę miętowych mentosów. – Poczęstuj się.

Łucja ze smakiem ssała cukierek, myśląc, że gospodarz zadbał o wszystko, nawet o taki detal jak zabicie zapachu czosnku, którego nie pożałowano do zapiekanki.

Hugo wstał i nalał jej tajemniczego napoju, po czym napełnił swój kieliszek i wrócił na miejsce po przeciwnej stronie stołu.

– Za spotkanie. – Wzniósł toast.

– Za spotkanie. – Łucja wykonała taki sam ruch, przystawiła krawędź lampki do ust i zamarła. To było coś z alkoholem? Szybko przełknęła kilka łyków i odstawiła, choć napój wyjątkowo jej smakował. Leciutko musował, był jednocześnie gorzki, kwaśny i słodki. I bardzo zimny, ale akurat to jej nie przeszkadzało, bo w apartamencie było chyba ze dwadzieścia pięć stopni i już w łazience zdjęła golf. Bluzkę z długim rękawem też by chętnie zrzuciła, gdyby nie to, że cieniutki, cielisty i bardzo wyeksploatowany podkoszulek nie nadawał się do eksponowania.

– E... przepraszam cię, zapomniałem, że nie pijesz. To szpryc. Jest bardzo słaby. – Hugo natychmiast zauważył jej reakcję.

– Szpryc? – Łucja popatrzyła nieufnie.

– Wino musujące, aperol i woda gazowana.

– Uhm – mruknęła bez przekonania. Nie miała pojęcia, co to aperol, a pytać nie chciała. Na sekundę zmarszczyła czoło, a potem odważnie sięgnęła po lampkę. „W końcu jestem pełnoletnia i chyba mogę to wypić" – pomyślała.

Ledwie odstawiła pusty kieliszek, Hugo znów go napełnił.

– Nie obawiaj się, nie będę mógł prowadzić, ale zamówię taryfę i odwiozę cię do akademika – oświadczył nagle.

– No tak. Szczerze mówiąc, nie pomyślałam. – Łucja zachichotała nerwowo. Zachowywała się dziwnie, chyba jej organizm, nieprzyzwyczajony do alkoholu, tak zareagował. Owszem, miała na koncie ze dwie butelki szampana uzbierane z wypitych toastów przy sylwestrowych imprezach i weselach, w których brała udział jako gość. Kilka butelek piwa też by się znalazło, czasem pitego przy grillu, ale na przykład wódki nie miała w ustach nigdy.

– Przejdziemy na sofę? – Podniósł się z krzesła.

Łucja podreptała za nim. Znów zajęła to samo miejsce w kąciku i odruchowo podwinęła pod siebie nogi. Lubiła w ten sposób siedzieć.

Hugo stanął przy szafce ze sprzętem i ostrożnie zakładał winylową płytę. – Lubisz Ellę Fitzgerald? – rzucił zza pleców.

– Uhm… – Łucja pokiwała głową. Choć nie bardzo kojarzyła, jaki gatunek muzyki reprezentuje tajemnicza Ella, w tym momencie lubiła wszystko. Wszystko się jej podobało. Czuła się jak w raju. Było ciepło, nastrojowo, bo nie wiadomo jak i kiedy kilka stylowych, stojących w rogach pokoju lamp lekko się ściemniło.

– *Cheek to cheek*, mój ulubiony kawałek.

Hajdukiewicz opadł tuż obok dziewczyny, wsparł jedną rękę o niskie miękkie oparcie sofy i założył nogę na nogę. Czuł się świetnie. Szpryc lekko go rozluźnił, był najedzony, nie miał nic do roboty, telefon wyłączył zaraz po wejściu do mieszkania. Pełny luz. No i jeszcze Łucja. Łucja, która go mile zaskoczyła swoimi umiejętnościami, zaimponowała tym, że nie spanikowała i przyjechała tutaj, i tym, że choć z oporami, ale wypiła z nim na spółkę litrowy dzbanek szpryca. Nagle uświadomił sobie, że już dawno nie miał kobiety, a ta mała wyjątkowo mu się podobała.

– *Heaven, I'm in heaven... and my heart beats so that I can hardly speak, and I seem to find the happiness I seek, when we're out together dancing cheek to cheek...*[*] – cicho zawtórował ciemnoskórej wokalistce. – Podoba ci się?

– Muzyka? – spytała, pocierając zaczerwienione policzki. – Tak, bardzo.

– A coś jeszcze poza muzyką? – droczył się z nią.

– Hugo... szybciej mogłabym wymienić, co mi się nie podoba. – Spuściła wzrok na swoje dłonie i zaczęła bawić się małym srebrnym pierścionkiem z bursztynowym oczkiem, który dostała od cioci Agaty jako pamiątkę po jej pobycie na wczasach w Jarosławcu, pierwszych i jedynych wczasach, na jakich ciotka była.

– Co mianowicie nie pasuje pannie Maśnik? – Hugo nachylił się, chwycił wąskie pasemko jej długich włosów i nawinął na swój palec.

– Nic oprócz mnie samej. Wiesz dobrze, że tu jest pięknie. Ty jesteś super i w ogóle zastanawiam się, o co ci chodzi – powiedziała, podnosząc na niego odważnie oczy. – Chcesz się ze mną przespać? Tak? – Nie potrafiła się opanować, alkohol coraz mocniej szumiał jej w głowie. Jakby tego było mało, Hugo przysunął się jeszcze bliżej i pachniał tak... że Łucja znów poczuła coś dziwnego w dole brzucha, jak w trakcie pocałunków.

– A ty nie chcesz? – odpowiedział pytaniem.

– Chcę. – Odwróciła głowę. Nie mogła na niego patrzeć, nie teraz, gdy znów w jej oczach zakręciły się łzy. Była taka słaba, złościło ją to. Chciała być obojętna, chciała mieć siłę, żeby wstać i wyjść stąd, ale nie mogła. Jej ciało wyrywało się

[*] Niebo, jestem w niebie... I moje serce bije tak szybko, że mam trudności z mówieniem. I wydaje się, że znalazłem szczęście, którego szukam. Kiedy jesteśmy razem, tańcząc policzek przy policzku (ang.).

do niego, a podszept rozumu został skutecznie zagłuszony alkoholem i tym, co czuła do Hajdukiewicza. „Jestem jak ćma, z pewnością spalę skrzydełka" – pomyślała.

– Łucjo, popatrz na mnie. – Delikatnie dotknął jej brody i obrócił w swoją stronę. – Nie zrobię ci krzywdy. Nic na siłę. Domyślam się, że jeszcze nigdy… tego nie robiłaś. Nie obawiaj się, to nie takie straszne, raczej bardzo miłe… – kusił obietnicą przyjemności. Patrzył na nią, a ona tonęła coraz bardziej w głębokiej czerni jego oczu.

– Nie chodzi mi o ból fizyczny… – Zagryzła wargę.

– A o co? – Położył dłoń na jej udzie.

– Ja po prostu… ja sobie nie poradzę, gdy ty… Wiem, że to dla ciebie zabawa, że nie myślisz o tym tak jak ja. Hugo, ja jestem inna, bo dla mnie to nie jest coś mało ważnego. Zabawisz się mną, a potem odejdziesz. – Odsunęła jego rękę. – Dziękuję za wszystko, pokazałeś mi swój świat, jest cudowny, ale nie pasuję tu, nie pasuję do ciebie i oboje dobrze o tym wiemy.

– Nie znasz mnie. Skąd wiesz, jakim jestem człowiekiem? – Zmarszczył czoło. Nie lubił, gdy mu odmawiano, gdy ktoś próbował go oceniać, szufladkować jego osobę i zachowania, choć sam często wpadał w heurystyczne pułapki. Poza tym był zły, że taki nastrojowy wieczór właśnie zaczął się rozłazić w szwach, a sprawy przybrały zdecydowanie zły obrót.

– Masz rację. Nie wiem, jakim jesteś człowiekiem, ale siebie znam bardzo dobrze. I wiem, że im bardziej to wszystko się rozwija, tym mocniej będę cierpieć, gdy się skończy, a skończy się na pewno. – Łucja pociągnęła nosem. – Pierwszy raz w życiu się upiłam i od razu na smutno. Kiepski dzień na debiuty. – Zaśmiała się przez łzy.

– Łucjo… – Hugo nerwowo przełknął ślinę – może i kiepski, ale spróbuję. Wyjdź za mnie…

Przez kilka długich sekund jej serce chyba stanęło w miejscu. Wzięła głęboki wdech i bez zastanowienia wypaliła, że nie powinien żartować z takich spraw. Sekundę później zerwała się z sofy i jak oparzona wybiegła z salonu. Chciała natychmiast wrócić do akademika. Rozejrzała się bezradnie po holu w poszukiwaniu swoich butów i kurtki, ale Hugo nie zamierzał zrezygnować. Był w korytarzu chwilę po niej i oparł się plecami o drzwi szafy wnękowej.

– Poczekaj. Nie żartowałem – powiedział, starając się zachować jak najbardziej poważny ton głosu.

– Nie żartowałeś?! – Łucja na sekundę wzniosła wzrok. – Tak, a chłopaki u naszego podolskiego szewca drewniane gwoździe prostują! – krzyknęła, kiwając z politowaniem głową.

– Że co? Jakie chłopaki? – Hugo wybałuszył oczy.

– No tak się mówi! Takie jest powiedzonko, panie Hajdukiewicz! – Aż tupnęła ze złości. – Dasz mi tę cholerną kurtkę?

– Łucjo! Uspokój się. Ja naprawdę mówiłem serio. Mam klęknąć? Proszę bardzo. – Hugo oderwał się od szafy i przyklęknął na prawe kolano. – Łucjo Maśnik, czy zrobisz mi ten zaszczyt i zostaniesz moją żoną?

– Nie wierzę. To się nie dzieje naprawdę. – Odwróciła głowę i wbiła wzrok w ścianę. – Oświadczyny w przedpokoju! A gdzie pierścionek? Kwiaty? – szydziła z założonymi na piersiach rękami. – Była na sto procent pewna, że stroi sobie z niej żarty i zaraz wybuchnie śmiechem. A nawet gdyby się upierał, a ona dała się nabrać, jedyne, co ją spotka, to noc spędzona w łóżku Hajdukiewicza, może jeszcze śniadanie i odstawka do akademika.

Hugo przez chwilę rozważał, czy powinien przynieść z gabinetu pierścionek. Przecież miał go, z dużym bladoróżowym brylantem, przywieziony ze Stanów. Ten, który kupił dla Nicole i którego jej nie wręczył z wiadomych powodów. Miał zamiar go zwrócić, ale od zakupu minęło zbyt wiele czasu i kierownik nowojorskiego salonu Tiffany'ego się nie zgodził.

„Jaka będzie reakcja? – Błyskawicznie analizował. – Pewnie krzyknie, że to sobie ukartowałem, żeby ją uwieść i że zażądam zwrotu, gdy już będzie po wszystkim. Nie. To nie jest dobry pomysł" – uznał.

– Nie mam kwiatów. Pierścionka też. Przepraszam, nie przygotowałem się – wstał – ale nie żartowałem. To spontaniczna decyzja, prosto z serca. Naprawdę chciałbym, żebyś została moją żoną.

– Jak mam ci uwierzyć? – Odważyła się na niego popatrzeć, bo już przeszła jej fala największej złości.

– Normalnie. Po prostu mi uwierz. – Wzruszył ramionami.

– Boże... Ja chyba oszaleję. – Na sekundę zakryła twarz dłońmi. – Dlaczego mam ci uwierzyć?

– Zakochałem się w tobie. To się czasami zdarza. – Pozwolił sobie na lekką ironię.

– Zakochałeś się – powtórzyła, ale jej głos nie brzmiał mile, raczej sarkastycznie.

– Tak. Zakochałem, a ty we mnie, i zaraz to udowodnię!

Łucja leniwie uniosła powieki. „Ale ładny" – westchnęła, widząc żyrandol wiszący nad jej głową: setki cieniutkich białych płatków otaczały żarówkę. Ruch powietrza sprawiał, że wyglądały jak stado motyli bielinków, które obsiadły wielką piłkę plażową.

Dziewczyna oparła się na przedramionach i odwróciła głowę w prawo. W całości przeszklona ściana zachęcała do wyjścia na taras. Niestety, nadal było bardzo zimno, choć słonecznie.

„Ciekawe, która godzina? Muszę jechać do domu" – jęknęła w duszy. Na szczęście zapowiedziała swój powrót dopiero na szesnastą, więc opadła na miękką poduszkę, zamknęła oczy i oddała się wspomnieniom. „Hugo mnie kocha – pomyślała. Kocha mnie, chce się ze mną ożenić... ja też go kocham..." Przypominała sobie każdą kolejną minutę tego niesamowitego wieczoru, najpiękniejszego w jej życiu: kolację, rozmowę na sofie, krótką kłótnię w holu, która jeszcze bardziej podkręciła atmosferę.

Znów miała przed oczami jego twarz, gdy zbliżył się do niej, objął mocno w pasie i przyciągnął do siebie. „Pocałuj mnie" – wychrypiał, a ona go posłuchała, utonęła w jego ramionach. Było jej tak cudownie, chyba jeszcze lepiej niż za pierwszym razem, pod restauracją Sempre. Całowali się, jego ręce coraz odważniej błądziły po jej plecach, potem zjechały na dół, wsunęły się pod cieniutką podkoszulkę…

Łucja zadrżała, bo znów poczuła dreszcz pożądania, który wtedy przebiegł przez jej spragnione ciało.

– Nadal chcesz to zrobić? – Hugo oderwał się od jej ust i spytał cicho.

Pokiwała głową. Bez słowa zaprowadził ją do tej pięknej sypialni. Odrzucił kołdrę obleczoną w popielatą satynę, odsłaniając białe prześcieradło. Później zajął się nią. Zdjął bluzkę, podkoszulek, rozpiął dżinsy i razem z rajstopami zsunął z dygoczących nóg. Została w samej bieliźnie, gdy lekko popchnął ją na łóżko. Na szczęście nie oczekiwał wzajemności i sam zrzucił swoje ciuchy. Chyba się domyślił, że nie miała zbyt wielu okazji oglądać nagiego mężczyzny z pełną erekcją, i wsunął się pod kołdrę w białych bokserkach.

Znów ją całował, gorąco i żarliwie, a ona to odwzajemniała. Wsunęła palce w jego włosy, gładziła kark. Hugo posadził ją na chwilę, rozpiął biustonosz i szepnął: „zdejmij resztę". Po chwili oboje byli nadzy…

Gdy męskie usta pierwszy raz dotknęły brodawki jej piersi, myślała, że eksploduje z pożądania, ale to było dopiero preludium. Pieścił je językiem, gładził, lekko ściskał w zamkniętej dłoni. Nie myślała o zabezpieczeniu. Nie zauważyła, kiedy sięgnął do szafki nocnej i wyjął prezerwatywę.

– Postaram się być delikatny – szepnął wprost do jej ucha, jak przed chwilą, gdy mówił, że jest piękna i że jej pragnie.

Zabolało bardzo, ale to był słodki ból. Gdy ją przeszył, krótki i ostry, jak draśnięcie nożem, wygięła się lekko, a potem instynktownie oplotła nogami męskie lędźwie.

– W porządku? – wychrypiał.

– Kochaj mnie mocno – poprosiła. – Kochaj mnie…

Łucja wzięła głęboki wdech na wspomnienie tej chwili. To było cudowne. Nie nastawiała się na wiele, wystarczająco się nasłuchała opowieści kuzynek, a i to, co czasami przeczytała na forach internetowych, nie nastrajało optymistycznie.

A ona? Łucja? Fala spełnienia przypłynęła prawie od razu. Tak bardzo jej było dobrze... To było najprzyjemniejsze uczucie, jakiego kiedykolwiek doświadczyła. Może dlatego zgodziła się zostać tu na noc. Nie chciała się rozstawać z ukochanym.

Drzwi cicho skrzypnęły. Od razu otwarła oczy i usiadła, zasłaniając piersi brzegiem kołdry.

– Obudziłaś się.

Hugo stał w progu, ubrany podobnie jak zeszłego dnia: w dżinsy i białą koszulę. W prawej ręce trzymał szlafrok.

– Śniadanie? Kawa? Herbata? Czego sobie życzysz? – spytał z uprzejmym uśmiechem.

– Dzień dobry – odparła rozpromieniona. – Kawa chętnie. Śniadanie niekoniecznie. Mój żołądek jeszcze śpi.

– Rozumiem. – Skinął głową. – W łazience na umywalce znajdziesz nieużywaną szczoteczkę do zębów. A to szlafrok. – Położył go na skraju materaca. – Może być trochę za duży.

„A gdzie poranny całus? Gdzie: witaj, kochanie, jak ci się spało? – mruknęła, gdy tylko wyszedł. – No cóż, panno Maśnik, na przyszłość muszą ci starczyć czułości jedynie w TYCH momentach. Może ten typ po prostu tak ma?" – Wzruszyła ramionami.

Podniosła się z łóżka, odwróciła i jęknęła ze zgrozą. „O mamuniu! – Chwyciła się za głowę na widok odsłoniętego prześcieradła. Na samym środku widniała plama po zaschniętej krwi. O mamuniu!" – jęknęła ponownie, bo zdała sobie sprawę, że ona też jest trochę umazana i że Hugo z pewnością to zauważył, gdy wstał. Pewnie dlatego przyniósł ten szlafrok! Szybko go założyła, nerwowo spoglądając na drzwi. Zaplamione miejsce przykryła kołdrą, zebrała swoje ubrania z dywanika, wysunęła ostrożnie głowę i przemknęła do łazienki.

Weszła do kabiny prysznicowej i postanowiła, że już nigdy z niej nie wyjdzie. Na pewno. Zostanie tu na zawsze. Niestety, dwadzieścia minut później, gdy się już umyła, wypucowała zęby, zakropiła nos i nawet pokusiła się o makijaż, czyli tusz plus błyszczyk, uznała, że nie wypada okupować łazienki w nieskończoność. „Co za wstyd!" – sarknęła, patrząc na swoje odbicie.

– Wszystko okej? – Hugo lekko zastukał w drzwi.

– Tak!

Otwarła drzwi i wyszła. Gospodarz stał w korytarzu i patrzył na nią z dziwnym wyrazem twarzy.

– Przepraszam. Ciągle zapominam, że ty też czasami korzystasz z tego przybytku.

– Mam drugą łazienkę. – Wskazał na drzwi obok schodów prowadzących na górny taras apartamentu. – To ja przepraszam, że cię poganiałem. Martwiłem się, bo...

– Wiem. Widziałam – przerwała mu gwałtownie. – Hugo, jeśli pozwolisz, zabiorę do domu pościel i...

– Chyba jesteś niepoważna! – Nie pozwolił jej skończyć. – Bałem się, że coś ci się stało, tak długo tam siedziałaś. Chodź, kawa stygnie.

Łucja podreptała za nim posłusznie. W przykuchennej jadalni czekały na nią śliczna filiżanka ze spodkiem, talerz, sztućce oraz... dwa półmiski obłożone po brzegi wędliną, serem, idealnie pokrojonymi pomidorami, plastrami świeżego ogórka i jajkami na twardo. Bułeczki wychylały rumiane policzki z małego koszyka i pachniały tak, że aż jej pociekła ślinka.

Siadła na tym samym miejscu co zeszłego wieczoru.

– Pomyślałem, że może jednak coś zjesz. Jesteś przeziębiona. Powinnaś się trochę wzmocnić. – Hugo postawił na stole duży dzbanek z kawą i mniejszy z ciepłym mlekiem. – Smacznego.

– Napracowałeś się – westchnęła. – Dziękuję.

– Nie napracowałem, to katering, ale zjeść i tak musisz. – Hugo usiadł naprzeciwko niej i wsparł brodę na dłoniach.

– Jadłeś już? – spytała, nerwowo przygryzając wargę. Czuła się nieswojo, że ją tak obserwuje.

Zauważył jej skrępowanie.

– Tak. Wstałem dwie godziny temu, ale chętnie wypiję drugą kawę.

– Pijesz czarną? – zagadała Łucja. Dopiero gdy to powiedziała, uświadomiła sobie, że chyba oczywiste jest, że skoro nie posłodził i mleka nie dolał, to kawa jest czarna. „Boże! Idiotko, nie stać cię na coś mądrzejszego?" – strofowała się w duchu.

– Drugą czarną. Pierwszą z mlekiem i cukrem, na rozruch – grzecznie odpowiedział Hugo. – Piję za dużo kawy. Czasami nawet sześć filiżanek dziennie.

– Sześć? Rzeczywiście dużo – potwierdziła.

Znów zapadła cisza. Niezręczna i przykra. „To ma być mój mąż? – westchnęła Łucja w duszy. – Zawsze będę czuć się przy nim taka skrępowana?" Sięgnęła po bułeczkę, przekroiła ją z trudem i dopiero wtedy zorientowała się, że na stole nie ma masła i kanapki sobie nie zrobi.

Hugo bez słowa podniósł się z krzesła i po chwili przed Łucją stał talerzyk ze świeżo odwiniętą z opakowania kostką masła.

– Irlandzkie. Jest miękkie – wyjaśnił.

– Dziękuję.

– Jeśli pozwolisz, odwiozę cię do domu – zaproponował po chwili.

– Do akademika? – Łucja podniosła wzrok.

– Też. Miałem na myśli Podole.

– Nie chcę ci sprawiać kłopotu.

– Nie sprawiasz. Przypuszczam, że przez tak długą nieobecność w domu masz dużo rzeczy do zabrania, poza tym jesteś chora – przypomniał.

– Dziękuję. Jesteś bardzo miły. – Uśmiechnęła się blado i znów spuściła oczy.

– Jeszcze jedna kwestia.

– Tak? – Łucja podniosła wzrok.

– Nie odpowiedziałaś jasno na moją prośbę.

– Jaką?

– Wczoraj poprosiłem cię o rękę. – Hajdukiewicz nawet nie drgnął. – Moja oferta była jak najbardziej poważna i nadal jest aktualna. Chciałbym wiedzieć, na czym stoję. Jeśli się zgadzasz, zamierzam przyjechać do twojego domu i oświadczyć się ponownie, tym razem oficjalnie i z pierścionkiem. – Wreszcie lekko się uśmiechnął.

– E... ja myślałam, że... – Łucja czuła wyraźnie, jak rumieńce wypełzają na jej policzki. – Myślałam, że to, co wczoraj się wydarzyło, jest... było jednoznaczną odpowiedzią – wydukała z trudem.

– Rozumiem. Bardzo się cieszę. Wobec tego podaj mi termin, kiedy mogę przyjechać.

– Może w Boże Narodzenie? – zaproponowała. – Och, przepraszam, pewnie chciałbyś spędzić święta z rodziną. A może w któryś dzień następnego tygodnia, na przykład w środę?

– Wtedy jest Nowy Rok, poza tym chyba wkrótce ty zostaniesz moją rodziną i to z tobą będę chciał spędzać święta – skwitował jej wypowiedź. – Ale jeśli to problem, przyjadę w Nowy Rok.

– Nie! Hugo, przepraszam! Oczywiście, że przyjedź w Boże Narodzenie. Zapraszam cię serdecznie.

– Świetnie, wobec tego datę mamy ustaloną. Godzina?

– Może być szesnasta?

– Tak.

– Hugo... – urwała i znów zagryzła kącik ust.

– Tak?

– Pomyślałam, że... oczywiście zaproszenie dotyczy również twoich rodziców, jeśli uznasz to za stosowne, ja bardzo chętnie... to znaczy babcia i ja bardzo chętnie ich poznamy – dodała szybko.

– Mam tylko matkę, jeśli pozwolisz, przyjadę sam. – Nagle jego twarz ścięła się jak oblana lodowatą wodą. – Na bliższe poznanie jeszcze przyjdzie czas.

– Przepraszam, nie chciałam cię urazić – wymamrotała stropiona.

– Nie uraziłaś. – Hugo podniósł się z krzesła. „Najwyższy czas się zbierać" – pomyślał, wkładając odruchowo swoją filiżankę do zmywarki.

W kuchni babci Maśnikowej panowało istne piekło. Szał przedświątecznych przygotowań zaczął się jak zawsze już trzy dni przed Wigilią, do której brakowało teraz zaledwie pięciu godzin.

Babcia kończyła czyścić nie wiadomo już którego karpia, ciotka Agata, umorusana mąką po samą grzywkę, panierowała i smażyła całą ławicę ryb, jej siostra Irenka mieszała groch z kapustą i doprawiała barszcz, którym już pięć razy się oparzyła, a Justyna w kącie na prowizorycznej stolnicy kończyła turlać podłużne kluski. I to wszystko przy wtórze bulgotania, smażenia, skwierczenia i akompaniamentu George'a Michaela śpiewającego w radiu *Last Christmas.*

Jedyną osobą, która nie cierpiała na świąteczną gorączkę, ale na inną, jeszcze cięższą chorobę pod nazwą „Jestem zakochana", była Łucja. Od sobotniego popołudnia snuła się po domu z głową w chmurach i napięciem skręcającym żołądek w mocny i twardy supeł. „Jak powiedzieć babci? Kiedy? Co? A może nic nie mówić, bo gdy Hugo mnie wystawi, wyjdę na idiotkę! A może mnie oszukał? Od soboty nie dał znaku życia. Nie zadzwonił, nie puścił esemesa, nic... Godzina zero to już jutro" – jęknęła w duchu nad stolnicą, na której układała ulepione przez siebie tysięczne uszko z grzybowym nadzieniem.

Jak co roku Wigilię spędzano u babci. Stawiali się wszyscy i przy stole zasiadało piętnaście osób. Usprawiedliwieniem nieobecności mógł być jedynie pobyt w szpitalu lub w jednostce wojskowej, ale od lat ta druga ewentualność nie wchodziła w grę, a pierwszej nikt nikomu nie życzył. Boże Narodzenie było natomiast spokojne. Ciotki jechały do swoich teściów, zabierając ze sobą całą dzieciarnię, a Łucja zostawała z babcią. W Szczepana powtórka, czyli wielki rodzinny obiad, kawa i ciasto, a raczej festiwal ciast, bo każda pani domu piekła co najmniej pięć blaszek, oraz zakąski i trochę alkoholu dla wujków.

„Raz kozie szkło w nogę! – pomyślała Łucja. – I tak się wszyscy dowiedzą. Poza tym jest takie zamieszanie, że nikt nie będzie miał czasu na zbędne rozkminki, zwłaszcza babcia. Iść? Nie iść? Hm… to chyba jednak nie jest dobre wyjście – rozejrzała się wokół. – Chyba porozmawiam wieczorem, już po wszystkim".

Łucja skleiła ostatnie uszka, przykryła je wielką lnianą serwetą i otrzepała ręce.

– Babciu – podeszła i lekko się przytuliła. – Co mam teraz robić?

– Uszka gotowe? – Maśnikowa popatrzyła z czułością na swoją ukochaną wnusię-córusię.

– Tak.

– Irenka, możesz już zacząć gotować uszka! Tylko nie zapomnij dodać oleju do wody, bo znów się posklejają jak w zeszłym roku – krzyknęła zza pleców. – Co masz robić? – Na chwilę odłożyła nóż i zerknęła na Łucję. – Weźcie się z Justynką za stół. Trzeba obrus rozłożyć i te twoje łuski – zaśmiała się wesoło.

– Alinka już to zrobiła.

– A rzeczywiście! – Uderzyła się wierzchem dłoni w spocone czoło. – Wiesz co? Mam już dość tej kuchni. Na chwilę muszę odsapnąć, ledwie stoję. Pomożesz mi spakować prezenty?

– Pewnie! – Łucja ochoczo pokiwała głową.

Los jej sprzyjał. Przez chwilę myślała, że to trochę dziwne, że babcia chce zrobić sobie przerwę, bo zwykle ostatnia schodziła z placu boju, czyli z wielkiej kuchni w suterenie. Zawsze coś jeszcze trzeba było zrobić: dokończyć, doprawić, posypać mrożoną natką pietruszki albo dołożyć szczyptę soli, a tu taka niespodzianka.

– To chodźmy. – Babcia zdjęła fartuch.

Łucja uwielbiała pokój babci. Był słoneczny i dosyć spory, choć niski, gdyż tak jak główna kuchnia mieścił się w suterenie. Bardzo zagracony, ale przez to przytulny. Czegoż tu nie było? Dwie wielkie szafy, okrągły stół i cztery krzesła, szafka z telewizorem, komoda zastawiona różnościami, czyli laurkami i dziesiątkami zdjęć w kiczowatych ramkach, oszklona witrynka z kryształami, stojący zegar, trzy kwietniki i... Kto by to wszystko zliczył?

Ale najważniejsze były dwa łóżka. Wyglądające trochę jak katafalki, z ogromnymi pierzynami, które gdy Łucja była dzieckiem, stały się jej placem zabaw i świetną kryjówką. Najczęściej wieczorami, zaraz po kąpieli, wchodziła do wnętrza poszwy przez otwór w kształcie rombu obszyty śliczną klockową koronką, zakopywała się w pierzynę i tak czekała na babcię.

Babcia dosyć szybko zauważała, że jej chochlik gdzieś się skrył. Wchodziła wtedy do pokoju i mruczała: Gdzie ta moja wnusia Łucusia się podziała? O ja biedna... nie ma jej... Co ja zrobię bez tego brzdąca.

Siadała na łóżku i udawała, że płacze, a wtedy Łucja wyskakiwała ze środka i rzucała się jej na szyję. „Oj, jakie to było super" – pomyślała, otwierając jedną z szaf.

– Tam nie zaglądaj – burknęła babcia. – Prezenty są w drugiej.

– Tu też coś jest. – Łucja zerknęła na babcię.

– Odejdź, niecnoto. Jak mówię, że w drugiej, to w drugiej – zaśmiała się, układając się na łóżku. Kupiła dla wnuczki nowy plecak i oczywiście smarkula musiała akurat ten jeden prezent znaleźć.

– No dobrze.

Po chwili cały dywan zawalony był niezliczoną ilością słodyczy, kopert i małych drobiazgów. Babcia kupowała prezent dla każdego. Skromnie – jak mówiła – ale dla wszystkich. Łucja sięgnęła po kolorowy papier i popatrzyła pytająco na swoją opiekunkę.

– Dla Irenki i Agatki bombonierki i apaszki, dla wszystkich mężczyzn koniak i skarpety, dla młodzieży po kopercie, niech sami kupią, co tam chcą, po czekoladzie i książce. W środku są dedykacje. A dla tego maleństwa od Justysi zabawki. Zapamiętałaś?

– Uhm.

Łucja zgrabnie porozdzielała wszystko na niewielkie kupki i zabrała się do pracy.

Zofia Maśnik zamierzała się zdrzemnąć. Choć cichy szelest ciętego papieru działał uspokajająco, sen jakoś nie nadchodził. Otwarła oczy i zaczęła się przyglądać swojej wychowance.

Łucja była jakaś inna, rozkojarzona, osowiała i jakby czegoś się obawiała. I jeszcze ten chłopak. Igor? Hugo? Próbowała sobie przypomnieć jego imię, no i Agatka, która powiedziała, że w sobotę Łucja wróciła do domu jakimś dużym i czarnym samochodem. Widziała ją, jak wysiadała i jak ktoś pomógł jej zanieść torby pod drzwi domu.

Oczywiście mała nie puściła pary z ust, a Zofia Maśnik na tyle dobrze znała wnuczkę, że nie dopytywała.

– Nie śpisz? – Łucja wyczuła, że babcia ją obserwuje.

– Nie.

– Uhm. – Schyliła się nad paczuszką dla rocznego Dominika.

– Czy ty czasami nie chcesz mi aby czegoś powiedzieć? – Babcia usiadła na łóżku.

– Chyba chcę. – Wzruszyła ramionami, nie przerywając owijania papierem bezkształtnej paczki z plastikowym traktorem.

– No to mów.

– Babciu ja… chyba zrobiłam coś głupiego.

– A co mianowicie?

– Chyba wszystko, co możliwe – westchnęła Łucja.

– Siadaj tu, moja panno. – Babka klepnęła materac obok siebie. – Tylko bez mydlenia oczu. Jak spowiedź, to zupełna, bo rozgrzeszenia nie będzie.

Łucja wstała z klęczek. Szła jak na ścięcie. Usiadła obok babci, a gdy ta chwyciła ją mocno za rękę swoją ciepłą dłonią, rozpłakała się jak dziecko. Pochlipując, zrzuciła wreszcie z siebie nieznośny ciężar, który przygniatał ją od dwóch dni.

– Babciu, ja zostałam u niego na noc… – wyłkała z trudem – u tego chłopaka, o którym ci mówiłam przez telefon. Ja go prawie nie znam, ale wiem, że jest bardzo bogaty i ma prawie trzydzieści lat. I my… No wiesz, co zrobiliśmy, a ja nawet nie wiem, czy on mnie kocha, a na dodatek on jutro ma tu przyjechać i się oświadczyć. I co teraz? A jak nie przyjedzie? – Podniosła na babkę zapłakaną twarz.

– O Matko Chrystusowa! – Zofia Maśnik wybałuszyła oczy. – O Matko!

– Nawywijałam? Myślisz, że nie przyjedzie? – Łucja z nadzieją wpatrywała się w babkę, ale gdy ta złapała się za serce i jeszcze raz jęknęła, wzywając tym razem Ukrzyżowanego, zaszlochała mocniej niż przed chwilą, zerwała się z łóżka i wypadła z pokoju, krzycząc: – Na pomoc! Babci coś się stało!

Rozdział 7

Hanna Hajdukiewicz zapinała powoli swoje eleganckie futerko, następnie założyła pasujący doń czarny kapelusz i takież skórkowe rękawiczki. Zajrzała do salonu.

– Wychodzę. Rodzice już czekają w samochodzie. Bądźcie grzeczni. – Puściła oczko do Adasia Solińskiego i swojego syna siedzących na kanapie.

– Bez obaw, pani Haniu. Będziemy. – Sola sięgnął po kawałek ciasta.

Doktorostwo Solińscy jak co roku wybierali się razem z panią Hanią na pasterkę do kościoła Mariackiego. A oni od trzech lat zostawali w domu, żeby uczcić lampką wina rozpoczynające się właśnie święta Bożego Narodzenia. Oczywiście za lat szczenięcych jechali na mszę razem z nimi, ale gdy Hugo wrócił ze Stanów, matka mu darowała udział w tej uroczystości. Zapanowała nowa katolicko-świecka tradycja, czyli Wigilia i śpiewanie kolęd przeniosły się do Solińskich, a nieformalny dwuosobowy event młodzieży odbywał się u Hajdukiewiczowej.

– Za święta! – Hugo napełnił tokajem dwa kieliszki i wzniósł toast.

– Za święta – zawtórował Adam. – Dobrze, to teraz opowiadaj.

Nie mógł się doczekać raportu z randek przyjaciela. Przez całe to świąteczne zamieszanie nawet nie mieli czasu i okazji porozmawiać.

– *Mission completed*[*].

– *Completed?* Jakoś nie widzę błysku obrączki, a to – wskazał brodą na butelkę wybornego aszú – chyba nie pępkówka.

– Łucja została u mnie na noc. – Hugo uśmiechnął się z tryumfem.

– A! Tak się sprawy mają. Ale to raczej *challenge accepted*[**] niż *mission completed.*

– Poprosiłem ją o rękę.

– Serio? I jaka odpowiedź?

– No co za idiotyczne pytanie! – W głosie Hajdukiewicza słychać było udawane oburzenie.

– Coś jeszcze się wydarzyło?

– Tak. Prezerwatywa poległa w starciu z wiankiem panny Maśnik, która na szczęście się nie zorientowała. Była zbyt rozpalona – dodał z lubieżnym uśmiechem.

– Nie! – Adam ryknął na całe gardło. – Twarda sztuka ci się trafiła, bracie! Polej! Musimy to uczcić. – Klasnął w uda opięte eleganckimi spodniami z ciemnogranatowej wełny.

Przez chwilę raczyli się winem. Soliński kręcił głową z podziwem i rozważał, jakie są szanse, że panna Łucja zajdzie w ciążę. Ostatecznie ustalili, że jakieś są, choć realnie patrząc, niewielkie. Hugo wtedy przywołał jedno z praw Murphy'ego mówiące o zasadzie serii, a Adam odpowiedział, że jeśli od razu się uda i panna Maśnik rzeczywiście będzie przy nadziei, on powierzy Hajdukowi całe swoje oszczędności, bo z takim fartem powinien zająć się graniem na giełdzie.

– Tak się wczułem, że aż mi okulary mgłą zaszły.

– Dobra, dosyć tych śmiechów – przyszły pan młody zakończył pogawędkę. – Lepiej powiedz, co zrobić z pierścionkiem.

– Nie dałeś jej pierścionka? Przecież masz, ten przywieziony ze Stanów. – Soliński wyjął chusteczkę, żeby przetrzeć szkła.

---

[*] Misja zakończona sukcesem (ang.).

[**] Wyzwanie podjęte, w toku (ang.).

– Nie. To byłoby kiepskie zagranie – zwerbalizował swoje obawy i przemyślenia z sobotniego wieczoru. – Zaprosiła mnie na jutro na szesnastą. Mam się oficjalnie oświadczyć w obecności jej babki.

– Daj jej ten od Tiffany'ego.

– A skąd go wyczarowałem? Od soboty?

– Kupiłeś u jubilera.

– Gdzie? Przypominam, że Tiffany nie ma swoich butików w Polsce. Chyba zawaliłem sprawę. – Hugo pokiwał głową. – Mogłem coś kupić w sobotę, chociażby w Aparcie.

– Nie zorientuje się. – Adam podniósł się z krzesła, rozlał resztkę wina i podał kieliszek przyjacielowi.

– I tu cię zaskoczę. Może i ona jest naiwniutka, ale bystra, i tylko czasami coś palnie od rzeczy.

– Mówisz, że sieć neuroprzekaźników panny Łucji jeszcze się rozwija? U mnie tylko regres. Pewnie przez alkohol. – Sola dopił ostatni łyk.

– Zorientuje się. Nawet gdyby nie znała się na biżuterii, wszystko od Tiffany'ego jest sygnowane. Na pudełku też są oznaczenia, choć akurat to nie problem, można je wyrzucić albo dać inne. Ale i tak prędzej czy później dotrze do tego i wtedy jak się wytłumaczę? Nie. To nie przejdzie. Chyba powiem, że pierścionek będzie później.

– Nie… no, stary, to dopiero będzie słabe. Poczekaj, sprawdzę, gdzie jest najbliższy sklep.

Adam wyjął iPhone'a i przez chwilę szukał w sieci odpowiedniej strony.

– Jest! Bingo! Praga czeska, panie Hajdukiewicz. Blisko, niecałe czterysta kilosów. Mogłeś dzisiaj pojechać i dokonać szalonego i spontanicznego zakupu dla ukochanej. I co ty na to?

– Jak spyta, wtedy wyjaśnię – mruknął Hugo.

– Mówiłeś coś matce?

– *Nope*. Powiem w drugi dzień świąt. Nastroszyła się jak kogut, gdy powiedziałem, że jutro wracam do siebie.

– Uhm. Coś jeszcze? Jakieś detale, nowe informacje o kandydatce?

– Odwiozłem Łucję do domu, ale zanim to nastąpiło, pojechaliśmy do akademika. Widziałem jej pokój. Na razie jest tam sama, bo dziewczyna, która z nią miała mieszkać, nieszczęśliwie złamała nogę i wraca dopiero pod koniec stycznia.

– I jak? Czysto? Wiesz, to ważne, bo pokazuje, jaką będzie gospodynią, mimo że stać cię na sprzątaczkę, niańkę i ogrodnika.

– Czysto – uciął Hugo. Szybko się zorientował, że Łucja musiała żyć bardzo skromnie. Pokój był wysprzątany, aż pachniało, ale wszystko, co stanowiło jego wyposażenie – zarówno własność akademika, jak i to, co prywatne – było stare i sfatygowane. Trochę to nim wstrząsnęło, nie był przyzwyczajony do takiego standardu życia. Nie zaznał biedy ani mieszkając z babką i matką w kamienicy w Krakowie, ani u wuja Henryka, ani po powrocie do Polski. W zasadzie w każdym nowym miejscu zamieszkania standard był wyższy.

– Chyba trochę zbyt szybko te zaręczyny. Trzecia randka i już? – Sola zmarszczył czoło. – Mogłeś przeciągnąć temat. Najpierw bzykanko, cztery-pięć spotkań, a formalności zostawić na później. Wiesz, na zasadzie: nie ma związku bez seksu.

– Obawiam się, że ona hołduje innej. Nie ma seksu bez związku.

– Może i racja. A jak w łóżku? – Adaś rozparł się wygodnie na skórzanej sofie.

– Bez fajerwerków. Choć nie powiem, temperament ma.

– Udało się zadowolić przyszłą panią Hajdukiewicz?

– Tak.

– No widzisz, stary, ja też nie próżnowałem.

– Z kim?

– Z taką jedną Sylwią, nie znasz, ale niewiele by brakowało, żeby to piękna Olga była na jej miejscu.

– Olga? – Hugo nie mógł uwierzyć w to, co usłyszał.

– Chyba nie jesteś psem ogrodnika?

– Przestań. Chcesz, to ją bierz – rzucił sucho, choć ciut go ubodło, że zwróciła swoje awanse w stronę Adama, tym bardziej że od ponad roku nie dawała mu spokoju, mimo licznych odpraw i konsekwentnego unikania jej towarzystwa, zwłaszcza sam na sam.

– Mam twoje błogosławieństwo?

– Chyba go nie potrzebujesz. Przecież trafia w najlepsze, poza moimi, ręce. – Hajdukiewicz zaśmiał się ze swojej riposty. – Wara jedynie od Łucji, ale to chyba oczywiste. A swoją drogą, jak się zgadaliście?

– Próbowała się dodzwonić do ciebie w piątek, no i się nie udało, więc zatelefonowała do mnie. Wpadła na kawkę, posiedziała trochę, pogadaliśmy, jakieś przytulaski, kizi-mizi, ale nic konkretnego. Wyszła o dziesiątej. A że krew nie woda, zadzwoniłem do Sylwii, no i…

– Sorry, Sola, chyba domyślasz się, skąd ta wizyta? – Odetchnął z ulgą, męskie ego nie ucierpiało, wręcz odwrotnie. O ile znał Olgę, zrobiła ten manewr wyłącznie po to, aby wywołać w nim zazdrość. Zaśmiał się w duchu, od razu poprawił mu się nastrój.

– Owszem, ale skoro ona cię nie interesuje, następnym razem, a jak znam życie na pewno będzie następny raz, nie będę miał oporów.

– *Enjoy.* – Hajdukiewicz od razu życzył mu powodzenia. – To co? Może jeszcze jedną butelczynę? – Podniósł się z kanapy. – Chardonnay?

– *Avec plaisir** – odparł Adam z pięknym francuskim akcentem.

Nie tak to miało być. Babci na szczęście nic się nie stało. To, co wyglądało na atak serca, było reakcją szokową spowodowaną

* Z przyjemnością (fr.).

wyznaniami wnuczki, ukochanej, wypieszczonej i jak się przekonała Zofia Maśnik, zupełnie nieprzygotowanej na pokusy świata.

Zamiast intymnej pogawędki w cztery oczy skończyło się rodzinnym sabatem czarownic. Zleciały się wszystkie... I ciotki, i kuzynki, i nawet wujek Stefan, ale szybko go wygoniono do kuchni ze względu na kobiecy charakter spontanicznego spotkania na szczycie oraz dobro kolacji wigilijnej.

Biedna Łucja musiała powtórzyć, oczywiście bez pikantnych detali, całą historię. Jedynie ciotka Irena spytała przytomnie, czy się zabezpieczyli. Miała trzy córki w wieku od czternastu do dwudziestu lat, więc jej przewrażliwienie nikogo nie dziwiło.

Orzeczenie sądu, czyli najstarszej członkini rodu, było proste i szybkie, a ostateczny werdykt miał zapaść dopiero w drugi dzień świąt: jeśli tajemniczy Hugo Hajdukiewicz przybędzie nazajutrz i oświadczy się, jak deklarował, skończy się na pouczeniu, wszak Łucja była młoda i miała prawo do popełnienia błędu. W przypadku drugim, czyli rejteradzie kawalera, babcia stwierdziła, że świat nie stanie w miejscu z tego powodu, a Łucja będzie miała nauczkę.

Na to wtrąciła się ciotka Irena, że gdyby faktycznie chłopak jej chrześnicy wystawił dziewczynę, należałoby go jakoś postawić do pionu. Zaproponowała, że ona to załatwi ze swoim mężem i szwagrem, że razem pojadą do tego Krakowa, do mieszkania tego Hajdukiewicza i przemówią mu do rozumu, co to znaczy skrzywdzić dziewczynę, i to jeszcze taką młodą i sierotę. Ciotka Agata się obruszyła: sama jesteś sierota, jakie to ma znaczenie, że sierota? Poza tym nie kracz i nie rób z Łucji jakiejś pierwszej durnej we wsi! A tak w ogóle to niesieroty można krzywdzić?

No i rozpętało się małe piekiełko, czyli jak to nazywał kuzyn Marcin, babska gównoburza. Na szczęście wpadł Stefan i przywołał towarzystwo do porządku, mówiąc, że jak się zaraz baby nie zamkną, na Wigilię będzie tylko opłatek i czekolada z paczek. Jak szybko się zebrały, tak szybko ruszyły tłumnie do kuchni, zostawiając na placu boju jedynie seniorkę oraz główną bohaterkę dramatu.

Porozmawiały. Długo i spokojnie. W zasadzie to babcia mówiła, a Łucja słuchała, pochlipując w rękaw. „Pamiętaj, świat się nie kończy, gdy bliska osoba odchodzi lub zawodzi. Ciągle jeszcze jest ktoś dla ciebie najważniejszy, ty sama..."

A później było jak w bajce. Wszyscy usiedli do stołu, taktownie nikt już nie wspomniał o całym wydarzeniu, było dwanaście dań i prezenty, wspólne kolędowanie, wizyta Kowalików i wyprawa do kościoła na pasterkę...

Bożonarodzeniowy poranek przywitał Łucję ciszą. W nocy zaczął padać śnieg, padał i padał, otulając Podole miękką jak babcina pierzynką puchu. Jedni i drudzy wujostwo z trudem wydostali się z domów zasypanych prawie metrową warstwą śniegu. Stefan i Janek na zmianę wyciągali traktorem swoje samochody, ale jakoś się udało i pojechali. W domu zostały tylko babcia i Łucja. Ta ostatnia kręciła się od rana, jak to mawiał czasami nieżyjący już mąż Zofii Maśnik dziadek Feliks, jak Żyd po pustym sklepie. Zjadła z babcią obiad, a raczej babcia jadła, a ona dłubała widelcem w panierowanej rybie. Posprzątała swój pokoik, chociaż nie było co w nim robić, skoro przed świętami cały dom został wypucowany na błysk. Później ogarnęła kuchnię, co zajęło jej dobre trzy godziny, przygotowała dwie patery z ciastem, piąty raz sprawdziła, czy mają świeżą kawę i dobrą herbatę, uzupełniła cukier w kryształowej cukiernicy, wymieniła obrus na stole w gościnnym, oczywiście wkładając pod niego trzy piękne błyszczące łuski z tegorocznego karpia, i już... wszystko było gotowe, a do czwartej brakowało jeszcze prawie dwa kwadranse.

– Oj, nie plątaj się tak pod nogami, bo cię do krzesła przyszyję – westchnęła babka, patrząc na nią. – Przyjedzie, przyjedzie. Nie martw się.

– A jak nie przyjedzie? – Stała już od piętnastu minut i wypatrywała czarnego punktu na jednolicie białym horyzoncie.

– Jak mówię, że przyjedzie, to przyjedzie. Włącz telewizor, koncert mają nadawać z Zakopanego. – Zofia usiadła na brzegu łóżka. Znów kiepsko się czuła, drżała jej prawa ręka i coś ją rwało w boku. Stwierdziła, że to chyba skutek nocnej wycieczki do przecławskiego kościoła albo przepracowania przy gotowaniu, a może to po prostu zwykła starość, wszak w przyszłym roku miała obchodzić sześćdziesiąte urodziny.

Łucja szybko kliknęła przycisk na pilocie i po chwili pokój babci wypełnił się piękną pastorałką *Oj, maluśki, maluśki*...

– Chodźże tu, wiercipięto. No i czego się tak denerwujesz?

– Nie wiem. – Usiadła i wtuliła się w ciepłe ramię. – Babciu, powiedz, wierzysz w miłość od pierwszego wejrzenia?

– Pewnie, że wierzę. Twoi rodzice tak się pokochali. Trafiło ich jak grom z jasnego nieba. – Zaśmiała się cicho.

– Może mieli szczęście – westchnęła Łucja. – Gdy byłam u niego... gdy mnie odwoził, byłam pewna, że przyjedzie, ale teraz? Nie wiem, babciu. Boję się, że to był jakiś żart z jego strony. – Podniosła na nią smutne łzawym błękitem oczy.

– Dlaczego tak myślisz? – Zofia uniosła brwi. – Tak nie można. Przecież ci mówiłam wczoraj. Całe życie ci powtarzam. Jesteś śliczną, mądrą i dobrą dziewczyną, zasługujesz na najlepszego męża na świecie. I takiego będziesz mieć. A jeśli Hugo tego nie doceni, jego strata. – Pokiwała głową. – Każdy zasługuje na szczęście, na miłość, a ty szczególnie. Myślisz, że twoja mama nie patrzy teraz na ciebie? Patrzy, moje słoneczko. Tak samo jak patrzy twój tato i oni nie pozwolą, żeby ktoś cię skrzywdził. Straciłaś rodziców tu, na ziemi, ale zyskałaś od Boga dwóch dodatkowych aniołów stróżów, którzy nigdy nie pozwolą cię skrzywdzić. I gdy nawet będziesz miała chwile zwątpienia, bo spotka cię coś złego, pomyśl wtedy: moja mama i tato czuwają, a to, co się wydarzyło, i tak obróci się dla mnie na dobre.

– Tak myślisz? – Łucja mocno ścisnęła dłoń babci.

– Tak myślę.

– Babciu, ale czy to dobrze, że rodzice musieli odejść, żebym ja miała aniołów stróżów? Ja ich nie pamiętam, ale ty? Dlaczego tyle nieszczęść cię spotkało? Przecież tyle się nacierpiałaś, najpierw mama i tato, później dziadek w dniu ich pogrzebu... – Zerknęła na portret dziadka Feliksa wiszący na honorowym miejscu nad wezgłowiem jednego z łóżek.

– Wiesz, dziadek był ciężko chory. I tak by odszedł. Może tak po prostu miało być? – westchnęła. – Ja nie miałam nawet czasu rozpaczać, bo wymagałaś opieki całą dobę. W dzień szalałaś, a w nocy płakałaś za Jolą. Musiałam żyć dla ciebie. Jestem szczęśliwa, że cię mam, rybko. – Przycisnęła ją mocno.

– Kocham cię, babciu. Najbardziej na świecie. – Odwzajemniła uścisk. – Co ma być, to będzie!

– Co Bóg da, dziecko, co Bóg da...

– O matko! Już za pięć! – Łucja zasłoniła usta z przerażenia. Zerwała się z łóżka i podbiegła do okna.

– Babciu! – pisnęła na cały pokój. – Przyjechał!!!

– Idź nos wydmuchać! Chyba mu nie otworzysz taka zasmarkana... – Zofia Maśnik pokręciła głową z dezaprobatą. Ale choć chciała, żeby jej głos zabrzmiał surowo, wyraz twarzy zdradzał coś innego, bo tak samo jak Łucja, a może nawet bardziej, wyczekiwała tego młodego człowieka.

Hugo wyjechał z Krakowa już około trzynastej. Nie chciał się spóźnić. Droga, jak przewidział, była koszmarna. Zwłaszcza ostatni etap, czyli przedzieranie się przez wiochy po zjechaniu z krajowej trasy A4, było uciążliwe, mimo że jego ikspiątka sprawowała się bez zarzutu. Lubił ten samochód, tak samo jak apartament, który zajmował. Jedyne, co mu nie odpowiadało, to fakt, że stanowiły składnik majątku wielkiej kancelarii prawnej jego zmarłego wuja Henryka i mogły stać się jego własnością najwcześniej za niecałe dwa lata, a gdyby plan się nie powiódł – dopiero za pięć, i to na otarcie łez.

– Fuck! – zaklął pod nosem.

Znów sobie przypomniał warunki testamentu: żona i dziecko przed ukończeniem trzydziestego roku życia, w przeciwnym razie wielki tort H.H. LAWS o smaku wystawnego życia i zapachu luksusu przejdzie mu koło nosa. Choć może nie do końca, bo był starszym partnerem, tak jak dziewięciu jego bostońskich kolegów i tak jak oni był przewidziany w drugim wariancie wykonania woli wuja, czyli podziale amerykańskich oddziałów po dziesięć procent dla każdego z nich. Do tego na pociechę apartament, samochód i wyłączne prawo do udzielania franczyzy kancelariom w Polsce i innych krajach Europy, ale to i tak było niczym w porównaniu z całością.

Oczywiście brat matki zadbał o detale, czyli zawarł w testamencie niezliczoną ilość klauzul: o potencjalnej bezpłodności swojego siostrzeńca, o takowej u jego żony, o ich ewentualnych chorobach, wypadkach, o śmierci potomka urodzonego, o śmierci dziecka z przyczyn naturalnych w fazie płodowej, o aborcji i tak dalej. Jak to podsumował Soliński, który jedyny poza Hajdukiewiczami znał pełną treść testamentu: twój świętej pamięci wuj Henryk przewidział i określił wszystko, nawet parametry pierdnięcia pani młodej w noc poślubną.

„Musi się udać!" – Hugo uderzył dłonią w kierownicę. Choć mogło się wydawać, że jego obawy wiązały się wyłącznie z kwestiami formalnymi i może jeszcze z tym, czy zdąży w ciągu dwóch lat spłodzić potomka, to prawda była inna. Hugo najbardziej bał się samego siebie. Już od lat czuł się zupełnie wypalony emocjonalnie. Nic go nie wzruszało, nie potrafił się zakochać, a jedyne emocje, jakie panowały w jego sercu, to złość, frustracja i brak wiary w ludzi, zwłaszcza w kobiety. Jego przeżycia w związku z Nicole pozbawiły go tej lepszej części serca i teraz było w połowie puste.

Mijając kilometry białych równin, Hajdukiewicz rozmyślał. Wyłączył radio, żeby nic go nie rozpraszało. Jedynymi odgłosami, jakie do niego docierały, były jednostajny szum kół i praca silnika, ale to i tak nie pomagało. Był rozdrażniony. To Łucja go irytowała.

Stwierdził to już na pierwszej randce w restauracji. Była inna. Inna niż on, inna niż wszystkie kobiety, jakimi się do tej pory otaczał. Inna niż matka i babka. Irytująco ufna, naiwna, kochająca, rodzinna i ciepła, szczera i otwarta, z tym swoim małym dziewczęcym sercem na wyciągniętej dłoni. Jakby chciała ofiarować je każdemu, kto tylko wyrazi życzenie, aby je mieć. A Hugo nie chciał. Nie chciał znów cierpieć, wolał siedzieć w swojej eleganckiej skorupie i być cyborgiem, który nie czuje.

Minął dom strażaka w Podolu, przebrnął przez kilometr drogi zawalonej śniegiem i już był na miejscu. Zerknął na zegarek. Za osiem czwarta. Wyciągnął się leniwie, prostując kości. Przez chwilę się zastanawiał, czy aby nie puścić dymka, ale ostatecznie machnął ręką. I tak by mu nie smakował.

Wysiadł i otworzył bagażnik. Przyjrzał się dwóm kartonowym pudełkom. Były eleganckie, kupione wraz z pachnącą zawartością w QUEEN'S Flowers, jednej z najlepszych krakowskich kwiaciarni, wytłaczane w finezyjne wzory i z pozłacanymi krawędziami. Podłużne, bladoróżowe, przeznaczone dla Łucji, skrywało kilka metrowych róż o podobnych kolorystycznie płatkach, a drugie, ciemnozielone i w kształcie walca, wiązankę czerwonych róż i gerber dla jej babki. Przed wyjazdem usunął gąbki nawadniające, a na jedną z róż Łucji nałożył pierścionek. Pudełko po nim postanowił zostawić w mieszkaniu, tak samo jak certyfikat, aksamitny woreczek i maleńką ściereczkę do czyszczenia biżuterii.

Wyjął oba pudła, wziął głęboki wdech i pomaszerował, a raczej pojechał po wyślizganym śniegu w kierunku bramki.

Gdzieś za domem ujadał pies. Hugo się rozejrzał, nic tu się od soboty nie zmieniło, przybyło tylko więcej śniegu. Zabrzęczał domofon, furtka odskoczyła. Przemierzył niewielkie podwórko. Łucja już stała w drzwiach, oczywiście jak przewidział, zarumieniona i uśmiechnięta.

– Wejdź. Zapraszam.

Wszedł do ciasnego korytarzyka i uniósł lekko brwi. Owszem, apartamentów się nie spodziewał, ale takiej ciasnoty też nie. Łucja wzięła od niego pudełka i ułożyła je na niewielkiej szafce. Gdy odbierała od Hugona piękny, czarny, uszyty z kaszmirowej wełny płaszcz, pomyślała, że z pewnością nigdy nie wisiał w takim skromnym miejscu. Nawet przez myśl jej nie przeszło powiedzieć Hajdukiewiczowi, żeby zdjął buty, choć akurat u nich w domu zrzucali je prawie wszyscy goście, oprócz księdza i ministrantów, gdy przychodzili z wizytą duszpasterską. I doktora Słowika, który parę razy odwiedził małą Łucję, gdy zachorowała zbyt ciężko, aby można było z nią jechać do Przecławia.

– Poczekaj chwilę. – Hugo zdjął pokrywę z walcowatego pudełka i zaczął delikatnie wyjmować bukiet dla babki swojej narzeczonej.

– Piękne. Dziękuję. – Łucja złożyła ręce jak do modlitwy i nawet leciutko podskoczyła w miejscu, jeszcze zanim kwiaty zostały ukazane w całej swojej krasie.

– Nie dziękuj. Chyba że w imieniu babki. – Hugo uniósł brwi, ale gdy zobaczył minę Łucji, która właśnie poczerwieniała, szybko uśmiechnął się od ucha do ucha, zapewniając, że dla niej są piękniejsze, prawie takie jak ona sama. „Uff...” – w myślach odetchnął z ulgą, gdy szedł za nią do gościnnego pokoju. Jakoś udało mu się wybrnąć.

Łucja umierała ze szczęścia. Było elegancko jak w poradniku, który znała prawie na pamięć, a rozdział o oświadczynach przeczytała chyba dziesięć razy. Elegancko i niewiarygodnie romantycznie.

Hajdukiewicz się przedstawił, ucałował babcię w dłoń, po czym wręczył jej kwiaty, a Łucja z największym kryształowym wazonem pognała do kuchni, aby napełnić go wodą. Ledwie go przyniosła, tak trzęsły się jej ręce i nogi. Później babcia zaproponowała herbatę i Łucja znów musiała biec do kuchni. Filiżanki ustawione na tacy ledwo przetrwały jej potknięcie o próg przy wejściu do pokoju.

Jakoś przeżyła nieznośne dziesięć minut picia herbatki, jedzenia ciast i pogawędki o niczym, czego by nie wiedziała o swoim przyszłym mężu. Babcia wzięła go w krzyżowy ogień pytań, choć to, kim są jego rodzice, pominęła, ostrzeżona przez wnuczkę, że to jakieś tabu i chyba przykre dla niego. I w końcu nastąpił ten moment… Chyba jeszcze straszniejszy niż chwila, zanim Hugo wsunął się pod kołdrę!

Wstał, zapiął elegancką czarną marynarkę, zwrócił się w stronę babci, lekko skłonił głowę i powiedział tym swoim męskim, niskim głosem, od którego przechodziły Łucję dreszcze: „Chciałbym prosić o rękę pani wnuczki oraz o przychylność dla jej i moich planów wspólnego życia".

Babcia oczywiście się zgodziła, a nawet przytuliła i serdecznie ucałowała młodego człowieka w oba policzki, wzbudzając tym u niego lekką konsternację, bo zauważalnie zesztywniał. „No cóż, musi się przyzwyczaić, że jesteśmy tacy bezpośredni" – pomyślała Zofia Maśnik, ale nie zamierzała długo zaprzątać sobie tym głowy.

Hugo zdjął wreszcie pokrywę pudełka, które dotąd spoczywało na kredensie tuż obok wejścia. Podniósł je i trzymając otwarte w wysuniętych przed siebie dłoniach, ponownie poprosił Łucję, żeby została jego żoną. Ta, wzruszona do łez, kiwnęła głową, bo tylko tyle zdołała uczynić, gdyż jej myśli zajmowały jakieś totalne głupoty typu: czy kolor krawatu narzeczonego pasuje do jej bukietu, co pewnie miało zapobiec całkowitej emocjonalnej rozsypce.

Hugo położył kwiaty na stole, zdjął z gałązki pierścionek i wsunął na palec Łucji, mówiąc: „Z pięknej róży dla mojej jeszcze piękniejszej ukochanej przyszłej żony". I wtedy nawet babcia poległa, wyciągnęła chusteczkę i rozszlochała się na dobre.

Po części oficjalnej nastąpiło wyraźne rozluźnienie. Babcia opowiadała anegdoty z dzieciństwa Łucji, między innymi powtórzyła swoimi słowami historię o rybich łuskach, podniosła nawet obrus i pokazała zięciowi, na czym polega ten dziwny zwyczaj. Wtrąciła też opowiastkę o tym, jak to mała Łucja zasnęła w psiej budzie i całą noc szukali jej wszyscy członkowie rodziny, podczas gdy ona smacznie spała z Reksiem, czyli starym jak dinozaury wyliniałym owczarkiem niemieckim.

Nie byłaby Zofią Maśnik, gdyby nie przywołała opowiastki o wycieczce „nudystki" do Przecławia. Pięcioletnia ówcześnie Łucja w piękny lipcowy poranek rozebrała się do rosołu, wzięła ręcznik, wymknęła się z domu i poinformowała zszokowanego kierowcę PKS-u pana Julka Kobiałkę, że zamierza jechać „nad moze, zeby odwiedzić plazę nudziazy, bo widziała w telewizji, ze to jest bardzo fajna plaza".

Objaśniła różnice w wyglądzie, nieświadomie uspokajając Hugona, że Łucja nigdy nie będzie taka pulchna jak ona sama i jej córki, bo odziedziczyła urodę i budowę ciała po ojcu, który ponoć był takim chucherkiem, że musiał nosić w kieszeniach ołowiane kulki, żeby wiatr go nie porwał. „Jolusia ważyła dwa razy więcej niż Januszek, a na ich ślubie to ona przeniosła go przez próg" – babcia aż klasnęła w dłonie, gdy to powiedziała.

Hajdukiewicz siedział, milcząc, jak zwykle miał to w zwyczaju, ale uśmiechał się uprzejmie, raz na jakiś czas potaknął albo bąknął coś w rodzaju: „Naprawdę?", „Niewiarygodne...", a przy historyjce o plaży nawet lekko się roześmiał. No cóż, akurat w przypadku tej ostatniej jedyną jego refleksją, którą oczywiście zachował dla siebie, była ocena pani Maśnikowej jako osoby niefrasobliwej, skoro pozwoliła tak małemu dziecku oglądać relację z plaży nudystów, nie mówiąc już o skrajnym braku odpowiedzialności. Gdyby ucieczka z domu nagiej pięciolatki zdarzyła się w Stanach, babka Łucji miałaby poważne kłopoty z wymiarem sprawiedliwości, które mogłyby się skończyć nawet odebraniem praw do dziecka. Wprawdzie Hugo przypuszczał, że na tej bardzo małej wsi wszyscy się doskonale znali, więc nagie dziecko nie mogłoby wymknąć się stąd niepostrzeżenie, niemniej uznał tę sytuację za naganną.

I tak sobie siedzieli w trójkę: babcia snująca wspomnienia, Łucja i Hugo słuchający ich z uwagą i wyciągający zupełnie inne wnioski, niż mogła się spodziewać bohaterka tychże opowieści. Gdy domofon przy furtce obwieścił, że ktoś idzie, pani Zofia uznała, że to na pewno kolędnicy, a że w tym domu zawsze się przyjmowało kolędę, poleciła wnuczce zaprosić tych małych chłopców próbujących trochę dorobić do kieszonkowego.

Jakież było zdziwienie Łucji, gdy zamiast grupki dzieciaków ujrzała idące od bramki obie ciotki. Zadzwoniły, żeby mogła rozmówić się z nimi, zanim wejdą do domu wiedzione ciekawością. Jeszcze przed wigilijną kolacją ustaliły między sobą, że muszą poznać tego tajemniczego kawalera, który jak grom z nieba, a raczej gwiazda betlejemska, pojawił się nagle w życiu ich siostrzenicy. Nie bardzo mogły skrócić swoje wizyty, więc przeprosiły rodziny mężów i pod byle pretekstem urwały się na godzinkę.

– Cześć, Łucka, możemy wejść? – Irenka uśmiechnęła się, szczerząc zęby. – Musimy go zobaczyć. – Puściła do niej oczko.

– Cześć. Jasne, zapraszam... – Łucja nieco się zawahała. – Myślałyśmy z babcią, że to kolędnicy.

– Powiemy, że chcemy sprawdzić, czy z mamą wszystko w porządku. – Ciotka Agata nie traciła rezonu.

Weszły do środka, wyjątkowo zostając w butach, żeby wiarygodniej wyglądało, że one tylko na chwilę, zrzuciły kurtki i obie jak na komendę poprawiły swoje włóczkowe berety, różniące się jedynie kolorem.

– O Jezuniu, jaki królewski pierścień. Pokaż. – Irenka uniosła lekko dłoń Łucji.

– To brylant? Różowy? – Jej siostra nachyliła się, żeby dokładniej widzieć. – Piękny.

– Chyba tak. – Świeżo upieczona narzeczona odpowiadała szeptem, co chwilę nerwowo zerkając na schody wiodące na piętro domu.

– Trafił ci się kawaler – westchnęła Agata z lekką nutką zazdrości. Jej córka już wyszła za mąż, ale zięć mieszkał z nimi, i choć pracowity i zaradny, z pewnością do końca życia nie miał szans dorobić się z Justysią ani ćwierci majątku, który posiadał już teraz ten młody człowiek.

– Masz, dziewczyno, szczęście. – Irenka popchnęła lekko obie krewne w stronę wejścia na górę.

Hajdukiewicz był nieco zmęczony słuchaniem monologu Zofii Maśnikowej. Już wiedział, skąd to gadulstwo u Łucji, choć na szczęście nie była aż tak rozgadana jak jej babka, która zdążyła opowiedzieć prawie całą historię rodziny. Mimo dobrej pamięci nie był w stanie zarejestrować trwale, ile jej rodzeństwa i kuzynów się urodziło i kiedy, o ich imionach nie wspominając. Kojarzył jedynie fakt, że pani Maśnik ma ośmioro wnuków urodzonych przez trzy córki. Najstarszą, Jolantę, matkę Łucji, urodziła, będąc dziewiętnastolatką, a rok później pojawiły się bliźniaczki Irena i Agata. Dowiedział się również, że w tej rodzinie kobiety szybko wychodziły za mąż. Oczywiście seniorka rodu nie omieszkała tego skomentować, śmiejąc się, że i Łucja podtrzyma rodzinną tradycję.

Gdy Irenka i Agatka, jak się przedstawiły, wpadły z niezapowiedzianą wizytą, Hajdukiewicz pomyślał, że zaraz oszaleje w tym babińcu. Od razu zauważył, że te kobiety były po prostu wścibskie.

Wstał, przedstawił się i usiadł. Za chwilę znowu wstał, bo Łucja wychodziła do kuchni, znów usiadł, gdy opuściła pokój, i tak co chwila, bo rodzone córki Zofii Maśnikowej były wyjątkowo nadpobudliwe ruchowo jak na osoby ze sporą tuszą, zupełnie inaczej niż niektóre równie tęgie Amerykanki. Co rusz któraś z nich gdzieś wychodziła, skądś przychodziła i ogólnie goniły po domu jak kot z pęcherzem. Na dodatek zwracały się do niego per „panie Hugo", co go okropnie irytowało. Parę razy poprosił, żeby mówiły mu po imieniu, obie zgodnie potakiwały, a potem któraś znów wyskakiwała: „Panie Hugo, a proszę nam powiedzieć…".

Na szczęście ciotki ulotniły się tak samo niespodziewanie, jak zawitały, a nestorka rodu zlitowała się chyba nad nim, oznajmiając, że bardzo przeprasza, ale jest zmęczona i się położy. Poleciła jeszcze wnuczce, aby zaprosiła kawalera do swego pokoju, i wyszła.

Hugo z jednej strony był dozgonnie wdzięczny, że już nie musi słuchać sagi rodzinnej Maśników, a z drugiej czuł lekki niesmak. Nie mógł wyjść ze zdumienia, jak bardzo luźne obyczaje panowały w tej rodzinie, skoro gospodyni w trakcie wizyty, i to zaręczynowej, opuszczała przyszłego zięcia. Jego matka i babka, choćby mdlały ze zmęczenia, trwały na posterunku dopóty, dopóki nie zamknęły się drzwi za ostatnim gościem.

– Rozgość się. – Łucja wskazała mu miejsce na przykrytym kraciastym kocem wąskim tapczaniku. Zaproponowała, że zrobi kolację, ale podziękował. Wyszła więc jedynie po paterę z ciastem oraz kolejny dzbanek z herbatą. Rozglądał się ciekawie, choć już miał wystarczająco dużo okazji, aby stwierdzić, że w tym domu żyje się nad wyraz skromnie, a choćby w miarę przyzwoitego dostatku nigdy nie było.

Mimo to ten maleńki pokoik wydawał mu się bardzo przyjemny. Przytulny i dziewczęco urządzony, z muślinową firanką w wyhaftowane różyczki, z młodzieżowymi meblami i mnóstwem książek. Na tapczanie razem z nim siedział wielki biały miś – zupełnie jak z piosenki, którą kiedyś słyszał w radiu – tuż obok spoczęła lalka w uszytej ręcznie kremowej sukience i leżało kilka poduszek, dobranych kolorystycznie według nieznanego klucza. W rogu na wąskiej komodzie stała niska sztuczna choinka, obwieszona różnokolorowymi plastikowymi bombkami i lampkami – jedynym źródłem nastrojowego światła.

– Wiem, biednie tu. Nie tak jak u ciebie.

Poderwał się z łóżka. Nie zauważył, kiedy Łucja przydreptała, stąpając cicho we włóczkowych bamboszach, i stała teraz w progu z niewielką tacą. Postawiła ją na biurku, oparła się o krzesło i popatrzyła na Hugona.

Już miał się odezwać, choć tak naprawdę nie miał pojęcia, co w takiej sytuacji powinien powiedzieć. Zaprzeczyć? Potwierdzić? Jakoś ją pocieszyć? Głowił się, ale na szczęście ona chyba to zauważyła, bo wskazała brodą na jego brzuch i delikatnie zachichotała.

– Wiesz, że za każdym razem gdy siadasz, rozpinasz marynarkę, a gdy wstajesz, zapinasz guziki? – Znów się zaśmiała. – Ja chybabym nie potrafiła pamiętać o takich drobiazgach.

– To kwestia przyzwyczajenia. Nie myślę o tym. – Wzruszył ramionami, ale był wdzięczny za zmianę tematu. – Jeśli pozwolisz, to teraz chętnie ją zdejmę.

– Proszę bardzo.

Odsunęła się lekko, żeby mógł powiesić okrycie na oparciu krzesła.

– Herbaty?

– Dziękuję, może później – odparł, stając blisko niej.

– Ja też dziękuję. – Spojrzała na swoją dłoń. – Że przyjechałeś, za kwiaty, za pierścionek... i za wszystko. Najbardziej za to, że jesteś.

– Sądziłaś, że nie przyjadę? – spytał poważnym tonem.

– A jak myślisz? – Odważnie podniosła oczy. – Tak krótko się znamy. Nawet nie wiem, czy mnie kochasz.

– Przecież mówiłem.

– Mówiłeś, że się zakochałeś, a nie, że mnie kochasz – sprecyzowała.

– To chyba to samo. – Hugo objął jej szczupłą talię przysłoniętą jedynie cieniutką dzianiną ślicznej, o bardzo prostym fasonie granatowej sukienki.

– Chyba nie. – Łucja przełknęła ślinę, czując jego gorące dłonie na swoich plecach.

– Nie? Wobec tego już się poprawię. Kocham cię. – Nachylił się i lekko musnął jej usta wargami.

– Ja też cię kocham – odpowiedziała natychmiast. Zarzuciła mu ręce na kark i złączyła się w pocałunku. Całowali się żarliwie, coraz intensywniej i łapczywiej. Łucja przylgnęła mocno spragnionym ciałem, tęskniła za dotykiem swojego mężczyzny, pożądała go i zauważyła, że on reagował równie silnie jak ona.

I jeszcze ten zapach... Uwielbiała zapach jego ciała, męski i drażniący. Oderwała się na moment, żeby zamknąć drzwi do pokoju, a potem złapała narzeczonego za rękę i pociągnęła za sobą na wąski tapczanik, uprzednio zrzucając wszystkie maskotki i poduszki.

– To nie jest dobry pomysł – wyszeptał jej Hugo do ucha. – A jeśli ktoś wejdzie albo nas usłyszy?

– Babcia ma sypialnię na dole. Na pewno śpi, a nawet jeśli nie śpi, na pewno tu nie przyjdzie – uspokoiła go, siadając i zdejmując przez głowę sukienkę.

– Jesteś naprawdę szalona. – Zaśmiał się.

Leżał kompletnie ubrany z założonymi pod głowę rękami i przyglądał się jej z niekłamaną przyjemnością. Podobała mu się ta jego młodziutka narzeczona. Wyglądała wyjątkowo ładnie, z zarumienionymi policzkami, ze świecącymi z podniecenia oczami o barwie ciepłego błękitu. Przez jej długie włosy otulające ciało złocistą peleryną przeświecał czerwony blask. Spływały na delikatną skórę piersi przysłoniętych białym, dosyć tandetnym biustonoszem.

– Zdejmij to.

Łucja nie wiadomo dlaczego poczuła nagle skrępowanie, ale posłusznie zsunęła ramiączka i odrzuciła stanik na dywan.

– Resztę też – mruknął chrypliwie. Podniecił się. Bardzo. Był zaskoczony, bo nie lubił takich spontanicznych akcji inicjowanych przez kobiety, zwłaszcza w warunkach niemających zbyt wiele wspólnego z komfortem. To on od lat nadawał ton intymnym spotkaniom, on je organizował, najczęściej u siebie w apartamencie, a gdy mieszkał w Stanach – w wynajętych pokojach. Może adrenalina, której z pewnością nie brakowało, tak na niego wpłynęła? Nie miał czasu, aby się nad tym zastanowić, bo Łucja zdjęła właśnie dolną część bielizny i grube ciemne rajstopy, a potem nieśmiało położyła się na wznak obok niego.

– Jesteś piękna... – Nachylił się nad nią i delikatnie dotknął palcem sterczącej, prawie tak samo jasnej jak ciało dziewczyny, skurczonej brodawki piersi.

Wiódł dłonią przez wklęsły brzuch pokryty drżącą pod jego dotykiem skórą, gdy dotarł do lekko wypukłego wzgórka łonowego, z zachwytem wsunął palce w gąszcz tak samo jasnych jak te na głowie miękkich złocistych kędziorków.

– *Pure nature*... – wyszeptał.

Czuł się świetnie. Jak zdobywca. Tryumfował. To wszystko było jego, cała ta piękna młoda dziewczyna należała tylko do niego, ciałem i umysłem, duszą i sercem, całym życiem. Wsunął w jej ciepłe wnętrze palec i delikatnie prześliznął opuszką po pomarszczonej grudce.

– Och! – Łucja zamknęła oczy. – Jeszcze... – poprosiła jękliwie.

Hugo znów się nachylił, wsparty na jednym ramieniu lizał sterczące sutki, a drugą ręką z wprawą pieścił to najgorętsze miejsce. Dziewczyna objęła go ramionami, przyciskając kark mężczyzny jeszcze mocniej do siebie, jej ciało wyginało się, aby jak najszybciej znów poczuć tę niesamowitą falę rozkoszy. Instynktownie zgięła kolana, zaczęła unosić i opuszczać biodra.

– Kocham cię... – stęknęła, gdy jej ciałem wstrząsnęły pierwsze skurcze spełnienia.

Opadła na posłanie. Zdyszana i zaróżowiona od przeżytego orgazmu, powoli dochodziła do siebie. Było tak wspaniale, że zupełnie zapomniała o tym, kto sprawił to wszystko. Dopiero po minucie otwarła oczy i popatrzyła na ukochanego, który leżał na lewym boku przodem do niej i lekko się uśmiechał.

Hugo lubił doprowadzać kobiety do stanu wrzenia, lubił, gdy jęczały i krzyczały w jego ramionach, gdy drapały do krwi skórę jego pleców. Często to przeżywał, był sprawnym i hojnie przez naturę uposażonym kochankiem, ale mimo tych pozytywnych doświadczeń i wielu spektakularnych sukcesów na polu erotycznym dzisiejsza reakcja Łucji bardzo mile go zadziwiła.

Domyślił się, skąd takie szybkie związki w tej rodzinie. Z pewnością wszystkie te kobiety, które właśnie poznał, w młodości miały silny temperament, a może nawet pozostał im do teraz.

– Dziękuję... – Łucja przeciągnęła się jak kotka. – Było cudownie.

Przytuliła się do niego i cmoknęła w policzek.

– Cała przyjemność po mojej stronie. – Odwzajemnił pieszczotę, muskając jej twarz ustami.

– Ups... – wyszeptała, bo właśnie poczuła na udach ucisk czegoś znajdującego się w okolicach rozporka jego spodni. – A ty? – Zagryzła wargi.

– Jestem nieprzygotowany. – Zaśmiał się cicho. – Zaskoczyłaś mnie, nie pomyślałem o zbroi dla mojego rycerza.

Napięcie już opadło i znów poczuła się lekko skrępowana. Miała nieodpartą ochotę ubrać się lub chociaż okryć kocem, ale leżeli na nim i nie bardzo było jak go wydobyć.

– To trochę nieładnie z mojej strony... – wyjąkała, jeszcze mocniej się przytulając.

– Zimno ci? – spytał, czując lekkie drżenie jej ciała.

– Uhm... – potwierdziła, choć naprawdę płonęła z emocji.

– Chcesz się ubrać?

– Nie. Raczej okryć.

Hugo podniósł się i wspólnymi siłami wyszarpali spod siebie cienką letnią kołdrę.

– Przyjemnie – mrugnął porozumiewawczo, gdy wrócili na to bardzo wąskie miejsce.

– Tak. – Zagryzła kącik ust. – Chciałabym, żebyś ty też zdjął ubranie – odważyła się po minucie na wyznanie.

– Może nie lubię jak ty bez powodu biegać na golasa? – Mrugnął, nawiązując do słyszanej wcześniej historii.

– Chcę cię dotykać, przytulać – szepnęła.

– Zrób to sama, ale pamiętaj, gdy przekroczysz pewną granicę, trudno mi będzie się zatrzymać. – Lekko zmrużył oczy.

– Zaryzykuję.

– Ja chyba ryzykuję więcej. – Zaśmiał się gardłowo. – Bólem brzucha chociażby.

– Jakoś sobie poradzimy.

Znów siadła obok niego i powoli zaczęła luzować węzeł jasnoróżowego krawatu. Potem przyszła kolej na guziki białej koszuli i połyskujące na złoto spinki do mankietów oraz zegarek.

– Musisz usiąść.

Posłusznie przyjął pozycję i z rozbawieniem, ale i coraz silniej odczuwaną żądzą pozwalał Łucji na wszystko. Trochę jej pomógł, bo górował nad nią wzrostem o jakieś trzydzieści centymetrów i miała spory problem, aby zdjąć z jego szerokich barków koszulę. Położył się z powrotem, a ona po prostu bez żadnego skrępowania siadła na nim okrakiem.

– Może wystarczy. – Zatrzymał jej prawą dłoń, która połyskując oczkiem pierścionka, zbliżyła się właśnie do klamerki paska. – Nie żartowałem. – Nagle spoważniał. – Przypominam ci, że jestem zdrowym facetem i gdy posuniesz się za dale…

Łucja nie pozwoliła mu skończyć. Opadła na jego tors i zamknęła usta pocałunkiem. Objął ją, czuł, że chyba pierwszy raz w życiu nie będzie zważał na to, żeby się zabezpieczyć, tym bardziej że przy ich debiucie – i dosłownie, i w przenośni – mleko się wylało, ale wtedy ona przestała go całować i wyszeptała mu do ucha: Hugo, ja wiem, jak sprawić ci przyjemność.

Podniosła się i wróciła do przerwanej przed chwilą czynności. Metal cicho szczęknął, jeszcze tylko szelest lekko zsuniętych spodni i Hajdukiewicz stwierdził, że jest dobrze, a nawet świetnie. Złote włosy Łucji rozsypały się na jego brzuchu jak promienie słońca, gdy schylała się nad nim. „Jesteś diablicą w ciele anioła…” – westchnął w myślach, a potem poddał się rozkoszy.

Rozdział 8

Leżała na jego piersi z uchem przytkniętym do serca i była niewiarygodnie szczęśliwa. On dał jej rozkosz, ale ona też to potrafiła. Przełamała wstyd i zrobiła coś, co kiedyś wydawało się jej wyjątkowo dziwne i budziło w niej jedynie niechęć połączoną z zażenowaniem. Teraz czuła i myślała o tym zupełnie inaczej. Może po prostu tak można pieścić tylko mężczyznę, którego się kocha?

– Robiłaś to wcześniej? – spytał, gdy już oddech mu się wyrównał, a tętno wróciło do normy wypracowanej ćwiczeniami fizycznymi.

– Nie – zaprzeczyła z wyraźnym oburzeniem w głosie.

– Nigdy?

– Nigdy. Dlaczego pytasz? – Podniosła głowę i popatrzyła na niego.

Hugo wyglądał na bardzo zadowolonego i tak też się czuł.

– Po prostu znów mnie zaskoczyłaś – przyznał po chwili, poprawiając swoją bieliznę i spodnie.

Nie wiedział dlaczego, ale właśnie sobie uświadomił, że cieszy go taka odpowiedź. Nigdy zbytnio nie interesowała go przeszłość seksualna tych kilku kobiet, z którymi był w dłuższych relacjach. Jego pierwsza dziewczyna, bohaterka króciutkiego romansu z czasów licealnych, którą poznał zaraz po przyjeździe do wuja, też była dziewicą, ale wtedy nie wzbudziło to w nim głębszych emocji. Teraz było jakoś inaczej. Rozczarowałby się, gdyby Łucja dzieliła już z kimś swoje wdzięki.

– Mamy dwudziesty pierwszy wiek. Zapomniałeś? – skwitowała jego wyznanie. – No i mam internet.

– Rozumiem. – Parsknął śmiechem.

Znów położyła głowę na jego torsie, a on delikatnie głaskał ją po włosach. Podobały mu się, takie jedwabiste, długie – sięgające aż do szczytów pośladków, nigdy nieskalane zabiegami fryzjerskimi i pachnące czymś niewinnym i słodkim, jak ich właścicielka.

– Uważasz, że to coś złego? Że kilka razy widziałam takie filmy?

– Nie. A ty?

– Nie, choć trochę głupio się z tego spowiadać.

„Ciekawe podejście", pomyślał Hugo, kiwając głową. – Z seksu przedślubnego też głupio?

– Też. – Westchnęła, przypominając sobie pełną skrępowania chwilę przy konfesjonale sprzed dwóch dni. – Po co się spowiadałam, i tak jutro nie pójdę do komunii. – Nagle spiekła raka, bo pomyślała, że babcia zinterpretuje właściwie takie zachowanie.

– Nie rozmawialiśmy jeszcze, bo nie było okazji, kiedy moglibyśmy się pobrać. – Hugo postanowił kuć żelazo, póki gorące.

– Nie wiem, a ty?

Łucja nie miała ochoty zwierzyć się z myśli, że ona mogłaby wziąć ślub nawet dzisiaj.

– Jak najwcześniej. Skoro kwestie religijne są dla ciebie takie istotne. Styczeń? – Hajdukiewicz nie był w ciemię bity.

– Styczeń?!

Łucja podniosła się na przedramionach i popatrzyła na niego z trwogą. To jednak było bardziej przerażające, niż jej się wydawało.

– Nie? To kiedy? Maj? A może czerwiec? Wiesz, ponoć w niektórych regionach naszego kraju funkcjonuje przekonanie, że najlepsze są miesiące zawierające w nazwie literę „r". – Przypomniał sobie uwagę usłyszaną na jakiejś imprezie.

– Czerwiec? Może być. – Zgodziła się skwapliwie.

„To prawie pół roku – pomyślała. Zdążymy się poznać".

– Masz pomysł co do miejsca na ślub i wesele?

– Kościół w Przecławiu – wypaliła bez zastanowienia. – A wesele? Nie wiem, czy będziemy robić, może jakieś małe przyjęcie tu, w domu... – dokończyła znacznie mniej entuzjastycznie.

– Posłuchaj. – Tym razem to Hugo usiadł i popatrzył na nią z uwagą. – Wiem, że was nie stać na taką uroczystość, zwłaszcza organizowaną w dosyć szybkim terminie. Biorę to na siebie. Czy w Przecławiu jest jakaś restauracja? Gdzie to dokładnie jest?

– Niedaleko, jakieś trzy kilometry stąd. Restauracja jest, ale w pałacu, a tam jest bardzo pięknie, ale i bardzo drogo – stropiła się.

– Zapamiętałem. Pałac Przecław. Jeśli będą wolne terminy w czerwcu, mam rozumieć, że odpowiada ci to miejsce?

– Hugo, jasne, że tak, ale...

– Przestań. – Nachylił się i pocałował ją prosto w usta.

– Tak mi dobrze. Zostań tu na zawsze – zaoponowała Łucja, gdy tylko się od niej oderwał.

– Obawiam się, że to niemożliwe. – Znów się roześmiał. – Strasznie wąskie masz to łóżko. *By the way*, będę się zbierał. Już późno, a przede mną trzy godziny drogi.

– O matko! Pewnie jesteś głodny! – Usiadła, zakrywając piersi poduszką. – Zjesz kolację i pojedziesz.

– Nie jestem głodny. Naprawdę. Zjadłem chyba dziesięć kawałków ciasta. Do jutra nic nie jem.

Wstał i zaczął wkładać koszulę. Łucja drugi raz mogła go podziwiać. Hugo był pięknie zbudowany, umięśniony i wysoki. Znów coś zakręciło w dole jej brzucha. Pomyślała, że nie miałaby nic przeciwko temu, gdyby jeszcze raz wskoczył pod wąską i krótkawą kołdrę i pobaraszkował jeszcze z godzinkę, ale nie pozostało jej nic innego, jak też wstać i narzucić ciuchy.

– Usiądź jeszcze na chwilę – poprosiła.

– Okej. – Tym razem usiadł na obrotowym foteliku tuż przy biurku. – Bo i tak chciałem cię o coś spytać.

– Tak? – Łucja zagryzła nerwowo kącik ust. Martwiła się, że nie zobaczy go aż do czasu powrotu do Krakowa. Hugo nie był zbyt wylewny, jeśli chodziło o kontakt – wysłał jej jednego esemesa i kilka razy zatelefonował.

– Chodź tu – przywołał ją do siebie. – Masz jakieś plany na sylwestra?

– Nie... to znaczy tak... – przypomniało się jej, że obiecała Justynie, że do nich przyjdzie. – Ale nic specjalnego – dodała szybko, obejmując go za szyję.

Stała między jego nogami i myślała, że zaraz oszaleje z nadmiaru pozytywnych bodźców. Ślub? Wesele? A teraz sylwester? Ciekawe gdzie?

– Czyli mogę liczyć na twoje towarzystwo? – wymruczał, przyciskając twarz do jej brzucha.

– Uhm...

– Świetnie. – Zerknął do góry. – Zdzwonimy się pojutrze, co i jak. Okej?

Łucja natychmiast energicznie potaknęła.

– Odprowadzisz mnie? – Podniósł się z krzesła.

– Oczywiście. – Pokiwała smętnie głową.

Nawet najcudowniejszy dzień w życiu kiedyś się kończy.

Wycieczka do Tarnowa zakończyła się spektakularną klapą. Cały dzień łażenia po mieście, zaliczone kilkadziesiąt sklepów, przemoczone buty i zmarznięte do kości ciało. Taki był bilans misji: zakup kreacji na sylwestra. Nie pomogło nawet towarzystwo Justyny, która dołączyła na dwie godziny do swojej kuzynki. Łucji nic się nie spodobało. Albo sukienka była za droga, albo zbyt krzykliwa, tandetna, kiepsko uszyta, źle leżała i tak dalej...

Nie pozostało jej nic innego, jak telefon do przyjaciółek, podzielenie się radosnymi wieściami, szybkie zreferowanie problemu i podróż do Krakowa. Tu wreszcie coś znalazła. Piękną i tanią, bo kupioną w ulubionym second-handzie Olki, markową małą czarną.

Ola była mistrzynią w wyszukiwaniu okazji i chociaż pieniędzy jej nie brakowało, uwielbiała sklepy z używaną odzieżą. Oczywiście Marta marudziła, że nigdy by takich ciuchów nie włożyła, ale Ruda odparowała, że nawet największe celebrytki kupują czasami w tych miejscach, bo to jest trendy i cool.

„Jeden problem z głowy" – pomyślała Łucja, wychodząc z sukienką D&G. Przymierzyła ją wcześniej w ciasnej garderobie, kręcąc nosem na specyficzny zapach, ale leżała świetnie. Prosta, dosyć krótka, na wąskich ramiączkach. „Uniwersalna i ponadczasowa" – jak rzekła Ola. Uniwersalność była bardzo pożądana, bo Łucja nie miała pojęcia, gdzie się wybiera. Hugo jak zwykle nie czuł potrzeby, aby ją wprowadzić w szczegóły. Dlatego dziewczyny uznały, że taki strój będzie odpowiedni, bo sprawdzi się wszędzie, nawet w góralskiej chatce.

Udany zakup tak ucieszył Łucję, że zaprosiła dziewczyny na pizzę do Italii. Wszak zostało jej ponad dwieście złotych i mogła zaszaleć w tej ślicznej, eleganckiej i zdecydowanie nie na studencką kieszeń pizzerii.

– Ale się najadłam. – Marta pogłaskała się po pełnym brzuchu.

– Ja też – zawtórowała Ola. – Łuki, a gdzie masz pierścionek? – Dopiero teraz uświadomiła sobie, że nic nie zdobi prawej dłoni koleżanki.

– Nie noszę, boję się, że zgubię. – Łucja wzruszyła ramionami.

– Przestań. Powinnaś nosić, a jeśli zgubisz, Hugo kupi ci nowy. – Zagórska wydęła usta, a potem parsknęła śmiechem.

– Założę na imprezę – szybko uspokoiła przyjaciółki.

– Masz jakieś fajne buty? – Ruda myślała o wszystkim. – Najlepsze zwykłe czarne szpilki. Klasyczne.

– Jakieś mam. – Łucja szybko przeanalizowała w pamięci swój skromny stan posiadania. – A jaki makijaż, fryzura?

– Ja bym postawiła na smoky eyes, usta w stylu nude, a włosy – wysoki kok, coś à la Audrey Hepburn. – Zagórska ze znawstwem pokiwała głową. – Jak w *Śniadaniu u Tiffany'ego*.

– Hm... może to i dobry pomysł, tym bardziej że będzie pasował do pierścionka.

– Dostałaś pierścionek od Tiffany'ego?

Olka pisnęła tak głośno, że kilka osób siedzących przy sąsiednich stolikach jak na komendę odwróciło głowy.

– Cicho bądź! – Łucja rozejrzała się ze zgrozą.

Na szczęście wszyscy ponownie skupili się nad swoimi talerzami i mogła spokojnie wyjaśnić dziewczynom, że owszem. Wprawdzie nie było żadnego pudełeczka, ale we wnętrzu obrączki wygrawerowano napis o tym świadczący.

– Łał! – Zagórska wyartykułowała scenicznym szeptem. – No to teraz wcale się nie dziwię, że go nie nosi. Pewnie wart tyle, co kawalerka w naszym pięknym mieście – dodała. – Ciekawe, jak i kiedy go zdobył?

– E... kupił w salonie jubilerskim. – Łucja nie bardzo rozumiała, o co może chodzić Marcie.

– *Oh, really*? W którym? Zwłaszcza że w Polsce Tiffany nie ma ani jednego butiku. Mieli otwierać w Warszawie i chyba nawet w Krakowie, ale nie otwarli.

– Serio? – Łucja od razu się stropiła.

Dobrze pamiętała, że gdy Hugo pierwszy raz jej się oświadczał, u siebie w apartamencie, powiedział wyraźnie, że nie ma pierścionka. To się musi dać jakoś wytłumaczyć, raczej by jej nie okłamał! Może go od kogoś dostał, na przykład od mamy? Przecież minęło parę dni między pamiętnym piątkiem a Bożym Narodzeniem.

– Spytaj, skąd go ma – rzuciła beztrosko Ola, chyba nie zauważając niewyraźnej miny bohaterki dnia.

– Spytam, gdy tylko będę mieć okazję. – Łucja pokiwała natychmiast głową, żeby uciąć temat. Nie chciała kontynuować rozmowy o nieszczęsnym pierścionku. W jej sercu właśnie coś ostrzegawczo piknęło. Czuła, że ta cała historia ma jakieś drugie dno. „Może miał trafić na inny palec" – pomyślała ze smutkiem. Wtedy wyszłoby na to, że Hugo ją okłamał, że miał go w domu, chociaż równie dobrze mógł go trzymać na przykład w banku w sejfie i zabrać stamtąd któregoś dnia przed świętami.

– A jak te sprawy? – Marta znacząco cmoknęła swoimi wypielęgnowanymi usteczkami, świeżo pomalowanymi bezbarwnym błyszczykiem.

– Dobrze. – Łucja wlepiła wzrok w pusty talerz i pomyślała, że jednak poprzedni temat rozmowy nie był taki najgorszy.

– Daj jej spokój. – Ruda przyszła z odsieczą. – Nie widzisz, że się wstydzi – stwierdziła figlarnym tonem.

– Nie wstydzę się.

– To jak? – Zagórska drążyła temat. – No nie bądź taka, o całusie mi powiedziałaś… – zniżyła głos.

– Super. Chyba. Wiecie, że nie mam skali porównawczej. – Uśmiechnęła się. Na szczęście minęło już pierwsze skrępowanie, a o pierścionku postanowiła pomyśleć później. Znów ogarnęła ją typowa dla niej radość życia i otwartość na świat. – U niego w mieszkaniu, jakoś tak wyszło… spontanicznie – rzuciła garstkę detali.

– Bolało? – Olka nachyliła się tak, że końcówki jej rozpuszczonych włosów prawie wpadły do maleńkiej miseczki z resztką keczupu.

– Trochę. – Łucja sięgnęła po szklankę z sokiem. – Ale króciutko.

– Mnie bardzo. – Marta wywróciła oczami. – Istny horror. Trzy dni!

– Prawdziwa męczennica z ciebie, pewnie dlatego teraz tak często się bzykasz, lubisz się umartwiać, co? Przyznaj się. – Ruda dzióbnęła długim paznokciem w osłoniętą cieniutkim różowym swetrem pierś przyjaciółki.

– Tia… wiesz, że tak. Ale trójkątów nie lubię, jak ty – odbiła piłeczkę, pijąc do ostatnich wyczynów Oli w akademiku.

– Nic nie było. – Ruda pomachała dłonią zupełnie jak piłkarz złapany na boisku na niedozwolonym dotknięciu piłki ręką. – Byłam pijana i nie pamiętam. Panowie też, więc i tak nie daliby rady – dodała, parskając śmiechem.

– Dziewczyny... – Łucja nerwowo zagryzła kącik ust. – Tak o tym myślę i myślę i mam takie... rozkminki.

– Jakie? – Marta przysunęła się bliżej.

– Nie wydaje się wam to trochę dziwne? Za szybko to wszystko się dzieje... – westchnęła cicho.

W drugi dzień świąt była pełna euforii, świat wydawał się piękny, a ona najszczęśliwsza na świecie. Nawet babcia i ciotki były jakieś inne. Pierwszy raz w życiu Łucja miała wrażenie, że traktują ją inaczej. Jak dorosłą kobietę, z której zdaniem należy się liczyć. Niestety, święta minęły, potem nastąpił czwartek i piątek, a Hugo nadal się nie odzywał. W końcu Łucja zadzwoniła, ale akurat był zajęty, pracował i nie mógł z nią porozmawiać. Skontaktował się dopiero w niedzielę, pogadali może pięć minut przez telefon i umówili się dokładnie co do sylwestra. Miał po nią przyjechać po południu i zasugerował, żeby spakowała coś do przebrania na następny dzień. I to tyle.

– Ale o co ci chodzi? – Ola nie mogła pojąć, w czym problem. – Przecież mówiłaś, że się zakochałaś, on też jest w porządku, bo się oświadczył, ślub zaplanowany. Więc? Zdarzają się takie szybkie akcje, wiesz, jak grom z jasnego nieba... – Zerknęła na sekundę w sufit.

– No wiem, ale żeby aż tak? Przecież spędziliśmy razem dwie doby. – Łucja ciągle nie mogła pozbyć się wątpliwości.

– Oj tam. Marudzisz. – Zagórska z dezaprobatą pokręciła głową. – Koleś dał ci cenny pierścień, pewnie po Nowym Roku pojedziecie rezerwować restaurację na wesele, zabiera cię na sylwka, pokazał, gdzie i jak mieszka, znasz jego dane osobowe i wiesz, co robi. Na oszusta matrymonialnego też mi nie wygląda. Choć go w życiu nie widziałam na oczy, raczej łatwo można się domyślić, że szukałby innego celu. No chyba że coś masz cennego, oprócz samej siebie oczywiście. – Zachichotała. – Jakiś skarb zakopany w ogródku? Hektary pod Tarnowem nadające się pod hipermarket?

– Niestety. – Łucja trochę się rozluźniła po tej perorze. – Szkoda, bo czułabym się pewniej, a tu nic. – Rozłożyła ręce. – Trochę pola, renta po rodzicach, i to tylko do końca studiów.

– Czekaj, gdy wyjdziesz za mąż, to chyba zabiorą ci rentę? – zauważyła trzeźwo Marta.

– Aha. Świetnie. – Łucja pokręciła nosem. – Z deszczu pod rynnę, z łaski państwa na łaskę męża. I żeby to jeszcze były jakieś pieniądze, niecały tysiąc złotych… – westchnęła.

– Przestań. Studia skończysz, a potem pójdziesz do pracy. Nie ty pierwsza, która zarabia mniej od faceta. Moja matka, mimo że też lekarka, trzy razy mniej przynosi do domu niż ojciec. I właśnie dlatego, drogie panie, najwyższy czas to zmienić. Nasze pokolenie musi zlikwidować tę dysproporcję, ale to pieśń przyszłości, więc nie marudź. – Ola rozparła się wygodnie na krześle.

– Okej. Masz rację. Szukam dziury w całym.

– Dokładnie – skwapliwie przytaknęła Marta. – Jeszcze jedno. Moim zdaniem nie powinnaś wypytywać go o poprzednie dziewczyny. Pomyśli, że jesteś wścibska i zazdrosna. To jest słabe. Udawaj, że masz na to wywalone.

– Nie rozumiem? – Łucja zmarszczyła czoło.

– Chodzi o to, że laska, która uważa się za gwiazdę, nie pyta faceta o byłe, bo wie, że jest taka zajefajna, że przy niej koleś zapomina o wszystkich, które kiedyś miał. Kapujesz? – Ruda doprecyzowała komentarz Marty.

– Mniej więcej. Okej, nie będę go pytać.

– Nawet gdyby sam coś o nich opowiadał, udawaj, że ci to lata, sprawiaj wrażenie znudzonej i tak dalej, choć to bardzo trudne, bo nie ma nic lepszego jak historyjki o byłych. – Ola zachichotała. – Jeśli już cię bardzo korci, poszperaj w necie.

– Chyba mnie nie korci. – Początkująca narzeczona pokręciła głową. – Jeśli sam coś powie, posłucham, ale za język ciągnąć go nie będę.

– I tak trzymaj, Łuki. Mam pomysł, może pójdziemy połazić po galerii? Muszę kupić podkład, bo mój ulubiony benefit właśnie się skończył? – Marta potarła swój policzek.

– E… chyba mam już dosyć łażenia na dzisiaj – westchnęła Łucja słabiutkim głosikiem. – Wracam do domu.

– Nie ma mowy! – Olka trzepnęła ją w plecy. – Trenuj shopping i clubbing, bo wkrótce to będzie twoje życie.

– Jutro zrywam zaręczyny… – Łucja opuściła głowę na blat stolika.

Nastał wielki dzień. Kolejny dzień kolejnego debiutu w życiu Łucji. Nie przespała połowy nocy i gdy w końcu około czwartej rano udało się jej zasnąć, nie usłyszała budzika nastawionego na dziewiątą i babcia musiała wyrwać ją z łóżka, a było już południe. „Jak dobrze, że wczoraj spakowałam plecak" – pomyślała, wkładając szybko pierwsze z brzegu czyste dżinsy i równie przypadkowo dobraną bluzkę, koniecznie z guzikami. Monia obiecała, że ją uczesze, ale zastrzegła, że jeśli Łucja przyjdzie do niej w golfie, to zdejmując go, zniszczy cały efekt, a ona drugi raz czesać jej nie zamierza.

Półtorej godziny później nowa Holly Golightly przeparadowała przez pokój babci, prezentując z dumą wysoki kok, wygłaskany idealnie, co do jednego włoska. Babcia wyraziła zachwyt, twierdząc, że to fryzura podobna do tych, jakie nosiły największe elegantki tarnowskie w czasach jej młodości. Łucja nieco podejrzliwie przyjęła ten komplement, bo między młodością babci a jej upłynęły ze cztery dekady. Na szczęście Monika, która przyszła z nią do domu pomóc przy makijażu, rzuciła uwagę o powrocie trendów, nieco kojąc napięte jak postronki nerwy debiutantki.

Makijaż wyszedł całkiem nieźle, choć daleko mu było do takiego, jaki na co dzień nosiła Marta. Monika wyjaśniła, że blondynkom, zwłaszcza naturalnym, robi się znacznie delikatniejsze smoky eyes, nałożyła bladoróżową pomadkę, którą kazała Łucji zabrać ze sobą, pożyczyła również paczkę matujących bibułek.

Za kwadrans czwarta Łucja była już piękna i wyszykowana, zupełnie jak kandydatka na Miss Polski. Nawet wujek Janek przyszedł ją pooglądać razem z ciotkami.

– Wszystko masz? – Babcia stanęła w progu pokoju swojej ukochanej wnuczki.

– Uhm. – Gwiazda wieczoru rzuciła wzrokiem na wypchany do granic możliwości plecak. Musiała jeszcze zapakować koszulę nocną, szlafrok, ubranie na następny dzień, buty na zmianę i kosmetyczkę.

– Pamiętaj, nie szalej. – Maśnikowa podeszła do Łucji i mocno ją objęła. – Nie pij, boś nienauczona, nie pal papierosów, bo i tak wyczuję, nawet na drugi dzień! – Pogroziła jej palcem. – I żeby ci czasem do głowy nie strzeliło, żeby popróbować tych wiesz… maryhułan i zapalaczy, czy jak to tam się nazywa, bo po pyszczysku dostaniesz, jak mi Bóg miły, i z domu już nigdy nie puszczę.

– Babciu! – Łucja oburzyła się na takie podejrzenie.

– No co? Wolę profilaktycznie cię uprzedzić. – Babcia uśmiechnęła się zawadiacko. Żartowała, śmiechem próbując zamaskować to, co czuła w głębi serca. Gdy tylko zobaczyła swoją najmłodszą latorośl, jak często nazywała Łucję, taką piękną, ślicznie ubraną, stojącą w szpileczkach założonych na chwilę, żeby pokazać się w całej krasie, i z tym pierścionkiem… Łzy stanęły jej w oczach, a gardło wypełniła ogromna kluska żalu. Ostatnia dziewczyna wychodziła z domu, ostatnia jej córeczka wkrótce miała wziąć ślub. To było tak dojmujące, zwłaszcza że jedyne dziecko ukochanej Jolusi, teraz tak bardzo z twarzy i fryzury przypominało swoją matkę, gdy ta była nastoletnią dziewczyną.

– Ładnie wyglądam?

– Przepięknie. – Starsza kobieta ucałowała delikatnie gładkie dziewczęce czoło, żeby, Boże broń, nie zniszczyć makijażu. – No chodź już na dół, bo chyba ten twój kawaler przyjechał. Słyszysz Kajtka? Ujada jak szalony – zachichotała.

– Och, babciu… jestem przerażona. Studniówka przy tej imprezie to pryszcz – westchnęła Łucja.

– Oj tam, żonine obowiązki ci niestraszne, za pół roku ślub, za rok pewnie prorok, a ty głupiej potańcówki się boisz. – Machnęła ręką. – A jak jutro o ósmej wieczorem nie będzie cię w domu, to się temu Hajdukiewiczowi oberwie. Zrozumiano? – burknęła bardziej do siebie niż do Łucji.

Hugo znów pływał w oceanie ambiwalencji. Z jednej strony chciał zaprezentować narzeczoną swoim znajomym, zwłaszcza Oldze, żeby odczepiła się raz na zawsze, ale z drugiej obawiał się, jak przyjmą Łucję. Była kimś zupełnie innym, pełną egzotyką na tle grupki wyszczekanych, wyzwolonych i niezależnych krakowskich kobiet.

Najpierw uznał, że nie powie Łucji, gdzie spędzą wieczór. Chciał sprawdzić, czy sobie poradzi z przygotowaniami. Gdy zmienił zdanie, pod wpływem chwili słabości uznając, że może jednak powinien był ją uprzedzić, że wybierają się do bardzo eleganckiego klubu, było już za późno.

„Najwyżej najem się wstydu" – pomyślał, wysiadając z samochodu. Łucja chyba już go wypatrywała, bo ledwie podszedł do bramki, otworzyły się drzwi domu Maśników i oblubienica wyszła ze sporym tobołkiem w ręce.

– Już idę – krzyknęła.

„Serio?" – Hugo zaśmiał się w duchu. Zdążył zauważyć, że ma jakąś bardzo nietypową dla siebie fryzurę, ale w pełni mógł ocenić efekty starań Moniki, dopiero gdy Łucja dotarła do końca chodnika i stanęła przed nim.

– Hej. – Uśmiechnęła się blado.

– Hej. Ślicznie wyglądasz. – Odetchnął z ulgą. Było dobrze. Nawet lepiej niż dobrze. Łucja wyglądała zjawiskowo, uznał po chwili wnikliwej obserwacji. Zarówno fryzura, jak i makijaż robiły wrażenie. Nachylił się, żeby pocałować ją w policzek, i wtedy poczuł delikatny zapach perfum. „No, no, postarałaś się, moja droga" – stwierdził w myślach. Zrobił szybką rundkę wokół samochodu, pomógł wsiąść dziewczynie i ruszyli w stronę Krakowa przy akompaniamencie zgrzytającego pod kołami śniegu i dyskretnie wybrzmiewających przebojów Louisa Armstronga.

– Hm… co byś powiedziała, gdybym zadał ci parę pytań? – rzucił znad kierownicy. Zamierzał trochę poznać swoją narzeczoną, żeby w razie czego nie wypaść wśród znajomych na idiotę, który nie ma pojęcia, z kim się żeni.

– A co chcesz wiedzieć? – Filuternie przechyliła głowę.

– Na przykład dlaczego masz takie samo nazwisko jak twoja babka? – Znów zerknął na nią przez moment. – Przysposobiła cię?

– Tak, ale nazwisko mam po tacie, bo tak się złożyło, że oboje rodzice mieli takie samo.

– Serio? – Hugo uniósł brwi. – Byli jakąś dalszą rodziną?

– Nie. To zbieg okoliczności. Babcia mi opowiadała, że poznali się nad morzem. Tata był poznaniakiem, służył w wojsku w Kołobrzegu, a mama pojechała tam z koleżankami po zakończeniu technikum na taki krótki wypoczynek. No i jakoś się zgadali na potańcówce, na której oboje byli, że mają takie samo nazwisko, a potem tak wyszło, że się zakochali, i gdy tata odsłużył dwa lata, przyjechał tu i się ożenił z mamą. Oczywiście najpierw pisali do siebie listy i tak dalej.

– Hm… ciekawe. – Uśmiechnął się pod nosem.

– U nas w rodzinie jest więcej takich ciekawostek. Na przykład mężowie moich ciotek, Agaty i Irenki, też są rodzeństwem. Pierwszy był wujek Janek, spotykał się z ciotką Agatką, i tak się stało, że na jakiś festyn przyszedł ze swoim bratem Stefanem. I ciocia Irenka wpadła wujkowi Stefkowi w oko. Mieli nawet wspólny ślub! Fajnie, prawda? – Łucja zerknęła na swojego chłopaka.

– Jeśli patrzeć pod kątem oszczędności, to całkiem racjonalne rozwiązanie, ale nie jestem pewny, czy każda młoda pani tak chętnie by się podzieliła z inną kobietą stanowiskiem głównej bohaterki eventu.

– Ja bym się podzieliła. – Wzruszyła ramionami. – I wcale by mi nie chodziło o pieniądze, tylko o wspólną zabawę.

– To ładnie z twojej strony.

Hajdukiewicz dodał kolejne punkty w rankingu swojej przyszłej żony. „Skromna, bez skłonności do gwiazdorzenia i całkiem rozsądna" – podsumował w myślach.

– Ciebie już też przypisali do kategorii „osobliwości" w naszej rodzinie.

– Tak? Czym sobie zasłużyłem?

– Ciotka Agata stwierdziła, że do złudzenia przypominasz jej Mariusza, czyli zięcia, męża Justyny, mojej kuzynki. On jest znacznie młodszy od ciebie, ma inne nazwisko i jest magazynierem w dużej firmie logistycznej pod Tarnowem, skąd zresztą pochodzi. Rozjaśnia włosy na ryży blond i codziennie stawia je na żelu – dodała, chichocząc.

– Rzeczywiście, uderzające podobieństwo. – Roześmiał się w głos.

– Ja też mogę cię o coś spytać? – Łucja zagryzła nerwowo wargę.

– Tak – mruknął, bo właśnie włączał się do ruchu na główną drogę.

– Miałeś przede mną jakąś narzeczoną albo zamierzałeś się komuś oświadczyć?

„Fuck" – zaklął w duchu. Czuł, że przez ten nieszczęsny pierścionek będzie miał kłopoty. Teraz pozostało mu jedynie iść w zaparte, oczywiście zachowując kamienną twarz. Na szczęście to miał opanowane do perfekcji. Nie na darmo wuj Henryk zabierał go na wszystkie rozprawy *pro bono*. Musiał się nauczyć modyfikowania rzeczywistości, jak eufemistycznie nazywano kłamstwa w tym fachu. „Frontalny atak najlepszą formą obrony" – pomyślał.

– Jestem przed trzydziestką, dlatego, owszem, zdążyłem zaliczyć kilka związków, ale to nie było nic zobowiązującego. Skąd ci w ogóle przyszło do głowy takie pytanie?

– Bo…

– Bo? – natychmiast powtórzył, prawie cały czas patrząc na Łucję zimnym i przenikliwym spojrzeniem, którego tak bardzo nie znosiła jego matka.

– Bo dałeś mi pierścionek Tiffany'ego, a moja koleżanka powiedziała, że ta firma nie ma w Polsce swoich sklepów – wydukała z trudem.

– I co w związku z tym? – Hugo postanowił niczego jej nie ułatwiać. Musiał się zorientować, ile wie ta mała, zanim przedstawi jej scenariusz czeskiego filmu.

– Skoro nie miałeś go wcześniej, bo tak mówiłeś wtedy w mieszkaniu, a kilka dni później już był… – zerknęła na swoją prawą dłoń – pomyślałam, że po prostu kupiłeś go kiedyś dla kogoś innego. – Westchnęła głęboko. „Już, powiedziałam to" – odetchnęła w duchu.

– Ale wtedy wyszedłbym na kłamcę, twierdząc, że nie mam pierścionka w apartamencie, a nie mam powodów, aby cię oszukiwać. Na dodatek teraz niezbyt fajnie się czuję ze świadomością, że podejrzewasz mnie o oszustwo. – Lekko przymrużył oczy w oczekiwaniu na efekty swoich słów.

Jak słusznie mniemał, Łucja natychmiast poczerwieniała. Zauważył to nawet mimo jej makijażu i tego, że na zewnątrz powoli zaczynało się ściemniać.

– Nie podejrzewam cię o oszustwo, przecież mogłeś go mieć gdzieś poza mieszkaniem. U mamy albo w banku, w sejfie – próbowała się wytłumaczyć. – O to mi chodziło. – Opuściła głowę. – Jestem głupia, niepotrzebnie pytałam. Przepraszam.

Zapadło milczenie, złagodzone jedynie jednostajnym szumem pracującego silnika i cicho wybrzmiewającym ochrypłym głosem amerykańskiego jazzmana.

– Nie jesteś głupia. Całkiem nieźle ci poszła ta dedukcja, mój mały Sherlocku – odparł po chwili wesołym tonem, bo już całkowicie odzyskał rezon.

Zaskoczył ją. Hugo się nie pogniewał? Spodziewała się czegoś zupełnie innego, a tymczasem nachylił się ku niej i ujął jej dłoń.

– Wyjaśnię ci, skąd wziął się pierścionek, ale będziesz musiała trochę poczekać. Niedługo, obiecuję. To jak? Odpowiada pani takie rozwiązanie, panno podejrzliwa? – pozwolił sobie na lekką uszczypliwość.

– Jak niedługo? – Łucja od razu poweselała, bo gdy Hugo trzymał ją za rękę, wszystko stawało się jakieś prostsze.

– Dwie godziny? Tyle powinno wystarczyć. Gdy będziemy u mnie, poznasz detale.

– Jedziemy do ciebie? – Zmarszczyła lekko czoło. – Po co?

– Impreza zaczyna się dopiero o dwudziestej pierwszej to raz, muszę się odświeżyć i przebrać to dwa, zostawić samochód, a ty plecak, bo chyba ze sobą go nie weźmiesz, to trzy. A teraz doszedł jeszcze powód czwarty, czyli moja mowa obrończa. Wystarczy? – Puścił do niej oczko.

– Uhm. – Łucja natychmiast ochoczo pokiwała głową.

– Świetnie. Może na dzisiaj już dosyć tych dziwnych pytań?

– Zdecydowanie.

– Okej, to opowiedz mi, jaką lubisz muzykę – rzucił neutralnym tematem.

– E... w zasadzie każdą.

– Nie przyjmuję tego do wiadomości, proszę o konkrety. Muszę jeszcze dzisiaj poznać twoje preferencje, zadedykuję ci jakiś ulubiony kawałek w trakcie wieczoru. – Hugo zaśmiał się do siebie.

Sytuacja była opanowana.

Rozdział 9

Łucja była oczarowana. Tak pięknie przybranej choinki jeszcze nie widziała. Drzewko, chociaż sztuczne, urzekało. Bialutkie, niezbyt wysokie, przystrojone ślicznymi, chyba ręcznie malowanymi bombkami, malutkimi aniołkami zrobionymi szydełkiem, kokardkami z satyny i dyskretnym, diodowym oświetleniem, stało w rogu salonu, roztaczając anielskie wdzięki.

– Podoba ci się? – Hugo stanął za plecami dziewczyny i delikatnie objął ją w pasie.

– Jest super. Jeszcze nigdy nie widziałam tak ładnej choinki. Masz dryg, pięknie ją przystroiłeś.

– Twoja lepsza, bo naturalna i z cukierkami, a tę zamówiła moja matka. Przywieźli już udekorowaną z kwiaciarni.

– Z kwiaciarni? – Łucja pokręciła głową.

– Niestety, ja nie mam czasu na takie rozrywki. – Hugo uśmiechnął się, lekko marszcząc nos. Owszem, kiedyś uwielbiał święta i całą tę otoczkę, ale po śmierci babki i wyjeździe do wujka zdecydowanie mu przeszło. W Stanach zbyt skomercjalizowano Boże Narodzenie i chyba to sprawiało, że nie czuł już klimatu i magii tych dni.

– Miałeś mi coś wyjaśnić... – wymamrotała, czując pierwsze zwiastuny pożądania.

– Pamiętam. – Hugo przyciągnął ją jeszcze mocniej do siebie. Wiedział, że mają ponad dwie godziny luzu, i zamierzał wykorzystać ten czas, a kwestię pierścionka obrócić na swoją korzyść, posługując się całkiem niewinnym kłamstewkiem.

– Więc skąd go masz? Tylko nie mów, że z salonu jubilerskiego Tiffany'ego.

– Droczysz się ze mną? – Hajdukiewicz z niedowierzaniem przechylił głowę. – Owszem, z salonu Tiffany'ego, kupiony w zeszły poniedziałek, w Pradze.

– Kupiłeś go w Wigilię? W Pradze? – Oczy Łucji prawie wypadły z orbit.

– Tak. Wigilia jest dniem roboczym, a co do Pragi, to niecałe czterysta kilometrów. Kiedyś cię zabiorę. Piękne miasto, bywam tam przynajmniej dwa razy w roku w naszej czeskiej filii.

– O której musiałeś wyjechać? Pojechałeś tam samochodem?

– Tak. Wyjechałem o szóstej rano, a o szesnastej już zameldowałem się grzecznie na kolacji u mamusi. Zdążyłem przed pierwszą gwiazdką, choć lekka obraza majestatu była, bo mój wkład w przygotowanie wieczerzy okazał się bardzo mizerny.

Łucja poczuła się okropnie, ale i cudownie. Straszne było to, że z taką nieufnością potraktowała przyszłego męża, a wspaniałe, że on tak się dla niej poświęcił. Nie wiedziała, co ma powiedzieć: że jest kochany? Najlepszy?

– A może jakaś nagroda? – Hugo nachylił się wyczekująco.

Pocałunek, który miał być niewinny, nieoczekiwanie zmienił się w namiętny. Łucja znów tak bardzo się stęskniła za dotykiem swojego mężczyzny, że zatraciła się w pieszczotach. Gdyby Hajdukiewicz wziął ją teraz na ręce i zaniósł do sypialni, pewnie by nie protestowała.

– Rozmazałaś się. – Po chwili odsunął się nieco, dyskretnie ścierając szminkę ze swoich ust.

– Zaraz to naprawię. – Zrobiła minkę grzecznej dziewczynki. Wydostała się z jego objęć i z torebką na ramieniu podreptała do łazienki. – Lepiej? – rzuciła do odbicia w lustrze, gdy zauważyła, że Hugo poszedł za nią i teraz stał oparty bokiem o futrynę drzwi.

– Idealnie jak przedtem. – Znów stanął za jej plecami. Pochylił się i zaczął obsypywać pocałunkami delikatną skórę karku, przez wysoko upięte włosy pierwszy raz wyeksponowaną w całej okazałości. Jego ramiona objęły wąską talię, a dłonie poczynały sobie coraz śmielej, wędrując wyżej i wyżej. Na moment się oderwał, szybkim ruchem zdjął sweter i podkoszulek.

– Co robisz? – Łucja zaczęła drżeć. Aby się opanować, oparła dłonie na chłodnej krawędzi umywalki.

– Mówiłem ci, że muszę wziąć prysznic, poza tym chyba nie pójdę na sylwestra w T-shircie? – zażartował, ale tak ochrypłym z pożądania głosem, że żadna kobieta by się nie nabrała, nawet tak niedoświadczona jak Łucja.

– Hugo... – Wygięła się do tyłu i wsparła głowę na jego nagim torsie, gdy tylko ponownie przyciągnął ją do siebie.

– Pragnę cię – wyszeptał wprost do jej ucha.

Nie pytał o zgodę. Nie musiał. Łucja zamknęła oczy, oddychała coraz szybciej, gdy on podniósł jej sukienkę i zostawił zawiniętą tuż pod biustem. Gładził skórę brzucha, a potem wsunął dłoń pod bieliznę. Jego palec znów bez problemu znalazł miejsce rozkoszy w jej ciele.

– Kochaj się ze mną... – jęknęła, trochę nieporadnie zsuwając do połowy ud figi razem z rajstopami.

– Poczekaj, nie mam tu prezerwatyw.

– Nie trzeba, nic się nie stanie. – Łucja była już na krawędzi szaleństwa, bo Hugo nie przestawał jej delikatnie pieścić.

– Chcesz mnie wrobić w dzieciaka? – Choć z trudem, zdobył się na bardzo dwuznaczny w jego sytuacji żart.

– Nie. Jutro albo pojutrze dostanę miesiączkę. – Natychmiast go uspokoiła.

Łucja nie mogła wytrzymać, krew buzowała w jej ciele, w uszach szumiało, a całe jej jestestwo rwało się do ukochanego.

– Stań na palcach i oprzyj się. – Lekko docisnął jej brzuch do brzegu umywalki. Błyskawicznie rozpiął zamek dżinsów. Wszedł w nią tak gwałtownie, że jęknęła. Kołysał nią w równym rytmie, a ona dyszała coraz szybciej i głębiej.

– Mocniej – poprosiła, jeszcze bardziej go tym nakręcając. Gdy poczuł, że jej drobnym ciałem wstrząsa pierwsza fala skurczów, on też poddał się przyjemności.

To było do przewidzenia…

Rozdziawiona buzia Łucji, gdy weszli do klubu Luxury, jednego z najlepszych i najdroższych w Krakowie. Z zaciekawieniem kręciła głową we wszystkie strony. Hugona nie dziwił zachwyt dziewczyny, ten klub naprawdę robił wrażenie. Skórzane białe sofy w dyskretnie poprzedzielanych kurtynami z kryształowych sznurów lożach zachęcały do wypoczynku. Parkiet wyłożony płytami z mlecznego szkła i podświetlany na błękitny odcień wyglądał nieziemsko, a całość lokalu utrzymana w bieli, srebrze i jasnych odcieniach niebieskiego koloru przywodziła na myśl niebiosa.

Hugo założył, że skoro Łucja zachowywała się coraz śmielej, zwłaszcza podczas intymnych igraszek, poradzi sobie równie dobrze, bawiąc się z grupką jego znajomych. Tym bardziej że przed wyjazdem do klubu udało mu się ją namówić na mały beforek, czyli szklankę ginu z tonikiem.

Niestety, początek był wyjątkowo niefortunny. Przybyli pół godziny po rozpoczęciu imprezy. Wszyscy już się bawili i przedstawianie panny Maśnik się przeciągało, bo co chwila ktoś wracał z parkietu i Hugo musiał dokonywać kolejnej prezentacji. Przysłowiową pokrywą do urny był Arek i jego żarcik.

Gdy nachylił się, aby pocałować Łucję w policzek, rzucił: znajome perfumy. Nowa dziewczyna Hajdukiewicza nie znała jeszcze specyficznego poczucia humoru Arkadiusza Borowskiego i naiwnie spytała: „To jak się nazywają?". Wiedziała, że to jakaś niezbyt droga woda toaletowa, którą popsikała ją Monia. Patykowaty blondyn w designerskim garniturze od razu zauważył, że dziewczątko młode, i postanowił z niej ciut pożartować, mówiąc: to świetny zapach, bodajże coś z Chanel, chyba Szybki numerek. Gdy spytał Łucję, czy zgadł, Hajdukiewicz poczuł niezmierną ochotę, aby wyprowadzić go na zewnątrz i tam dać mu w łeb, ale zagarnął zawstydzoną po cebulki włosów Łucję na parkiet i jakoś rozładował sytuację.

Na szczęście taniec był kolejnym po lodowisku strzałem w dziesiątkę, a raczej w upodobania i zdolności jego dziewczyny. Tańczyła świetnie, lekko, dając się bez oporów prowadzić narzeczonemu, który w tej materii również doskonale sobie radził. Nawet Adaś Soliński, mający okazję przed samą północą poszaleć trzy kawałki ze swoją „protegowaną", wyraził zachwyt, i to przy wszystkich zebranych przy stoliku. „Dziewczyny, możecie się od niej uczyć. Ta młoda łania pokonała was bezapelacyjnie – stwierdził zaraz po powrocie z parkietu, trzymając onieśmieloną komplementem Łucję za rękę. Powiódł wzrokiem po kobietach: Oldze, Izie, Patrycji, drugiej Izie, Ani i Dianie. – Wszystkie jesteście piękne, odstawione, ale w tańcu drewno! Gibacie się z wdziękiem brzozowych sztachet". – Zaśmiał się ze swojego żartu.

Łucja usiadła skrępowana obok narzeczonego i od razu mocno się do niego przytuliła. Nie podobał jej się Adam, był zbyt swobodny i na dodatek próbował w czasie tańca dotykać jej pośladków, dopiero gdy zagroziła, że powie o tym Hugonowi, zaprzestał.

– Ta mała zachwyca, to kanapka McBeauty, prawdziwy *blockbuster** ci się trafił, mój kochany Hajduku – kontynuował ze swadą, bo był już nieźle wstawiony.

Łucja zaczynała mieć dość tego przyjęcia. Lubiła poznawać nowych ludzi, rozmawiać z nimi, ale w tym gronie nie miała na co liczyć. Minęła północ, wypili szampana, wszyscy – oprócz nich i dwóch par, które wyglądały na nieco dłużej trwające związki – złożyli sobie niezobowiązujące i banalne życzenia.

* Mianem blockbustera określa się filmy o niskim budżecie, które niespodziewanie okazały się przebojem kasowym (ang.).

Koleżanki narzeczonego albo ją zupełnie ignorowały, zwłaszcza Anka i Diana, które przyszły ze swoimi facetami, albo zagadnęły na początku, ale szybko przestały się nią interesować, zajęte piciem, tańcem, żartami i przepychankami słownymi z Arkiem i Marcinem, drugim „nadwornym błaznem" w tej paczce. Jedynie Olga Becker, piękna wysoka brunetka, co jakiś czas przysiadała się do niej i próbowała zagadywać. Ale za każdym razem, gdy ledwo zdążyły zamienić kilka zdań, Hugo zabierał Łucję na parkiet albo do baru, rzucając przy tym coś w rodzaju: „Damian, porwij Olgę do tańca, bo widzę, że się nudzi".

– Dlaczego nie pozwalasz mi porozmawiać z Olgą? Jest bardzo miła. – Pożaliła się, gdy czwarty raz Hugo zgarnął ją od stolika, mówiąc, że uwielbia ten kawałek *Kancelarii* i koniecznie muszą zatańczyć.

– „Zabiorę cię właśnie tam..." – zanucił cicho wprost do jej ucha, ale Łucja nie dała się zwieść i stanęła nieruchomo, gromiąc go wzrokiem. – Po prostu cię chronię. – Mrugnął filuternie i jeszcze mocniej przyciągnął do siebie. – Olga bywa miła tylko wtedy, gdy ma w tym jakiś cel. – Zamierzał postawić na szczerość. Wiedział, że prędzej czy później do Łucji dotrą jakieś plotki o jego krótkim i bardzo burzliwym związku z córką jednych z najbogatszych ludzi w Krakowie, jedynaczką, dziedziczką fortuny, czyli ogólnopolskiej sieci laboratoriów medycznych.

– Czyli?

– Już wyjaśniam.

Ponownie tańczyli, a on do ucha Łucji snuł historię swojego związku. Opowiedział krótko o półrocznym romansie, o tym, że choć od rozstania z jego inicjatywy minął już grubo ponad rok, Olga ciągle nie daje mu spokoju. Przekonywał Łucję, że te próby zagadywania z pewnością nie mają na celu zaprzyjaźnienia się z nią, lecz raczej wbicia klina w ich związek, bo panna Olga jest pamiętliwa i lubi bruździć, i właśnie stąd jego czujność.

– Hm... możesz być spokojny, nie pozwolę jej się wtrącać, a poza tym moja babcia mówi, że nie ma złych ludzi, są tylko źle wychowani – powiedziała, gdy skończył.

Hugo zaśmiał się i bardzo uprzejmie odparł, że babcia chyba jeszcze nie poznała Olgi i wielu, wielu innych osób, które choć znakomicie wychowane, niekoniecznie są dobre. Oczywiście Łucja zaprzeczyła, mówiąc, że każdy człowiek jest dobry i że to tylko trudne życie psuje tę dobroć. Hugo już miał na końcu języka zgrabną ripostę, że im dłużej się żyje, tym więcej młodzieńczych ideałów umiera, ale się powstrzymał, bo wpadła na nich Iza.

– Nasze gołąbeczki! – krzyknęła pijana dwudziestosiedmiolatka. – Hugonie drogi, idziemy tańczyć, bo się obrażę.

Bez pardonu rzuciła mu się na szyję. Mężczyzna zerknął zza jej ramienia na resztę towarzystwa z nadzieją, że ktoś go zastąpi albo narzeczona okaże się zazdrosna, ale się zawiódł.

– Idź – zachęciła go Łucja. Bolały ją już nogi, bo prawie nie schodziła z parkietu, ponadto buty okazały się niewygodne i poobcierały ją ze wszystkich stron. „Co za bubel, chyba dla ludzi bez palców u stóp" – westchnęła, chcąc zrzucić dyskretnie szpilki pod niski stolik.

– Wreszcie dał ci spokój! – Olga pojawiła się nagle i niewiadomo skąd. – Nie widziałam jeszcze, żeby Hajdukiewicz tak się przyssał do kobiety. W końcu i on został usidlony. – Siadła po prawej stronie jego narzeczonej i uniosła lekko jej rękę. – Piękny.

– Dziękuję. – Łucja delikatnie, ale stanowczo wysunęła dłoń spomiędzy długich palców Olgi.

– Tiffany?

– Tak.

– Cudowny. Różowy brylant. – Z niekłamanym zachwytem pokręciła głową. – Mogę przymierzyć? – Wyciągnęła rękę.

– Przepraszam, nie obraź się, ale w mojej rodzinie jest taki przesąd, że nie wolno nikomu dawać do przymierzania obrączek i pierścionków zaręczynowych.

– Spoko, szanuję tradycję i obyczaje. – Uśmiechnęła się filuternie. – Szczerze mówiąc, Hugo bardzo mnie zaskoczył, bo to tak szybciutko… hop i bęc, zaręczony. Gdy Adaś mi o tym powiedział, opadła mi szczęka. – Zachichotała. – Znam Hajduka od lat i zawsze uważałam go za chodzące zaprzeczenie spontanu. A tu proszę, trafiony, zatopiony. – Sięgnęła po swoją szklankę z czerwonym jak jej usta i sukienka cranberrym coolerem i szybko ją opróżniła.

– Może się zmienił. Pojechał w Wigilię do Pragi, tam go kupił. – Łucja delikatnie pogładziła płaską fasetę oczka.

– Och, naprawdę?! – Olga złożyła ręce jak do modlitwy. – Miał niebywałe szczęście, że mu się trafiło takie cacko.

– O czym ty mówisz? – Łucja zamrugała szybko, przechylając głowę.

– Ja też mam drobiazg z tego butiku w Pradze. – Podsunęła jej pod nos dłoń ozdobioną nieco skromniejszym pierścionkiem, wysadzanym bladobłękitnym kamieniem. – Dostałam na osiemnastkę od rodziców, ojciec twierdził, że musiał go zamówić trzy miesiące wcześniej, bo kolorowe diamenty rzadko są w stałej ofercie. Praski salon jest dosyć mały w porównaniu z niemieckimi czy amerykańskimi.

– Uhm – Głos Łucji od razu lekko się załamał. „Czyżby przeczucia mnie nie myliły?" Jej myśli właśnie nadpływały wielkim obłokiem podejrzeń, spekulacji i najbardziej niezwykłych pomysłów na wyjaśnienie tajemnicy pierścionka od Tiffany'ego.

– Choć może nie do końca mam rację. Niektóre kolekcje to wyłącznie kolorowe kamienie, a czasami zdarza się, że ktoś rezygnuje z zamówienia, mimo że wpłacił już zaliczkę. Zwroty też czasami bywają, ale salon potrąca wówczas nawet pięćdziesiąt procent wartości. Tak. Mogło tak być, że albo ktoś nie odebrał pierścionka, albo pochodzi ze zwrotu. Ale szczerze ci powiem, że mi by to w ogóle nie przeszkadzało. A tobie? – Krzepiąco poklepała jej dłoń.

– Mi? – wymamrotała panna Maśnik. – Znaczy mnie? Też by nie przeszkadzało. – Przełknęła ślinę, ciągle nie mogąc się uspokoić.

– Tak czy owak, jest cudowny, a Hugo musiał nieźle się wykosztować. Ja osobiście zniosłabym wszystko, tylko biżuterii po nieboszczyku bym nie założyła. – Parsknęła zduszonym śmiechem. – A na marginesie: „Uważam, że noszenie brylantów przed »czterdziestką« jest wulgarne". Czyli obie jesteśmy wulgarne, ja przez ojca, a ty przez Hugo.

– Słucham? – powiedziała Łucja, nic nie rozumiejąc.

– Oj! Nie znasz tego? – Olga znów zachichotała. – To mój ulubiony cytat z filmu *Śniadanie u Tiffany'ego*. Drugi to: „Ubóstwiam pana, ale dobranoc". Zawsze tak mówię facetom, którzy nieproszeni podbijają do mnie w klubach.

– Hm... Chyba nie widziałam tego filmu. – Łucja wzruszyła ramionami.

– Chyba jesteś na to za młoda. – Olga protekcjonalnie musnęła jej gładki policzek.

– A... – Łucja zawiesiła głos – a może Hugo miał go wcześniej? – Postanowiła zagrać *va banque*.

– Co?

– Pierścionek. Może kiedyś zamierzał się komuś oświadczyć? – starała się przybrać lekki ton.

– Hugo? W życiu! Nie obraź się, ale co za idiotyczny pomysł strzelił ci do głowy? – Olga roześmiała się na całe gardło, aż nią wstrząsało. – Znam go bardzo długo, kiedyś był moim facetem i kto jak kto, ale ja wiedziałabym o tym. Poza tym Hugo to lekkoduch, dlatego wszyscy byliśmy w takim szoku, gdy się okazało, że dzisiaj poznamy jego przyszłą żonę. – Znów uścisnęła ją krzepiąco.

– Tak mi jakoś przyszło na myśl... – odparła Łucja, blado się uśmiechając. „Ufać jej, nie ufać? Zachodziła w głowę. A może powinnam po prostu o tym nie myśleć? – Maśnikówna, pustostanie umysłowy, dalej tak rozkminiaj jak Rejewski nad Enigmą, to ci się czosnek zagotuje i osiwiejesz przed dwudziestką!" – zrugała się w duchu.

– Oj, dziewczyno, dziewczyno... – Olga pokręciła głową. – Ślepy z zawiązanymi oczami i bez rąk by zauważył, że Hajduk zapatrzony w ciebie jak w świętą figurkę. Chyba w to nie wątpisz? Bo jeśli tak, zaraz wypukam sobie palcem dziurę w czole.

– Szturchnęła ją przyjacielsko ramieniem. – Chodź do baru! Jesteś trzeźwa, fałdy się prostują i przez to mózg źle pracuje!

– Tu się skryłaś, moja droga… – Hugo stanął za wysokim hokerem, na którym przycupnęła. Otoczył Łucję ramieniem, a drugie wsparł na blacie baru. Wkurzył się, gdy po powrocie do loży jej nie zastał, a gdy usłyszał, że poszła gdzieś z Olgą, natychmiast ruszył na poszukiwania. Ten świeżo powstały tandem nie wróżył nic dobrego.

– Już znikam. – „Kidnaperka" z wdziękiem zsunęła się z bliźniaczego krzesła, lekko cmoknęła nową koleżankę w policzek i jedyne, co po niej pozostało, to delikatne wgniecenie na białej skórze hokera i subtelny zapach Tendre Poison Diora.

– Dlaczego się nie lubicie? – Łucja odwróciła się przodem do Hajdukiewicza. – Ona jest całkiem miła.

– Pozwolisz, że zachowam własne zdanie na ten temat – rzucił z przekąsem. – Co to było? Zapłaciłaś? – Wskazał na pustą szklankę.

– Nie wiem. Jakiś drink. Zielony. Nie płaciłam, ona się nie zgodziła i uregulowała rachunek.

Podniósł szklankę i powąchał. „Whisky i blue curaçao, trzy takie szoty i leżysz" – pomyślał, patrząc na drobinę w czarnej sukience.

– Oj, dziewczyno – z niezadowoleniem pokręcił głową – nie można cię spuścić z oczu, bo zaraz coś spsocisz.

– Przepraszam. – Zerknęła na niego. – Mam pieniądze, może oddam jej, gdy wrócimy do stolika. – Uspokajającym gestem dotknęła małej torebki przewieszonej przez ramię.

Hugo wyglądał dziwnie, jakby miał ochotę prześwietlić ją na wylot swoim mrocznym spojrzeniem. I rzeczywiście tak było. Zdenerwowało go nie to, że Olga postawiła Łucji drinka ani że wypiła alkohol, bo na tle reszty towarzystwa była abstynentką, ale że go nie posłuchała. Na dodatek nie wiedział, o czym rozmawiały, a nie chciał Łucji o to wypytywać. „Zresztą sama mi pewnie wyklepie" – uspokoił się w duchu.

– Nie chodzi o kasę. Na biednego nie trafiło. – Machnął ręką. – Idziemy.

– Hugo... – zająknęła się.

– Tak?

– Pewnie będziesz zły, ale ja już nie mogę tańczyć. Buty mnie obtarły, lewy chyba do krwi. Najchętniej bym je zdjęła.

– Pokaż. – Schylił się i zdjął delikatnie czarną lakierowaną szpilkę. – Fuck! Masz sine paznokcie! Zabiorę nasze rzeczy z loży i wracamy do domu. Co ty na to? – Podniósł wzrok.

– Nie pożegnam się z nimi – westchnęła. – To trochę niegrzecznie.

– Okej, panno dobrze wychowana. Trzymaj! – wręczył Łucji but. Gdy niósł ją na barana przez całą salę, jej głośne piski słyszeli wszyscy, włącznie z portierem.

Ponad godzinę zeszło im, zanim znaleźli się w apartamencie. Gdy przyjechała taksówka, Hugo musiał zataszczyć Łucję, bo nie mogła włożyć już żadnych butów. Nawet kozaki ją uciskały. Później w ten sam sposób niósł ją do apartamentowca; na szczęście tu przynajmniej drogę do windy mogła pokonać samodzielnie, bo na bosaka.

– Ależ się załatwiłaś. – Hugo pokręcił głową, gdy wykąpana, w koszuli nocnej i szlafroku przydreptała do sypialni.

– No, nie wygląda to dobrze. – Popatrzyła na swoje poturbowane palce.

– Siadaj. Zaraz wrócę.

Gdy wychodził z pokoju, Łucja odprowadziła go wzrokiem, cicho wzdychając. Była czwarta w nocy, czuła się już bardzo zmęczona, ale najbardziej żałowała tego, że zamiast spędzić ten czas sam na sam z narzeczonym, straciła go w tym dziwnym towarzystwie. Na dodatek jedyna osoba, która naprawdę była miła i sympatyczna, według jego opinii nie zasługiwała na wzajemność.

Po chwili Hugo wrócił z czarną kosmetyczką i parą białych bawełnianych skarpet. Kazał jej się wygodnie ułożyć i zrelaksować, a sam przyklęknął na materacu przed stopami Łucji.

– Co to? – Wskazała palcem na tubkę z kolorowymi napisami po angielsku.

– Specjalna maść. Przywiozłem ze Stanów, w Polsce takiej nie ma. Znieczula i przyspiesza gojenie. Sam też jej używam, bo większość moich butów przez pierwszy tydzień potrafi nieźle dać się we znaki. – Wycisnął spory pasek białej mazi na palec i zaczął nakładać ostrożnie na otarcia.

– Powinieneś zostać lekarzem. – Nic ją nie bolało, wręcz przeciwnie, czuła się jak w trakcie jakiejś bardzo miłej pieszczoty i co chwila dostawała gęsiej skórki na całym ciele.

– Chyba zostanę przy moim fachu. – Nachylił się i pocałował ją w wierzch lewej, bardziej poszkodowanej stopy. – Może jestem fetyszystą? Masz śliczne stópki, takie maleńkie.

– Możesz być fetyszystą, bardzo mi się podobało. Na co czekamy?

– Jeszcze osłona. – Podniósł się i sięgnął po skarpetki. – Boli? – Dotknął jeden z paluchów.

– Nic a nic. – Uśmiechnęła się od ucha do ucha.

– Świetnie, świetnie... – zamruczał do siebie, jak to robił jego świętej pamięci wuj Henryk, gdy udało mu się wygrać jakąś wyjątkowo trudną sprawę.

– Hugo...

– Tak?

– Wiesz, zastanawiam się nad czymś. Dlaczego Iza, ta twoja znajoma, mówi do ciebie Hugonie? Jak ty właściwie masz na imię? Hugon?

– Hugo – odpowiedział, nachylając się nad lewą stopą Łucji. – Izka jest po filologii polskiej, pracuje jako redaktorka w wydawnictwie i ma bzika na punkcie poprawnej odmiany. Moje imię odmienia się przez przypadki, ale co z tego, skoro prawie wszyscy mówią Hugo. Przypuszczam, że sugerują się nazwiskiem Wiktora Hugo, które się nie odmienia. Gdy mieszkałem w Stanach nikt nie odmieniał mojego imienia z wiadomych względów, więc przywykłem. Teraz, szczerze mówiąc, śmieszy mnie, gdy ktoś mówi jak Iza.

– Hm... Chyba masz rację. – Łucja pokiwała głową. – Według mnie to brzmi idiotycznie. Kupiłam Hugowi skarpety...

– Hugonowi, jeśli już – sprostował.

– Ogonowi... – sparodiowała.

– Może być Ogon, choć tak jeszcze nikt mnie nie ochrzcił. Hajduk, Hugi, tak mówią moi polscy znajomi, Hugh też był, ale głównie na studiach, Hugens w podstawówce, ale Ogon? Bardzo oryginalne. – Puścił oczko do swojej pacjentki. – Gotowe – orzekł, już po ponownej krótkiej kontroli palpacyjnej wszystkich obolałych miejsc i ostrożnym nałożeniu skarpetek na stopy narzeczonej.

– Ile się należy? I czy mogę odkupić ten cudowny lek? – Łucja ze zdumieniem dotykała przez białą dzianinę uleczonych błyskawicznie stóp.

– Usługa gratis, maść mam jeszcze w zapasie, więc ci dam jutro. – Hugo położył kosmetyczkę na szafce nocnej.

– Jakoś muszę się odwdzięczyć... – Leciutko zagryzła dolną wargę.

– Co proponujesz? – Patrzył jak urzeczony, gdy opuściła kaptur, odsłaniając wilgotne kosmyki włosów.

Rozwiązała pasek szlafroka. Ściągała go, powoli stopniując napięcie. Podwinęła pod siebie nogi, uklękła przed narzeczonym i zdjęła przez głowę koszulę nocną. Mokre pasma rozsypały się po jej ciele, przykleiły do skóry piersi, splątały ze sobą, tworząc śliczną plecionkę, wyglądającą jak najpiękniejsze wzory celtyckich ornamentów.

– Jesteś bardzo namiętna... – zamruczał niskim tembrem, przyciągając dziewczynę do siebie.

– To chyba dobrze? – spytała.

– Chyba tak. Jak mówiłaś? Nic się nie stanie?

– Nie. – Objęła jego głowę i wsunęła palce w gęste włosy, pachnące tak upojnie nim samym. Wygięła się, aby jeszcze bardziej ułatwić mu pieszczoty piersi, których sterczące brodawki właśnie dotykał czubkiem języka. – Jak mogłam żyć bez tego? – jęknęła, gdy lekko zagryzł jedną z nich.

– Jakoś mogłaś...

– Ale dlaczego tak długo odmawiałam sobie tej przyjemności?

Hugo przewrócił ją na materac i błyskawicznie zawisł nad nią, wspierając się na wyprostowanych rękach.

– Żałujesz, że jestem pierwszy? – zapytał żartobliwym tonem.

Nagle spoważniała, zarzuciła ramiona na kark ukochanego i wyszeptała:

– Przecież wiesz, że nie...

Hugo kończył jeść schabowego z ziemniakami i kapustą na ciepło. Drugi domowy obiad u mamusi jedzony w drugi dzień nowego roku. Gdy zeszłego wieczoru matka zadzwoniła do niego, a on kategorycznie odmówił przyjazdu i rozmowy w cztery oczy, niewiele brakowało, żeby wybuchnęła płaczem i narzekaniami na niewdzięcznika bez serca. Dlatego obiecał, że przyjedzie do niej nazajutrz po południu.

– Dziękuję. – Odłożył sztućce na pusty talerz. – Smaczne jak zawsze. Więc o czym chciałaś porozmawiać? – Rozparł się wygodnie na tapicerowanym miękką ekoskórką krześle i założył nogę na nogę.

– Wiesz o czym, a raczej o kim. – Zabrała nakrycie i odstawiła na blat szafki. Odruchowo wygładziła serwetkę przed synem, nalała kompotu z niewielkiego szklanego dzbanka i postawiła mu przed nosem. – Wypij, bardzo dobry, z jabłek i mrożonych truskawek.

– Pyszny. – Hugo upił kilka łyków schłodzonego napoju. – Zamieniam się w słuch.

– To raczej ja zamieniam się w słuch. – Matka usiadła przy przeciwległym końcu blatu.

Czasami jadali w kuchni, gdzie było znacznie przyjemniej i przytulniej niż w salonie. Zwłaszcza gdy byli sami, a wspólny posiłek nie przypadał w niedzielę czy inny świąteczny dzień. Pani Hania rozkładała wtedy na kuchennym stole jedną ze ślicznych okrągłych serwetek, które sama ozdobiła haftem, do tego malutki wazonik ze świeżymi kwiatami. Było wygodnie, po domowemu, ale i elegancko.

Młody Hajdukiewicz był w całkiem niezłym nastroju. Owszem, miał przeprawę z Łucją, która nie chciała przyjechać z nim na celebrowany od zawsze noworoczny obiad. Tłumaczyła, że jej nie uprzedził, że nie jest przygotowana, nie ma odpowiednich ubrań i tak dalej.

Udało mu się ją przekonać dopiero, gdy wmówił Łucji, że jego szanowna rodzicielka jest wyluzowana i na pewno nie zwróci uwagi na strój swojej przyszłej synowej. Poza tym chciał to już mieć za sobą, bo im dłużej odwlekał pierwszą wizytę Łucji w swoim rodzinnym domu, tym większe pretensje ze strony matki go spotykały.

Obiad się udał, schab ze śliwką i rosół wołowo-drobiowy oraz szarlotka domowej roboty zebrały entuzjastyczne recenzje. Posiedzieli prawie trzy godziny, co jak na spotkanie zapoznawcze było niezłym wynikiem, panie sobie porozmawiały i ogólnie było perfekt.

– Co chcesz wiedzieć? – Uśmiechnął się uprzejmie. – Gdzie mieszka? Ile ma lat? Jak się nazywa? A może co studiuje? – Żartował, bo akurat to wszystko i wiele innych informacji matka z wrodzonym sobie wdziękiem wyciągnęła już od swojej przyszłej synowej. Nie musiała się szczególnie wysilać, bo gdy Łucja ciut się ośmieliła, chętnie wyklepała swoje CV, zarówno to dotyczące szkół, włącznie z kursami i pokrewnymi, jak i to bardziej familijno-życiowe.

– Ona jest z innego środowiska i inaczej wychowana. – Pani Hania zwerbalizowała w końcu swoje obawy. Dręczyło ją to, bo zdążyła już omówić temat z Alicją Solińską, ale ich poranna kawka nie podziałała kojąco. Opadły ją kolejne wątpliwości, czy Hugo dokonał właściwego wyboru.

– Naprawdę? A z jakiegoż to środowiska? Inaczej wychowana niż ja albo ty? – Pokiwał z politowaniem głową. – Jest Polką, mieszka w Krakowie, studiuje, tego samego wyznania i tak dalej. Wychowałem się bez ojca, w zasadzie ty, droga mamo, podobnie, mam dalej wymieniać?

– Synku, wiesz, o co mi chodzi. – Pani Hania sięgnęła po swoją szklankę i przez dłuższą chwilę piła małymi łyczkami kompot.

– Że z biedy? Byłem tam, owszem, nie przelewa się w tej rodzinie, ale nędzy nie zauważyłem. Nie obawiaj się, rodzina Maśników nie czyha na mój majątek, poza tym przypominam ci, że rozmawiałem z nią o intercyzie i odniosłem wrażenie, że to rozwiązanie chyba bardziej odpowiada jej niż mnie. To bardzo honorowi ludzie. – Hugo odstawił puste naczynie na stół. Zaczynał się irytować. Nie miał pojęcia, co jeszcze nie spodobało się jego rodzicielce. Zauważył, że traktowała Łucję nieco protekcjonalnie. Na początku była bardzo miła albo chociaż starała się sprawiać takie wrażenie, ale pod koniec spotkania prawie przestała się uśmiechać, a jej mina wyraźnie mówiła: „Synku drogi, cóżeś mi tu za podkuchenną przyprowadził?".

– Biedni, bo niezaradni życiowo. Gdyby ta jej babka miała choć trochę rozumu czy sprytu, zostałaby rodziną zastępczą i wtedy na wychowanie Łucji dostawałaby dwa razy więcej pieniędzy. – Hajdukiewiczowa orientowała się w przepisach, bo przez kilka lat, oprócz pracy w pobliskim liceum, dorabiała na ćwierć etatu w ośrodku pomocy społecznej na Józefińskiej.

– Rozmawiałem o tym z Łucją i to nie jest tak, jak myślisz. Takie rozwiązanie też wchodziło w grę, ale jej babka obawiała się, że ktoś chętny będzie chciał przysposobić małą. W dniu śmierci rodziców Łucja miała zaledwie trzy lata, a kolejka ludzi oczekujących na takie małe dzieci jest ogromna. Poza tym jest sierotą zupełną, na dodatek nie pochodzi z patologii, a jej rodzice nie byli alkoholikami czy narkomanami. Jak myślisz, nikt by się nie skusił? Dlatego babka ją przysposobiła jako własne dziecko. – Aż zgrzytnął zębami, kończąc swoją wypowiedź. Sam się sobie dziwił, że tak broni Zofii Maśnikowej. Zwłaszcza że myślał o tej całej rodzinie to samo, co matka. Choć patrząc obiektywnie, jakież ona i jej córki miały możliwości na tej wsi zapomnianej przez Boga? – A może myślisz, że zależy jej na wygodnym i dostatnim życiu? Chyba każdy by się ucieszył z poprawy warunków życiowych i szybko do nich przywykł. Nieprawdaż? – Popatrzył na matkę spod przymrużonych powiek.

Hanna Hajdukiewicz dobrze wiedziała, do czego Hugo pije. Do dzisiaj żyłaby tak samo skromnie jak rodzina Łucji, gdyby nie Henryś, jak mówiła o bracie. To Henryś wysyłał pieniądze, regularnie i w coraz większych kwotach, i to dzięki Henrysiowi stać było emerytkę i nauczycielkę na dostatnie życie. Na pozaszkolne kształcenie syna u prywatnych korepetytorów, na leczenie jej matki, na coroczne wyjazdy na nadmorskie wczasy i na milion innych rzeczy. Do tego stopnia ich status majątkowy się poprawił, że ktoś „życzliwy" doniósł na „biedne" kobiety do urzędu skarbowego i tylko dzięki znajomościom i interwencji profesora Solińskiego dano im w końcu spokój.

– Nie chodzi mi o kwestie finansowe – odparła po chwili Hajdukiewiczowa.

– Inteligentna jest, chyba w to nie wątpisz. Zdrowa raczej też, to bardzo liczna i płodna rodzina. Nieobyta? Nie potrafi się zachować? Daj jej trochę czasu. Za dwa lata będzie idealną panią domu, zupełnie jak ty. A może wątpisz w to, że Łucja mnie kocha? – Hugo rzucił kolejną propozycją.

– Nie. Wiem, że cię kocha. Widzę, jak wodzi za tobą oczami, jak patrzy na ciebie i jak rozjaśnia się jej twarz, gdy do niej mówisz. – Pani Hania westchnęła ciężko. Chyba zazdrościła Łucji tych emocji, kochania kogoś, nawet bez wzajemności. Ona przeżyła to tak dawno i trwało to tak krótko, że gdyby nie owoc tego uczucia, pewnie nie pozostałby po nim nawet ślad.

– Czyli w zasadzie nie masz żadnych zarzutów, a cała ta rozmowa wynika z tego, że jesteś zazdrosna. Boisz się, że ona ci mnie odbierze.

– Jesteś niesprawiedliwy. – Pani Hania przełknęła ślinę. – Dobrze wiem, że dzieci nie rodzi się dla siebie, tylko dla świata, dla innych ludzi. Nie mieszkamy razem od lat, a ja staram się nie ingerować zbyt często w twoje życie. Pozostaniesz moim dzieckiem bez względu na to, w jakim będziesz wieku, a ja jako twoja matka kocham cię nade wszystko i chcę dla ciebie wszystkiego najlepszego. Nawet nie wiesz, jak bardzo cieszy mnie to, że Łucja jest tak zakochana w tobie, wyczuwam sercem jej miłość do ciebie.

– Przepraszam. Przeholowałem. – Hugo podszedł do matki i złożył na jej delikatnej dłoni krótki pocałunek.

Pani Hanna wstała, żeby na chwilę wyjść do łazienki i się uspokoić. Wszystko ją przytłoczyło. Zbyt szybko następowały zmiany w życiu jej syna i wiedziała, że kryje się za tym drugie dno. Wiedziała również, że i Hugo zdaje sobie z tego sprawę.

Przez kilka minut przyglądała się swojej twarzy. „Zestarzałaś się – szepnęła do swojego odbicia. – Zestarzałaś, a życie nie wiadomo kiedy przeleciało ci między palcami". Spuściła wzrok na umywalkę, żałując, że kłopotów i trosk nie można zmyć równie łatwo, jak się myje ręce. „Załatwię to do końca" – postanowiła, wychodząc z łazienki.

– Już jestem. – Usiadła i wzięła głęboki wdech. – Hugo, martwią mnie trzy sprawy. Pierwsza to taka, że prawie wcale się nie znacie, ale byłabym hipokrytką, gdybym ci to zarzucała, bo jesteś synem człowieka, którego ja też nie znałam i nawet nie mam pewności co do jego nazwiska. Druga, że Łucja patrzy w ciebie jak w obraz i boję się, że w pewnym sensie próbuje odnaleźć w tobie ojca. Jest jeszcze taka dziecinna i niewinna. Pamiętaj, że gdy taką ufną i naiwną osobę zranisz choćby raz, skrzywdzisz ją na całe życie. – Znów ciężko westchnęła. Ona też została skrzywdzona przez Orneckiego, i choć była wtedy znacznie starsza i dojrzalsza od Łucji, bolało bardzo i zostawiło tak trwały ślad w jej sercu, że już nigdy nie wpuściła do niego żadnego mężczyzny.

– Nie wiem, dlaczego z góry zakładasz, że miałbym ją skrzywdzić? – Pokręcił głową. – A trzecia sprawa, która cię martwi?

– Ta ostatnia łączy się bezpośrednio z drugą. Hugo, ja... – zawiesiła głos. – Obawiam się, że ty... – Wlepiła wzrok w pustą szklankę, objęła ją palcami i zaczęła nerwowo obracać.

– Boisz się, że to wszystko, mój związek z Łucją, oświadczyny, fakt, że już w czerwcu mamy wziąć ślub, że ten cały pośpiech ma wyłącznie związek z testamentem? – dokończył za nią.

– Tak. – Odważnie podniosła oczy. – Uważam, że jej nie kochasz.

– Skąd takie przypuszczenie? – spytał natychmiast.

– Widziałam, jak zachowywałeś się przy Nicole. Życie z kimś, kogo nie darzy się uczuciem, jest udręką. Przekonaj mnie, że się mylę. Proszę, powiedz, że kochasz Łucję. – Wlepiła błagalne spojrzenie w twarz syna.

– Nicole nie ma i nie będzie – odpowiedział twardo. – Ja też cię o coś proszę, nigdy więcej o niej nie wspominaj.

Rozdział 10

O ile przedświąteczna udręka związana z oczekiwaniem na przyjazd Hugona wydawała się Łucji czymś strasznym, o tyle teraz powodowała u niej wyłącznie pusty śmiech. „Czekanie na oświadczyny to pestka" – jęczała w duszy każdego poranka. Wychodziła z łazienki bez złudzeń, że „dzisiaj wszystko wróci do normy", bo dni mijały, a miesiączka coraz bardziej się opóźniała.

W końcu zdesperowana Łucja wybrała się do Tarnowa. Wprawdzie w Przecławiu była apteka, ale chyba umarłaby ze wstydu, prosząc o t e n przedmiot. Poza tym właścicielka apteki, pani magister Julia Graboś, była bliską znajomą babci i zapewne już trzy minuty po zakupie testów babcia wiedziałaby o wszystkim, a od niej również ciotki, wujkowie i stado kuzynów.

Na wszelki wypadek kupiła trzy różne testy i poszła do tarnowskiego maka, żeby dokonać natychmiastowej weryfikacji swoich podejrzeń. Zamknęła się w kabinie, przeczytała wszystkie trzy ulotki, wyszła, kupiła mały napój, który wylała do umywalki, i umyła dokładnie kubeczek.

„O słodki Jezuniu... – jęknęła trzy minuty później, znów zamknięta w jednej z kabin. – O słodki Jezuniu... co teraz?" – Drżącymi rękami wyciągnęła płytkę z drugiego kartonika, a po kolejnych dwóch minutach ostatnią.

Wątpliwości nie było. Wszystkie trzy testy ciążowe zgodnie orzekły, że za dziewięć miesięcy Łucja Maśnik i Hugo Hajdukiewicz doczekają się równie słodkiego niemowlaczka jak na ich opakowaniach. A może nawet dwóch maluchów, zważywszy na to, że ciotki były bliźniaczkami, a takie historie, jak powszechnie wiadomo, lubią się powtarzać.

Godzinę później, już w busie, Łucja przypomniała sobie o kubeczku pozostawionym razem z wiadomą zawartością w toalecie. „Mam nadzieję, że ktoś to posprzątał" – pomyślała, dociskając policzek do lodowatej szyby. „Nikomu nie powiem, ale przecież muszę powiedzieć. Kto zabije mnie pierwszy? Czy babcia, która milion razy ostrzegała przed wczesnym macierzyństwem, czy może Hugo, którego wrobiła w dzieciaka, a może Hanna Hajdukiewicz? Wyniosła i elegancka jak królowa matka". Łucja stwierdziła, że najchętniej sama by się udusiła własnymi rękami! „Już po karierze naukowej, panno Maśnik! Skończysz drugi semestr i po zawodach, pieluszki, kolki i nieprzespane noce!" – roztaczała przed sobą niewesołe wizje.

Telefon do przyjaciela! Wyciągnęła komórkę. Marta? Ola? Justyna? Monia? A cóż one mogą zrobić?

Schowała aparat do torby, gdzie leżał wśród płytek z dwoma kreseczkami, podczas gdy jego właścicielka zaczęła opłakiwać własną głupotę.

Hugo wrócił z kilkudniowej podróży. Jeszcze wieczorem drugiego stycznia wyjechał do Gdańska, gdzie zamierzał zawrzeć kolejną umowę, tym razem z dosyć sporą kancelarią, bo liczącą ponad trzydziestu adwokatów. Wszystko poszło znacznie sprawniej niż na Śląsku, papiery były w porządku i teraz zaparafowane i podpisane spoczywały w skórzanej teczce.

Spieszył się, bo z powrotu piątego stycznia nic nie wyszło, a już dzisiaj za niecałą godzinę był umówiony z Łucją, którą miał odebrać spod galerii. Zamierzał spędzić z nią miły niedzielny wieczór, oczywiście w apartamencie, później noc i może ewentualnie nawet kolejny dzień, choć akurat to było mało realne. Łucja miała obowiązki na uczelni, a on powinien był po raz pierwszy w tym roku pojawić się w biurze, gdzie czekały na niego stos korespondencji, jeszcze większa góra niezałatwionych spraw i zapewne stęskniona panna Jadzia, czyli kompetentna pięćdziesięcioletnia asystentka, kochająca się potajemnie w swoim znacznie młodszym szefie.

Gdy Hugo otwierał polski oddział kancelarii wujka, na rozmowę kwalifikacyjną na to znakomicie opłacane stanowisko zgłosiło się całkiem spore stadko młodych ślicznotek. Niestety dla nich, po szybkiej selekcji ostała się jedynie Jadwiga Balcerzyk. Jako jedyna spełniała wszystkie kryteria, czyli poza parzeniem kawy i skomplikowaną umiejętnością serwowania słonych paluszków w szklance znała biegle angielski, skończyła studia prawnicze z wynikiem celującym i na dodatek była pasjonatką amerykańskiego systemu prawnego. Konstytucję Stanów Zjednoczonych wraz z dwudziestoma siedmioma poprawkami recytowała wyrwana ze snu o trzeciej w nocy, fascynowały ją zagadnienia dotyczące różnic w systemach prawnych obowiązujących w poszczególnych stanach Ameryki, a ulubioną lekturą były wpisy na forum amerykańskich prawników. Tylko dzięki jej pomocy Hugo mógł poświęcić nieco czasu narzeczonej.

Gdy podjechał pod galerię, Łucja już czekała na parkingu. Od razu jego uwagę zwróciły dziwna bladość jej twarzy i jeszcze bardziej niespodziewana małomówność oraz brak entuzjazmu przy powitaniu. Nie spytał, co się stało, ale całą drogę powrotną zerkał na nią co chwila, zastanawiając się, jaki jest powód takiego zachowania.

Weszli do mieszkania, zaproponował coś do jedzenia, ale Łucja odmówiła, więc zaparzył herbatę, zaniósł tacę z filiżankami do salonu i usiadł razem z dziewczyną na sofie. Jeszcze intensywniej zaczął się zastanawiać, skąd ta powściągliwość, i przyszło mu do głowy, że Łucja chce odwołać zaręczyny, ale wtedy wręczyła mu złożoną na cztery kartkę z wykazem jej gości weselnych.

– No dobrze... – Rzucił listę na stół i przysunął się jeszcze bliżej dziewczyny. – Co się stało? – Popatrzył na nią uważnie.

– A coś miało się stać? – odpaliła szybko, zbyt szybko jak na kogoś, kto nie ma nic do ukrycia.

– Jeszcze raz. – Przyjął nieco bardziej formalną pozę, chwycił dziewczynę za drżącą i lekko spoconą dłoń i powtórzył pytanie.

– Nic. – Tym razem Łucja na poparcie swoich słów podniosła wzrok i przez ułamek sekundy popatrzyła mu prosto w oczy.

– Okej... – zawiesił głos. – Mam rozumieć, że czujesz do mnie żal, że musiałem wyjechać w interesach i nie widzieliśmy się przez ostatnich parę dni? – Lekko uniósł swoje piękne gęste brwi, jak i kąciki równie kuszących męskich ust.

– Nie. – Łucja natychmiast pokręciła głową. Owszem, wcale ją nie cieszyła tak długa nieobecność narzeczonego, ale przecież mieli przed sobą jeszcze milion dni, a poza tym gdyby nie TEN problem, ona też zajęłaby się czymś poważnym, miała sporo nauki przed zbliżającą się sesją.

– Jesteś w ciąży – powiedział spokojnie.

Odpowiedzią było najpierw gwałtowne nabranie powietrza do płuc, a następnie bezgłośne jego wypuszczenie i natychmiastowy wybuch rozpaczy. Bohaterka dramatu rzuciła się w ramiona narzeczonego, łkając i szlochając. Przepraszała, że tak się stało, i tłumaczyła, że ona naprawdę nie chciała, że zawsze miała bardzo regularne miesiączki i że nie ma pojęcia, jak to się mogło wydarzyć, i że nie „wrobiła go w dzieciaka" specjalnie, i że to wyłącznie jej wina.

Hugo stanął na wysokości zadania. W pierwszym momencie lekko go zmroziło, ale szybko się opanował. Przecież taki był plan, a że realizacja nastąpiła błyskawicznie, nie wypadało narzekać. Poza tym liczył się z tą ewentualnością, bo dobrze wiedział, że zabezpieczenie zawiodło. Nie był też na tyle głupi, żeby łudzić się, że to skutek sylwestrowych zabaw. Modlił się jedynie o to, żeby Łucja na to nie wpadła. Postanowił więc odpowiedzialnością za wpadkę obarczyć narzeczoną, ale złagodzić jej ciężar własną postawą.

– Nie płacz. Dziecko to nie koniec świata. – Postawił na sprawdzony truizm. Takie banały zawsze brzmiało krzepiąco. Niestety, na nią chyba nie działały, bo zaniosła się jeszcze głośniejszym szlochem, a koszula na jego ramieniu przesiąkła dziewczęcymi łzami. – Przecież jesteśmy zaręczeni. – Przytulił Łucję mocno. – Ja też brałem w tym udział, mogłem być bardziej rozsądny. No nie płacz tak... – Głaskał jej głowę uspokajającym ruchem. – Nic tragicznego się nie stało. Weźmiemy ślub, zamieszkamy razem. Będzie dobrze. Nie płacz... – burknął poirytowany, bo przewidywania matki, że Łucja jest jak dziecko, młoda, nieodpowiedzialna i sama potrzebująca jeszcze rodzicielskiej opieki, okazały się prawdą. – Chodzi ci o szkołę? – zadawał pytania i sam na nie odpowiadał. – Nie martw się, weźmiesz urlop dziekański albo przejdziesz na studia zaoczne. Możemy wynająć opiekunkę, zresztą ja mam wolny zawód, więc nie muszę codziennie tkwić w biurze, jest moja matka, która przyleci tu na skrzydłach, jeśli tylko jej na to pozwolę. Ona uwielbia dzieci, jest emerytowaną nauczycielką. Będzie je niańczyć, a ty możesz studiować. No, Łucjo, opanuj się. Po co ten dramat? – Odsunął ją lekko.

Przyszła mamusia prezentowała się wyjątkowo rozpaczliwie. Czerwona jak burak, z opuchniętą twarzą, wpatrywała się w niego zapłakanymi oczami.

– Hugo... – wyjąkała żałośnie. – Nie masz do mnie żalu?

– Szczerze mówiąc, nie mam powodu, żeby cię obwiniać – stwierdził zgodnie z prawdą, choć nieco cynicznie, zważywszy na okoliczności.

– A czy ty w ogóle cieszysz się z tego dziecka? – sondowała go, ciągle jeszcze pochlipując.

– A dlaczego miałbym się nie cieszyć? – wybrnął dyplomatycznie. – Jestem nieco zaskoczony twoim odmiennym stanem, ale kto uprawia seks, musi się z tym liczyć. Poza tym jesteś moją narzeczoną, finansowo nic nie stoi na przeszkodzie, a i w moim wieku wypadałoby się już ustatkować.

Łucja znów wzięła głęboki wdech. „Weź się w garść, dziewczyno – zrugała się w myślach. Jest dobrze, jest dobrze – powtarzała jak mantrę, cały czas patrząc w milczeniu na narzeczonego. Jakoś to będzie. Skoro on jest zadowolony i nie zrobił jej awantury albo co gorsza nie zerwał z nią, to chyba wszystko się ułoży? Powiedział, że kobieta z Krainy Lodu, czyli pani Hanna, będzie szczęśliwa, studia też do opanowania i w zasadzie jedynie czeka mnie rozmowa z babcią. A może Hugo to załatwi? Na pewno to załatwi! Niech on powie babci" – zaplanowała sprytnie.

– No już? Lepiej ci? – Hugo lekko cmoknął jej wilgotny policzek.

– Uhm – potaknęła natychmiast.

– Od kiedy wiesz? – Musiał zebrać wszystkie dane.

– Od piątku. Byłam w Tarnowie, kupiłam trzy testy w aptece. – Wyciągnęła z kieszeni dżinsów paczkę chusteczek higienicznych i zajęła się jakże uspokajającą czynnością robienia porządków ze swoim nosem, podczas gdy Hugo przyglądał się temu, zachowując pozory olimpijskiego spokoju.

– Mówiłaś komuś? – dopytywał się, gdyż ewentualne konsultacje z rozeznanymi w temacie koleżankami czy też kimś z rodziny mogły zwiastować kłopoty.

– Nie. Ty jesteś pierwszy. No właśnie... – Łucja postanowiła kuć żelazo, póki gorące. – Powiesz babci?

– Powiem, bo widzę, że ty chyba nie masz szczególnej ochoty, ale najpierw odwiedzimy lekarza. Trzeba to ostatecznie potwierdzić.

– Okej – pokiwała głową.

– Pójdę zmienić koszulę. – Wskazał na mokrą plamę tu i ówdzie upstrzoną czarnymi smużkami tuszu do rzęs.

– Przepraszam. – Łucja westchnęła cicho jak myszka. – Upiorę to ręcznie. Za karę – zadeklarowała z bladym uśmiechem.

– Moja żona nie będzie prać ręcznie. – Podniósł się z sofy.

– No właśnie... – zatrzymała go. – Obawiam się, że ze ślubu nici, przynajmniej w tym roku. To kolejny problem.

– Bo? – Hugo natychmiast usiadł obok niej. „Przecież to oczywiste! Pewnie nie chce iść do ołtarza z brzuchem, cholerne wiejskie obyczaje".

– Bo przecławski proboszcz nie zgadza się udzielać ślubu parom, które spodziewają się dziecka. Nie wolno im chodzić na nauki i muszą poczekać, aż dziecko się urodzi, i dopiero gdy ma co najmniej pół roku, a przyszli państwo młodzi dalej chcą być razem, wtedy udziela sakramentu – wytłumaczyła spokojnie.

Justyna i jej mąż mieli ten sam kłopot. Gdy zgłosili się, aby dać na zapowiedzi, wikary spytał, czy zamierzają się pobrać z miłości czy z konieczności. Biedna Justysia spiekła raka, a Mariusz, jej narzeczony, odważnie i szczerze przyznał, że z obu tych powodów. No i pocałowali klamkę, bo wikary przekazał, że proboszcz Malinka nawet nie będzie z nimi rozmawiał, i poradził skonfundowanej parze, żeby zgłosiła się najwcześniej za rok. Oczywiście spytali dlaczego, a wikary strzelił kolejny wykład. Takie stanowisko proboszcza było umotywowane tym, że spośród pięćdziesięciu ośmiu par, którym udzielił ślubu w ciągu ostatnich pięciu lat, aż dwadzieścia dwie się rozeszły, a z nich tylko dwie panny młode nie były przy nadziei, zawierając małżeństwo.

– Rozumiem. – Hugo przybrał minę kogoś, kto jest chodzącą oazą spokoju, ale tak naprawdę to aż zgrzytało, tak intensywnie pracowały trybiki w jego mózgu. – A gdybyśmy wzięli pod uwagę inną parafię? Którąś krakowską? Może tam księża nie podchodzą do tych kwestii tak restrykcyjnie? – zaproponował pierwsze rozsądne rozwiązanie, jakie przyszło mu do głowy. Potrafił szybko liczyć i ślub po trzydziestych urodzinach przypadających pod koniec stycznia nie wchodził w rachubę. Cywilna uroczystość też mu się nie uśmiechała, wiedział, jak łatwo załatwić rozwód, zwłaszcza gdy małżonkowie podpisali intercyzę. Gdyby Łucji coś odbiło, a musiał się z tym liczyć, cały misterny plan wziąłby w łeb.

– Nie ma mowy. – Ze smutkiem pokręciła głową. – Nie dostanę odpisu aktu chrztu. Moja kuzynka była w podobnej sytuacji. – Opowiedziała mu więcej szczegółów o zmaganiach Justyny i Mariusza z proboszczem Malinką, włącznie z tym, że ciotka Agata z mężem próbowali „interweniować” z kopertą grubo wyścielaną banknotami o najwyższych nominałach. Skończyli za drzwiami kancelarii parafialnej, żegnani pouczeniem, że mają się pokornie modlić do Ducha Świętego o łaskę oświecenia.

– Rozumiem. – Hugo znów potaknął, starając się zachować trzeźwość umysłu i spokój na zewnątrz, choć w głębi duszy rzucał właśnie stekiem obelg na idiotyczne według niego zasady, którymi kierował się ortodoksyjny pasterz przecławskich owieczek. Zostaje tylko cywil. I to najlepiej bez żadnych intercyz, żeby podwaliny związku były silniejsze. Może jakiś kredyt jako dodatkowy węzeł? Cholera jasna, zaklął bezgłośnie. W testamencie było jasno określone, że ślub cywilny jak najbardziej wchodzi w grę, ale konkordatowy jest traktowany znacznie poważniej i jako ten obowiązujący, nawet w przypadku gdyby Hugo nie żył ze swoją żoną lub rozwiódł się cywilnie. – Musi dać się coś zrobić – powiedział bardziej do siebie niż do bezradnie wzdychającej Łucji.

– Jeśli tak bardzo ci zależy, możemy wziąć ślub cywilny, wtedy w czerwcu – podsunęła mu jego własny pomysł. – Przynajmniej dziecko będzie od razu miało twoje nazwisko. Poza tym babcia nie pozwoli mi tu mieszkać, gdy się dowie, że mamy się pobrać dopiero za półtora roku – westchnęła z żalem.

– Sam nie wiem. – Hugo pokręcił głową, ciągle rozważając, co zrobić.

Bezwiednie wziął do ręki listę gości, jakby tam spodziewał się znaleźć rozwiązanie, rozłożył ją i nagle jęknął, chwytając się za serce.

Soliński wszedł do apartamentu przyjaciela, głośno tupiąc i z wrodzoną swobodą oraz brakiem skrępowania zostawiając za sobą mokre plamy z topiącego się śniegu i piasku.

– Od pierwszego stycznia nie sprzątają. Pewnie ktoś z zarządu osiedla zawalił – skwitował beznamiętnie Hugo. Gdyby trafiło na inny moment w jego życiu, najpóźniej dzisiaj bardzo stanowczo zwróciłby uwagę paniom z recepcji, że ktoś powinien zrobić porządek ze śniegiem zalegającym chodniki przed apartamentowcem. Ale nie dzisiaj. Dzisiaj nie miał energii, żeby oddychać, a co dopiero domagać się swoich praw. Nastawił ekspres i po chwili przed mężczyznami stały filiżanki z parującą kawą.

– Co jest, Hajduk? Wyglądasz jak zombie. – Adaś nie bawił się w uprzejmości. Był trochę poirytowany, bo Hugo wyrwał go z ważnego spotkania i poprosił o natychmiastowe przybycie, ale czego się nie robi dla najlepszego przyjaciela.

– Nie przespałem nawet godziny. – Hajdukiewicz potarł dwudniową szczecinę na policzkach.

– Narzeczona taka wymagająca? – Adam puścił do niego oczko.

– Też. Choć to akurat do czasu. Możesz już spieniężyć ten cały swój majątek. Numer mojego konta podam ci na maila. – Zaśmiał się pod nosem. – Wolisz inwestycje w akcje czy obligacje?

– O co ci chodzi, panie mecenasie Hajdukiewicz? – Soliński nie rozumiał. – A! – Nagle jego twarz rozjaśnił promienny uśmiech. – Gratulacje, stary! – Zerwał się z krzesła, podbiegł do przyjaciela i zamaszyście przybił z nim piątkę. – No, no... – Z podziwem kręcił głową, nawet gdy już wrócił na swoje miejsce. – Teraz wiem, dlaczego jesteś taki sponiewierany. Jak mogłeś uczcić tę radosną wiadomość beze mnie? Nie poczekałeś na kolegę, alkoholiku? – Z łatwością wyczuł bijący od Hajduka zapach nieprzetrawionej whisky. Nie mógł wiedzieć, że to nie z radości, lecz raczej z silnej potrzeby rozładowania emocji Hugo wypił sam prawie całą butelkę Johnniego Walkera.

Po północy, gdy Łucja w końcu zasnęła, a on nadal mimo skrajnego zmęczenia nie mógł zmrużyć oka, wstał, wyjął flaszkę z barku i nawalił się jak szpadel w towarzystwie Franka Sinatry. Choć ten ostatni, gdy żył, preferował raczej Jacka Daniel'sa.

– To kiedy zabrzmią kościelne dzwony? Oczywiście stanowisko świadka i pierwszego drużby mam zagwarantowane. – Soliński zapiał na najwyższych rejestrach.

– Ostatnia sobota czerwca. Tak miało być, ale musimy poprzestać na cywilnym. Fuck! – Hugo nie krępował się, aby dać upust swojej frustracji. Opowiedział Adasiowi całą historię włącznie z detalami, nie szczędził nawet opisu reakcji Łucji, gdy odkrył przyczynę jej zablokowania, ale to, co nim wczoraj wstrząsnęło najmocniej, postanowił zdradzić na koniec. – Jak mi radzisz, przyspieszyć termin? – dopytywał. – Na przykład na koniec postu?

– Ja bym się nie spieszył. Ślub cywilny raz-dwa załatwisz, zwłaszcza w środku tygodnia jest sporo wolnych terminów. A jeśli spłoszysz Łucję takim ponaglaniem? Poza tym poczekaj, wiesz, nie życzę wam tego, ale różnie bywa na początku z tymi ciążami.

– Cywilny trochę słabszy, ale w sumie może to i dobrze, że tak wyszło. – Hugo pokiwał głową, tym bardziej że Soliński miał dosyć podobne spojrzenie na sprawę.

– Dlaczego? – Adam oparł wygodnie łokcie na stole, bo już przeszła mu irytacja.

– Dlatego że na ślubie kościelnym i na weselu pojawiłby się ktoś, kogo nie mam ochoty widzieć. Zwłaszcza w tym dniu.

– Mógłbyś z łaski swojej nie zachowywać się jak Nostradamus i swoje wypowiedzi formułować jaśniej? Jeśli myślisz o naszej przyjaciółce Oldze, bez obaw. Wezmę inną osobę towarzyszącą, choć moje stanowisko znasz. Z przyjemnością eksplorowałbym to piękne ciało, zarówno na parkiecie, jak i w łożnicy.

– Mówię o moim ojcu. – Hugo oparł się wygodnie i z niekłamaną przyjemnością obserwował przyjaciela, który zareagował podobnie jak on wczoraj, choć może nie aż tak dramatycznie, bo tylko zakrztusił się kawą, którą właśnie dopijał.

– O ja pier… – wyrwało się Solińskiemu, gdy już nieco doszedł do siebie i wydmuchał pozostałości espresso z nosa. – Znalazłeś ojca?! Jesteś pewny?

– Raczej tak. Na jakieś dziewięćdziesiąt pięć procent. Tym razem się udało, choć raczej to ślepy traf. – Hugo pokiwał głową.

Czasami szukał swojego ojca w sieci, ale nigdy nie trafił nawet na najmniejszy trop. Owszem, Marków Orneckich było kilkunastu, ale nie pasowali pod względem wieku, wyglądu czy innych cech szczególnych. Było też możliwe, że jego ojcem był mężczyzna o innym imieniu i nazwisku.

– Opowiadaj. – Adam był bardzo ciekawy.

– Gdy Łucja dała mi wczoraj listę swoich gości, w obecnych okolicznościach zupełnie zbędną, zacząłem ją bezwiednie czytać – i łup! Mariusz Ornecki, a parę linijek niżej Marek Ornecki. Myślałem, że zejdę na zawał. – Przypomniał sobie swoją reakcję, a zwłaszcza to, jak Łucja odebrała jego zachowanie. Na szczęście wykpił się, mówiąc, że coś go zakłuło w żołądku i że czasami mu się to zdarza.

– Chwila, chwila, to może być zwykła zbieżność nazwisk. – Adaś z rozczarowaniem pokręcił głową.

– Chyba nie sądzisz, że tego nie zweryfikowałem. Wiesz, jaka jest Łucja, klepie, jakby jej za to płacili. Opowiadała mi kiedyś o tym Mariuszu Orneckim, mężu jej kuzynki, Justyny, i mówiła, że ponoć jest łudząco do mnie podobny. Oczywiście wczoraj zacząłem ją ciągnąć za język i zdaje się, że to mój młodszy przyrodni brat. Wyobrażasz sobie?

– Fuck! Tyle wygrać! – Soliński zarechotał.

– *Wait a minute, wait a minute. You ain't heard nothin' yet!** – Hugo zacytował Jakiego Rabinowitza, żydowskiego pieśniarza, bohatera jednego z ulubionych filmów wujka Henryka.

– Coś jeszcze?

– A jakże! Zdaje się, że mam również siostrę. Prawie rówieśnicę.

– Stary, muszę ją poznać, wolna? Może zostaniemy szwagrami? – Adaś we wszystkich sytuacjach potrafił znaleźć okazję do romansu. – No ale fizyczne podobieństwo tego…

– Mariusza – podpowiedział Hugo.

---

* Czekajcie, czekajcie chwilkę. Jeszcze niczego nie słyszeliście! (ang.).

– *Exactly*... Więc istnienie tego twojego sobowtóra Mariusza o niczym nie przesądza, choć rzeczywiście uprawdopodabnia historię.

– *Wait for it**. Skupiłem się na tajemniczym Marku Orneckim. Według zeznań świadka rzeczony Ornecki lat około sześćdziesięciu paru, podobny do syna Mariusza, choć obecnie lekko posiwiał, był... uwaga... – Hugo na sekundę zawiesił głos – nauczycielem matematyki, ale uwiódł swoją nastoletnią uczennicę, stąd i siostra, po czym relegowali go z pracy. Smaczku dodaje fakt, że w czasie gdy nawiązał płomienny w skutkach romans z tą uczennicą, poznał również moją matkę i spłodził mnie, a to wszystko w trakcie jego małżeństwa.

– Jest żonaty? Ale kozak! – Soliński sapnął z uznaniem. – Już wiem, po kim to masz. Chłopie, nie musisz mówić nic więcej. To twój stary. – Soliński uderzył dłonią o blat stołu.

– Wdowiec, żona zmarła jakieś pięć lat temu – doprecyzował Hajdukiewicz. – Miał z nią tylko tego Mariusza.

– Aha. – Adam pokiwał głową. – Jeszcze jakieś detale?

– Na moją ukochaną Łucję możesz liczyć. To chodząca Wikipedia i kozaczek-pe-el w jednym, podobnie zresztą jak jej kochane ciotki, bo to od nich się dowiedziała wszystkich szczegółów.

– Muszę uważać, co przy niej mówię. – Adaś parsknął śmiechem. – No to dawaj.

– Sekwencja wydarzeń, którą udało mi się ustalić, przedstawia się następująco: Ornecki ożenił się, kilka lat po ślubie nawiązał romans z panną X, uczennicą, w tym czasie wyjechał na Węgry, tam powstałem ja – znacząco uniósł brwi – następnie wrócił do Tarnowa, bo tam mieszkał, parę miesięcy później urodziła się moja siostrzyczka. W szkole się o tym dowiedzieli, bo panna X była zakochana, a Marek Ornecki nie zamierzał się z nią wiązać. W odwecie doniosła na wiarołomnego kochanka

* Czekaj na najlepsze (ang.).

do dyrektora placówki i wyrzucili mojego ojczulka z pracy, a kilka dni później jego żona też się o tym dowiedziała i wywaliła go z ich mieszkania. Po kilku latach tułaczki wrócił do niej, bo mu wybaczyła, i z tego wybaczenia powstał Mariusz.

– O w mordę! Niezła telenowela! – Soliński parsknął śmiechem. – Antonio! Antonio! Chyba nie jestem matką naszego wnuka! – pisnął modulowanym głosem.

– Żeby było zabawniej, możliwe, że w Kanadzie także żyją inni moi bracia i siostry w Chrystusie, bo nadobny Marek parę lat po narodzinach oficjalnego syna wyemigrował do krainy pachnącej żywicą, aby tam zarobić na siebie i swoje dzieci. Swoją drogą, żona chyba miała go dosyć, bo nie tęskniła i nie podążyła za nim, mimo że dorobił się tam niezłego stanowiska i równie niezłych pieniędzy.

– No cóż, nie żebym był jakoś szczególnie moralny i tak dalej, ale ten twój stary to straszna menda. Oszust i babiarz. Takie rzeczy powszechnie uchodzą, i to nawet w dobrym towarzystwie, ale własne dzieciaki tak olać? – Adaś z potępieniem pokręcił głową.

– Poczekaj, to jeszcze nie koniec historii. Wysyłał kasę żonie i tej pannie X, a jakieś siedem albo osiem lat temu jego żona ciężko zachorowała. Nowotwór, ale tu akurat szczegółów nie znam. Syn wysłał rozpaczliwy list do tatusia i Orneckiego ruszyło sumienie, zwolnił się z pracy, wrócił do Polski i zamieszkał z żoną. Opiekował się nią do ostatnich dni, większość oszczędności poszła na jej leczenie. Woził kobietę po najlepszych klinikach, nawet gdzieś w Szwajcarii z nią był. Niestety, zmarła, a on się totalnie załamał. Podzielił pozostałość pieniędzy między dwoje dzieci, a sam żyje nadal w Tarnowie w tym mieszkaniu, klepiąc biedę i czekając na kanadyjską emeryturę, którą na jego szczęście mają mu na dniach zacząć wypłacać.

– Trochę się zrehabilitował. Dobre i to. Ale nadal brakuje mi jednoznacznego dowodu. – Soliński chyba zbyt mocno wszedł w rolę sceptyka.

– Już wyjaśniam. Zaschło mi w gardle. – Gospodarz poczłapał do lodówki, nalał sobie szklankę lodowatej wody Evian i pytająco zerknął na Adama.

– Dzięki. Nie jestem krową, piję tylko mleko – zażartował.

– Okej. Możemy kontynuować. Łucja na liście podała adresy paru osób. Były potrzebne do zaproszeń. Adres Orneckiego też był. Ten tarnowski i wyobraź sobie, że nazwa ulicy, numer domu i mieszkania były identyczne, kropka w kropkę jak ten rzekomo warszawski, na który moja matka wysyłała listy do niego.

– To już za dużo jak na zbieg okoliczności. – Soliński potaknął. – A dlaczego Łucja go zaprosiła, przecież dla niej to żadna bliska rodzina?

– Dla niej nie, ale dla Justyny, tej kuzynki, to teść. Przez ostatnie lata zachowywał się bardzo przykładnie, dlatego Mariusz mu wybaczył i często zapraszał ojca do siebie na kilkudniowe odwiedziny. Oczywiście rodzina Maśników wchłania każdego, kto pojawia się w promieniu kilometra, a że to spowinowacony, więc uznali go za pełnoprawnego członka rodziny i stąd zaproszenie.

– Łucja zna tego faceta? Nie skojarzy?

– Nie sądzę. Parę razy go widziała. Babka lepiej go zna, a najlepiej rodzice Justyny, bo zawsze zatrzymuje się u nich.

– I ta twoja mała ci to wszystko opowiedziała? Nie przyszło jej do głowy, że takie rzeczy mogą cię nie interesować? Przeciętny facet, którego nie dotyczyłaby cała ta historia, umarłby z nudów już po trzech zdaniach.

– Nie znasz jej. To urodzona gawędziarka. Ona kocha opowiadać i nie myśli wtedy rozsądnie. I to nawet jest, bracie, dobre, bo w odpowiednim momencie działa jak valium. Jeśli nie możesz zasnąć, kładziesz się obok Łucji, oczywiście najpierw seks – mrugnął porozumiewawczo – i słuchasz, a ona opowiada i opowiada. Jeśli jej nie przerwiesz, opowie ci cały dzień z detalami, nawiąże do dzieciństwa, swoich przyjaciółek, ich chłopaków i zacznie opowiadać, jak się mamuty w węgiel kamienny zamieniały, a ty po prostu zasypiasz smacznie bez konieczności sięgania po prochy.

– Bywa. Nie wszystkie wady są widoczne bezpośrednio po zakupie. – Soliński nie dał się zwieść tej reklamie. – A co do Orneckiego, co zamierzasz? Dlaczego nie chcesz powiedzieć matce?

– Na razie na pewno nie. Może kiedyś? Bez ciśnienia. Muszę go najpierw poznać. Nie mam żadnej gwarancji, że znów nie narobi bajzlu w jej życiu. – Hugo był świadom, jak bardzo by to nią wstrząsnęło. Przez Orneckiego nigdy nie związała się z żadnym mężczyzną, latami łudząc się, że go spotka. A gdy już odchorowała młodzieńczą miłość, było za późno na inne związki.

– No cóż, gdyby nie ten bajzel, nie rozmawialibyśmy teraz ze sobą – krzepiąco podsumował Adam. – A w ogóle dziwię się, że ci opowiedziała, kim był twój ojciec. Ja bym się na to nie odważył. Po co informować dzieciaka o tym, że jego stary zaruchał i olał.

– Przypominam ci, że nie miała innego wyjścia. Przecież znalazłem i przeczytałem jej listy.

– Sorry, demencja. – Soliński klepnął się w czoło. Zapomniał na śmierć. Rzeczywiście, niedługo po skończeniu podstawówki Hugo przy jakiejś okazji znalazł listy matki do niejakiego Orneckiego. Koperty były otwarte, a on, wiedziony ciekawością, przeczytał wszystko, by później z oburzeniem i w oskarżycielskim tonie przedstawić znalezisko matce i babce. Kobiety latami okłamywały małego Hugona, najpierw mówiąc, że jego ojciec wyjechał za granicę, a później, gdy dorósł, tłumacząc, że zmarł przed jego narodzinami, a one wcześniej nie chciały go zasmucać.

Oczywiście opowiedział wtedy wszystko najlepszemu przyjacielowi, a jego rozczarowanie postawą matki i babki poskutkowało tym, że przyspieszył swój wyjazd do wujka i tam postanowił kontynuować naukę.

– Kosmiczna historia, stary. Jak w filmie. – Adam był pod wrażeniem.

– Melodramat. Wrócę do Stanów, spiszę i sprzedam prawa MGM-owi. – Hugo smętnie pokiwał głową.

– Nie jest źle. Tak czy owak, będziesz musiał to ostatecznie sprawdzić, a gdy mówiłem, że zazdroszczę, wcale nie żartowałem. Czasami cholernie głupio być jedynakiem. Kiedyś któreś z moich starych też zostanie samo. I zgadnij, kto mnie zastąpi? Żeby odwiedzić? Pocieszyć? Dupę pozawracać? Zapasy z lodówki wyżreć? Hę?

– E… no, sorry, ale chyba nie oczekujesz, że ten koleś, Mariusz, będzie odwiedzał moją matkę w zastępstwie. – Hugo ryknął śmiechem.

– A skąd wiesz? Różne rzeczy się zdarzają. Zresztą komu ja to mówię? Kolesiowi, który wczoraj dostał w pakiecie własnego dzieciaka, rodzonego ojca, przyrodniego brata i takąż siostrę. Hajduk! Musimy to oblać! I to pocz-wór-nie! – Zakończył z emfazą.

– Jasne, stary, ale może jutro, zamówię ci nawet tancerkę go-go na mój koszt, ale teraz walnę w kimono i będę spał do jutra. – Hugo podniósł się z trudem z krzesła. – A w ogóle dzięki, Sola, chyba musiałem się wygadać. – Wzruszył ramionami.

– Doktor Freud zawsze do usług. – Adam podszedł do przyjaciela i lekko uderzył go pięścią w biceps. – I bez obaw, u mnie jak w grobie.

– A nawet w urnie. – Hugo dokończył ich osobiste, nieco bezsensowne powiedzonko o zachowaniu dyskrecji.

Rozdział 11

Jak to czasami bywało, Hugo i Łucja znów lekko się starli. Poszło oczywiście o pieniądze. Od kiedy Hajdukiewicz dowiedział się, że jego narzeczona spodziewa się dziecka, roztoczył nad nią parasol ochronny w postaci wzmożonej kontroli oraz nieustającego wysypu prezentów. Stwierdził, że musi się lepiej ubierać, czyli wygodniej i cieplej. Skutkowało to wyprawą do galerii handlowej i wyjściem z równą dziesiątką toreb z zawartością obuwniczo-odzieżową. Nie przyjmował do wiadomości, że Łucja jest bardzo zadowolona ze swojego poprzedniego stanu posiadania, motywując swoje dyktatorskie zapędy tak zwanym dobrem dziecka. Nawet zaczął wnikać w jej jadłospis, przy każdej okazji pytając, czy to osobiście, czy za pośrednictwem telefonu, czy jadła, co jadła, kiedy jadła i dlaczego takie świństwo.

Marta, wtajemniczona już we wszystkie detale przez niemogącą utrzymać języka za zębami Łucję, orzekła przy herbatce pitej w uczelnianym bufecie, że Hugo zachowuje się jak Grey, i spytała, czy nie ma w apartamencie specjalnego czerwonego pokoju. Wtedy Olka, również rozeznana w sytuacji, roześmiała się tak, że dostała czkawki. Łucja przez moment patrzyła skonsternowana na przyjaciółki, bo nie miała bladego pojęcia, o czym mówią. Dopiero gdy parę dni później, w tajemnicy przed ukochanym, przeczytała pożyczony od Marty pierwszy tom trylogii o Greyu, też dopatrzyła się pewnych analogii, oczywiście oprócz tych wszystkich akcji z pejczami i tym podobnymi, choć akurat część tych zabaw nie wzbudziłaby jej sprzeciwu.

Dzisiaj wybrali się po raz pierwszy do ginekologa. To był ponoć jeden z najlepszych krakowskich położników, polecany zarówno przez jakąś koleżankę Hajdukiewicza, jak i ojca Adasia Solińskiego oraz użytkowniczki portalu *znany lekarz*.

Pan doktor Piotrowiec niewątpliwie był przystojny, tyle Łucja była w stanie stwierdzić, gdy razem z narzeczonym weszła do gabinetu. Jako że to był jej debiut u ginekologa, strachu miała pełne portki, mówiąc kolokwialnie. Może dlatego, a może przez szalejące hormony kłóciła się ze swoim chłopakiem wytrwale o to, kto zapłaci za wizytę. Hugo oświadczył, że on, a gdy Łucja usłyszała, że to prawie dwieście złotych, uznała, że można taką wizytę załatwić przez NFZ i wtedy nic nie kosztuje. Hajdukiewicz niemalże zabił ją wzrokiem, a potem wyraził się i tak dosyć oględnie, co myśli o leczeniu w państwowych placówkach. Łucja wzruszyła ramionami, strzeliła małego foszka i dodała, że skoro nie może decydować nawet o własnym tyłku, niech Hugo ją ubezwłasnowolni i wtedy będzie mógł robić z nim, co mu się żywnie podoba. Zripostował, że i tak to już robi, nawet bez ubezwłasnowolniania właścicielki tegoż, i, co najlepsze, że jej się to bardzo podoba.

Ale i tak ostatecznie dała się przekonać dopiero po kolejnej dyskusji z koleżankami. Dziewczyny i tym razem zgodnie oświadczyły, że czasy, gdy chodziło się powszechnie do poradni K, już dawno minęły i żeby Łucja nie świrowała, bo tu chodzi nie tylko o nią. Rozwiały też wątpliwości co do tego, czy do gina wypada chodzić z facetem, a gdy kobieta jest w ciąży, to nawet trzeba zabrać ze sobą sprawcę, żeby mógł bardziej empatycznie podejść do odmiennego stanu partnerki.

Siedziała więc teraz z narzeczonym przed miłym lekarzem o wyglądzie latynoskiego playboya, z czarno połyskującą czupryną i błyskającymi co chwilę śnieżnobiałymi zębami.

Piękny Julio Iglesias, czyli doktor Piotrowiec, zbadał Łucję, przeprowadził szczegółowy wywiad, określił termin rozwiązania na dziesiątego września, uspokoił przyszłych rodziców, że wszystko jest w idealnym porządku, i przepisał kwas foliowy oraz suplementy. Dostała również skierowanie do laboratorium na kilka niezbędnych badań.

– Czy mają państwo jeszcze jakieś pytania? – zwrócił się w ich stronę.

– Nie, bardzo dziękujemy. – Hugo zaczął podnosić się z krzesła.

– Chwilkę, ja chyba mam. – Łucja nerwowo zagryzła wargi.

– Słucham panią. – Iglesias po raz setny rozjaśnił gabinet filmowym uśmiechem.

– Ja nie wiem, jak to się mogło stać?

– Co mianowicie?

Pacjentka spiekła raka, bo uświadomiła sobie, że tak sformułowane pytanie z pewnością zabrzmiało idiotycznie.

– Przepraszam, chodzi mi o to, że ja zawsze miałam bardzo regularne miesiączki, co do dnia. Wiem, że dwa dni lub dzień przed spodziewaną miesiączką to dni niepłodne, więc jak to się mogło stać? Tylko wtedy uprawialiśmy seks bez zabezpieczenia – westchnęła, bo ciągle dręczyła ją ta kwestia.

Ledwie zaczęła, gdy Hugo drgnął jak dźgnięty szpikulcem do lodu. „Fuck – zaklął w duchu, sprawy przyjmowały bardzo niekorzystny obrót. Zagadać przeciwnika, zastosować nalot dywanowy" – zarządził, pamiętając metody z sali sądowej.

– Kochanie, ale o co ci chodzi? – natychmiast zapytał, nie dając dojść do słowa lekarzowi. – Cieszę się, że tak się stało, ty też, więc nie musisz się zadręczać, że coś źle obliczyłaś. – Objął Łucję ramieniem i zerknął błagalnie na doktora.

Piotrowiec nie był idiotą. Od razu się zorientował, że za tę wpadkę odpowiada siedzący przed nim mężczyzna. Trochę go to zdziwiło, bo takie „niespodziewane" stany błogosławione były z reguły domeną pań. Ponadto Soliński wspomniał, że Hajdukiewicz, syn jego przyjaciółki, wybiera się do niego z dziewczyną, i prosił o dobrą opiekę.

– Pani... Łucjo – Zerknął do karty. – Faza lutealna, czyli okres po jajeczkowaniu, jest z reguły stałej długości i u pani trwa przeciętnie trzynaście do czternastu dni, po czym następuje menstruacja, czyli pierwszy dzień nowego cyklu. Owulacja zaś może się przesunąć nawet o tydzień czy dwa, gdyż faza folikularna może się wydłużać pod wpływem wielu różnych czynników. Wystarczy jakaś choroba, osłabienie organizmu, przyjmowane leki, przeprowadzka, stres, wyjazd na wczasy, podróż i już mamy do czynienia z taką sytuacją – wybrnął dyplomatycznie.

Nie można mu było zarzucić kłamstwa, bo wszystko, co powiedział, zwłaszcza na końcu, było prawdą, a że akurat nie dotyczyło tego przypadku, to już nie jego problem.

– Przecież ty chorowałaś ostatnio, co chwila byłaś chora. – Hugo odetchnął z ulgą. „Męska solidarność to jest to" – pomyślał, uśmiechając się promiennie do doktora Piotrowca.

– No w sumie tak… – Łucja pokiwała głową. – Nawet nagrodę odebrałam ze sporym opóźnieniem przez tę okropną grypę. A ile leków wtedy wzięłam, później to przeziębienie, gdy byliśmy na lodowisku, nerwy i tak dalej, no i się stało…

– Widzę, że nie mają już państwo żadnych pytań… – zagaił lekko Piotrowiec.

– Oczywiście! – Hugo zerwał się pospiesznie z krzesła. – Bardzo dziękujemy, panie doktorze. Chodź, kochanie. – Wsunął pod swoje ramię dłoń Łucji. – Jeszcze raz bardzo dziękuję. – Mocno uścisnął rękę lekarzowi. – Jestem zobowiązany. Ile się należy?

– Proszę zapłacić w recepcji. Powodzenia. – Boski Julio błysnął zębami na pożegnanie.

Rozdział 12

Zofia Maśnikowa zawsze twierdziła, że gdy trzeba załatwić coś przykrego, najlepiej zrobić to szybko. Łucji czasami odpowiadała taka strategia, a czasami nie. Dzień rozpoczęty bardzo stresującym zaliczeniem z podstaw socjologii wcale jej nie pasował jako właściwy moment na popołudniową wizytę w pałacu Królowej Śniegu, czyli pani Hanny, w celu poinformowania jej, że już na jesieni zostanie babką. Ale Hugo się uparł, bo w najbliższym czasie miał zaplanowany kolejny wyjazd do Gdańska. Poza tym od wizyty u doktora Piotrowca minęły już trzy dni, a on uznał, że im prędzej to załatwią, tym lepiej. Obawiał się, że ojciec Adasia coś zdradzi przy matce i wtedy dopiero miałby się z pyszna. Już słyszał te zarzuty, że rodzona matka musi się o jego dziecku dowiadywać od przyjaciół.

Łucja marudziła, że najpierw powinni powiedzieć babci, ale Hugo zadecydował inaczej, bo tu znowu doszło do głosu planowanie strategiczne. Założył, że ta wiadomość bardzo ucieszy matkę, która posłuży mu jako wsparcie w przekonaniu pani Maśnikowej do pewnej decyzji. Chciał, żeby Łucja jak najszybciej przeprowadziła się do niego. Wolał mieć ją na oku. Wiedział, co wyprawia się w tego typu miejscach, poznał warunki lokalowe narzeczonej i ocenił całość jako bardzo nieodpowiednią dla przyszłej matki jego dziecka. Ponadto fakt, że doktor Piotrowiec nie widział przeciwwskazań do współżycia, też miał jakieś znaczenie. Hugo nie zważał więc na fochy Łucji i o siedemnastej trzydzieści przyjechali do matki taksówką.

Syn uprzedził, że wpadną na późny obiad, i pani Hania spędziła pół dnia w kuchni, szykując trzydaniowy posiłek, ciasto i nawet zimne przekąski. Nie miała zbyt wiele obowiązków, więc z przyjemnością gotowała, piekła i smażyła.

– Jak się cieszę! – Hajdukiewiczowa rozpływała się w uśmiechach. – Wchodźcie, dzieci. – Wprowadziła ich do jadalni. Stół był już pięknie nakryty i udekorowany elegancką kompozycją z żywych kwiatów.

Wymieniali jakieś mniej lub bardziej istotne uwagi, pani Hania tłumaczyła Łucji, gdzie najczęściej robi zakupy i dlaczego akurat tam warto zaglądać. Łucja odwdzięczyła się, mówiąc, że gdy pojawią się nowalijki, przywiezie z domu rzodkiewkę, zieloną sałatę i jajka, bo babcia ma kilkanaście kur. Hugo też coś wtrącał, trochę o pracy, o nowym kontrakcie z gdańską kancelarią i o jakimś winylu z dżezem, który udało mu się dostać w antykwariacie w Oliwie.

– Naprawdę to było przepyszne, ale już nic w siebie nie zmieszczę. – Łucja uśmiechnęła się nad prawie pustym talerzem po roladkach z piersi kurczaka. Zdziwiła się, że w ogóle je zjadła po sporej miseczce rosołu, tym bardziej że się stresowała, gdyż najważniejszy cel wizyty jeszcze ciągle nie został wyłuszczony.

– No dobrze, nie zmuszam cię, moja droga. Znam współczesne dziewczęta i wiem, że wszystkie jesteście na permanentnej diecie. – Pani Hania lekko uniosła brwi. Pozwoliła sobie na ten żart, bo zauważyła, że Łucja jest wyjątkowo szczupła, więc raczej kompleksów na punkcie wagi mieć nie powinna.

Powoli zaczynała się przyzwyczajać do bardzo bezpośredniego zachowania panny Maśnik. Jej własna matka nauczyła ją, że powinno się skosztować każdej potrawy serwowanej w trakcie przyjęcia. Oczywiście, żeby to się powiodło, należało nakładać na talerz znacznie mniejsze porcje, niż robiła to Łucja, która w niczym nie ustępowała młodemu Hajdukiewiczowi.

– Jedz, kochanie – Hugo zwrócił się w stronę narzeczonej. – Powinnaś spróbować sernika. Jest wyśmienity.

– Sorry, ale nie dam rady. – Poklepała się po brzuchu, ku uciesze swojego chłopaka.

Hugo świetnie zdawał sobie sprawę, że każde, nawet maleńkie *faux pas* Łucji nie uchodzi uwadze jego matki, która ewentualne odstępstwa od etykiety wybaczała jedynie Adasiowi. No ale wiadomo, Adam Soliński był jednym z najlepszych wazeliniarzy i potrafił w trzy sekundy rozbroić panią Hannę, rozpływając się w uśmiechach, sypiąc gładkimi słówkami i komplementami.

– Powinnaś się lepiej odżywiać, zwłaszcza teraz. – Puścił do niej oczko, tak żeby matka też to zauważyła.

– Hugo, czy ja o czymś nie wiem? – Pani Hania zastygła z wrażenia.

– Teraz już wiesz. – Syn uśmiechnął się od ucha do ucha. – Spodziewamy się dziecka. We wrześniu zostaniesz babcią, droga mamo.

Łucja wlepiła wzrok w koronkowy brzeg obrusu zwisający nad jej kolanami. „O słodki Jezuniu, żeby tylko się nie zdenerwowała" – modliła się bezgłośnie w oczekiwaniu na reakcję przyszłej teściowej.

– No cóż, nie pozostaje mi nic innego, jak wam pogratulować. – Słowa wypowiedziane po kilkunastu, dłużących się jak wieczność sekundach, dotarły do uszu Łucji jak przez grubą warstwę waty. Ostrożnie podniosła oczy na panią Hanię, która sprawiała wrażenie niezwykle spokojnej i radosnej. Uśmiechała się łagodnie i zerkała to na syna, to na jego narzeczoną. W końcu wstała i podeszła do dziewczyny. Łucja na szczęście zachowała resztki przytomności i też podniosła się z krzesła.

– Gratuluję, musisz teraz dbać o siebie, moje drogie dziecko. – Hajdukiewiczowa przytuliła ją i bardzo delikatnie ucałowała w oba zarumienione policzki. – Tobie też, mój ty zuchu. – Mrugnęła porozumiewawczo do syna. – Opiekuj się nią, bo popamiętasz. – Żartobliwie pogroziła palcem. – Wybaczcie, ale muszę was na chwilę opuścić.

Gdy tylko pani Hania wyszła z jadalni, Łucja wreszcie mogła odetchnąć. Omal nie udusiła się z wrażenia, gdy Hugo odkrył karty.

– Będzie dobrze. – Chwycił jej małą, spoconą i drżącą dłoń i mocno ją ścisnął.

– Kochani... – Gospodyni wróciła z tacą zastawioną butelką szampana i kieliszkami – Dom Pérignon Blanc, rocznik dwa tysiące czwarty. Powinien być odpowiedni.

– Ula la... – Hugo zatarł dłonie. Z wprawą otworzył butelkę, napełnił kieliszki i wznieśli toast. Oczywiście matka wtrąciła trzy grosze, ostrzegając, że Łucja powinna poprzestać na kilku łykach, ale Hugo od razu stanął w obronie dziewczyny, informując, że ona prawie nigdy nie pije alkoholu.

– No dobrze, kochani. Usiądźmy. – Pani Hania wreszcie zajęła miejsce, jeszcze ciągle lekko drżąc z emocji. Ktoś, kto jej nie znał, z pewnością nie spostrzegłby, że bardzo się zdenerwowała. Ledwie doszła do biblioteki, gdzie trzymała kilka lepszych trunków schowanych na szczególne okazje. Ręce trzęsły się jej tak, że nie mogła w pierwszej chwili utrzymać tacy. Na szczęście wyborny trunek nieco ją rozluźnił. „Będzie dobrze! Nie martw się na zapas" – postanowiła. – Jakie macie plany? – spytała.

Łucja zerknęła na narzeczonego, licząc, że on weźmie na siebie ciężar tej rozmowy, i nie zawiodła się.

– Ślub cywilny w ostatnią sobotę czerwca, ewentualnie początkiem lipca.

– A dlaczego cywilny? – Pani Hania uniosła ze zdziwieniem brwi, idealnie wymodelowane w cieniutkie łuki. – Sądziłam, że raczej zdecydujecie się na konkordat.

Hugo od razu wyczerpująco wyjaśnił matce zasady panujące w parafii w Przecławiu.

– Rozumiem.

– I w związku z tym mam, a raczej mamy – zerknął na wyjątkowo dziś milczącą Łucję – wielką prośbę. Otóż chcielibyśmy, żebyś pojechała z nami do domu Łucji, poznacie się, ty i jej babka, porozmawiamy o wszystkim. – Lekko szturchnął nogą narzeczoną.

– A... tak, bardzo serdecznie panią zapraszam – wymamrotała cicho.

– Babcia już wie o radosnej nowinie? – Pani Hania zwróciła się do zawstydzonej dziewczyny.

– Nie. – Łucja spiekła zwyczajowego raka.

– Mam pewną propozycję i będziemy potrzebować wsparcia. Otóż uważam, że Łucja powinna jak najszybciej zamieszkać ze mną.

– A co ty o tym sądzisz? – Pani Hanna przeniosła spojrzenie na dziewczynę. – Uważasz, że to dobry pomysł?

– Tak – wyjąkała.

– To jedyne wyjście. W apartamencie jest wygodnie, ciepło i znacznie bezpieczniej niż w akademiku. Zawsze ktoś jest w recepcji, gdyby potrzebowała pomocy. Łucja będzie miała zapewniony dostęp do regularnych i pełnowartościowych posiłków, a na uczelnię może zawozić ją taksówka, sprzątać też nie musi – uzasadnił swoją decyzję.

– A co będzie, gdy wyjedziesz? Przecież ona tam się zanudzi. – Pani Hania zapomniała chyba, że Łucja siedzi razem z nimi przy stole, bo teraz spoglądała wyłącznie na syna. Wynikało to zapewne z faktu, że zarówno ona, jak i Hugo zgodnie postrzegali przyszłą mamusię jako dziecko.

– Rozmawialiśmy już o tym. Są studia, nauka, Łucja lubi czytać. Ty możesz ją odwiedzać, i na pewno zrobisz to z przyjemnością, poza tym nie tylko pozwalam, ale wręcz nalegam, żeby zapraszała swoich znajomych czy przyjaciółki, kiedy tylko będzie miała ochotę. Oczywiście w granicach rozsądku, czyli bez pijaństwa, palenia papierosów i hałaśliwych imprez. Prawda, kochanie? – Zerknął na Łucję i znów pokrzepiająco ścisnął jej dłoń.

– Tak. – Jej odpowiedź konsekwentnie była bardzo lakoniczna.

– Rozumiem. Cudownie, że jesteście tacy zgodni. – Matka tyrana i despoty kolejny raz pokiwała głową.

Łucję aż coś podniosło na krześle z poirytowania. Owszem, rozmawiali i zgodziła się na wspólne zamieszkanie, ale jak zawsze wyniknął problem z finansami. Uparła się, że będzie oddawać Hajdukiewiczowi całą rentę, na co zareagował oburzeniem, twierdząc, że jej pobyt w żaden sposób nie podniesie kosztów eksploatacji mieszkania, a jeśli chodzi o jedzenie i taksówki, on dba o swoje dziecko, bo ma do tego prawo. Reasumując, jego pogląd na sprawę przedstawiał się następująco: Łucja powinna wydawać rentę na własne potrzeby, a najlepiej, żeby wpłacała ją do banku, bo Hugo i tak będzie jej dawał jako kieszonkowe jakąś rozsądną kwotę, załóżmy dwa tysiące złotych. Oczywiście Łucja go wyśmiała, mówiąc, że nie weźmie ani grosza w formie gotówki.

– Rozmawialiśmy o wspólnym mieszkaniu, myślałam o tym i chcę teraz coś powiedzieć. – Łucja zebrała się wreszcie na odwagę. – Wszystko mi pasuje, ale chciałabym też coś dać od siebie, a nie siedzieć jak pasożyt – urwała na sekundę. – Nie zgadzam się na jedzenie z kateringu, umiem gotować, a babcia mówi, że całkiem nieźle mi to wychodzi. Ciasto też upiekę, choć takiego dobrego to chyba nie – popatrzyła na tacę z sernikiem. – Prać i prasować też będę sama, oczywiście nie tylko sobie, i choć trzeba będzie kupić pralkę, na pewno to wyjdzie taniej niż usługi pralni. Zakupy również zrobię, bo przecież na parterze są delikatesy Piotr i Paweł. I posprzątać potrafię, nie będę tylko myć okien, bo wiem, że nie wolno, ale resztę mogę. Ciąża to nie choroba – oświadczyła i natychmiast spuściła wzrok na znany jej dobrze róg obrusu.

– O! – Pani Hania od razu się uśmiechnęła. – Widzisz, synu? Tak łatwo nie będzie. Twoja narzeczona ma swoje zdanie, i bardzo dobrze – zachichotała z wdziękiem. – Masz rację, kochana, nie pozwól mu się spacyfikować. – Była zadowolona, czuła coraz większą sympatię do tej niewątpliwie pracowitej, niezmanierowanej, szczerej i prostej dziewczyny, która jednocześnie była całkiem bystrym, choć jeszcze nieco naiwnym stworzeniem.

– Widzę, że już się dogadałyście. Jak to się nazywa? Solidarność jajników? – Hugo wiedział, że taka postawa Łucji bardzo spodoba się jego matce.

– Nie pozwalaj sobie. – Matka puściła do niego oczko.

– Jak rozumiem, podoba ci się ten pomysł? – Zatarł ręce. – Świetnie, bo potrzebujemy wsparcia. Babka Łucji jest bardzo miłą osobą, ale równie konserwatywną i uznającą wyłącznie kolejność: zaręczyny, narzeczeństwo, ślub, wspólne mieszkanie, dziecko.

– Synu, czasy się zmieniają. Jesteście zaręczeni, a ja byłabym hipokrytką, gdybym twierdziła, że wspólne mieszkanie przed ślubem jest niedopuszczalne. Moja droga – popatrzyła na Łucję – i tak prędzej czy później się dowiesz, że ojca Hugona, Marka Orneckie…

– Uch! – Hajdukiewicz zakrztusił się łykiem szampana. Kaszląc i dławiąc się, przeklinał w duchu swojego ojca. „Czy ten człowiek musi mnie tak prześladować? Łucja zaraz wypaple, że zna kogoś takiego, i będzie ka-ta-stro-fa!"

– Hugo! – Matka podniosła się z krzesła. – Wszystko w porządku?

– Tak – wychrypiał. – Łucjo, chodź ze mną do łazienki, musisz mi pomóc się ogarnąć. – Wymyślił ten idiotyczny powód, żeby ją choć na chwilę odseparować od matki i porozmawiać sam na sam. Dziewczyna podążyła za nim. Na szczęście pani Hania nie zauważyła, że Łucja jest chyba w jeszcze większym szoku niż ona przed niecałą godziną.

Wracali w minorowych nastrojach. Hugo chciał pojechać do siebie i tam wszystko Łucji wyjaśnić, ale ta się nie zgodziła.

– Nie musisz mi nic wyjaśniać – burknęła, ledwie opuścili mieszkanie pani Hanny.

Nie była głupia. Gdy weszli do łazienki, Hugo puścił wodę w umywalce i szeptem poprosił o powściągliwość, zapewniając, że później opowie jej całą historię. Wrócili do jadalni, a Hajdukiewiczowa dokończyła dosyć lakonicznie swoją opowieść o Orneckim. Obawiała się, że reakcja syna miała związek z jej szczerością. W najśmielszych snach nie przypuszczałaby, że Łucja zna osobiście Marka Orneckiego i że dociera do niej okropna prawda: Hugo ją okłamał, a dokładnie – zataił fakty.

Chciał porozmawiać, wysiadł z taksówki i pobiegł za Łucją do akademika. Odprowadził ją do pokoju, ale zamknęła mu drzwi przed nosem, oświadczając, że ma dość rozmów na dzisiaj. Nie chciał ustąpić, pukał, więc wychyliła nos i żeby go zbyć, rzuciła:

– Okej, pogadamy jutro, wpadnij po południu.

Ledwie odszedł, Łucja padła na łóżko i zaniosła się płaczem. Czuła się okropnie. Nie znosiła, gdy ją okłamywano, a tym bardziej ktoś bliski. „Jak mogłeś mnie oszukać? Dlaczego?!" Siedziała na łóżku, ściskając mokrą od łez poduszkę.

Wcześnie rano pożyczyła od Roberta laptop żeby sprawdzić coś, co ciągle nie dawało jej spokoju. Potem zadzwoniła do Marty i poprosiła o notatki z wykładów, gdyż zamierzała nie iść na zajęcia.

Po trzech godzinach serfowania w sieci na jej biurku walały się kartki z wykresami, notatkami o cyklach, rozpiską miesiączek i informacjami odpisanymi z internetowych artykułów o tym, jakie zabezpieczenie wybrać przy „pierwszym razie", do tego karta ciąży od doktora Piotrowca i mały kalendarzyk.

Łucja już miała pewność, Hugo okłamał ją również w tej kwestii.

Całe przedpołudnie płakała i gdy w końcu wskazówki lekko pordzewiałego radzieckiego budzika pokazały czwartą, Łucja wyglądała jak upiór. Próbowała zamaskować plamy podkładem, a spuchnięte powieki odświeżyć zimną wodą, ale to nic nie dało. Gdy Hugo przybył punktualnie o wpół do piątej, z łatwością zauważył, że nie był to najszczęśliwszy dzień w życiu jego dziewczyny.

„Tylko się nie rozpłacz" – powtarzała w myślach. Chciała być opanowana, gdy będzie mu przedstawiać wyniki swojego małego śledztwa.

– Napijesz się herbaty? – zaproponowała, nastawiając czajnik elektryczny. Musiała czymś zająć ręce. Zachowanie spokoju było nadzwyczaj trudne. Gdy tylko Hugo przestąpił próg jej ciasnego pokoiku, wręczył bukiet ślicznych jasnoróżowych tulipanów, szepnął „przepraszam" i lekko ucałował w policzek, miała nieodpartą ochotę rzucić mu się w ramiona i rozbeczeć jak dziecko.

Zdjął płaszcz, przewiesił przez poręcz łóżka i rozejrzał się bezradnie w poszukiwaniu miejsca, gdzie mógłby usiąść. Fotelik przy biurku zasłany był jakimiś notatkami, w końcu delikatnie odsunął zmierzwioną pościel i przysiadł na brzegu materaca.

Łucja wstawiła kwiaty do słoika po ogórkach kiszonych i postawiła na parapecie. Później dwie torebki malinowej sagi zalała w kubeczkach wrzątkiem, nasypała po łyżeczce cukru i postawiła jedną herbatę na szafce przy łóżku, a sama z drugim kubkiem usiadła na podłodze tuż przy drzwiach szafy.

– Chodź tutaj. – Hugo klepnął miejsce obok siebie.

– Tu mi dobrze. – Łucja kurczowo ściskała parzący ją w dłonie garnuszek, ze śmiesznym wizerunkiem kota w okularach przeciwsłonecznych.

– Nie powinnaś siedzieć na podłodze. – Domyślił się, że nie chce być blisko niego, wstał i zdjął wszystko z fotela, po czym siadł na nim. Łucja podniosła się z podłogi i z ociąganiem zajęła zwolnione miejsce. – Chciałem się wytłumaczyć. – Hugo lekko chrząknął. – Nie powiedziałem ci nic, bo nie byłem pewny, czy to tylko dosyć niesamowity zbieg okoliczności, czy faktycznie znajomy waszej rodziny to mój biologiczny ojciec.

– Okłamałeś mnie i swoją mamę – rzuciła.

– To nie tak. – Hugo poprawił się nerwowo na trzeszczącym ze starości foteliku. – Gdy opowiedziałaś mi historię tego człowieka, musiałem sprawdzić, czy moje podejrzenia mają sens. Znalazłem na Facebooku konto Mariusza i faktycznie jest do mnie bardzo podobny. Były tam też zdjęcia z jego ślubu z twoją kuzynką i zobaczyłem Marka Orneckiego, który chyba jeszcze bardziej przypomina mnie samego. Chciałem się po prostu upewnić. Dla mnie to był duży wstrząs, musisz mnie zrozumieć, ale nie okłamałem cię. Wczoraj poprosiłem o dyskrecję, bo nie chcę na razie mówić o nim matce, nie wiem, jak zareaguje, i postanowiłem najpierw sam spotkać się z tym człowiekiem.

Łucja przez chwilę rozważała to, co powiedział, ale przemowa narzeczonego w ogóle ją nie wzruszyła. Była zbyt naładowana negatywnymi emocjami, żeby myśleć racjonalnie czy kierować się współczuciem.

– Gdy zobaczyłeś jego nazwisko na liście, aż jęknąłeś, i okłamałeś mnie, że to żołądek. Czyż nie? – Uśmiechnęła się ironicznie. – Wyciągnąłeś ze mnie wszystkie informacje, a ja głupia myślałam, że lubisz słuchać tych moich historyjek, bo tak mi powiedziałeś. Nie podzieliłeś się ze mną swoimi podejrzeniami i wątpliwościami, czyli po prostu mi nie ufasz i na dodatek masz mnie za idiotkę. – Odwróciła wzrok i wlepiła go w okno. „Spokojnie, spokojnie, panuj nad sobą" – upomniała się w duchu.

– Przepraszam. – Hugo wstał z zamiarem podejścia do Łucji i przytulenia jej, ale zauważyła ten manewr i zatrzymała go ruchem ręki.

– Usiądź – poleciła. – To nie wszystko.

Hugo wziął głęboki wdech. Takiego obrotu sprawy się nie spodziewał. Liczył na wywołanie emocji, na to, że Łucja go zrozumie, zacznie płakać albo się wścieknie, on ją uspokoi i wszystko będzie dobrze. W miarę dobrze, bo ciągle się obawiał, że wypaple matce i może popsuć jego plany. A tu nic. Księżniczka Łucja strzeliła focha, na dodatek coś jeszcze miała w zanadrzu.

– Bałem się, że to wyjdzie na jaw, że przez nieuwagę powiesz coś mojej mamie. Szczerze mówiąc, do głowy mi nie przyszło, że już przy drugim spotkaniu opowie ci o moim ojcu. Może wiadomość o dziecku tak nią wstrząsnęła, bo mama jest bardzo skryta. – Wzruszył ramionami.

– Tak jak ty.

– Nie rozumiem. – Hugo lekko się nachylił w stronę dziewczyny.

– Zerknij na biurko – poleciła, znów przenosząc spojrzenie z jego twarzy na coś innego. Tym razem skupiła je na swoich dłoniach i zaczęła delikatnie, ale z zapałem skubać skórkę przy paznokciu.

Hugo podniósł plik kartek, pobieżnie przeleciał wzrokiem ich treść. „Fuck! – zaklął w duchu, odkładając notatki. – Nie doceniłeś panny Maśnik, idioto".

– Wiesz, o co mi chodzi? – spytała Łucja po chwili.

– Wiem.

– Jak to wytłumaczysz?

– Gdy kochaliśmy się pierwszy raz, prezerwatywa zawiodła – stwierdził sucho.

– Tyle to ja też wiem! – podniosła głos. – Domyśliłam się bez trudu!

– Nie denerwuj się, bardzo cię proszę. Nie chciałbym, żeby coś ci się stało.

– Jak mam się nie denerwować?! Pytam, dlaczego mnie okłamałeś? Dlaczego nie powiedziałeś mi, że gumka pękła? Pewnie sądziłeś, że nic się nie wydarzy, a gdy okazało się, że jest inaczej, pozwoliłeś, żebym to ja się obwiniała. Na dodatek oszukałeś lekarza, a ja…

Chciała dokończyć, że wyszła na kretynkę, ale już nie miała siły. Chwyciła jeszcze ciągle wilgotną poduszkę, ścisnęła ją mocno i znów się rozpłakała. Miała zamiar wykrzyczeć mu w twarz, że się zawiodła, że jest jej tak strasznie źle, że ją rozczarował brakiem zaufania i tymi kłamstwami, ale nie mogła wydusić z siebie ani słowa. Kiwała się jak dziecko z chorobą sierocą, wylewając kolejne strugi łez w mokrą poszewkę.

Hugo obserwował to pozornie ze stoickim spokojem, bo tak naprawdę był wściekły. Wściekły głównie na siebie. Nie dlatego że zawiódł Łucję, ale raczej dlatego, że nie przewidział tych dwóch sytuacji i ewidentnie nie docenił „przeciwnika". Panna Maśnik po raz enty go zaskoczyła, teraz swoją inteligencją, dociekliwością i bardzo kategorycznym podejściem do unikania niewygodnej prawdy i zatajania faktów.

Rozważył zagranie pod tytułem: „podejść, przytulić, pocałować", nawet gdyby się broniła albo dała mu w twarz, ale szybko je odrzucił. Postanowił spokojnie i w milczeniu przeczekać ten mały kobiecy napad histerii, mając również na uwadze to, że zwłaszcza w pierwszych tygodniach ciąży takie stany były często spotykane ze względu na burzę hormonalną.

– Jak mogłeś tak mnie oszukać? – Łucja jęknęła po paru minutach. – Jak mam ci zaufać?

– Przepraszam. Nie mam zbyt wiele na swoje usprawiedliwienie. – Hugo postawił na skruchę. – Moje działania miały na celu wyłącznie chronienie cię przed, jak wtedy myślałem, niepotrzebnym stresem. O ojcu też nie powiedziałem, bo uznałem, że tak będzie lepiej. Mimo to nie zamierzam wycofywać się z odpowiedzialności za swoje kłamstwa. Z bólem serca, ale zaakceptuję każdą twoją decyzję, nawet taką, że zerwiesz ze mną. Zachowałem się w sposób niedopuszczalny. Masz pełne prawo czuć do mnie żal.

Przejście z roli „sprawcy" w rolę „ofiary czekającej na wyrok" wyszło mu wyjątkowo sprawnie. Teraz pozostawało jedynie oczekiwać na falę empatii i wybaczenie.

Łucja odłożyła poduszkę. Wyciągnęła z kieszeni spodni paczkę chusteczek i zaczęła doprowadzać się do jakiego takiego porządku.

– Mogę usiąść obok ciebie? – Wstał i podszedł do łóżka.

– Jeśli chcesz – burknęła, pociągając lekko nosem i odsuwając się, żeby mógł zająć miejsce obok niej.

Już jej przeszło. Trochę. Nawet bardziej niż trochę. „W sumie Hugo ma rację – pomyślała. – Co do tego Marka Orneckiego miał prawo trochę się obawiać, bo skąd mógł wiedzieć, że gdy trzeba, potrafię milczeć jak zaklęta? – spytała samą siebie. A jeśli chodzi o tę nieszczęsną prezerwatywę, gdyby nic z tego nie wyniknęło, po co miał mnie dodatkowo stresować, zwłaszcza zaraz po pierwszym w moim życiu zbliżeniu" – usprawiedliwiła go.

Hugo delikatnie chwycił jej jeszcze drżącą z przejęcia dłoń. Nachylił się i ucałował.

– Przepraszam.

– Och, dlaczego jestem taka beznadziejna i głupia? – Łucja jęknęła z rozpaczą i rzuciła mu się w ramiona.

– Nie mów bzdur. Jesteś wspaniała i bardzo bystra. Miałaś pełne prawo na mnie naskoczyć. – Głaskał ją uspokajająco po wstrząsanych łkaniem plecach.

– Przyrzeknij, że już nigdy mnie nie okłamiesz. – Podniosła na niego zapłakane oczy.

– Przyrzekam. – Ucałował jej wilgotny policzek. – Jak rozumiem, nadal jesteś moją narzeczoną?

– Tak – westchnęła, opierając twarz o jego tors.

– A gdzie pierścionek? – Hugo popatrzył na prawą dłoń Łucji.

– Nie noszę go na co dzień, boję się, że zgubię – wytłumaczyła. – Schowałam go w bezpiecznym miejscu. – Zerknęła na mały wazonik stojący na szafie. „Może spytać o ten pierścionek? – pomyślała, przypominając sobie treść rozmowy z Olgą. Przestań, natychmiast skarciła się w duszy, wszędzie węszysz spisek, tak nie można". – I co teraz zamierzasz? – postanowiła zmienić temat.

– Z czym?

Hugo bez trudu uniósł Łucję i posadził na swoich kolanach. Objął ją mocniej i teraz delikatnie kołysał w ramionach.

– Z twoim tatą.

– Mówiłem. Mam zamiar się z nim spotkać.

– Kiedy?

– Jeszcze nie wiem. Teraz mam na głowie ważniejsze sprawy. Musimy pojechać do twojej babki w najbliższą niedzielę, potem, gdy wszystko pójdzie dobrze, od poniedziałku zająć się przeprowadzką. Poza tym mam jeszcze coś takiego jak obowiązki w pracy – zażartował.

– Nie kusi cię, żeby jak najszybciej z nim porozmawiać? – Łucja popatrzyła na narzeczonego, nie mogąc zrozumieć jego zachowania.

– Prawie trzydzieści lat obywałem się bez niego, to i kilka miesięcy czy pół roku też mnie nie zbawi.

– Może i masz rację – westchnęła. – Ale ja chybabym tak nie potrafiła, jestem strasznie niecierpliwa.

– Zauważyłem – mruknął. – Działasz jak sądy nocne w Stanach. W dziesięć godzin doprowadzenie, osądzenie, osadzenie. – Parsknął śmiechem.

– Lepsze to niż w nieskończoność odwlekać coś, co i tak trzeba załatwić.

– Może masz rację – potaknął.

– Czujesz do niego żal? Że źle potraktował twoją mamę i ciebie?

– Zakładam, że nie wiedział o mnie.

– Twoja mama próbowała go szukać?

– Tak. Wymienili się adresami. Ona podała prawdziwy, a on zamiast Tarnowa wpisał Warszawę. Reszta była w porządku. Obiecał, że napisze, przyjedzie. Nic z tego nie wyszło. Gdy mama zorientowała się, że jest w ciąży, schowała dumę do kieszeni i napisała do niego list, potem kolejny. Oba wróciły z adnotacją, że nie ma takiego obywatela pod wskazanym adresem, więc pojechała tam z moją babką. – Hugo streścił pokrótce, jak wyglądały próby znalezienia Marka Orneckiego.

– Okropne, że tak ją oszukał.

– Bywa. – Hugo parsknął pod nosem. – Życie rzadko przypomina hollywoodzką komedię romantyczną. Może to po nim mam takie zapędy?

– Przestań! – Łucja od razu się oburzyła. – Nie jesteś taki. Okłamałeś mnie, bo miałeś powód. Przecież chciałeś nas chronić – przypomniała mu jego własne słowa.

– Skoro tak twierdzisz. – Uśmiechnął się niewesoło.

– Szczerze mówiąc, zaczynam rozumieć, dlaczego nie masz ochoty na konfrontację. Nie wiem, czy chciałabym mieć ojca oszusta, ale z drugiej strony sprawiedliwość powinna go dosięgnąć.

– Sprawiedliwość? Co to jest sprawiedliwość? – Hugo smętnie pokiwał głową. Pomyślał, że prawdziwa sprawiedliwość to chyba jedynie po śmierci. Nieraz zdarzyło mu się bronić z wujkiem jakiegoś łajdaka, który wykpił się, bo miał pieniądze, a jego ofiara nie.

– Sama nie wiem, co o tym myśleć – westchnęła. – Ten twój tato to taki dobry człowiek. Wszyscy go polubiliśmy, bo choć nie jest zbyt wesoły czy zabawny, ale jakoś tak… – zawiesiła głos – nie wiem, może po prostu żal nam się zrobiło, gdy Mariusz opowiadał, jak to wyglądało w czasie choroby jego mamy. Jak ten pan Marek się starał i jak rozpaczał, gdy zmarła.

„Zazdroszczę wam" – Hugo miał na końcu języka te dwa słowa, ale ostatecznie nic nie powiedział. Owszem, zazdrościł Łucji i jej rodzinie dobroci serca, umiejętności łatwego wybaczania, niechowania urazy, choć sam chyba nie chciał być taki. Wolał swoje ostrożnie skalkulowane i dawkowane w bardzo małych porcjach emocje.

– Kiedyś do tego wrócimy – rzucił beznamiętnie. – Na razie, proszę, zachowaj wszystko dla siebie. Gdyby ten człowiek był akurat u twoich krewnych, uprzedź mnie. Nie chciałbym przypadkowo na niego trafić, zwłaszcza gdyby matka była ze mną.

– O Jezuniu! Chyba muszę powiadomić babcię! A co jeśli twoja mama znów o nim opowie?

– Słuszne spostrzeżenie – zauważył, kolejny raz nie kryjąc podziwu dla trzeźwości jej umysłu. – Zrobimy inaczej, porozmawiam z matką i powiem, żeby nie poruszała na razie tego tematu. Co ty na to?

– Nie bój się. Moja babcia, gdy trzeba, potrafi trzymać buzię na kłódkę – prychnęła lekko urażona, że Hugo im nie ufa.

– Wiem, ale tak będzie lepiej.

– Okej, zrób, jak chcesz. – Łucja wzruszyła ramionami.

– Jadłaś coś dzisiaj? – Hugo odsunął ją i uważnie spojrzał na bladą jak ściana i lekko opuchniętą twarz swojej dziewczyny.

– Tak… – wyjąkała bez przekonania.

– Łyżeczkę cukru? – Spojrzał na pusty kubek po herbacie.

– No coś w ten deseń – zachichotała. – Jeszcze mam w brzuchu roladki twojej mamy.

– W brzuchu masz małego Hajdukiewicza, który, tak samo jak jego rodzice, jest z pewnością głodny. Zbieraj się, jedziemy do mnie, zamówię coś ciepłego.

– Tak jest, panie mecenasie. – Zasalutowała.

Rozdział 13

Hugo znów sterroryzował Łucję. Przywiózł ją w piątkowe popołudnie do domu, bo tak się umówili, ale wówczas plan był taki: on porozmawia z babką, a ona będzie potakiwać. Przemyślała jednak wszystko i uznała, że sama to załatwi. Babcia zasługiwała na zaufanie jak mało kto.

W związku ze zmianą planów postanowiła, że sama wróci do domu, ale jej narzeczony kategorycznie się przeciwstawił. „Jeśli tylko będę na miejscu, zawsze z przyjemnością cię odwiozę i przywiozę, zwłaszcza teraz, gdy zimno i ślisko" – rzucił tonem nieznoszącym sprzeciwu.

– Stęskniłam się za tobą, ty mój chudzielcu. – Babcia powitała ją w drzwiach mocnym uściskiem. – Czemu Hugo nie wszedł, nie zaprosiłaś go chociaż na herbatę? – Zerknęła za plecami wnuczki na odjeżdżający samochód.

– Spieszył się – wyjaśniła, z trudem ściągając nowe, lekko ciasnawe buty.

– Oni z tych wielkich miast wiecznie się spieszą, spóźnią się nawet na własny pogrzeb, choć to akurat sprytne. – Zofia Maśnikowa zaśmiała się radośnie. Była szczęśliwa. Zaczynał się przedostatni weekend stycznia, a Łucja pierwszy raz wróciła z Krakowa, choć po prawdzie pierwsze sześć dni roku przesiedziała w domu, o ile tak można to było nazwać. „Czego tak ciągle gonisz" – pytała wnuczkę, gdy ta nie mogła znaleźć sobie miejsca. Miotało nią po całej wsi: a to poleciała do Irenki, a to odwiedziła Justysię, a to Monikę, a to pojechała do Tarnowa nie wiadomo po co. – Na pewno jesteś głodna. – Babka podreptała do kuchni. – Pierogi ruskie zrobiłam i pomidorową z ryżem – krzyknęła zza pleców.

Łucja zdjęła kurtkę, rzuciła plecak na podłogę i poszła umyć ręce. „Uspokój się, wszystko będzie dobrze" – wyszeptała do „bladej twarzy" w lustrze.

– Ładna cerata – pochwaliła znad talerza z parującą zupą.

– Ano ładna. Agatka w Przecławiu kupiła dla siebie, ale pomyślała, że mi też się spodoba, no i mam. – Babcia pogładziła powlekaną ceratę w drobną biało-czerwoną krateczkę. – Nie wygniata się od gorącego, nie trzeba dawać podkładek.

– Pewnie droga.

– Agatka nie powiedziała, ile zapłaciła, a ja się z tą kozą kłócić o pieniądze nie będę, bom na to za mądra. – Zofia Maśnikowa parsknęła śmiechem.

Wszystkie swoje córki często nazywała „kozami", mówiła tak również na Łucję i jej kuzynki. Kiedyś, gdy dziadek był jeszcze młodym mężczyzną, przygadał babci, że na niego powinna wołać „koziołku", a babcia wtedy odpaliła, że jeśli mu pasuje, może mówić nań „stary capie".

Zawsze gdy opowiadała tę historyjkę, śmiała się tak bardzo, że wszystko podskakiwało, czyli brzuch babci, ramiona, ręce, broda i nawet wysoki kok z zaplecionego i upiętego wsuwkami długaśnego warkocza. Mimo że wiecznie sobie dogryzali z Felkiem, to jednak, jak opowiadały ciotki, byli bardzo szczęśliwym i zgodnym małżeństwem. Gdy dziadek zmarł nagle w dniu pogrzebu swojej córki i zięcia, Zofia Maśnikowa miała na sobie czarne ubrania i przez następne trzy lata nie zmieniała ich koloru. „Po roku żałoby dla każdego" – powiedziała. Gdy w końcu okres żałoby minął i Łucja zobaczyła ją w białej bluzce i zielonej plisowanej spódnicy, doznała takiego szoku, że rozdarła się jak opętana i babcia musiała szybko narzucić na siebie czarny sweter.

– A co tam u ciebie? – zagadała do Łucji. – Jak szkoła? No opowiadaj, bom ciekawa.

– W szkole dobrze. Zaliczyłam wszystkie kolokwia i nawet dwa egzaminy w pierwszym terminie – odparła błyskawicznie znad półmiska z pierogami.

– A gdzie niedobrze?

– Wszędzie dobrze. – Łucja z wyjątkowym zaangażowaniem zaczęła kroić jeden z pierogów na kwadraciki.

– Starego wróbla na plewy nie złapiesz, mądralo. – Zofia Maśnikowa zaraz po Nowym Roku domyśliła się, co jest grane. Mieszkały we dwójkę, łazienka wspólna, pralka wspólna, kosz na bieliznę również, no i kubełek na śmieci stojący obok toalety też był wspólny. I pusty, nie jak co miesiąc. No i ta wyprawa do Tarnowa w bardzo ważnej sprawie...

– Ale o co ci chodzi? – Łucja przełknęła maleńką kostkę ciasta z trudem, jakby to był wielki kawał tortu orzechowego.

– A byłaś chociaż u lekarza? Wszystko dobrze? – Babcia pogłaskała wnuczkę po wystających łopatkach obciągniętych cieniutką bluzką. – A twój narzeczony, jak? Ucieszył się?

„Babcia wiedziała! Boże, ależ jestem głupia" – pomyślała.

– Byłam. To znaczy byliśmy, bo... bo Hugo powiedział, że będzie ze mną chodził. – Łucja zagryzła wargę. – Lekarz kazał zrobić jakieś badania, bo chyba mam anemię.

– Znaczy się wszystko w porządku. Anemia to nic takiego, musisz jeść więcej czerwonego mięsa, jaj i buraczków. Poradzimy sobie z tym. – Babka machnęła ręką. – Wymiotujesz?

– Nie.

– Ja też nie wymiotowałam ani dziewczyny. Tyle dobrze. Kowalikowa rzygała jak kot przez pierwszych sześć miesięcy, i to za każdym razem. – Przypomniała sobie opowieści sąsiadki, matki szóstki dorodnych synów, która gdy już weszła w okres menopauzy, dziękowała za to Bogu, bo łącznie trzy lata życia spędziła nad muszlą i wreszcie odetchnęła z ulgą, że ten czas już nigdy nie wróci.

– Nie jesteś zła? – Łucja odłożyła widelec i nieśmiało zerknęła na babcię.

– A cóż by to dało?

– Zawsze mi mówiłaś, że powinnam skończyć studia, że mam uważać na chłopaków, przecież wiesz… – zająknęła się.

– Bóg tak chciał, a dzieci to szczęście. Pewnie, że byłoby ci łatwiej, gdybyś najpierw zajęła się nauką, a później pieluchami. Trochę przybędzie ci obowiązków, ale przeżyjesz.

– Hm… – Łucja oparła się wygodnie. Ulżyło jej niezmiernie. „Najgorsze za mną" – pomyślała. – Rozmawiałam z Olą i Martą, wiesz, tymi moimi koleżankami z uczelni. I Olka powiedziała, że takie wczesne macierzyństwo byłoby dla niej jak wyrok, że nie mogłaby podróżować, studiować, bawić się i tak dalej. I że dziewczyny, które przed dwudziestką robią sobie „dzitka", mają siano w głowach i że ona kompletnie nie rozumie tego parcia na bobaska. – Znów przypomniała sobie reakcję przyjaciółek, gdy po luźnej dyskusji przyznała się, że wkrótce zostanie matką. Najpierw siedziały przez minutę jak wmurowane, a potem Ruda próbowała się wycofać ze swoich słów, bo zrobiło się jej bardzo głupio.

– Jaki wyrok? – Babcia się roześmiała. – Podróżować można przez całe życie, balować też, no oczywiście gdy ma się na to pieniądze. Studia to nawet ja mogłabym zrobić, choćby dzisiaj. Są przecież te uniwersytety dla takich jak ja. Trzeciego wieku czy jakoś tak? Ale dziecka bym teraz nie urodziła, bo i lata nie te, i chłopa nie ma w obejściu, choć jak mówią, jeśli Pan Bóg dopuści, to i z kija wypuści – zażartowała.

– Czyli uważasz, że lepiej mieć dzieci wcześniej niż później? – Łucja była nieco zaskoczona postawą babki.

– Uważam, że lepiej mieć za wcześnie, niż nie mieć wcale. – Pokiwała posiwiałą głową. – Nie wiesz, jak to jest? Popatrz na Szymka od Kowalików. Studiował, pracował, a ta jego panna tak samo. I tak sobie żyli, aż w końcu po trzydziestce się pobrali. Wanda liczyła, że wreszcie doczeka się wnuków od pierworodnego, a tu nic przez kolejnych pięć lat, bo piękny dom trzeba było wybudować, samochody kupić, na zagraniczne wczasy co roku pojechać… – Machnęła ręką. – A teraz, gdy już wreszcie wszytko jest i zaczęli myśleć o dzieciaku, nic z tego nie wyszło. Ponoć żona Szymka już bezpłodna, jakoś tak się u niej porobiło, że za wcześnie przekwitła i dziecka nie będzie. – Westchnęła, bo żal jej było przyjaciółki, która cierpiała razem z synem i synową. Ileż to razy Kowalikowa zwierzała się z kłopotów Zosieńce, swojej najbliższej sąsiadce. Godzinami opowiadała historie o zmaganiach jej bliskich z problemem, wyliczała, ile pieniędzy poszło na dziesiątki badań, zdradziła nawet sekret, że „młodzi" myślą o tym dziecku z próbówki albo o adopcji. Ostatecznie spełzło na niczym, bo Szymon nie wyraził zgody ani na jedno, ani na drugie, uzasadniając, że w pierwszym przypadku musieliby skorzystać z obcej komórki jajowej, a co do adopcji, że on „cudzego" dziecka nie zamierza wychowywać.

– Zadziwiasz mnie, babciu. – Łucja nie mogła uwierzyć w to, co słyszy. – Zawsze mówiłaś, że mam skończyć studia, a dopiero potem brać się za chłopaków.

– Poszłaś do szkoły rok wcześniej. Gdybyś skończyła studia, jak to mówią, po bożemu, miałabyś dwadzieścia trzy roki. To dobry wiek na rodzenie dzieci. Ale jak ci się przydarzyło wcześniej, nie ma co narzekać. Kiedyś ludzie nie patrzyli na studia, na pieniądze, na warunki. Moja matka miała nas ośmioro, ja urodziłam się na końcu, gdy twoja prababcia skończyła już czterdzieści pięć lat i na dodatek była wdową, bo ojciec zmarł przed moimi narodzinami. Ledwie wiązała koniec z końcem, ale zawsze powtarzała, że gdy Bóg dał dziecko, da i na dziecko. Teraz ludzie oczekują nie wiadomo czego. Muszą mieć wszystko, piękne domy, samochody, majątki, bo przecież jak to tak, żeby dziecko nie miało swojego pokoju? Drogich zabawek, szkół prywatnych? A dzieci potrzebują tylko miłości i uwagi, a na to brakuje tym wszystkim zaganianym ludziom czasu i chęci. No i mamy, jak mamy, dzieciaków coraz mniej, a już w miastach to prawdziwa katastrofa. – Maśnikowa westchnęła głośno.

– No katastrofa. – Łucja potaknęła, przypominając sobie treść wykładu o tej tematyce.

– Ten twój Hugo też jedynak – westchnęła.

– Ja też jedynaczka, pasujemy do siebie. – Łucja zachichotała w odpowiedzi.

– Ale z konieczności. Poza tym masz kuzynki. Z Justysią i Moniką dorastałyście razem jak siostry, a i z kuzynami się lubisz.

– Hugo też z konieczności. On nie ma ojca – chrząknęła nerwowo, bo jakoś głupio jej było okłamywać babcię, a na to właśnie się zanosiło.

– Tak myślałam, a dlaczego?

– No właśnie. Babciu muszę ci coś powiedzieć. On tu przyjedzie w niedzielę ze swoją mamą. Zaprosiłam ich w twoim imieniu. Nie zabijesz mnie?

– O matko jedyna, teraz mi mówisz?! – Zofia Maśnikowa aż podskoczyła. – A po co?

– No bo musicie pogadać o ślubie i takich tam. Poza tym wypadałoby, żebyście się wreszcie poznały.

– O ślubie? Przecież na razie nie ma o tym mowy. Nie pamiętasz, jak Justynka wychodziła za mąż?

– Pamiętam. Hugo chce wziąć na razie ślub cywilny, żeby w dokumentach było w porządku, chodzi o nazwisko dziecka i tak dalej. No i właśnie o tym chcieliśmy pogadać. „I o przeprowadzce też” – dodała w myślach.

– Jak tam chcecie, dla mnie to strata pieniędzy.

– Babciu, mam prośbę, to, że Hugo nie ma ojca, to jakiś sekret i prosiłabym, żebyś nie poruszała tego tematu – wysapała z zażenowaniem. – Hugo mi powiedział, że jego mamie jest przykro, gdy ktoś wypytuje o niego.

– No chyba mnie znasz? – Zofia Maśnikowa lekko się obruszyła. – Nie zamierzam brać tej kobiety na spytki. A w ogóle to trzeba coś przygotować, ugościć ich obiadem. Ciasto też by wypadało podać, bo na pewno to jakaś wielka pani ta jego matka.

– Jest bardzo miła – sprostowała szybko – ale fakt, muszę się postarać. Jutro pojadę do Przecławia, zrobię zakupy i wszystko przyszykuję, a jeszcze dzisiaj posprzątam w jadalni. – Łucja odetchnęła z ulgą, bo babcia była tego dnia wyjątkowo zgodna i pobłażliwa.

– Nie bądź taka wyrywna. O ciasto poproszę Irenkę, może serowca po wiedeńsku zrobi, a Agatka jakieś z galaretką albo karpatkę. No i ja też jestem, choć nie powiem, teraz to wiódł ślepy kulawego. Ty w ciąży, a ja stara i schorowana. – Zofia Maśnikowa z trudem podniosła się z krzesła. – Chyba pójdę się położyć, telewizję pooglądam.

– Źle się czujesz? – Łucja natychmiast się zerwała i podparła ją ramieniem. – Co ci jest?

– A nic. Ręce mi czasem drętwieją i w boku coś gniecie. Wlazło w listopadzie i wyleźć nie może. Nawet doktor Słowik był u mnie w zeszłym tygodniu.

– Dlaczego mi nie powiedziałaś?! A co on na to?

– Że to chyba korzonki, a może coś od kręgosłupa, bo za tęga jestem. Kazał schudnąć, zapisał mi całą siatkę leków, ale raz pomagają, a raz nie. Mam dobre dni, że gonię jak fryga po domu, a czasem włóczę nożyskami jak ostatnia łajza. Wszystko z rąk leci. Dzisiaj zaś dokucza, choć nie jakoś okropnie. Do południa czułam się świetnie, obiad zrobiłam przecież, i to dwa dania, a teraz znów szkubie w boku.

Dotarły do pokoju. Łucja pomogła ułożyć się babce na łóżku, podparła jej głowę poduszką i okryła nogi lekką kołdrą.
– No i? To ci przejdzie?

– Przejdzie, jak się ciepło zrobi. – Zofia Maśnikowa sięgnęła po pilota. – A jak nie przejdzie, to ziemia na jesień wyciągnie.

– Babuniu! – Łucja podparła się pod boki. – A kto przyjdzie na mój ślub? Kto pomoże mi przy dziecku?

– A ładnie to tak starą babką się wysługiwać? – Puściła jej oczko, bo wcale się nie gniewała za te słowa. Wręcz przeciwnie, zrobiło się jej bardzo miło. „Najważniejsze w życiu to być komuś potrzebnym” – powtarzała zawsze.

– A ładnie to mówić takie głupoty? – Łucja nie dała się nabrać.

– A idźże sobie stąd, ty niecnoto. Gościnny miałaś sprzątnąć. Moja ulubiona audycja... – sapnęła, ustawiając kanał z telewizją Trwam.

– No dobrze. Idę już, idę. – Nachyliła się i ucałowała pulchny policzek.

Łucja siedziała naburmuszona i całą drogę prawie wcale się nie odzywała. Na szczęście Hajdukiewiczowa usiadła obok syna i dziewczyna nie musiała z nim rozmawiać. Udawała, że drzemie, żeby uniknąć zbędnych pytań o samopoczucie. Gdy zatrzymali się pod kamienicą, w której mieszkała pani Hania, Łucja została w samochodzie, twierdząc, że naprawdę czuje się już doskonale, ale woli tu poczekać na narzeczonego przez te kilka minut potrzebnych mu na odprowadzenie matki pod drzwi mieszkania.

– O co się dąsasz? – spytał, zajmując swoje miejsce.

– Nie dąsam się – dobiegło zza jego pleców.

– Chcesz się przesiąść? – Hugo zerknął do wstecznego lusterka.

– Nie. Dziękuję – dodała po chwili namysłu.

Niezrażony Hajdukiewicz wyjechał ostrożnie z małej uliczki, ale i jemu udzieliło się napięcie, bo stał teraz na czerwonych światłach i nerwowo bębnił palcami po kierownicy.

– Zapomniałbym. Matka jeszcze raz prosiła, żebym ci podziękował i twojej babce też. Jest bardzo szczęśliwa, że mogła ją poznać i ponawia zaproszenie do siebie.

– Uhm – potaknęła. „Zapamiętałam, z babcią przyjadę, ale wtedy ty, mój drogi, będziesz odgrywał cyrk" – pomyślała Łucja. – Zawieź mnie do akademika – poleciła, gdy tylko ruszyli ze skrzyżowania.

– Nie.

– Nie? – spytała Łucja z niedowierzaniem.

– Nie. Jutro pojedziemy do akademika, załatwimy twój wypis i spakujemy, co tylko się zmieści do mojego samochodu, a dzisiaj śpisz u mnie. Jak ustaliliśmy.

– Jestem twoją narzeczoną, a nie niewolnicą, mister Grey – powiedziała z oburzeniem.

– Co? – Hugo aż się zachłysnął, gdy to usłyszał.

– Gówno. Jeden zero dla mnie – rzuciła.

Hugo najpierw potrząsnął głową ze zdumienia, a chwilę później cicho się roześmiał, bo nie znał tego powiedzonka, które choć niezbyt kulturalne, było całkiem zabawne.

Bez słowa jechał przez miasto, podczas gdy siedząca za nim Łucja nie mogła już wytrzymać ze złości. Miała ochotę gryźć i kopać. Dwa razy musiała skłamać, robiąc z siebie idiotkę! Pierwszy, gdy babcia zaczęła opowiadać, jak to swat jej córki Agatki startował do niej w konkury i jakież to było zabawne, gdy taki postawny i elegancki człowiek, emerytowany nauczyciel, bardzo przystojny pan Ma...

I wtedy właśnie Łucja odegrała pierwszy akt komedii pod tytułem: „Ściśle tajne, łamane przez poufne". Inspirując się swoim chłopakiem, szybko sięgnęła po szklankę z kompotem i dosyć dramatycznie zakrztusiła się i malowniczo ochlapała. Popędziła do swojego pokoju, skąd zawołała babcię pod pretekstem: „nie wiesz, gdzie mam jakąś czystą bluzkę?".

Babka ją obsztorcowała, mówiąc, że chyba coś jej się pomieszało w głowie przez to macierzyństwo, i otworzyła szafę, w której wisiały dwie bluzki wizytowe.

– Babciu, nie chwal się tak przy pani Hani panem Markiem, bo może będzie jej przykro, że nikt się nią nie zainteresował i ciągle jest sama – wyszeptała, szybko się przebierając.

– Ty naprawdę zgłupiałaś do cna, jeśli myślisz, że się chwaliłam. Opowiadałam, bo to śmieszna historia. Poza tym, co ja mogę wobec takiej elegantki? Obieśmy w tym samym wieku, a jaka ona, a jaka ja? – Babcia fuknęła, poprawiając wnuczce kołnierzyk. – Ona zgrabniutka, szczupła jak trzcinka, ubrana elegancko i wymakijażowana, jak jakaś aktorka albo piosenkarka. Wygląda jak rówieśnica Agatki i Irenki – syknęła. – Ale jak ci nie pasuje, słowem się już o tym nie zająknę.

Wróciły do gościnnego pokoju i znów wszystko było w idealnym porządku. Obie kobiety, które dosyć szybko przeszły na ty, obgadały kwestie uroczystości cywilnej, obie się zgodziły, że to może i dobry pomysł, a Zofia Maśnikowa dodała, że skoro przed Bogiem na razie nie może być porządku, to chociaż niech będzie w papierzyskach.

Później Hugo poruszył kwestie przeprowadzki. Wygłosił przemowę o zgubnych skutkach mieszkania w akademiku, na to wtrąciła się babka Łucji, mówiąc, że może wnuczka przeniosłaby się na stancję i że ona ma odłożone trochę pieniędzy na takie nieprzewidziane wydatki. Tu zaprotestowała „kochana Hanusia", twierdząc, że szkoda Zosieńki pieniążków, bo młodzi i tak będą do siebie ciągnąć. Tym sposobem wyrok zapadł na korzyść powoda, czyli przyszłego tatusia, przypieczętowany sernikiem i karpatką oraz herbatą Lipton.

Z przeprowadzki temat jakoś przypadkowo zszedł na mieszkanie w pojedynkę. Pani Hajdukiewiczowa zwierzyła się, że całkiem nieźle sobie radzi, że ma cudownych sąsiadów, tu nastąpiła szczegółowa opowieść o rodzinie Solińskich oraz przyjaźni Adasia z jej synem i że codziennie jedzie na cmentarz do matki i brata, że Hugo ją odwiedza i tak dalej. Na to Zofia Maśnikowa, która chociaż w tym chciała być lepsza, przelicytowała śmiało i pochwaliła się, że też często idzie na cmentarz, nie tylko do rodziców, ale także do męża, córki i zięcia.

Pani Hania wysłuchała raz jeszcze historii o tragicznym splocie wydarzeń, wyrażając szczere współczucie, bo historia rzeczywiście była niewiarygodnie przykra, a twarze młodziutkich rodziców Łucji radośnie uśmiechające się z portretu ślubnego wiszącego na ścianie nadawały tylko dodatkowej grozy tej sytuacji.

Babcia uroniła zwyczajowo łzę, a że zrobiło się wyjątkowo smętnie, Łucja zaproponowała swojską nalewkę z wiśni. I wtedy nastąpiła katastrofa numer dwa, czyli pogadanka pod tytułem: „Grzech narzekać, bo przecież mam taką wspaniałą rodzinę".

Łucja ze zgrozą patrzyła na babcię, która wyjęła z szuflady gruby elegancki album otrzymany w prezencie od Agatki i wypełniony zdjęciami ze ślubu Justynki będącego ostatnią wielką rodzinną uroczystością.

„Boże! Zaraz wszystko się wyda" – pomyślała Łucja, przypominając sobie, ile tam zdjęć Mariusza, Mariusza z ojcem, rodziców Justyny i Mariusza... Rzuciła mordercze spojrzenie swojemu zdziwionemu narzeczonemu, a potem chwyciła się za brzuch i spektakularnie jęknęła.

Oczywiście wszyscy jak jeden mąż zbiegli się do niej, nawet Hugo, który doskonale wiedział, że to drugi akt przedstawienia. W minutę usłyszała dziesiątkę propozycji: wezwać pogotowie, pojechać do Przecławia do felczera, przywieźć felczera tutaj, zadzwonić po doktora Słowika, skoczyć po doktora Słowika, pojechać do Tarnowa na SOR albo lepiej od razu do Krakowa, do szpitala na Kopernika, poprosić, żeby przyleciała tu Irenka, bo przecież jest po kursie PCK, i tak dalej...

Łucja spokojnie zniosła te zapędy, wszak trzeba było wczuć się w rolę. Słabiutkim głosikiem orzekła, że jej przeszło, a wtedy Hugo idealnie się wpasował z trzeźwą męską decyzją: Łucja wraca z nami do Krakowa, i to zaraz, bo na wszelki wypadek lepiej być blisko szpitala.

Pani Hania pocieszyła ją, że na początku tak może być, że to macica się przyzwyczaja. Na to babka wtrąciła swoje trzy grosze: trzeba iść do łazienki i sprawdzić, co się dzieje, i nawet podreptała za Łucją, chcąc na własne oczy zobaczyć, czy czasem „nie zaczyna brudzić".

Ostatecznie Łucja, która już „naprawdę" czuła się świetnie, „nie brudziła" i tak dalej, szybko spakowała plecak i po kwadransie siedziała w samochodzie, ale zamiast macierzyńskich instynktów czując raczej mordercze zapędy.

Hajdukiewicz zgrabnie zaparkował, zgasił silnik i odwrócił się w stronę pasażerki. – Jesteśmy na miejscu – rzucił lekko.

Podobało mu się, gdy Łucja pokazywała pazurki. Był przyzwyczajony do podobnych zachowań ze strony kobiet, zwłaszcza tych grających na początku romansu „niedostępne i zimne". Kręciły go takie klimaty, traktował je jak swego rodzaju wyzwanie i z przyjemnością próbował roztopić „lód" w sercach księżniczek. Podolańska królewna zgodnie z jego oczekiwaniami bez słowa rozpięła pasy, zabrała plecak i sama wysiadła z samochodu, na pożegnanie trzaskając drzwiami.

– Daj mi to. – Hugo dogonił ją i chciał zabrać bagaż, ale nie pozwoliła, znów powtarzając, że ciąża to nie choroba i że w rodzinnym domu musiała sobie radzić sama, to teraz też.

W milczeniu dotarli do apartamentu. Łucja, ciągle jeszcze zła jak osa, pomaszerowała prosto do łazienki. Wzięła prysznic, umyła włosy, włożyła bokserki ze stadkiem nadrukowanych żółtych kaczuszek, flanelową kraciastą piżamę oraz szlafrok narzeczonego i tak zakutana wyszła po trzydziestu minutach. Nie przeszło jej nic a nic.

– Jesteś głodna? A może zrobię ci kakao? – krzyknął z kuchni Hugo, gdy tylko usłyszał dźwięk otwieranych drzwi. – Też już się odświeżył i jak na pokuszenie paradował półnago, mając na sobie jedynie wiszące bardzo nisko luźne dresowe spodnie.

– Nie. Dziękuję, ale nie mam na nic ochoty – odparła i poczłapała do sypialni, przed oczami mając wyłącznie umięśniony męski tors i jeszcze atrakcyjniejsze podbrzusze.

– Nie gniewaj się na mnie. Miałaś rację, powinienem się był zgodzić, ale ostatecznie nic się nie stało. – Hugo postanowił jednak przygotować coś do picia swojej dziewczynie i stał teraz w progu sypialni z kubkiem gorącej czekolady. – Proszę. – Podszedł i postawił go na szafce nocnej.

– Żeby ratować ci skórę, dwa razy zrobiłam z siebie idiotkę. Zdenerwowałam babcię i twoją mamę, oszukałam je, a ty mówisz, że nic się nie stało?! – Zerwała się z łóżka i pobiegła po kosmetyczkę.

– Co robisz? – Hugo z zainteresowaniem popatrzył na nią, gdy wyjęła z saszetki jakąś tajemniczą tubkę.

– Jestem mumią egipską, będę balsamować własne zwłoki – warknęła. Zdjęła skarpetki, siadła na brzegu materaca i z zapałem zaczęła smarować podeszwy stóp.

– Przepraszam raz jeszcze. Miałaś rację. Możesz powiedzieć babce, tylko bardzo oględnie i bez detali. I oczywiście poproś, żeby zachowała to dla siebie. – Hugo kucnął przed nią. – Nie przewidziałem tych sytuacji, nie złość się już.

– Ty nic nie rozumiesz! – Łucja rzuciła tubką, aż odbiła się od wezgłowia łóżka. – Nie wolno oszukiwać własnej matki! Poza tym to i tak się wyda. Co z tego, że babcia będzie milczeć, ale ciocia Agatka nie i Justyna też nie! Będzie jakaś okazja, Ornecki przyjedzie, chlapną przy nim, że mój narzeczony ma na nazwisko Hajdukiewicz, a jego matka to Hanna i wystarczy! Jak myślisz, ile ludzi w Polsce tak się nazywa, co? Panie wielce mądry prawniku, mający konta i zdjęcia na fejsie, srejsie, tłicie, insta i Bóg wie jeszcze gdzie? – Przekrzywiła głowę, patrząc na niego jak na misia o bardzo małym rozumku.

– Powiem jej. Obiecuję. Masz rację. – Hugo przybliżył się i oparł dłonie po bokach jej ud.

– Kiedy?

– Daj mi dwa miesiące. Jeszcze przed Świętami Wielkanocnymi. Oczywiście najpierw muszę się z nim spotkać. Postaraj się dowiedzieć, kiedy on tu będzie na miejscu.

– Okej – potaknęła Łucja, choć bez zapału.

– Wybaczasz mi? – Zbliżył się jeszcze bardziej i teraz prawie dotykali się nosami.

– Tak – westchnęła po chwili. „Miękniesz, Maśnikówna, jak ciastolina” – pomyślała, gdy tylko poczuła jego zapach.

– W ramach przeprosin zrobię ci masaż stóp. To będzie nagroda. – Nagle Hugo się odsunął, sięgając po porzuconą tubkę z maścią.

– Chyba dla ciebie? – prychnęła. – Mówiłeś, że jesteś fetyszystą.

– Dla nas obojga – wyjaśnił z uśmiechem. – Ułóż się wygodnie. – Przyklęknął przed nią, wycisnął odrobinę mentolowo pachnącej mazi i z wprawą zaczął ją wcierać.

– Potrafisz sprawić kobiecie przyjemność. – Łucja oddała się tej pieszczocie z uczuciem błogiej rozkoszy.

– Wiem – mruknął. – Skończył po kilkunastu minutach, gdy jego dziewczyna prawie zasnęła. Wyszedł do łazienki umyć ręce. Wrócił, zgasił światło i nieśmiało wsuwając się pod kołdrę, spytał Łucję, czy może tu spać.

– Dlaczego nie? To twoje łóżko – wymamrotała zaspanym głosem, mocno zaciskając powieki. – Udawała, że śpi, gdy jego ręka najpierw delikatnie objęła ją w pasie, potem palce z wprawą rozwiązały supeł paska i rozchyliły szlafrok. Później przyszła pora na guziki od piżamy... Dotykał jej ciała, pieścił brodawki piersi, nachylił się i obsypał pocałunkami szyję.

– Chcę się z tobą kochać... – wyszeptał wprost do jej ucha. – Bardzo.

Łucja też go pragnęła, choć byli ze sobą zaledwie pięć dni wcześniej.

– Kochaj się ze mną – jęknęła, obracając się przodem. – Już, szybko... – Siadła i błyskawicznie pozbyła się szlafroka oraz bluzki, podczas gdy Hugo ściągnął trochę niezgrabnie swoje spodnie. Pomógł jej z dołem piżamy i bielizną, narzekając, że jeszcze nigdy nie musiał aż tak się do niej dobierać.

Całowali się jak opętani, miażdżąc sobie wzajemnie wargi i zderzając się zębami. Głodni siebie, obejmowali się ze wszystkich sił, ona nogami zaplecionymi na jego pośladkach, on podtrzymując jej szczupłe plecy.

– Kocham cię – szepnęła, kiedy wszedł w nią i miarowym ruchem zaczął kołysać jej spragnionym ciałem.

Wiedział, że powinien odpowiedzieć tym samym, ale nie mógł, a może nie chciał jej w takim momencie okłamywać. Nie miał pojęcia, co do niej czuje. Przywiązanie? Raczej nie, przecież prawie się nie znali, zbyt krótko byli razem, nie jak w prawie czteroletnim związku z Nicole. Fascynację jej osobą? Też nie, choć zdarzały się momenty, gdy coś go w niej zachwycało albo zaskakiwało. Nieraz myślał, czy jeszcze kiedykolwiek będzie w stanie szczerze i mocno kogoś pokochać, i zawsze dochodził do wniosku, że chyba nie. Tylko raz powiedział do Łucji te dwa słowa, ale bez przekonania, bo niejako wymusiła je na nim. Czyżby jedyne, co go z nią łączyło, to właśnie pożądanie, a teraz jeszcze jego dziecko, które nosiła w łonie? Przesunął prawą dłoń, dociskając pośladki Łucji do siebie. Jęknęła, gdy mocniej zwarli swoje ciała.

– Kocham cię – powtórzyła, przyciskając policzek do jego twarzy. Zarzuciła ręce i znanym mu już pieszczotliwym ruchem wsunęła palce w jego włosy.

Czuł, jak wygina się lekko w łuk, unosząc biodra coraz wyżej i bliżej niego, jakby chciała stopić się z nim w jedną całość.

– A ty jesteś tylko moja – odpowiedział sekundę po tym, gdy osiągnęła spełnienie.

Rozdział 14

Sesja zimowa obfitująca w większości w bardzo dobre oceny w indeksie minęła jak z bicza trzasnął. Może dlatego, że równolegle z nią trwała prawie dwutygodniowa wyprowadzka Łucji z akademika i częściowo z domu rodzinnego. Na początku nie chciała zabierać ze sobą wielu rzeczy. Chyba nie docierało do niej, że teraz apartament narzeczonego będzie jej domem. Niestety, co chwila czegoś jej brakowało i poirytowany tym Hajdukiewicz wynajął od Adama kierowcę wraz z małym busem i w ciągu jednego dnia przewieźli prawie wszystko, zostawiając w Podolu jedynie meble, pamiątki z dzieciństwa i część książek.

Łucja schowała swoje ubrania w głównej sypialni, osobiste rzeczy gospodarza zajmowały połowę wielkiej szafy wnękowej, więc miała sporo przestrzeni do dyspozycji. Podzielili się umownie łazienkami. Ona jako kobieta, a raczej półtorej kobiety, jak oszacował ją Hugo ze względu na odmienny stan, otrzymała prawo do użytkowania większej, a on zadowolił się mniejszą, tą obok schodów.

Trzy pierwsze tygodnie lutego były, jak określił to z przekąsem Hugo, okresem próbnym. Łucja powoli adaptowała się do nowych warunków, poznawała osiedle, konstatując, że jest tu miło, bezpiecznie i wygodnie również dla rodzin z dziećmi, chociażby ze względu na kilka strzeżonych placów zabaw. Pod koniec lutego zaczęła wprowadzać zmiany. Uprosiła wreszcie o pralkę, bo nie mogła się przekonać do dwóch cotygodniowych wizyt pań odbierających brudną bieliznę. Gdy dostawa „urządzeń piorących" marki Miele opóźniała się z przyczyn bliżej nieokreślonych, Łucja pojechała taksówką do centrum handlowego. W Auchan zakupiła dwie plastikowe miski, suszarkę stojącą i płyn do prania ręcznego, deskę do prasowania oraz porządne żelazko.

Gdy sobie później przypominała, jak zareagował Hugo, gdy wrócił z pracy i odkrył, czym zajmowała się przez cztery długie godziny, kręciła głową z niedowierzaniem i co rusz czasami parskała śmiechem. Choć wtedy bynajmniej nie było jej wesoło i skończyło się zupełnie inaczej, niż przewidziała.

– Co tak pachnie? – spytał Hugo, ledwie wszedł do mieszkania.

– Kolację zrobiłam. – Łucja powitała go całusem w policzek.

– Nie chodzi mi o to. – Rozejrzał się zdezorientowany. – Jakoś tak kwiatowo?

– A! Pranie.

– Pranie? Sprzęty przyjechały? Wreszcie – sapnął, kładąc teczkę na komodzie. Był zmęczony, bo całą sobotę przesiedział samotnie w biurze, pracując nad trzema trudnymi sprawami, które konsultował dla jednego z prawników z bostońskiej kancelarii.

– Nie. Zrobiłam małą przepierkę ręcznie i teraz się suszy – oświadczyła Łucja z bardzo zadowoloną z siebie miną.

– Gdzie? Co? – Hugo zsunął buty ze zmęczonych stóp, zdjął płaszcz i odwiesił go do szafy.

– Wyprałam w misce, zaniosłam na stryszek i sobie wisi. Pewnie już suche, bo tam strasznie ciepło, powietrze idzie do góry – rzuciła zza pleców, kierując się w stronę kuchni.

– Chwileczkę. Jakie pranie, jaka miska i jaki stryszek?

– E... no... – Odwróciła się i wlepiła w niego zdziwione spojrzenie. – Pranie normalne, w plastikowej misce, a suszy się na tym stryszku koło wejścia na górny taras. – Wskazała mu schody.

– Aha, to nazywasz stryszkiem. – Popatrzył we wskazanym kierunku. Rzeczywiście, z głównego poziomu apartamentu wchodziło się po schodach na niewielki podest, z którego przez szerokie oszklone drzwi można było wejść na górny taras.

– Minuta nas nie zbawi. Chodź, zobaczysz! Super to urządziłam. – Pociągnęła go za rękę.

Weszli na górę i wtedy Hugo osłupiał. Na wprost wejścia stała spora suszarka obwieszona ubraniami, tak że nie było centymetra miejsca. Nawet między poprzeczne druty Łucja powpychała skarpetki, głównie jego.

– Fajnie, prawda? – Podeszła do suszarki. – Prawie suche. – Dotknęła z wprawą czarnego podkoszulka. – Musiałam mocno wykręcać, bo tu są panele i bałam się, że nakapie, ale spoko, podłożyłam na wszelki wypadek folię z opakowania i ręcznik. Teraz tylko wyprasować i będzie ślicznie. – Uśmiechnęła się promiennie. – Żelazko też kupiłam, ponoć dobre. Rowenta.

– Wykręcać? – Hugo ze zgrozą zerknął na swoją „gosposię" o posturze słabo karmionego jagniątka. – Ile razy tu wyszłaś i zeszłaś? – jęknął.

– Oj, nie wiem, chyba ze dwadzieścia – zachichotała. – No chodź, dosyć oglądania, kolacja stygnie. Zrobiłam zapiekankę, makaron, pieczarki, sos śmietanowy, kurczaka grillowanego... – zaczęła wyliczankę.

– Łucjo! – Nagle podniósł głos. – Czy ty jesteś normalna?!

– Ale... – odsunęła się odruchowo, instynktownie osłaniając brzuch. – O co ci chodzi? – Zagryzła wargi, żeby natychmiast się nie rozpłakać, bo właśnie uświadomiła sobie, że Hugo jest na nią wściekły.

– Jesteś w ciąży! Nie wolno ci prać ręcznie, schylać się godzinami, nosić ciężkich rzeczy, wykręcać jakichś pieprzonych szmat i biegać po schodach. A jakby coś ci się stało?! Zemdlałabyś tu na podeście i kto by cię znalazł? – Rozejrzał się, bezradnie machając ręką.

– Ale... – znów się zająknęła.

– Wiem, wiem! Zaraz mi powiesz, że ciąża to nie choroba! Słyszałem to już setki razy! Masz rację, to nie choroba, dlatego nie zwalnia cię od używania mózgu. Jesteś skrajnie nieodpowiedzialna. O ile nie kompletnie głupia i bezmyślna! – Uderzył pięścią w poręcz. – Nie myślisz o sobie, to pomyśl chociaż o dziecku! O moim dziecku!

– Hugo... ja... – Chciała mu powiedzieć, że uważała, że z miską wchodziła powoli, że nie nosiła naraz więcej niż kilka ubrań i że wykręcała te nieszczęsne ciuchy bardzo ostrożnie, ale głos uwiązł jej w gardle i tylko szepnęła: Przepraszam. – Minęła go, tak żeby nawet nie zetknąć się brzegiem fartucha kuchennego kupionego w tym samym sklepie co reszta rzeczy i powoli zeszła na dół. Dotarła do kuchni, jak robot wyjęła z piekarnika zapiekankę i postawiła ją na stole, tuż przed miejscem z przygotowaną wcześniej zastawą.

Hugo też już zszedł na dół i stanął przy lodówce, wyjął ze środka butelkę piwa, odkręcił korek i wypił kilka orzeźwiających, lodowatych łyków.

– Smacznego. – Łucja oblizała nerwowo wargi, po czym rozglądnęła się bezradnie i w końcu podreptała do salonu.

Wtuliła się w kąt sofy, sięgnęła po pilota i włączyła telewizor nastawiony na przypadkowy kanał. Trochę zgłośniła, bo nie chciała, żeby Hugo usłyszał jej płacz.

– Nie zjesz ze mną? – krzyknął, ale znacznie ciszej niż chwilę przedtem, tam na górze.

– Dziękuję, jadłam już – odpowiedziała, starając się zachować spokój.

– Okej – mruknął bardziej do siebie niż do Łucji. Nałożył sobie sporą porcję makaronu i zajął się jedzeniem. Smakowało mu, jak zresztą wszystko, co wyszło spod jej ręki. Gotowała świetnie, ciasta też piekła niezłe, choć zdarzało się to tylko raz w tygodniu, ale na jego wyraźne życzenie. Bał się, że gdy codziennie będzie jakiś deser, za chwilę przytyje jak przeciętny Amerykanin. Tym bardziej że rzadko znajdował czas na ćwiczenia i jedynie systematycznie biegał godzinę każdego ranka.

Dokończył kolację, dopił resztę piwa, poszedł umyć zęby i wrócił do jadalni. Musiał posprzątać. Taka była umowa: ona gotuje i robi zakupy, oczywiście wyłącznie w osiedlowych delikatesach i prosząc ochroniarza, żeby pomógł jej przytransportować siatki do windy, a Hugo sprząta w kuchni. Choć najczęściej, gdy już wracał późnym wieczorem do domu, wszystko dawno było uporządkowane, a jemu pozostawało wstawienie kilku talerzy, kubków i sztućców do zmywarki.

– Co oglądasz? – Przysiadł się po chwili. Czuł, że przegiął. Sam nie wiedział, dlaczego tak go poniosło. Może przez te durne problemy, nad którymi strawił tyle czasu w kancelarii, a może przez to, że nie miał kontroli nad zachowaniem Łucji, która ciągle robiła coś po swojemu. Czasami miał wrażenie, że on jest ojcem, a ona niesfornym, upartym, choć dobrym dzieciakiem, zupełnie tak jak przewidziała to jego matka.

– Nie wiem. – Położyła pilota na ławie i podniosła się leniwie. – Włącz, co chcesz, ja idę się położyć. Już dziewiąta, jestem śpiąca – westchnęła i żeby być bardziej przekonująca, ziewnęła, zasłaniając usta dłonią.

– Poczekaj. Sorry, niepotrzebnie tak na ciebie naskoczyłem. – Chwycił ją za rękę i zatrzymał. – Nie gniewaj się na mnie.

– Nie gniewam się. Miałeś rację, jak zawsze. Jestem głupia i nieodpowiedzialna – ledwie to wykrztusiła, bo nieznośna klucha w gardle dusiła do utraty tchu. – A teraz idę wziąć prysznic, a potem czas spać. – Wysunęła dłoń, którą od razu skryła, wsuwając pod przeciwległą pachę, jakby się bała, że znów będzie próbował ją zatrzymać.

Zauważył, że płakała. Miała opuchnięte powieki, a delikatną i bladą skórę twarzy pokrywały czerwone plamki. Został w salonie, bezmyślnie zmieniał kanały i zastanawiał się, co powinien zrobić. Nie chciał jej przepraszać w nieskończoność, raz wyraził skruchę, powinno wystarczyć, uznał. Nadal był na nią zły, bo faktycznie się martwił, zdenerwowała go. Gdyby spadła z tych nieszczęsnych schodów, w najlepszym razie by się potłukła, a w najgorszym mogła nawet skręcić kark. O stanach pośrednich, czyli utracie dziecka czy złamaniu nogi, też wolał nie myśleć.

Nagle drzwi od łazienki otwarły się z hukiem. Wybiegła z niej Łucja, stanęła przed narzeczonym i trzęsąc się ze zdenerwowania, zawołała:

– Nie wolno ci na mnie krzyczeć! Jeśli jeszcze raz na mnie nakrzyczysz, ucieknę od ciebie! Wrócę do babci i już mnie nigdy nie zobaczysz! Rozumiesz?! – Wymierzyła w niego wskazujący palec.

– Łucjo... – Hugo natychmiast wstał, ale ona z zadziwiającą siłą popchnęła go tak, że z powrotem opadł na sofę.

– Nigdy więcej na mnie nie krzycz – powiedziała dobitnie, choć z wielkim trudem, bo tylko sekundy dzieliły ją od kolejnego wybuchu płaczu, po czym odwróciła się na pięcie i pospiesznie wróciła do łazienki. Zamknęła drzwi, przysiadła na brzegu wanny i zalała się łzami.

„*Damn*. – Hugo zakrył twarz dłońmi. Moja ukochana ciężarna wariatka domowa, pokręcił głową. Już wiem, dlaczego tym wszystkim cholernym huraganom i tornadom nadają wyłącznie babskie imiona" – zaśmiał się pod nosem.

„Orkan Łucja! – powiedział do siebie. – Iść pocieszyć? Przeprosić raz jeszcze? Ponownie opieprzyć? Kubeł zimnej wody? A może szybki i ostry numerek? Pomoże na stówę! Nie, to głupie, przecież nie będziemy każdego problemu rozwiązywać w łóżku" – pomyślał.

I wtedy znów drzwi łazienki się otworzyły. Łucja, zapłakana i wyglądająca jak siedem nieszczęść, jak ofiara dziesięciu plag egipskich, dobiegła do niego, siadła okrakiem, szlochając i obejmując go ze wszystkich sił.

– Hugo, przepraszam cię, nie pomyślałam, że mogłam spaść z tych schodów... – Łkała w kołnierzyk jego koszuli. – Myślałam, że mnie pochwalisz, a ty... – zachłystywała się – a ty mnie tak okropnie skrzyczałeś... a ja nie chciałam zrobić nic złego, uprałam ci wszystko, żebyś miał czyste... chciałam, żebyś się cieszył, że dbam o ciebie, żeby ci ubranie pachniało, gdy jesteś w pracy, żebyś cały czas pamiętał, że tak bardzo cię kocham... – wyrzucała z siebie krótkie zdania, przeplatając je szlochem.

I wtedy w Hajdukiewiczu coś drgnęło. Coś bardzo delikatnie poruszyło się w jego sercu. Jakaś dawno, a może nigdy wcześniej niesłyszana nuta zabrzmiała cichuteńko. „Jak dobrze być tak bardzo kochanym, przyznaj to, Hugo, usłyszał w głowie. Do jasnej cholery, nie bój się do tego przyznać, chłopie!" – wewnętrzny głos był coraz głośniejszy.

– Kochanie, to ja przepraszam. Przysięgam, że już nigdy nie podniosę na ciebie głosu – wychrypiał. Objął ją tak mocno, że aż sapnęła wyciśniętym nagle z płuc powietrzem.

I tak zostali, siedząc na kanapie i tuląc się do siebie. Ona coraz bardziej spokojna w jego męskich i opiekuńczych ramionach i on, zdumiony swoim odkryciem.

Zima zelżała, a marcowe dni biegły jeszcze szybciej niż te w lutym. Nie wiadomo kiedy ustalił się stały harmonogram wspólnego życia Hugona i Łucji. Ona jeździła na uczelnię i mogła z powrotem przemieszczać się autobusami miejskimi, wracała, robiła szybkie zakupy i zajmowała się domowymi obowiązkami oraz nauką. Hugo rano biegał, później wyjeżdżał do biura albo w delegację, choć ograniczył wyjazdy, żeby jak najwięcej wieczorów i nocy spędzać w domu.

Soboty były tylko dla nich. Czasem szli na spacer wzdłuż brzegu Wisły. Trzymając się za ręce, pokonywali w wolnym tempie kilka kilometrów, Łucja, referując, co wydarzyło się w ciągu tygodnia, a Hajdukiewicz z reguły milczący, ewentualnie dzielący się z rzadka jakąś anegdotą.

Niedziele należały do babci i Hajdukiewiczowej. Pierwszy plan zakładał: jedną spędzamy na wsi, drugą w Krakowie, ale obie panie były niezadowolone, bo zbyt długo musiały czekać, więc został zmodyfikowany: w parzyste niedziele do czternastej siedzimy w Krakowie, jemy obiad, ale na deser jedziemy do Podola, a w nieparzyste na odwrót.

Pani Hania i tak miała fory, bo często jej się zdarzało odwiedzić przyszłą synową, zwłaszcza gdy Hugo gdzieś zamarudził i musiał zostać na noc w hotelu. W każdy piątek razem z Alicją Solińską szła na kawę i w ich ulubionej Eurydyce potrafiła opowiadać godzinami o narzeczonej syna.

– Aluniu, jestem taka szczęśliwa – zwierzała się przyjaciółce. – To taka dobra dziewczyna. Uczynna, serdeczna, pracowita. Niepotrzebnie się martwiłam. Jak sobie pomyślę o moich obiekcjach, że młodziutka, ze wsi, z innego środowiska, dziecinna i tak dalej, to aż nie mogę uwierzyć, że byłam tak głupia i uprzedzona.

– Nie jesteś głupia. To normalne, że się martwisz. Ja widziałam to bardzo podobnie. – Solińska potakiwała. – Takie kontrasty z reguły nie są dobre i wcale nie działają na zasadzie przyciągania się przeciwieństw, ale nie można traktować w jednakowy sposób każdego przypadku. Adaś mi opowiadał, że Łucja jest, owszem, młodziutka, ale swój rozum ma.

– Wiesz, że ma tak dobrą średnią, zdobyła tyle punktów, że ma spore szanse na uzyskanie stypendium naukowego. Wiadomo, że go nie otrzyma, bo będzie miała przerwę, i nie chodzi mi o pieniądze, tylko o fakt, że zdolna i pilna. – Uśmiechnęła się promiennie.

– Żeby mój Adaś znalazł sobie kogoś takiego… – rozmarzyła się Solińska. – Tymczasem jego interesują go tylko parodniowe romanse. Jak to zrobiłaś? Zdradź sekret przyjaciółce. – Dotknęła wypielęgnowanej dłoni pani Hanny.

– Ja nie zrobiłam nic. Tak wyszło. – Hajdukiewiczowa z zażenowaniem opuściła wzrok. Jej przyjaciółka nie miała pojęcia o testamencie, który z pewnością był motorem napędzającym całą tę historię z Łucją. Co do tego, niestety, nie miała wątpliwości. Zauważała coraz większe zaangażowanie dziewczyny, podczas gdy Hugo zachowywał się poprawnie, grzecznie, opiekuńczo, ale bez emocji wobec narzeczonej.

– Będę się modlić, żeby Adam się opamiętał i też mu się trafił taki skarb. – Solińska westchnęła, kiwając głową.

„A ja będę się modlić jeszcze mocniej, żeby mój syn wreszcie się w tym skarbie zakochał" – pomyślała Hajdukiewiczowa.

– A tak na marginesie: dlaczego Hugo w tym roku nie obchodził urodzin? – Przyjaciółka zadała dosyć nieoczekiwane pytanie, które miała zadać już wcześniej, ale jak zwykle wyleciało jej z głowy.

Adaś zawsze coś przygotowywał spontanicznie dla najlepszego druha. Oczywiście w sierpniu, gdy przypadały jego urodziny, Hugo odwzajemniał się tym samym. Czegóż to panowie nie wymyślali: wypad na Mazury i spływ kajakami w ostatnią sobotę stycznia, wycieczka do Pragi, do Wiednia, szalone przyjęcie w kopalni w Wieliczce, piżama party w największym krakowskim McDonaldzie i wiele innych. Ich wyobraźnia była nieograniczona. Oczywiście zawsze w tych wydarzeniach uczestniczyła cała ich paczka.

– Jakoś tak wyszło. – Hania wzruszyła ramionami. Co miała powiedzieć? Że Hugo już poprzednie urodziny obchodził bez entuzjazmu, mając świadomość, że do wypełnienia warunków testamentu zostały mu zaledwie dwa lata? Poza tym bał się o Łucję, a i ona nie wyraziła szczególnego zachwytu, gdy spytał, czy ma ochotę na jakiś wyjazd. – W przyszłym roku nasi chłopcy sobie odbiją – pocieszyła siebie i przyjaciółkę. – Równa trzydziestka, będą świętować.

– Nie wiem, jak się ułoży. – Alicja znów się uśmiechnęła. – Dziecko będzie miało pół roku?

– Niecałe. Pięć i pół miesiąca – sprecyzowała Hajdukiewiczowa. – Ale to już na tyle duży bobas, że chętnie się nim zajmę. Jak mi pozwolą. – Puściła oczko do Solińskiej.

– Myślisz, że ci nie pozwolą?

– Łucja na pewno się zgodzi. A Hugo? Kto go tam wie? Mój syn jest skryty, nie to co twój. I niezależny. Zazdroszczę ci, że Adaś, choć mieszka sam, nadal często u was nocuje, wpada bez zapowiedzi i nawet tego, że jak to mówi twój mąż: czyści wam lodówkę, jakby pieniędzy nie miał.

– Powiem mu, żeby co drugi raz wpadał do ciebie. Na pewno zawartość twojej lodówki bardziej mu podejdzie. – Alicja obdarzyła ją komplementem.

Adam często piał peany na cześć serwowanych przez panią Hanię dań czy ciast.

– Przysyłaj. Sama też możesz wpaść i twój małżonek również.

– Wracamy? – Solińska delikatnie otarła usta lnianą serwetką. – Serniczek zjedzony, kawka wypita. – Zerknęła na puste porcelanowe naczynia.

– Wracamy. – Pani Hanna podniosła się z krzesła. – A może pojechałabyś ze mną na cmentarz, nie będę długo siedzieć. Jakiś kwadransik. Jeszcze ciągle nie jest jakoś szczególnie ciepło.

– Nie musisz mnie tak ostrzegać. Chętnie się wybiorę, odwiedzę grób ojca. Już z miesiąc minął od ostatniej wizyty.

Hugo czuł się wyjątkowo podle. Od kilku dni trzymało go przeziębienie. Niby nic groźnego, bo nawet nie miał gorączki, ale katar był na tyle uciążliwy, że wczoraj i dzisiaj postanowił zostać w domu. Poczłapał do kuchni, zaparzył sobie kawę i wypił ją, stojąc przy blacie. Było już prawie południe, pomyślał, że zerknie do sypialni, czy z Łucją wszystko w porządku.

Cicho otworzył drzwi i przez chwilę patrzył na nią. Jak zawsze zakopała się w kołdrę po same uszy. Zwinięta w kłębek wyglądała jak dziecko. „Dziecko z dzieckiem w brzuchu” – pomyślał. Przymknął drzwi i ciężko wzdychając, wrócił do gabinetu. Znów miał ten sam ciągle powtarzający się problem z jedną z kancelarii na Pomorzu. Otwarł laptop i pociągając nosem, czekał na schodzące maile. Zauważył, że przyszły wyniki z laboratorium. Od razu kliknął wiadomość.

Nie bardzo znał się na tych wszystkich badaniach, którym poddawano Łucję i w zasadzie już zamierzał przesłać mail razem z załącznikami Piotrowcowi, ale coś go tknęło, gdy przelatywał wzrokiem jeden ze skanów. To był wynik bardzo kosztownego badania, może dlatego je zapamiętał. Szybko skopiował jego treść do wyszukiwarki i chwilę później niemal stanęło mu serce.

– Boże... – jęknął.

Natychmiast sięgnął po telefon i wybrał numer Piotrowca. Te kilka sekund oczekiwania, aż lekarz odbierze, zdawało mu się trwać wieczność.

– Piotrowiec, słucham.

– Tu Hajdukiewicz. Panie doktorze, właśnie dostałem wyniki badań narzeczonej, Łucja Maśnik – przypomniał jej nazwisko. – Chodzi mi o wynik testu NIFTY, kojarzy pan? Na ostatniej wizycie pan je zlecił.

– A! Pamiętam. Wynik PAPP-A budził moje wątpliwości i stąd NIFTY. I co z tym wynikiem? Panie Hajdukiewicz, zaraz mam zabieg – ponaglił go lekarz.

– Trisomia chromosomu osiemnaście – wychrypiał Hugo. – Tam jest napisane, że wykryli zespół Edwardsa.

– Proszę mi to natychmiast przesłać, zaraz sprawdzę. Niech się pan nie rozłącza. – Głos Piotrowca w sekundę się zmienił.

Hugo tak mocno przycisnął do ucha słuchawkę, że słyszał każdy szmer oddechu lekarza, każde kliknięcie touchpada po drugiej stronie.

– Słyszy mnie pan? – spytał Piotrowiec.

– Tak.

– Trzeba potwierdzić ten wynik. Proszę się zgłosić jutro rano do mnie do kliniki. Zrobimy amniopunkcję. NIFTY to test przesiewowy, nie diagnostyczny – chrząknął. – Musimy wykonać badanie cytogenetyczne.

– Jaka jest szansa, że wykaże coś innego?

– Niewielka – odparł po chwili Piotrowiec.

– Konkretnie?

– Teoretycznie około jednego procentu. Praktycznie zero. To bardzo wiarygodne badanie, a amniopunkcja to raczej formalność w państwa przypadku.

– Rozumiem. – Hugo zamknął oczy. Przez moment zdawało mu się, że w coś się zapada, w coś, co zabiera mu powietrze. Z trudem przełknął ślinę. – Proszę mi powiedzieć, co będzie, gdy wynik się potwierdzi? – Uniósł powieki, żeby prawie od razu opuścić je ponownie. Nie mógł patrzeć na listę objawów zespołu Edwardsa widniejącą na otwartej stronie Wikipedii. – Wiem mniej więcej, na czym polega ta choroba.

– Jeśli wynik ostatecznie się potwierdzi, zalecałbym terminację ciąży.

– Aborcję? Dlaczego?

– To nie aborcja. Terminacja odbywa się przez wywołanie porodu lub cięcie. W tym wypadku zabieg jest legalny, bo płód ma wadę letalną. Większość rodziców decyduje się na wywołanie porodu drogą naturalną, żeby jak najszybciej zacząć starania o kolejnego potomka.

– Rozumiem.

– Panie Hajdukiewicz, to nie jest rozmowa na telefon. Proszę wybaczyć, mam pilny zabieg. Jutro o ósmej będę państwa oczekiwał u siebie. Bardzo mi przykro – dodał po chwili.

– Proszę mi jeszcze tylko powiedzieć, czy gdybyśmy się nie zdecydowali na terminację, mojej narzeczonej coś grozi?

– Nic ponad standardowe ryzyko ciąży. Oczywiście pani Łucja musi być pod stałą opieką. Zalecana jest częstsza kontrola USG, żeby wychwycić w miarę szybko ewentualne obumarcie płodu. Myślę, że kontakt z psychologiem też się państwu przyda.

– Rozumiem. Mam poczekać na wynik amniopunkcji czy już dzisiaj powiedzieć narzeczonej? – wychrypiał Hugo, znów wlepiając wzrok w ekran laptopa.

– Powinien pan to zrobić jak najszybciej. Mógłbym jej to przekazać jutro, ale pani Łucja i tak się domyśli, że coś jest nie w porządku, skoro państwa ściągnąłem i robimy amniopunkcję. Gdyby coś się działo, proszę natychmiast wezwać pogotowie i poprosić, żeby przywieźli ją do mnie na oddział. Uprzedzę zaraz kolegę, który ma dzisiaj ze mną dyżur.

– Dziękuję.

– Bardzo przepraszam, ale muszę się pożegnać. Do widze…

– Panie doktorze! – przerwał mu Hugo. – Czy nie ma możliwości, żebyśmy jeszcze dzisiaj przyjechali? Może jakieś USG? Proszę mnie zrozumieć! To prawie cały dzień czekania.

– Panie Hajdukiewicz, mnie też proszę zrozumieć. Już jestem spóźniony, ale niech będzie. Sprawdzę, czy pod wieczór mam jakąś wolną godzinę. Nie wcześniej niż o ósmej, może dziewiątej. Zadzwonię, gdy będę pewien. Możemy się tak umówić?

– Oczywiście, bardzo panu dziękuję. Będę czekał na telefon.

Hugo odłożył aparat na blat biurka i zastygł na moment. Chyba jeszcze do niego nie dotarło, co się stało, bo bezmyślnie zaczął otwierać kolejne nowe maile i nawet przeczytał jeden z nich, z kancelarii w Pradze.

– Hugo? – Łucja stanęła w drzwiach gabinetu i przeciągnęła się jak kot. – Jezuniu, ale się wyspałam. Życie prześpię – oświadczyła niefrasobliwie. – Jak się czujesz? – Podeszła do niego, ale już zauważyła, że coś jest nie tak. – Hugo?! Co się stało?! – Dopadła do bladego jak ściana mężczyzny i chwyciła go za ramiona.

– Nic. – Podskoczył nerwowo i od razu zatrzasnął klapę laptopa.

– Jak nic? Przecież widzę! – Potrząsnęła nim. – Co ci jest?!

– Mnie nic – wykrztusił z trudem.

– To komu?! Coś z twoją mamą? No, mówże!

– Posłuchaj, dziecko jest chore…

Właśnie upływała druga najgorsza godzina w życiu Łucji. Hugo zrelacjonował jej rozmowę z Piotrowcem. Po wszystkim czuł się jeszcze gorzej niż przed i gdy skończył, miał wrażenie, że zatruły go te medyczne terminy, takie beznamiętne, a jednocześnie powodujące nieznośne cierpienie. Razem przewertowali Internet w poszukiwaniu informacji, które dałyby im choć odrobinę nadziei, ale po ich przeczytaniu Łucja popadła w jeszcze większą rozpacz.

– Hugo, co teraz? – załkała wciśnięta w kąt kanapy. – Co mamy zrobić? Mam usunąć ciążę?!

– Uspokój się. – Hugo natychmiast mocno ją przytulił. – Spokojnie... – Trzymał ją w ramionach i głaskał po głowie. – Nie szalej, dziewczyno, tak nie można. – Jego głos był jednocześnie kojący, tkliwy, ale stanowczy. W końcu Łucja ucichła. Jej plecami wstrząsały coraz słabsze łkania, aż zupełnie ustąpiły.

– Aborcja to grzech – wychlipała. – Babcia mówi: „Bóg dał, Bóg weźmie", ale gdy pomyślę, że mam tyle miesięcy chodzić z dzieckiem, które i tak umrze... Hugo, wszyscy się będą pytać, kiedy poród, czy to chłopczyk, czy dziewczynka, a ja... – Znów wybuchnęła płaczem. – Co mam wtedy mówić? Ja tego nie wytrzymam...

– Nie płacz, zrobimy, jak zechcesz. – Przycisnął ją do piersi.

– Hugo, a ty chcesz, żebym usunęła ciążę? – Łucja podniosła na niego szkliste spojrzenie.

– Nie to, że chcę. Ja chyba nie mam nic do gadania, to po prostu twoja... – zawahał się. Nie wiedział, jak ma wyartykułować to wszystko, co kłębiło się w jego głowie. – Przepraszam. Nie wiem, co zrobić – westchnął. – Myślę, że najpierw trzeba porozmawiać z Piotrowcem.

– Ale chyba masz jakieś zdanie, do cholery?! – krzyknęła rozpaczliwie. – Nie zostawiaj mnie z tym samej!

– Nie zostawiam cię. – Aż zgrzytnął zębami. Zacisnął do białości wargi. Gorzkie wspomnienia wypełniły jego serce, choć tak bardzo się przed nimi bronił. – Uważam, że nie powinnaś usuwać ciąży – wychrypiał.

– Nie powinniśmy – podkreśliła. – My. Nie ja sama.

– Nie powinniśmy – powtórzył po niej.

– Dlaczego? – dociekała.

Gdy pomyślał, jak będzie się czuła Łucja nosząca chore dziecko, mając świadomość, że ono najprawdopodobniej umrze wkrótce po narodzinach, aż dławiło go w piersiach. Zresztą on sam ciężko by to zniósł. Z drugiej strony przypuszczał, że nigdy by sobie nie wybaczyła aborcji. Jak miał jej to przekazać? I jeszcze te straszne słowa w głowie, które usłyszał od Nicole: „To twoja wina, powinieneś był się nie zgodzić! Mogłeś mi zabronić!”.

– Boję się, że to zbyt mocno obciąży twoje sumienie, że nie poradzisz sobie z traumą – powiedział, myśląc, że jego słowa zabrzmiały jak psychologiczno-religijny bełkot.

– Hugo, chcę do babci – wyjąkała. – Zawieziesz mnie?

– Jasne – odpowiedział, czując natychmiastową ulgę, że wreszcie o to poprosiła. Pomógł jej wstać i przejść do sypialni, gdzie musiał ją sam ubrać. Jej rozpacz była tak wszechogarniająca, że odbierała jej całą energię. Gdy zadzwonił telefon, nawet nie drgnęła. Z dłońmi kurczowo zaciśniętymi na brzuchu tkwiła nieruchoma jak kamienna figura…

Hugo wyszedł z kabiny, stanął przed lustrem i myjąc ręce, uważnie się sobie przyglądał. Już rano zauważył, że coś błysnęło niepokojąco na lewej skroni i teraz ze zdumieniem stwierdził, że to kilka siwych włosów. Westchnął, osuszył dłonie papierowym ręcznikiem i wrócił do stolika.

– Jeszcze po jednym? – spytał Adaś, podnosząc pusty kufel.

– Nie da rady. Jutro o piątej muszę być w Balicach. Zaraz uciekam. – Zerknął na zegarek.

– Nie powiedziałeś, jak się skończyła ta sprawa z laboratorium – przypomniał Soliński. – Twoja matka wie?

– Nikt poza tobą. Postanowiliśmy z Łucją, że nie powiemy o tym ani mojej matce, ani jej babce. A co do sprawy, szczerze? Nie mam ochoty o tym gadać. – Skrzywił się. Starał się zapomnieć o tym dniu, ale to było tak samo nierealne jak wyparcie z pamięci Nicole i ich związku. Ciągle wracał myślami do chwili, w której zadzwonił telefon. Odebrał, sądząc, że to ktoś od Piotrowca, i gdy usłyszał, że to z laboratorium, w pierwszym odruchu chciał powiedzieć, że się rozłączy, bo czeka na ważny telefon. Nie zdążył. Kobieta od razu spytała, czy dodzwoniła się do męża pani Łucji Maśniak. Nawet nie sprostował, potaknął, a wtedy ona powiedziała, że wysłano przez pomyłkę wynik kogoś innego. Nie mógł jej zrozumieć, więc powtórzyła. Kazała mu zgłosić się po dokument papierowy, bo prawidłowy wysłała już do niego mailem, że dziecko – córka – jest zdrowe, że bardzo przeprasza i nie wie, jak to się mogło stać.

Wychrypiał, że rozumie. Pożegnał się, schował telefon do kieszeni, ale prawie natychmiast go wyjął. Zajrzał do swojej poczty. Cudowna wiadomość dotarła do niego dopiero, gdy zobaczył drugi mail z laboratorium. Chyba nigdy nie zapomni spojrzenia Łucji, gdy pokazał jej to, co widniało na ekranie komórki. Odniósł wrażenie, że przez rozszerzone źrenice może zajrzeć do wnętrza jej duszy. Spytała, co to znaczy. Zerwała się z łóżka, szarpnęła go za rękaw i spytała: „Hugo, czy dzidziuś nie jest chory?!". A on odpowiedział, że nie. Że ich córka jest zdrowa. I wtedy Łucja osunęła się na ziemię...

– Ale co z tym procesem? – spytał Adam.

– Zrezygnowałem. – Hugo z niedowierzaniem pokręcił głową. Nie potrafił zrozumieć, dlaczego spasował. Zadzwonił do Piotrowca, ten kazał mu przyjechać z Łucją do kliniki. Zbadał ją i dał coś na uspokojenie. Za to Hugo nie spał całą noc. Leżał i czuwał. Przy zapalonej lampce patrzył na śpiącą Łucję i myślał, że to go przerasta. Nazajutrz rano pojechali do laboratorium po prawidłowy wynik. Łucja się uparła, żeby iść tam razem z nim. Zgodził się, ale nie na wszystko. Odebrali papiery, a potem kazał jej zostać na korytarzu, a sam wszedł do biura kierownika. I nagle coś w nim pękło. Strasznie się wściekł. Krzyczał: pozwę was, zniszczę... I wtedy Łucja weszła do środka. Od razu się uspokoił. Ze strachu, że znów coś się wydarzy. Nie pamiętał, jak udało się jej go stamtąd wywlec.

– Dziwię ci się – przerwało mu westchnięcie Adama. – Ja bym nie odpuścił. Pozwałbym ich, i to o grubą kasę. Co za idioci? Przecież mogła poronić ze stresu. Nie puściłbym tego płazem.

– Nieważne. Nie ma tematu – odparł, przypominając sobie rozmowę z Łucją. Żałował, że pokazał jej pozew i powiedział, co stało się w laboratorium. Biadoliła, że dwie osoby wyleciały z pracy. „Najważniejsze, że dziecko jest zdrowe. Nie rozumiesz? Hugo, ja nie chcę się mścić. Każdemu może zdarzyć się pomyłka" – tłumaczyła, a jemu z każdym słowem rosła w gardle coraz większa gula. W końcu złapał pozew i podarł go na strzępy.

– Rób, jak uważasz – burknął Soliński.

– Chyba jak Łucja uważa – prychnął Hugo.

– Uhm. A jak ona się czuje? Nie wraca do tego?

– Nie. Za to codziennie idzie do kościoła. Twierdzi, że to ją uspokaja.

– Lepsze takie hobby niż na przykład to. – Adam pstryknął w butelkę po piwie.

– Alkohol? Nałogi? O czym ty mówisz? – zaśmiał się Hugo. – Hobby Łucji to bycie żoną, a wkrótce matką. Wiesz, na czym się coraz częściej łapię? Że nie mam z nią żadnej płaszczyzny do rozmowy: w priorytetach, sposobach myślenia, wartościach, upodobaniach i wszystkim innym, my nie mamy chyba ani jednego wspólnego punktu.

– Macie. Seks. – Soliński znacząco uniósł brwi. – Początkiem rozwiązania problemu jest uświadomienie go sobie. I to w całej jego złożoności. Pomyśl o tym.

– Nie wiem, czy mam na to ochotę – westchnął Hugo. – Sorry, ale muszę spadać. Dzięki za piwo.

Dziewczyny rozglądały się jak Ali Baba, gdy pierwszy raz przekroczył próg Sezamu. Choć obie wychowane w bogatych domach: Marta w willi na Krowodrzy, a Ola w ogromnym mieszkaniu w jednej z zabytkowych kamienic śródmiejskich, i tak rozdziawiły buzie, gdy Łucja zaprosiła je do środka.

Jeszcze miesiąc temu oprowadzałaby je z nabożnością jak przy zwiedzaniu mauzoleum, ale nie po sześciu tygodniach pobytu. Już się przyzwyczaiła i czuła bardzo swobodnie, tym bardziej że Hugo wyjechał dwa dni wcześniej i miał wrócić dopiero nazajutrz rano.

Zaczęła nietypowo, bo od swojej łazienki. Marta, jako miłośniczka gadżetów, z podziwem patrzyła na pralkę i stojącą na niej suszarkę do prania. Z kolei Olkę zafascynowała wielkość pomieszczenia, eleganckie, gładkie kafle z polerowanego gresu, ozdobione wstawkami z marmuru i futurystyczna kabina z deszczownicą.

– Hugo ma chyba amerykańskie przyzwyczajenia. – Łucja westchnęła z niefrasobliwym uśmiechem. – Chciał, żeby pralka była w kuchni – zachichotała.

Szybko omówiły kwestię usytuowania pralki w kuchni i zgodnie orzekły, że to kretyński pomysł, żeby „brudne gacie" walały się przy garnkach. Przeszły do sypialni. I tu znów trzyosobowa grupka się rozproszyła. Łucja stała, opierając się o futrynę, Marta wskoczyła lekko na zaścielone idealnie łoże, skomentowała, że wygodne i szerokie, całą przemowę okraszając lubieżnymi gestami i uśmieszkami.

Ola zauważyła żyrandol i wpadła w zachwyt podobnie jak Łucja, gdy pierwszy raz się tu obudziła. „Ale super" – wyszeptała do siebie, a potem kilka razy machnęła ręką w powietrzu. Niezliczona ilość białych skrzydełek zatrzepotała delikatnie jak u żywych motyli. Martę oczarował widok za oknem, Olę szafy i niespodzianka wewnątrz jednej z nich.

Rzeczywiście szafa była czymś w rodzaju „państwo w państwie". Głęboka na metr, mieściła w przepastnym wnętrzu kącik z toaletką, krzesełkiem, niezliczoną ilość półek, kilka drążków, własne oświetlenie i dwa lustra.

Łucja z trudem wyprowadziła koleżanki z sypialni.

– To gabinet pana domu, proszę wycieczki. – Otwarła drzwi do pokoju narzeczonego.

– Ascetycznie, ale jest wszystko, co potrzebne. – Marta wskazała na designerską skórzaną sofę w kolorze gorzkiej czekolady.

Oprócz niej w pomieszczeniu było jeszcze spore biurko w klasycznym stylu, dwa oszklone regały wypełnione książkami, telewizor zawieszony na ścianie na wprost wejścia i bieżnia.

– My nic na tej sofie… – Łucja zachichotała, błędnie interpretując słowa przyjaciółki.

– To kanapa westchnień – wyjaśniła Olka, siadając na niej.

– Czyli? – Gospodyni zmarszczyła czoło.

– Czyli leżysz, próbujesz zasnąć i wzdychasz, dlaczego tak tu niewygodnie – odpowiedziała.

– Ja tu nie śpię.

– Ruda mówiła o twoim lubym. – Marta podeszła do bieżni i fachowym wzrokiem oceniła panel sterowania. – Oczywiście Kettler. Czemu mnie to nie dziwi? – Wydęła z podziwu usta.

– On też tu nie śpi. – Łucja nie mogła zrozumieć, o co im chodzi.

– A gdy macie ciche dni? – Ola podniosła się ze skórzanego cacka, które jak wszystkie tego typu meble było wyjątkowo niewygodne.

– Nie mamy cichych dni. – Wreszcie pojęła, o co chodzi przyjaciółkom stojącym teraz przed jednym z regałów i podziwiającym setki książek, głównie o tematyce prawniczej, i w większości w języku angielskim.

– Nie wierzę. – Ruda odwróciła się na moment i popatrzyła na Łucję. – W każdym związku są ciche dni. Ty, Marta, twoi starzy nie mają takich? – Szturchnęła koleżankę.

– Moi? Mają, dzięki Bogu. Najpierw drą się jak potępieńcy i gdy już w końcu im przejdzie, jestem w raju. Obrażają się na siebie i tydzień obchodzą z daleka, jakby byli napromieniowani albo mieli ebolę, i to tę najgorszą odmianę, przenoszącą się nawet w myślach.

– Widzisz, Łuki, każde małżeństwo na to cierpi. Kwestia czasu – skwitowała Ola.

– Babcia mówi, że nie wolno iść spać w gniewie. Gdy czasami posprzeczali się z dziadkiem, zanim zasnęli, zawsze się godzili. Zresztą babcia się modli przed pójściem spać.

Przypomniała sobie słowa Zofii Maśnikowej: „A co, jeśli któreś by nie doczekało ranka?". „Jako i my odpuszczamy naszym winowajcom" – cytowała wtedy fragment modlitwy.

– Seks na zgodę czasami jest lepszy niż ten zaplanowany. – Marta zrobiła minę typu „Jestem bardzo niegrzeczną dziewczynką".

– Dlaczego tu nie ma prawie żadnych książek dotyczących polskiego prawa i sądownictwa? – Ola znów stanęła przed regałami.

– Hugo nie jest polskim prawnikiem. Nie ma licencji.

– Serio? Nigdy nie był w polskim sądzie? – Marta też się zainteresowała.

– Był, ale nie jako reprezentant stron. W zasadzie bywa tylko, gdy sam ma jakieś problemy z franczyzobiorcami. Ma licencję amerykańską. Tam oczywiście występował w sądzie jako obrońca.

– Dziwne. – Ola wzruszyła ramionami. – Dlaczego? Nie zależy mu na kasie?

– Zależy, ale twierdzi, że u nas są marne zarobki i nie warto inwestować czasu w coś, co przyniesie mizerne efekty. Zarabia na franczyzach. Nie wiem dokładnie, o co w tym chodzi. No i jeszcze ma pensję ze Stanów, pracuje tam jako konsultant. Pomaga swoim kolegom z Bostonu, pisze dla nich jakieś opracowania i tak dalej. Korespondują ze sobą przez Internet.

– Nie boisz się, że będzie chciał wrócić do Ameryki? – spytała Marta.

– Nie rozmawialiśmy o tym. – Łucja zacisnęła wargi. Co miała im powiedzieć? Że się boi tej rozmowy? Hugo sam nigdy nie poruszył tematu, a ona nie miała odwagi. Pani Hania też nigdy nie zająknęła się o ewentualnym wyjeździe do Stanów. Łucja nie wyobrażała sobie wyprowadzki. Zostawić babcię, rodzinę – to nie mieściło się jej w głowie. Udawała, że problemu nie ma, a póki Hugo o tym nie wspominał, ona nie zamierzała drążyć. – Idziemy dalej, choć to w zasadzie już koniec, bo został nam jeszcze salon z kuchnią, ale już go widziałyście – stwierdziła.

Opuściły gabinet pana domu i podreptały do holu.

– Lubię takie *open space* – westchnęła Ola.

– A pokój dla bobo? – spytała Marta, gdy weszły do jadalni.

– Jeszcze stoi puściuteńki. Ściany na biało, tyle. Siadajcie – Łucja zaprosiła dziewczyny do stołu. Znów się popisała. Dostosowała menu do swoich wiecznie się odchudzających przyjaciółek.

– Moja mama w tym roku skończy pięćdziesiąt lat. Opowiadała mi, że kiedyś babki gromadziły wyprawkę dla dzieciaka już od ślubu. Nic nie było w sklepach, a pieluchy i śpiochy dostawało się na kartki. Dzisiaj można wszystko kupić, ale jakby na przekór laski już w szóstym tygodniu ciąży zaczynają chorować na odpieluszkowe zapalenie mózgu i gdy dzieciak się rodzi, zostaje właścicielem takiej masy ciuchów, że nawet ja i Marta tylu nie mamy. – Ola oparła się wygodnie i teraz wygłaszała swoje teorie na temat macierzyństwa i wpływu tegoż na psychikę współczesnych kobiet.

– U mnie w rodzinie panuje tradycja, a raczej przesąd, że nie powinno się nic kupować dla dzidziusia, zanim się urodzi. Kobiety z rodziny gromadzą wyprawkę dla tej, która się spodziewa dziecka, a brakującą resztę kupuje tatuś, gdy mamusia jeszcze jest w szpitalu – Łucja wyjaśniła, dlaczego nie ma ani jednej rzeczy dla dziecka.

– Trochę niepraktyczne – stwierdziła Marta – bo na przykład kupią ci trzy wanienki, a nie będziesz mieć łóżeczka.

– No przecież się ze sobą porozumiewają. Jest jeszcze jeden przesąd. Gdy dziecko wyrasta z ubranek, należy je oddawać mamom młodszych dzieci albo odkładać dla tych, które są w ciąży lub starają się o dziecko.

– A co się stanie, gdy zostawisz te najładniejsze? Nie wiem, czy chciałabym oddawać jakieś drogie ubranka. To kupa forsy – burknęła Ola znad talerzyka z sernikiem.

– Wkrótce ponownie zajdziesz w ciążę. – Łucja zachichotała, przypominając sobie narzekania ciotki Irenki, gdy rok po roku pojawiły się jej dwie córki Monika i Alinka, tylko dlatego że zostawiła śliczną sukieneczkę po pierwszej z nich.

– A ten pierwszy przesąd?

– On, niestety, już nie jest taki fajny. Mówi, że coś złego może się stać z dzieckiem albo z jego rodzicami, dlatego przyszła mama nie powinna się angażować w wyprawkę, tylko w donoszenie ciąży. Ale chodzić, oglądać różne rzeczy i sporządzać listę potrzebnych oczywiście mogę.

– Tyle dobrze. Gdyby mi mój mąż kupił nie taki wózek, jak bym chciała, sam musiałby z nim spacerować.

– Zagórska, bo ty jesteś gadżeciara i nie myślisz rozsądnie. – Ruda szturchnęła siedzącą obok koleżankę. – Jezu... jak dobrze, że nie dałyśmy ciała i nie kupiłyśmy wiesz czego? – Puściła do niej oczko.

– A właśnie! – Marta zerwała się z krzesła. – Zaraz wracamy. – Pociągnęła za sobą kumpelę.

– Tadam! – Stanęły po chwili przed zaskoczoną gospodynią. – Wszystkiego najlepszego z okazji urodzin, nasza kochana i jeszcze ciągle nastoletnia solenizantko. Wręczyły Łucji prezent, ukryty do tej pory w wielkiej torbie Marty.

– Ojej, skąd wiedziałyście, że mam dzisiaj urodziny? – Głos drżał jej lekko ze wzruszenia, gdy odbierała od dziewczyn spore pudełko owinięte gniecionym i cieniutkim jak mgiełka popielatym papierem zadrukowanym w pastelowe różyczki.

– Łuki, masz demencję, sama nam mówiłaś, że masz urodziny po równonocy wiosennej. Nie pamiętasz, jak się tym lansowałaś? – Marta nachyliła się i wycałowała przyjaciółkę.

– Zagórska, już nie chrzań, że taka akuratna jesteś i wiesz, co to ta równonoc. Podpatrzyłam w twojej legitce, gdy ostatnio ją odbierałam w dziekanacie. – Ola też obdarzyła buziakami Łucję i nawet lekko ją przytuliła. – Otwórz. Ciekawe, czy ci się spodoba.

– Jezu, dziewczyny, jesteście kochane. Dzięki. – Przytuliła obie koleżanki. – Papier taki ładny, muszę go zostawić – mruknęła pod nosem. Rozpakowała pudło i zaczęła wyjmować z niego różności. – O, jakie słodkie, zachwyciła się maleńką ceramiczną doniczką z cebulkami miniaturowych białych hiacyntów, które już zaczynały kwitnąć. – A to co? – Wyjęła coś miękkiego i zawiniętego w ten sam papier, w który owinięta była całość.

– Żeby tylko pasowały… – Zagórska lekko popchnęła Olę ramieniem.

– Sukienki? Dwie? Aż dwie? Dlaczego? – Łucja wybałuszyła oczy z wrażenia.

– Ta w kwiatuszki leciutka na lato, a ta może być na teraz. – Marta podniosła śliczną sukienkę z cienkiej dzianiny w pięknym niebieskim kolorze.

– Obie mają fason rosnący, czyli brzuszek może się śmiało skryć pod tym zmarszczeniem pod karczkiem. – Ola dodała swoje trzy grosze.

– Ale super! – Solenizantka znów rzuciła się do całowania.

– To jeszcze nie koniec – mruknęła jej Marta do ucha.

– No tak, wiedziałam. – Łucja zachichotała, gdy ostatnie zawiniątko okazało się ślicznym, cieniuchnym jak mgiełka negliżem w śliwkowym kolorze i wykończonym miękką koronką. – A co chciałyście mi kupić?

– Zagórska dostała jakiegoś niespodziewanego skoku oksytocyny i gdy zobaczyła w DULCE taki mały kocyk w króliczki, prawie zeszła. – Olka nie szczędziła detali. – Tuliła go do siebie jak używane bokserki ostatniego faceta na świecie. Kazała mi go wąchać, znaczy ten kocyk, nie faceta, podtykała pod nos i starła przy okazji połowę mojego makijażu.

– A w łeb chcesz? – Marta warknęła na nią.

– A nie było tak? Panna sklepowa patrzyła na nas jak na lesby, które zatrudniły surogatkę i za miesiąc będą obwozić swój mały skarb po galeriach handlowych w najdroższym designerskim wózku.

– Głupiaś, kocyk był wyczesiurski. Jutro pojadę i kupię go dla siebie.

– Tia… przykryjesz albo nogi, albo głowę – powiedziała Ola z politowaniem. – Ale leć, kup, bo się skończą. Widzę, że też masz zwarcie na panelu sterowania odpowiedzialnym za panowanie nad zapędami macierzyńskim.

– Możesz się zamknąć? – Zagórska stanęła i podparła się pod boki.

– Dziewczyny, dajcie spokój. Nie kłóćcie się w obecności ciężarnej, bo mi się dziecko nerwowe urodzi. Jeszcze raz dzięki. – Łucja westchnęła z zachwytem. Ustawiła doniczkę na środku ławy w salonie, sukienki i negliż położyła na oparciu sofy, ponownie zaprosiła dziewczyny do stołu i napełniła ich kieliszki szprycem, a swój wodą mineralną. – Za spotkanie i za moje najlepsze przyjaciółki wszechświata – wzniosła toast.

– Oj tam, oj tam. Najlepsze... Normalne, co nie? – Ola mrugnęła do Marty, unosząc kieliszek.

– Nie schlebiaj sobie. Ty i normalność. – Zagórska wydęła usta, ale przyłączyła się do toastu.

– Nasze zdrowie! – powiedziały wszystkie trzy jednocześnie.

Rozdział 15

Hugo padał na twarz. O ósmej przyleciał do Balic, dotarł taksówką do kancelarii, gdzie na posterunku czekała stęskniona pani Jadwiga. Godzinę przekazywała mu, kto i w jakiej sprawie dzwonił, następnie przedstawiała najpilniejszą korespondencję, co przeciągnęło się do dwunastej. Później Hugo wypił drugą kawę, poprosił o śniadanie dostarczane przez pobliską restaurację i zajął się lekturą pism zalegających biurko.

Nie zauważył, kiedy dzień zleciał i wybiła piętnasta. „Jeszcze kwadrans i jadę do domu – pomyślał, odchylając do tyłu głowę. Ciągle bolał go kark od niewygodnego fotela w samolocie. Łucja będzie stęskniona i zrobi mi masaż". Zabrzęczał dzwonek w telefonie. „Urodziny, kupić kwiaty". – Pacnął się w czoło.

– Pani Jadziu, mogę prosić? – powiedział do interkomu.

Sekretarka pojawiła się równie szybko jak Flash Gordon z amerykańskich kreskówek.

– Słucham, panie mecenasie? – Stanęła w drzwiach i zatrzepotała zbyt grubo wytuszowanymi rzęsami.

– Prosiłem, żeby nie tak oficjalnie. Wystarczy szefie albo Hugo.

– Nie potrafię. – Spuściła oczy na swój obfity biust falujący pod ażurowym swetrem i spłoniła się jak pensjonarka.

– Proszę zamówić bukiet róż, dziewiętnaście sztuk, w bladoróżowym kolorze. Z tej kwiaciarni co zawsze.

– W kartonie? – Kobieta delikatnie uniosła brwi. Domyśliła się, że to dla narzeczonej Hajdukiewicza, i kolejny raz dotarło do niej, że jest stara. Bardzo stara i tak samo przezroczysta dla swojego przełożonego.

– Tak. Proszę. Może być w kształcie walca, ten niski. Coś delikatnego, pastelowego.

– Oczywiście, już. – Odwróciła się i wyszła ze zwarzoną miną.

Hugo tego nie zauważył, bo właśnie zabrał się do czytania pisma otrzymanego z berlińskiej kancelarii. Biegle znał nie tylko język angielski, lecz także niemiecki, którego nauce poświęcił sporo czasu i wysiłku. Z francuskim też radził sobie nieźle, choć miał pewne problemy z wymową.

– Fuck, co za niedojdy – wymamrotał, kończąc kwadrans później niezbyt optymistyczną lekturę. Jedna z niemieckich filii miała problemy i znów kroił mu się wyjazd. – Proszę – rzucił w stronę drzwi. „Czy ta kobieta nigdy się nie nauczy, że wystarczy stuknąć raz czy dwa i wejść bez proszenia" – westchnął w duszy. Stukanie się powtórzyło. Co, do diabła? Ogłuchła? Zerwał się z krzesła, energicznie podszedł do drzwi i otworzył je z impetem. – Pani Jadwigo... – zaczął, ale słowa ugrzęzły mu w ustach.

– Dzień dobry, przepraszam za najście...

W progu stał mężczyzna. W ciemnym płaszczu, wysoki, postawny, z lekko posiwiałymi skrońmi i czarną czupryną gęstych, krótko przyciętych włosów, uśmiechnął się blado i bez przekonania wyciągnął rękę, ale równie szybko ją opuścił.

Hugo przełknął ślinę, jego dłonie odruchowo zacisnęły się w pięści, a tętno przyspieszyło jak silnik, gdy maksymalnie wdeptuje się pedał gazu.

– Witam – wyjąkał z trudem.

– Można? – Gość zaczął nerwowo miąć w dłoniach czarny kapelusz.

– Proszę.

Hajdukiewicz odsunął się i wpuścił mężczyznę do gabinetu.

– Pani Jadziu, proszę mi nie przeszkadzać i nie łączyć mnie przez najbliższy kwadrans z nikim – krzyknął do sekretarki, która wchodziła z owalnym pudłem do korytarza. „Pogadamy sobie później" – zacisnął zęby z wściekłości. Nie dopilnowała sekretariatu i pewnie dlatego Orneckiemu, bo to on był niezapowiedzianym gościem, udało się dotrzeć pod drzwi właściciela kancelarii. – Proszę usiąść. – Hugo wskazał fotel po drugiej stronie biurka. – Co pana do mnie sprowadza? – wycedził, starając się zachować spokój.

– Nazywam się… – Mężczyzna zaczął, jeszcze zanim przysiadł na brzegu fotela.

– Wiem, jak się pan nazywa. Pytałem, jaki jest cel pana wizyty. – Hugo już nieco ochłonął, oparł się wygodnie, założył nogę na nogę, a dłonie skrzyżował na brzuchu. Zdystansowaną postawę potrafił przyjmować równie szybko i automatycznie, jak automatycznie zapinał guziki marynarki, gdy wstawał z krzesła.

– Mój syn… – Mężczyzna przełknął ślinę, bo ciągle jeszcze był w szoku, jak bardzo ten człowiek siedzący naprzeciwko przypominał mu siebie samego z młodych lat. – Mój syn Mariusz rozmawiał ze mną ostatnio. Zadzwoniłem do niego… gadaliśmy o różnych rzeczach, o pani Maśnikowej i o Łucji, i gdy powiedział mi, że nazywasz… że nazywa się pan…

Hugo był zaskoczony. Gdy zobaczył ojca, pomyślał, że jedynym źródłem przecieku mogła być babka Łucji, którą ta poinformowała, kim jest Marek Ornecki zaprzyjaźniony z rodziną Maśników.

– Rozumiem. Syn wie o wszystkim? – dopytał, żeby wiedzieć, na czym stoi.

– Nie. Postanowiłem na razie trzymać to w tajemnicy.

– Okej. Wobec tego proszę jeszcze o odpowiedź na moje poprzednie pytanie. Szczerze mówiąc, nie mam zbyt wiele czasu. – Zerknął na zegarek. – Moja narzeczona miała wczoraj urodziny, a ja dzisiaj wróciłem z trzydniowej podróży służbowej i chciałbym jak najszybciej się z nią spotkać.

– Chciałem cię poznać – wyartykułował z wielkim trudem Ornecki. – Chciałbym również zobaczyć się z Hanią. – Drżącą z emocji dłonią wyjął z kieszeni płaszcza chustkę i otarł czoło.

– Świetnie, pierwsze już mamy za sobą, a co do drugiego – po co?

– Muszę z nią porozmawiać.

– O czym chce pan rozmawiać z moją matką?

– Chcę ją poprosić o wybaczenie, ciebie też. – Ornecki opuścił wzrok na kolana.

– Czy nie za późno na skruchę? Po trzydziestu latach? – Hajdukiewicz lekko przymrużył oczy i przechylił głowę. Był coraz bardziej wściekły, miał nieodpartą ochotę rzucić się z pięściami na człowieka, który przez lata wywierał wpływ na jego rodzinę, który swoim zachowaniem zmusił matkę i babkę do permanentnego okłamywania małego dziecka, swojego rodzonego syna, który spowodował, że Hanna Hajdukiewicz strawiła najpiękniejsze lata życia na poszukiwaniach, oczekiwaniu i wspominaniu jedynej wielkiej miłości.

– Próbowałem wcześniej. Pojechałem do Częstochowy, ale nikt nie był w stanie mi pomóc. – Ornecki odważył się podnieść wzrok i popatrzeć na swojego dorosłego i bardzo hardego potomka.

– Kiedy? Wnioskuję, że niedawno, skoro żaden z sąsiadów nie pamiętał mojej babki i matki. Mama długo korespondowała z kilkoma z nich. Wiem, że dopiero niecałe dziesięć lat temu ta korespondencja się skończyła. – Punktował ojca na każdym kroku. Uderzał celnie w najczulsze punkty, nie pozwalając mu na jakąkolwiek obronę.

– To było zaraz po śmierci mojej żony. Parę lat temu.

– Parę lat temu? – Hugo pokiwał głową. – Szczerze mówiąc, gdyby nie fakt, że wrócił pan do chorej żony i poświęcił się, aby choć trochę okazać jej serca i szacunku w czasie choroby, wyrzuciłbym pana stąd natychmiast.

– Rozumiem. – Marek Ornecki wziął głęboki wdech. – Czy mogę się wytłumaczyć? – Zacisnął zęby tak mocno, że skóra na jego policzkach aż pobielała.

– *Generi animantium est a natura datum ut se tueantur*[*]. Każdy ma prawo do obrony, nawet największy łajdak – po swojemu zinterpretował łacińską sentencję.

– Gdy wyjeżdżałem na Węgry, sądziłem, że Justyna Ciarka, moja ówczesna kochanka, okłamuje mnie, twierdząc, że spodziewa się dziecka. Ale gdy wróciłem, dowiedziałem się, że jednak to prawda. Spanikowałem, schowałem głęboko adres Hani i starałem się zapomnieć o niej, ale nigdy nie wyrzuciłem tej kartki, mam ją do dzisiaj. – Westchnął rozpaczliwie. – Proszę. – Położył na blacie biurka mały strzęp papieru, wyrwaną z jakiegoś notesu pożółkłą karteczkę z nakreślonymi ołówkiem kilkoma linijkami z częstochowskim adresem mieszkania bliskich Hugona.

Ten zerknął i od razu poznał piękny charakter pisma matki, zauważając też dopisek: „Pamiętaj o mnie, kocham Cię. Twoja na zawsze. Hania".

– Proszę to schować. – Hugo nie dał po sobie poznać, jak bardzo wstrząsnęły nim te słowa.

– Gdybym wiedział, że moja Hania spodziewa się…

– Proszę przestać mówić w ten sposób o mojej matce! – Hajdukiewicz przerwał mu podniesionym głosem. – Ona nigdy nie była pana, panie Ornecki! A zresztą cóż by to zmieniło, że wiedziałby pan o tym, iż spodziewa się dziecka?! Skoro żonę i kochankę potraktował pan równie podle i nieodpowiedzialnie?

Mężczyzna znów opuścił głowę, zabrał karteczkę i pieczołowicie włożył do portfela.

– Jeszcze coś ma pan do dodania? – rzucił Hugo.

– Czy mogę liczyć na…

– Na nic nie może pan liczyć, a na pewno nie na wybaczenie. To niemożliwe. *Impossibilium nulla obligatio est*, nikt nie jest zobowiązany do czynienia rzeczy niemożliwych, ja i moja matka również. Proszę wyjść i nigdy nie wracać, panie Ornecki,

---

[*] Wszelkim istotom żywym jest dane naturalne prawo do obrony (łac.).

proszę też trzymać się z daleka od mojej matki. Od lat spotyka się z kimś i jest pan ostatnią osobą potrzebną w jej życiu.

Hugo gładko posłużył się kolejną łacińską sentencją, dodając do niej kłamstwo. Był zdesperowany i tak bardzo rozżalony, że wzruszenie ściskało mu gardło. Było mu żal matki, siebie i nawet tego zrozpaczonego człowieka, który siedział przed nim z opuszczoną głową.

– Czy kiedyś, może za rok, dwa…

– Nie wiem, co będzie jutro, a pan pyta, co będzie za rok. – Hajdukiewicz wstał, podszedł do drzwi i otwarł je na oścież. – Żegnam, panie Ornecki. – W milczeniu patrzył na ojca, który z trudem podniósł się z fotela i ciężkim krokiem pokonał kilka metrów dzielących go od wyjścia.

– Do widzenia. – Skinął głową.

Hugo zamknął drzwi, oparł się o nie plecami. Dygotał. Jeszcze nigdy w swoim prawie trzydziestoletnim życiu nie był tak bardzo zdenerwowany. Zakrył twarz dłońmi i wziął kilka głębokich wdechów. Jak na nieszczęście do drzwi zapukała pani Jadwiga, nieświadoma, jaki dramat się tu przed chwilą rozegrał.

– Proszę mi nie przeszkadzać! – Jej szef krzyknął, aż kobieta podskoczyła po drugiej stronie.

Przez chwilę zastanawiała się, czy mimo wszystko powinna mu powiedzieć, że wychodzi już do domu, ale w końcu nie zdobyła się na odwagę. Szybko wróciła do sekretariatu, napisała notatkę, że skończyła na dziś pracę, i oparła ją o pudełko z bukietem róż. Gdyby teraz zobaczyła Hajdukiewicza, który siadł pod drzwiami, ukrył głowę między kolanami i bezgłośnie rozpaczał, z pewnością pękłoby jej serce.

Łucja tłukła się od ściany do ściany. Gdy minęła czwarta, a Hugo nie pojawił się w domu, zadzwoniła, ale usłyszała komunikat, że abonent jest czasowo niedostępny. Kolejny telefon za pół godziny i znów to samo, stacjonarny w kancelarii też nie odpowiadał. Zegar kuchenny wskazywał piątą, a Łucja zaczęła rozważać zamówienie taksówki i pojechanie do pani Hani. Nie wiadomo jak to się stało, ale do tej pory nie miała numeru jej telefonu. Dobrze, że choć adres pamiętała. „Huo nie przyjedzie do szóstej i jadę do niej" – postanowiła. Za pięć poszła się ubrać. Drżącymi rękami zapinała guziki kurtki, gdy nagle drzwi się otwarły i wszedł Hugo.

– Boże! Tak się martwiłam! – Rzuciła mu się w ramiona, ale już po paru sekundach zorientowała się, że jest wstawiony. Może nie jakoś bardzo, ale i tak nigdy wcześniej nie widziała go w takim stanie. Odsunęła się i z uczuciem błogości patrzyła, jak zdejmuje płaszcz, znanym gestem kładzie teczkę na komodzie, przysiada na małej ławce i ściąga buty.

– Jesteś głodny? – spytała, starając się przywrócić spokój rozszalałemu sercu.

– Nie. Dziękuję – dodał po chwili.

– Miałeś wyłączony telefon. Denerwowałam się – usprawiedliwiła swoją gwałtowną reakcję.

– Zapomniałem wziąć w podróż ładowarkę, a w biurze nie miałem zapasowej. – Stanął i przyglądał się jej badawczo. Wydawała się taka krucha i niewiarygodnie delikatna po tych wszystkich wysokich stewardesach, damskiej obsłudze hotelu, słowackich sekretarkach i tęgiej właścicielce biura, które odwiedził. „Moja narzeczona" – pomyślał z dumą, gdy jego wzrok prześlizgiwał się po bladziutkiej twarzyczce okraszonej dwoma niewielkimi rumieńcami emocji, niebieskoszarych oczach skrytych pod wpółopuszczonymi powiekami i rozchylonych lekko ustach.

– Nie przywitałem się. – Przyciągnął ją do siebie i przez chwilę mocno ściskał w ramionach.

– Zły dzień? – Podniosła na niego oczy.

– Nie najlepszy. – Odsunął ją na odległość ramion. – Ładna sukienka, dobrze ci w niebieskim kolorze.

– Dzięki. – Uśmiechnęła się blado. – Skoro nie jedzenie, to może coś do picia? – zaproponowała.

– Zrób mi kawę – westchnął, idąc za Łucją w stronę salonu. – Z mlekiem.

Siadł na sofie i podparł czoło dłońmi. Miał dosyć. Wyszedł z biura przed szesnastą, już zamierzał złapać taksówkę, gdy jego wzrok padł na zachęcające do wejścia drzwi restauracji Royal, znajdującej się po przeciwnej stronie ulicy.

Trzy szklanki chłodnej ballantine's i świat od razu wydał się milszy, nawet barmanka zupełnie nie w jego typie coraz ładniej się uśmiechała. Niestety, dwie godziny później Hugo zaczął trzeźwieć i uświadomił sobie, że w mieszkaniu czeka na niego dziewczyna. Gdy sięgnął po telefon i zorientował się, że nie działa, pomyślał, że zachowuje się jak skończony dupek, błyskawicznie wypadł z lokalu i kwadrans potem był w domu.

– Przepraszam. Musiałem coś przemyśleć. – Hugo chwycił Łucję za rękę, gdy przyniosła mu kawę i siadła obok niego. – Martwiłaś się, wiem. – Patrzył tępym wzrokiem przed siebie. „Co mam jej powiedzieć i jak to zrobić" – rozważał. – Ładne. – Wskazał na doniczkę z hiacyntami i nagle uświadomił sobie, że zapomniał zabrać z biura i walizkę, w której miał dla Łucji prezent, i pudło z kwiatami.

– Były u mnie wczoraj dziewczyny, Marta i Ola.

– Mam dla ciebie róże. Zostały w kancelarii. – Pokręcił głową nad sobą. – Zaraz zamówię taksówkę i wrócę po nie, a tymczasem wszystkiego najlepszego z okazji urodzin. – Znów mocno ją objął, zbyt mocno jak na życzenia urodzinowe. Wyglądało raczej tak, jak gdyby to on chciał otrzymać nieco ciepła.

– Nie wyjeżdżaj dzisiaj już nigdzie. Wytrzymają do jutra. – Pogłaskała go po plecach. – Powiesz mi, co się stało? – Łucja delikatnie wydostała się z uścisku. Widziała, że coś się wydarzyło. Był inny niż zawsze, te komplementy, uściski, alkohol. To nie był jej Hugo, nawet po drinkach w sylwestra tak się nie zachowywał, trzymał fason i kontrolował sytuację.

– Ornecki mnie odwiedził. Przyszedł do biura, po trzeciej.

Hugo chwycił za uszko filiżanki i bezmyślnie zaczął mieszać kawę łyżeczką.

– O matko. – Łucja nerwowo zagryzła wargi. „Pewnie babcia coś chlapnęła" – zastanawiała się. Już miała spytać, ale Hugo wyjaśnił, kto nieświadomie poinformował Orneckiego o jeszcze jednym potomku. – O czym rozmawialiście? Długo wam zeszło.

– Gadaliśmy może kwadrans. Wyszedłem z biura i w restauracji wypiłem trzy szklanki whisky, tam się trochę zasiedziałem. Sorry. – Nie miał sumienia jej oszukiwać.

– Aha. – Łucja była trochę rozżalona. Gdyby spędził te dwie godziny z ojcem, zrozumiałaby, ale tak się zachować? Poczuła ukłucie żalu.

– Chciał mnie poznać i spotkać się z matką. Przeprosić. Kochany tatuś – zaśmiał się szyderczo Hugo. Starając zachować jak najwięcej dystansu, opowiedział w skrócie przebieg spotkania.

Z każdym jego słowem Łucja coraz bardziej drętwiała z wrażenia. Zauważyła starania Hugona, aby zreferować wszystko bez emocji, ale mu się to nie udawało. Tyle goryczy i żółci wylewało się z jego ust, że miała wrażenie gorzkiego posmaku we własnych.

– Gdy zobaczyłem tę kartkę, ledwie się powstrzymałem przed wyrzuceniem go na zbity pysk. – Bezwiednie zacisnął pięści. – I on śmie prosić o wybaczenie? To jakaś kpina.

Łucja w milczeniu słuchała słów sączących się jak trucizna. Bolała ją dusza, gdy pomyślała, co mógł czuć Ornecki, ale gdy próbowała wejść w emocje matki swojego ukochanego, też nie było lepiej. „Co bym zrobiła, gdyby teraz Hugo mnie porzucił i zniknął nie wiadomo gdzie? Czy byłabym w stanie mu wybaczyć? – próbowała odpowiedzieć szczerze na te pytania. A gdybym się dowiedziała, że jeszcze inna kobieta również oczekuje z nim dziecka?"

– Hugo… nie wiem, co powiedzieć. – Ogarnęły ją smutek i żal. – Nie wiem. Nikt nie zrobił mi jeszcze tak strasznej krzywdy. – Pokręciła bezradnie głową. – Nie zamierzam cię oceniać, ale ja chyba nie dałabym rady, nie potrafiłabym…

– Przetrwałabyś. Moja matka przetrwała, babka też, ja przetrwałem. Ludzie potrafią dużo wytrzymać, ale nikt nie zmusi mnie do wybaczenia temu człowiekowi.

– Ale ja mam co innego na myśli. Nie potrafiłabym mu nie wybaczyć. Chyba... – westchnęła cicho. – Ja go poznałam. Wydaje mi się, że to nie jest zły człowiek. – Popatrzyła na narzeczonego z nadzieją, że ją zrozumiał.

– Co ty mówisz?! – nagle podniósł głos. – Czy ty się w ogóle słyszysz, dziewczyno?! Nie jest zły, więc jaki jest według ciebie? Dobry? Tak? Żałujesz go, ale mnie nie jest ci żal? Wiesz, że moja matka z babką latami mnie okłamywały?! Tatuś wyjechał, ale wróci kiedyś, musisz tylko cierpliwie poczekać – naśladował łagodny kobiecy ton głosu. – Nawet pisały kartki za niego i prosiły znajomych, żeby wysyłali je do mnie, gdy wyjeżdżali gdzieś daleko. Gdy miałem dziesięć lat i przestałem w to wierzyć, wtedy matka powiedziała, że on zmarł. Przeżywałem żałobę po ojcu, który w tym czasie w najlepsze żył i śmiał się wszystkim w nos! Swojej żonie, swojej kochance oraz mojej matce i nam, wszystkim nieszczęśnikom, których spłodził! Dopiero przez przypadek trafiłem na listy mojej matki do tego podłego człowieka i znów totalny przewrót w moim życiu! Matka z babką nie chciały mnie ranić, chciały mnie chronić, żebym nie czuł się odrzucony! Dlatego mnie okłamały! Rozumiesz?! To wszystko przez niego! To jest dobry człowiek?! Bój się Boga, dziewczyno! – Hugo zerwał się z sofy i zaczął nerwowo krążyć po pokoju, opowiadając podniesionym głosem, jak matka z babką pojechały do Warszawy szukać tego człowieka, jak klepały biedę, zanim wuj Henryk zaczął przysyłać pieniądze, jak matka zamierała w oczekiwaniu, gdy czasami listonosz przynosił list polecony albo telegram.

Łucja siedziała otępiała jak woskowa figura, jej serce tak samo jak serce chłopaka pękało z żalu, ale im dłużej go słuchała, tym bardziej nie zgadzała się z jego stanowiskiem.

– Hugo... – próbowała mu przerwać, ale bez skutku.

Wylewał z siebie kolejne potoki frustracji, pretensji i oskarżeń. Powtarzał Łucji całą historię życia Marka Orneckiego, jakby zapomniał, że to od niej ją usłyszał. Przy każdym wydarzeniu robił efektowną pauzę, a potem nie szczędząc szyderstw i ironii, punktował wszystkie postępki.

– Wstydzę się, że ten człowiek jest moim ojcem! Rozumiesz?! – Nagle się zatrzymał. – Myślę, że dla mnie i dla mojej matki lepiej by było, gdyby faktycznie…

– Hugo! Stop! – Łucja już nie wytrzymała. – Stop! Dość! Nie mów czegoś, czego będziesz żałował.

Zerwała się z sofy, podbiegła do niego i przyprowadziła na miejsce.

– Posłuchaj, muszę ci coś uświadomić. Posłuchaj mnie spokojnie. – Głaskała go po drżącej dłoni. – Wybaczamy dla siebie. Rozumiesz? Gdy mu wybaczysz, zrobisz to dla siebie. To ty poczujesz większą ulgę, nie on.

– Skąd masz taką pewność? – Hugo ironicznie się uśmiechnął. – Przeżyłaś coś podobnego?

– Nie – Łucja przełknęła ślinę – ale babcia zawsze mi powta…

– Przestań! Mam dość tych jej mądrości powtarzanych przez ciebie jak prawdy objawione! Nie jesteś mną, a ona nie jest moją matką, to nie ona została porzucona z dzieciakiem w brzuchu.

– Jesteś niesprawiedliwy, moja babcia też straciła najbliższych, męża, córkę. Można powiedzieć, że została porzucona ze mną. – Łucja wzięła głęboki wdech. – Też mogła się obrazić na Boga, ale tak się nie stało. Ja chcę tylko, żebyś mu wybaczył, nie mówię, że już, dzisiaj, ale daj mu nadzieję, że kiedyś tak się stanie. Nie da się żyć bez nadziei. To go zabije, rozumiesz?

– Mnie nikt nie dał nadziei, mojej matce też. Teraz, gdy nagle ten człowiek się pojawił, tak wytęskniony, tyle lat oczekiwany, my już go nie potrzebujemy. Dlaczego tak trudno ci to pojąć? Dlaczego bierzesz jego stronę? – Hugo pokręcił głową. – Cholernie mnie rozczarowałaś.

– Nie biorę jego strony. To ciebie kocham, nie jego, ale każdy ma prawo popełnić błąd. – Łucja próbowała obstawać przy swoim stanowisku, choć powoli zaczynało brakować jej sił w starciu z jego nienawiścią i zawziętością. – Powinieneś obiecać, że kiedyś mu wybaczysz. To człowiek jak ty, ja, twoja matka. Człowiek. A my, ludzie, popełniamy błędy. Zrób to dla siebie, okaż wspaniałomyślność. Poczujesz się lepiej.

– Nie zrobię tego. Nie proś mnie o to, nigdy. Mam nadzieję, że moja matka już nigdy nie zobaczy tego drania. – Hugo wyszedł z pokoju. Po chwili dobiegł ją dźwięk zamykanych drzwi gabinetu.

Piątkowy poranek zaczął się niezbyt przyjemnie. Łucja spojrzała w stronę drzwi balkonowych. Zamiast słońca, jak poprzedniego dnia, zobaczyła jedynie zachmurzone niebo i drobne krople deszczu, które spływały po szybach zupełnie jak łzy po policzkach. Spojrzała na lewą stronę łóżka, którą zawsze zajmował Hugo. Pościel była nieruszona. „Nie spał ze mną. Czyżby to były te ciche dni?"

Wyszła z sypialni przeświadczona, że jest sama w mieszkaniu, ale po chwili zauważyła, że Hugo jeszcze nie pojechał do biura. Jego teczka była w tym samym miejscu, w którym zostawił ją wczoraj, ale przy komodzie stała walizka.

Zajrzała do salonu. „No tak" – mruknęła, widząc dwie puste butelki po porterze. Potem spojrzała na stół w jadalni. Spore pudełko nie pozostawiało wątpliwości. Hugo jednak pojechał w nocy do biura. „A to uparciuch" – westchnęła. Otwarła pokrywę i ostrożnie wyjęła wiązankę róż, które od razu przytknęła do nosa.

– Piękności. – Uśmiechnęła się, podziwiając dziewiętnaście lekko rozwiniętych pąków. Wstawiła je do wazonu i przeniosła do salonu, na honorowe miejsce, czyli niską szeroką szafkę, nad którą wisiał plazmowy telewizor, po czym wróciła do jadalni. Nie mogła się doczekać, aby otworzyć małe podłużne pudełeczko, które leżało obok kartonu z kwiaciarni.

„Zegarek – domyśliła się, widząc napis Patek, który do tej pory był dla niej jedynie hasłem w panoramicznych krzyżówkach pasjami rozwiązywanych przez babcię. – Mam już zegarek, ale pewnie nie taki ładny jak ten...” – nieśmiało zajrzała do środka. Zegarek rzeczywiście mógł zadowolić nawet najbardziej wybredną miłośniczkę biżuterii: złoty, z szeroką bransoletą składającą się z małych owalnych ogniw tworzących plecionkę. Spoczywał na białym pluszowym wnętrzu i cichuteńko cykał.

Wyjęła go z nabożnością i pisnęła z zachwytu, gdy odkryła napis wygrawerowany na spodzie kwadratowej koperty: *Dla Łucji. Niech odmierza tylko szczęśliwe chwile*... Założyła, ostrożnie zapinając bransoletkę i dziwiąc się, że idealnie pasuje. Nie wiedziała, że Hugo już dawno zmierzył szerokość paska jej starego zegarka i jeszcze w butiku zmniejszono obwód bransoletki, odejmując ogniwa, które leżały na dnie pudełeczka pod aksamitną kołderką.

„I co teraz?” – szepnęła do siebie. – Wiedziała, że Hugo się na nią obraził, bo spędził noc w gabinecie. Mimo wszystko musiała mu podziękować. Przeszła na palcach przez hol, stanęła pod drzwiami i wtedy znów opadły ją wątpliwości. Może jednak poczekać do popołudnia? Pewnie się nie wyspał, w nocy pojechał do biura, żeby zrobić jej rano niespodziankę.

Wycofała się i wróciła do jadalni. Spóźnię się na zajęcia, przeklinała w duchu, gdy trzeci raz przepisywała krótki liścik do narzeczonego. W końcu się udało, szybko się przebrała, zadzwoniła po taksówkę i wybiegła z mieszkania, omal nie przewracając recepcjonistki, która właśnie stanęła pod drzwiami.

– Dzień dobry i przepraszam – wyjąkała, zaskoczona obecnością tej młodej, bardzo atrakcyjnej kobiety poprawiającej przekrzywioną górę żakietu.

– Dzień dobry, pani Łucjo. Nic się nie stało. Proszę wybaczyć, że nachodzę państwa tak wcześnie, ale pan Hajdukiewicz prosił, żeby najpóźniej dzisiaj przekazać mu to osobiście. – Podała jej kopertę. – Niestety, wczoraj nie zauważyłam, że wrócił, i dopiero rano koleżanka mnie o tym poinformowała. – Odwróciła się na pięcie i zniknęła w drzwiach windy.

– Teraz to już na pewno jestem spóźniona... – jęknęła Łucja pod nosem. Wróciła do apartamentu, położyła kopertę obok swojego listu, dopisała informację, że to od recepcjonistki, i prędko opuściła mieszkanie.

Hugo źle spał tej nocy. Drzemał, budził się, znów zasypiał. Gdy wieczorem Łucja zniknęła w sypialni, wyszedł z gabinetu, wziął orzeźwiający prysznic, a potem zasiadł w salonie z butelką piwa i włączył ulubione standardy dżezowe. Rozmyślał. Odtwarzał fragmenty spotkania z Orneckim, znów ładując się negatywnymi emocjami, przetykanymi wspomnieniami z dzieciństwa, ale też natrętnie wracającymi słowami Łucji.

Był zagubiony, rozchwiany emocjonalnie. Nienawidził takiego stanu, uparcie dążył do tego, żeby w jego życiu było jak najmniej niespodzianek, ale los co chwila mieszał mu szyki. To, co stało się z jego związkiem z Nicole, testament wuja i teraz sprawa z Orneckim – wszystko działo się samoistnie i niszczyło jego spokój.

Wypił piwo, potem drugie, a zmęczenie fizyczne, na które liczył, się nie pojawiało. W końcu zerwał się z sofy, zajrzał po cichu do sypialni i stwierdził z zazdrością, że Łucja śpi jak zabita. „Sen sprawiedliwego" – pomyślał z przekąsem. Był na nią zły, rozgoryczony jej postawą, młodzieńczym idealizowaniem wszystkiego i wszystkich, ślepą wiarą w dobroć ludzką i wylewającą się przy każdej okazji wspaniałomyślnością.

Postanowił pojechać do biura, chociaż była już czwarta w nocy. Spacerem pokonał kilometr, a potem wsiadł do taksówki, którą wrócił pół godziny później. Bezszelestnie wszedł do mieszkania, na stole zostawił prezent i kwiaty. Przez chwilę się wahał, czy nie iść spać do gabinetu. Zastanawiał się, czy pasuje mu taka ostentacja rodem z amerykańskich filmów: mąż wyrzucony na kanapę w salonie lub śpiący tam, żeby ukarać żonę, wzbudzając w niej poczucie winy.

„Po kiego licha pojechałeś – pomyślał o swojej wycieczce do kancelarii. Z niespodzianki i tak nic nie wyszło. Równie dobrze mógł wręczyć wszystko nazajutrz po południu albo wieczorem. Bądź spójny i konsekwentny, skoro pokazałeś, jaki jesteś wspaniałomyślny i ponad ten spór, przywożąc prezenty, teraz w ramach pokuty idź spać do gabinetu" – rozkazał sobie.

Chciał, żeby Łucja poczuła się tak jak on, gdy zarzucała mu, że nie chce wybaczyć ojcu, gdy w zawoalowany sposób mówiła mu, że jest zatwardziały i zawzięty. Zasługiwała na to, żeby ją też dręczyły wyrzuty sumienia: „Gdy rano wstaniesz i zobaczysz to wszystko, pożałujesz, że tak łatwo i kategorycznie mnie oceniłaś, moja nastoletnia mistrzyni heurystyki wydająca osądy szybko i bezproblemowo – szydził, układając się na niewygodnej skórzanej kanapie". „Człowiek niezmiernie lubi czuć się pokrzywdzony", przypomniał sobie cytat ze *Zbrodni i kary*, kiedy nie mógł wyprostować nóg z powodu zbyt krótkiego siedziska, a koc uparcie ześlizgiwał się z niego jak żywy.

Sen zmorzył go nad ranem i gdy trzasnęły zamykane drzwi wyjściowe, spał jak dziecko. Obudził się dopiero o dziesiątej. Zaniepokojona pani Jadwiga próbowała się z nim skontaktować i zadzwoniła na włączony już telefon komórkowy. Uspokoił ją, że do południa pojawi się w kancelarii, wyszedł z gabinetu, ciekawy, jak zareagowała Łucja na pozostawione prezenty.

Nie rozczarował się, jeśli chodziło o odzew. Na stole leżała koperta. Zaklął w duchu, uświadamiając sobie, że Łucja mogła zapoznać się z jej zawartością, którą stanowiła nowa umowa między firmą wuja a właścicielem osiedla apartamentowców, czyli przedsiębiorstwem L.A.C. Sp. z o.o., zarządzającym również obsługą budynków. „Ciekawe, czy przeczytała" – zastanawiał się. Gdyby tak się stało, dowiedziałaby się, że formalnie biorąc, to nie jego mieszkanie. Podniósł list leżący obok. Szybko przeleciał wzrokiem kilka linijek. Rzucił kartką na blat, ale za chwilę ją podniósł i jeszcze raz przeczytał.

Kochany Hugo,
bardzo, bardzo Ci dziękuję.
Zegarek jest cudowny!!! Kwiaty też!!!
Dzięki. Nie musiałeś jechać, mogłam poczekać.
Wrócę o 17 i zrobię Ci pyszną kolację.
W lodówce są kanapki z wczoraj, zjedz.
Powinny być dobre, bo owinęłam je streczką.
Smacznego.
Kocham Cię jak nikogo na świecie.
Całuję. Łucja.
PS Nie musiałeś spać w gabinecie, chyba jeszcze się mieścimy w sypialni.
PS 2 Można się kochać na zabój i różnić pięknie i mocno...
PS 3 Zostawiam łuskę, może przyniesie Ci szczęście.
PS 4 Babeczka z recepcji kazała Ci dać kopertę.

„To ci dała prztyczka w nos, panie strategu – skwitował treść listu. – I po co było się tak męczyć?” – Naciągnął mięśnie rąk.

Podniósł maleńką, mieniącą się srebrzyście łuskę i przez chwilę obracał w palcach, patrząc, jak połyskuje, a światło dnia przenika przez półprzezroczystą błonkę na końcówce. Miał w portfelu bliźniaczo podobną, którą zabrał nie wiedzieć dlaczego podczas ostatniej wizyty w domu Łucji. Gdy jego matka wraz z Maśnikową pobiegły za dziewczyną, żeby sprawdzić, czy wszystko z nią w porządku, Hugo wyciągnął łuskę spod obrusa i schował do kieszeni. Śmiał się później ze swojej głupoty, ale ostatecznie nie wyrzucił łuski, lecz wsunął głęboko do jednej z nieużywanych nigdy kieszonek na karty bankowe. Zapomniał o tym na śmierć i dopiero dzisiaj pomyślał o talizmanie narzeczonej, jeśli można tak było nazwać maleńki fragment dawno zjedzonego karpia.

– *Plenty is no plague, at least so they say*[*] – westchnął, wstając z krzesła.

[*] Od przybytku głowa nie boli, a przynajmniej tak mówią (ang.).

Rozdział 16

Chociaż raz prognoza pogody sprawdziła się co do joty. Hugo i Łucja założyli lekkie kurtki i z torbą pełną grzanek wyszli na cotygodniowy sobotni spacer nad Wisłę.

Ich przechadzki stały się kolejną tradycją. W każdy piątkowy wieczór Łucja kroiła na kosteczki resztki pieczywa pozostałe z całego tygodnia, suszyła je w uchylonym piekarniku i wsypywała do papierowej torebki. Stanowiły przysmak dla łabędzi i gołębi stadnie przebywających na bulwarach, gdzie odpoczywali narzeczeni. Mieli nawet swoją ulubioną ławeczkę, jedyną z oparciem i kompletnymi deskami siedziska polakierowanymi na zielono nie wiadomo którą warstwą łuszczącej się teraz farby.

– Ale jest ładnie. – Łucja zamknęła oczy i wystawiła twarz na słońce.

Hugo siedział bez słowa, wspominając przebieg zeszłego wieczoru. Wrócił z biura, Łucja już czekała z późnym obiadem, jak obiecała w liściku. Podała mu pyszny domowy krupnik, a na drugie danie duszone żeberka z kapustą, oczywiście błyskając zegarkiem wyeksponowanym na lewym nadgarstku.

Nie rozmawiali już o Orneckim, co trochę zaskoczyło Hajdukiewicza. Obawiał się, że będzie chciała drążyć temat i wymusić na nim obietnicę wybaczenia, ale nie pisnęła nawet słowa. Może liczyła na to, że sytuacja zmusi go do zmiany decyzji, podobnie jak było w przypadku zgody na poinformowanie babci, kim jest dla Hajdukiewicza teść Justyny. Rozważał tę ewentualność, bo tylko taka przyszła mu najpierw do głowy. Później, gdy już leżeli razem w łóżku, jakiś złośliwy chochlik podszepnął mu kolejne wytłumaczenie, że może to zegarek był sprawcą cudu zapomnienia, ale Hugo szybko zatkał mu usta. Poznał już Łucję na tyle, żeby wiedzieć, że w odróżnieniu od niego nie jest uparta ani pamiętliwa. Zawziętość była jej obca, chyba że polegała na uporze w dążeniu do celu, na przykład w nauce. Szybko zapominała o urazach, nie strzelała fochów, jedynie w żartach pozwalała sobie na jakieś niewinne muszki w nosie. Gdy czasami mieli rozbieżne zdanie, bez ogródek mówiła, co myśli, często powołując się na swoją babkę: „Moja babcia zawsze powiada...". Zerknął na nią. Jej twarz lekko się zarumieniła, a maleńkie jasne piegi nieśmiało zaczęły pokrywać szczyty policzków. Wyglądała jak dziecko, gdy tak uśmiechała się do słońca przez przymknięte powieki. Nachylił się i dał jej całusa.

– Uważaj, wiosenne słońce potrafi być zdradzieckie – ostrzegł Łucję mądrością usłyszaną kiedyś od matki.

– Oj tam. – Nawet nie uchyliła powiek. – Może być, jakie chce. Stęskniłam się za ciepłem. – Zsunęła się niżej, tak że oparła głowę o ostatnią deseczkę ławki, po omacku odnalazła dłoń Hugona, ścisnęła ją mocno i powiedziała:

– Spotkałam wczoraj Olgę.

– Gdzie? – Trochę się zaniepokoił. Nie widział się z Olgą od sylwestra i bardzo mu odpowiadało, że wreszcie dała sobie, a raczej jemu spokój. Nie dzwoniła, nie wysyłała tych swoich durnych, prowokujących „esemesików", jak o nich mówiła, i nie komentowała jego wpisów na Facebooku, może też dlatego, że po prostu było ich coraz mniej. Hugo poza wpisem z życzeniami noworocznymi zaprzestał całkiem działalności na portalach społecznościowych i wcale za tym nie tęsknił.

– Na ryneczku. Twoja mama kiedyś wspominała, że tam można kupić ładne żeberka, no i pojechałam po zajęciach.

– I co u niej? – zapytał po chwili, żeby bardziej uwiarygodnić brak zainteresowania Olgą.

– Nic. Kazała cię pozdrowić. Myślałam, że ona nie wie o dziecku, ale wiedziała i złożyła gratulacje. Trochę pogadałyśmy. Tam obok jest mała kawiarenka.

– Uhm. O czym? – Delikatnie ciągnął Łucję za język.

– O różnych rzeczach. Zauważyła mój zegarek, bardzo się jej spodobał. Chyba lubi biżuterię, bo znów chciała przymierzyć, i tym razem jej pozwoliłam.

– Nie rozumiem. Co masz na myśli? – Hugo oderwał plecy od oparcia. – Co to znaczy „znów"?

– Na sylwestrze chciała przymierzyć mój pierścionek zaręczynowy. – Łucja otwarła oczy i popatrzyła na swojego chłopaka. – Nie pozwoliłam jej, bo u nas w rodzinie jest taki przesąd, że nie wolno dawać komuś mierzyć takiego pierścionka, obrączki też.

– Aha. – Hugo pokiwał głową. – Nie znam tego zwyczaju.

– Ciekawe, skąd wie o dziecku? Mówiłeś jej?

– Nie rozmawiałem z nią od sylwestra. Pewnie Adaś się pochwalił w moim imieniu. Oni często się kontaktują.

– Może. – Łucja wzruszyła ramionami. – Pytała też, dlaczego nie wyprawiłeś urodzin.

– I co odpowiedziałaś?

– Że nie wiem – roześmiała się. – A co miałam powiedzieć?

– Uwierzyła ci?

– Nie. Stwierdziła, że coś ukrywam, i zaczęła się ze mną droczyć. Mówiła, że powinnyśmy się zaprzyjaźnić, bo ona też była twoją dziewczyną.

– Cała Olga. Nigdy się nie poddaje. – Hugo machnął ręką, aż gołębie, które siedziały na sąsiedniej ławce, gwałtownie wzbiły się w powietrze.

– No i widzisz, co zrobiłeś? Spłoszyłeś je, a one biedaczki pewnie czekają na chlebek.

– One na chlebek, a Olga na właściwy moment, żeby mi dowalić – żachnął się.

– Dlaczego tak mówisz? – Łucja przekrzywiła głowę. – Ona jest całkiem miła, choć, fakt, nie bardzo do siebie pasujemy. Jest starsza i jakaś taka... – zawiesiła głos – zbyt elegancka... Nie wiem, brakuje mi słowa, żeby ją określić. Ty też jesteś starszy i z miasta, ale przy niej czuję się jakoś inaczej. Boże, ale bredzę!

Coś jej nie pasowało w byłej przyjaciółce narzeczonego. Łucja wyczuwała to instynktownie. Może słyszała fałszywą nutę w tym, co mówiła Olga, albo jakiś gest wypielęgnowanej dłoni wzbudził jej podejrzenia lub spojrzenie rzucone spod długich, wytuszowanych starannie rzęs.

– Mówiłem ci, że Olga to ostatnia osoba, z którą mogłabyś się zaprzyjaźnić. Jesteście jak ogień i woda.

– Znaczy się, ja jestem wodą? – Łucja uśmiechnęła się kwaśno.

– Pod względem temperamentu raczej ogniem. – Hugo puścił do niej oczko. – A tak w ogóle to bardzo nietrafione porównanie. Przepraszam.

– Ty ją rzuciłeś?

– Tak.

– Dlaczego?

– Nie pasowaliśmy do siebie. W zasadzie to samo się rozeszło w szwach, a ja tylko sformalizowałem ten rozpad. Nie wiem, czemu ona nie potrafiła tego pojąć. Chyba nie jesteś o nią zazdrosna? – Zerknął na Łucję.

– Nie. A powinnam?

– Nie.

– To dobrze – odezwała się po chwili. – Wiesz, o co mnie spytała? – Łucja przełknęła ślinę, gdy przypomniała sobie ten fragment rozmowy. – Czy ty wybierasz się do Stanów? Hugo... – zamilkła na moment. – Czy ukrywasz coś przede mną?

– Co masz na myśli? – odpowiedział natychmiast, coraz bardziej zaniepokojony kierunkiem, w jakim zaczęła zmierzać ich rozmowa.

– Właśnie nie wiem. Dlatego pytam. – Popatrzyła na niego. Hugo próbował dostrzec w tym spojrzeniu jak najwięcej, ale nie zauważył nic podejrzanego.

– Przypuszczalnie będę musiał tam polecieć, ale nie na długo, miesiąc, maksymalnie dwa. Nie obawiaj się. Prędko się mnie

nie pozbędziesz. – Ścisnął uspokajająco jej dłoń. – Może za niecały rok. Muszę załatwić parę spraw związanych z kancelarią wujka, między innymi także sprawę apartamentu, w którym mieszkamy, i samochodu.

– To znaczy?

– Apartament nie jest mój, samochód też. Ja tylko z nich korzystam.

– O! – zdziwiła się. – To czyje są te rzeczy? Twojego nieżyjącego wujka? Po co mu było potrzebne mieszkanie w Polsce?

– To własność kancelarii, a właściwie całej korporacji kancelarii, którymi zarządza firma wuja. Zostało kupione, żebym jako przedstawiciel H.H.LAWS na Europę miał gdzie mieszkać, a wkrótce zostanie przepisane na mnie, i to muszę załatwić w przyszłym roku.

– Aha. Okej, teraz kapuję. Szczerze mówiąc, odetchnęłam z ulgą, gdy mi powiedziałeś, że nie wracasz tam na zawsze. No i że nie musisz jechać tam teraz, bo głupio by było rodzić dziecko, gdy jego tata jest daleko i nie może cieszyć się razem z mamą.

– Głupio. Bardzo. – Pokiwał głową.

– Ups... – syknęła. Trochę nie przemyślała ostatnich słów i jak odbierze je Hugo, syn kobiety samotnie wychowującej dziecko. – Nie gniewaj się. Czasami coś palnę, jak łysy grzywką o kant kuli – rzuciła żart zasłyszany od kogoś jeszcze z czasu nauki w tarnowskim liceum.

– Nie gniewam się. Nie wracajmy do tego tematu, okej? – Popatrzył na nią. – I o Oldze już też nie mówmy.

– Jasne.

Cieszył się, bo wyjaśnili sobie parę kwestii, a także z tego, że z łatwością kierował rozmową tak, żeby unikać niewygodnych pytań i jeszcze gorszych odpowiedzi.

– A jak wizyta przyjaciółek? Jeszcze mi nie opowiadałaś – zainicjował bezpieczny temat.

– Fajnie. Bardzo się im podobało. Olka była zachwycona szafą w sypialni, a Marta...

Hugo oparł się wygodnie. „Jest dobrze” – pomyślał, słuchając monologu narzeczonej. Co jakiś czas bąknął słówko, żeby Łucja nie czuła się ignorowana, choć musiał przyznać, że opowiadała barwnie i dowcipnie. Chyba się przyzwyczaił do tego jej klepania, bo gdy wyjechał na cztery dni, ze zdumieniem stwierdził, że brakuje mu jej głosu, śmiechu i całej otoczki z nią związanej. Kojarzyła mu się z czymś hałaśliwym, wiecznie aktywnym i ruchliwym, jak dziecko cierpiące na trochę już niemodne ADHD. Była jak mały szczeniak albo młody kot biegający po domu za kłębkiem wełny. Gdy pierwszego wieczoru podczas wizyty na Słowacji zasiadł na hotelowym łóżku z laptopem na kolanach i ze szklanką whisky w ręku, nagle poczuł się dziwnie zaniepokojony. „Co za paradoks” – pomyślał wtedy. Przecież przy Łucji wiecznie nie miał świętego spokoju i gdy chciał pobyć sam, zamykał się w gabinecie, mówiąc, że musi popracować nad czymś bardzo ważnym, albo w ostateczności zostawał po godzinach w biurze. Cieszył się, że trochę od niej odetchnie, że poczyta Dostojewskiego, którego zabrał ze sobą w podróż, jak często to miał w zwyczaju, a tu taka niespodzianka.

– Kanapa westchnień! – nagłym piśnięciem Łucja przerwała potok jego rozważań. – Mija jeden dzień, ty przyjeżdżasz i idziesz spać na tę kanapę, jak przewidziały to dziewczyny. Przyznaj się, było ci niewygodnie? – Potrząsnęła jego dłonią.

– Nie da się ukryć. – Uniósł brwi, w duszy dziękując Bogu, że nie odpłynął myślami na tyle daleko, żeby Łucja się zorientowała. – Następnym razem ty śpisz na kanapie, a ja zostaję w sypialni – zażartował. – Jesteś krótsza.

– O nie. Następnego razu nie będzie. – Klepnęła go lekko w rękę.

– Skoro tak mówisz?

– Jezu! Już trzecia! – Zerknęła na swój „wyczesiurski”, jak o nim mówiła, zegarek. – A ja nie mam jeszcze nic na obiad! A pranie!? À propos prania, obiecałam babci, że przywiozę jej jutro specjalny proszek do sernika, widziałam w delikatesach. – Zerwała się z ławki jak oparzona.

– Uważaj, nie powinnaś tak skakać – westchnął Hugo.

– Masz rację. Jestem okropnie roztrzepana, nie wiem, jak to wytrzymujesz. – Chwyciła go za rękę i lekko pociągnęła. – W poniedziałek mamy wizytę, pamiętasz?

– Tak.

– Wiesz, te głupie ptaszydła już się nauczyły, że przychodzimy tu w każdą sobotę. – Zerkała z czułością na stadko gołębi kręcących się w pobliżu. – Popatrz, idą za nami – dodała, obracając co chwila głowę.

– Za tobą, a dokładnie za twoją torebką – sprecyzował.

– Nieprawda, lubią nas.

– Tak, lubią nas – potaknął po kilku sekundach.

– Myślisz, że nas nie lubią? Że chodzi im tylko o jedzenie?

– Na pewno nie.

– Też tak uważam, po prostu przyzwyczaiły się do nas.

– Uhm... – burknął.

– Okej. – Łucja musiała mieć ostatnie słowo.

„Zaraz zwariuję – pomyślał, ściskając dłoń swojej dziewczyny. Hajdukiewicz, jak możesz wątpić w to, że gołębie cię lubią – zaśmiał się w duchu. Przecież to oczywiste, że nie chodzi im o jedzenie. To zwykła ptasia sympatia..."

Drzwi apartamentu otwierały się powoli. Coś za nimi szeleściło, szurało i dosyć głośno sapało. „Cholercia jasna" – Łucja zaklęła pod nosem, gdy zawartość jednej z foliowych reklamówek wysypała się na korytarzu. Zebrała wszystko i przerzuciła na posadzkę w holu. Weszła do mieszkania, położyła na podłodze pozostałe torby, zdjęła wiatrówkę, klapnęła na ławkę i zsunęła botki.

Była ciut zmachana. Wyszła z domu przed dwunastą, pojechała do centrum, spędziła godzinkę w kościele, a później wybrała się na Starowiślną, do Pętelki, najlepszej krakowskiej pasmanterii. Zakupy się udały. Pieczołowicie wybrane i skomponowane pod kątem kolorystycznym wstążki, tasiemki, cekiny i inne drobiazgi oraz paczka styropianowych jajek zaścielały właśnie podłogę.

– Hej, co to za badyl, zbierasz opał na zimę? – Hugo wyszedł z łazienki. Stał, wycierając włosy i patrząc ze zgrozą na tobołki przywleczone przez swoją upartą dziewczynę. Rano zaproponował, że pojedzie z nią na przedświąteczne zakupy, ale odmówiła, twierdząc, że sama sobie poradzi, a poza tym on ma pilną pracę.

Fakt, nagle zwaliło mu się na głowę kilka zobowiązań. Siedział do późna w nocy nad dosyć trudną sprawą związaną z odszkodowaniem za błąd lekarski. Kumpel z kancelarii w Los Angeles poprosił Hugona o pomoc, gdyż ów dobrze znał temat. Sprawa dotyczyła sporej sumki jako rekompensaty za fatalnie wykonany lifting twarzy jednej z najlepszych prezenterek telewizyjnych.

– Mówiłem ci, żebyś nie dźwigała takich ciężarów. – Odłożył wilgotny ręcznik na szafkę i podniósł drugą co do wielkości torbę. – Co tak ładnie pachnie?

– Święconka. Wcale nie jest ciężkie, nie opowiadaj bajek. To kiełbaski, chlebek, owoce, nic takiego.

– Masz szczęście.

Wspólnymi siłami przenieśli wszystkie rzeczy do kuchni i poupychali do prawie pełnej lodówki kilka paczek z wędliną. Hugo znów spytał o tajemniczy badyl, który okazał się gałęzią wierzby mandżurskiej kupioną okazyjnie na ryneczku i stanowiącą szkielet jajecznego drzewka. Łucja wyjaśniła, że wstawia się taką rozłożystą gałązkę do wazonu wypchanego gąbką florystyczną, której parę kawałków ma w szufladzie z „przydasiami".

Te jej skarby, czyli rzeczy, które według Hajdukiewicza były zwykłymi śmieciami, często wykorzystywała niezgodnie z pierwotnym przeznaczeniem. Zbierała papiery po prezentach, serwetki, tasiemki, bibułki, pudełeczka po suplementach i któregoś dnia postanowiła przygotować dla narzeczonego małą niespodziankę.

Opowiadał jej kiedyś o biurowcu bostońskiej kancelarii, nawet z dumą pokazał w laptopie kilka zdjęć tego designerskiego budynku w kształcie wąskiego walca. Łucja wpadła wówczas na jeden ze swoich, jak je nazywała, „genialnych pomysłów". Skleiła kilka opakowań po witaminach, owinęła je papierem po urodzinowym prezencie od dziewczyn, a potem grubą folią ze zniszczonej obwoluty na dokumenty. Czarnym flamastrem do płyt narysowała okienne szprosy oraz inne detale i postawiła „biurowiec" na biurku Hugona.

Nigdy nie zapomni jego reakcji. Hugo wrócił z pracy, zjadł kolację, a potem poszedł do gabinetu. Parę minut później wsunęła się nieśmiało do środka, zaniepokojona panującą tam ciszą. Hajdukiewicz siedział przy biurku i wpatrywał się w papierowe dzieło z bardzo dziwną miną. Gdy zauważył, że Łucja weszła, zerwał się, podbiegł do niej i mocno ją uścisnął. „Dziękuję – wychrypiał przez ściśnięte wzruszeniem gardło. Jeszcze nikt nie zrobił dla mnie czegoś tak fajnego" – dodał po chwili. Pokazał jej wtedy swoje stare zdjęcie, na którym miał na sobie kraciaste spodenki uszyte przez babkę, i nawet trochę porozmawiali o jego dzieciństwie.

Łucja zrozumiała przekaz. Cieszyło ją, że jej oschły zazwyczaj narzeczony wreszcie choć trochę się otworzył, że wpuścił ją na chwilę do swojego świata, że przez parę dni zachowywał się inaczej, serdeczniej, cieplej. Niestety, dosyć szybko wrócił do starych nawyków, czyli czułości owszem, bardzo chętnie, ale wyłącznie w łóżku.

Już trzecią godzinę siedziała przy wielkim jadalnianym stole i z niefrasobliwą radością twórcy amatora zajmowała się zdobieniem kolejnego styropianowego jajka. Trochę burczało jej w brzuchu, ale w Wielki Piątek wypadało przecież być głodnym. Przypomniała sobie słowa babci, która zawsze mówiła, że kobiety spodziewające się dziecka są zwolnione z postu, ale chciała jak najszybciej ozdobić całe drzewko i po prostu nie miała czasu na objadanie się.

Hugo, prawie cały boży dzień siedzący nad papierami, tylko raz zajrzał do jadalni. Był znużony pracą i pod pozorem rozprostowania kości przyszedł dwie godziny temu, siadł przy stole i skomentował wysiłki Łucji. „Po co tak się męczysz? Przecież już mamy stroik" – i wskazał na piękną kompozycję leżącą na środku ławy w salonie. Oczywiście, to jego matka zadbała o świąteczną aranżację i zamówiła w kwiaciarni kilka ciekawych wiązanek oraz wianuszków przybranych maleńkimi jajeczkami i uroczymi króliczkami wykonanymi z ręcznie malowanej cukierniczej masy. Łucja odrzekła, że ona sama też chce coś przygotować, a poza tym musi poczuć magię świąt, a bez wysiłku włożonego w gotowanie i strojenie domu na pewno jej nie poczuje. Uzasadniła, że Hugo nie pozwolił jej sprzątać, a jedzenie i ciasta dostali od jego mamy, mimo że i tak święta zamierzali spędzić u niej i w Podolu. Nawet koszyk na święconkę otrzymany od pani Hani był już ślicznie przystrojony i częściowo wypełniony słodkościami, więc chociaż tego niech jej nie broni. Hugo pomarudził, że powinna włączyć radio albo telewizję, bo siedzi jak w grobowcu, i znów odbiła piłeczkę, twierdząc, że w Wielki Piątek nie wolno słuchać muzyki.

Hugo nie był jej dłużny, parsknął śmiechem i skwitował, że chyba nie jest fanatyczką, a potem błyskawicznie wyrecytował z pamięci: *Congress shall make no law respecting an establishment of religion, or prohibiting the free exercise thereof; or abridging the freedom of speech, or of the press; or the right of the people peaceably to assemble, and to petition the Government for a redress of grievances**.

Poza pojedynczymi słowami Łucja nie zrozumiała treści Pierwszej Poprawki do Konstytucji Stanów Zjednoczonych, więc przełożył ją na język polski i wytłumaczył, że choć on sam również należy do wspólnoty Kościoła katolickiego, jest raczej powściągliwy, jeśli chodzi o praktykowanie jego zasad, ale ponieważ jest człowiekiem tolerancyjnym, ona może robić, co chce.

* Kongres nie ustanowi ustaw wprowadzających religię lub zabraniających swobodnego wykonywania praktyk religijnych; ani ustaw ograniczających wolność słowa lub prasy, lub naruszających prawo do pokojowych zgromadzeń i wnoszenia do rządu petycji o naprawę krzywd (ang.).

Druga wizytacja odbyła się właśnie teraz, dwie godziny po poprzedniej. Hugo przyszedł, otwarł lodówkę i stanął przed nią z miną kogoś zagubionego w czasoprzestrzeni. Sam musiał coś sobie naszykować do jedzenia, bo przecież obiadu nie było.

– No i czego tak patrzysz, to nie telewizor. – Łucja zachichotała znad jajka, które właśnie zdobiła metodą „na karczocha".

– Co mogę zjeść? – spytał, trzymając za drzwiczki.

– Najlepiej nic. Jest ścisły post– burknęła. – Au! – pisnęła, bo ukłuła się szpilką.

– Mam głodować? – Zmarszczył czoło. – Nie bardzo mi to odpowiada, mówiłem, że nie jestem ortodoksem, choć szanuję twoje przekonania. Może być jajecznica?

– Może, ale nie na bekonie.

– To jaka? – Hugo odwrócił się i popatrzył na Łucję. Był wkurzony, bo jego nadworna kucharka dzisiaj ogłosiła strajk, każąc głodować.

– Zrób na maśle.

– Nie robiłem nigdy jajecznicy na maśle – rzucił, znów zaglądając do wnętrza lodówki, jakby tam spodziewał się znaleźć przepis.

– Dobrze, ja zrobię, ale ty dokończ jajko. To już ostatnie. – Łucja podniosła się z krzesła. „Najwyższy czas rozprostować nogi" – pomyślała i z dumą popatrzyła na swoje dzieło.

– Nie ma mowy. Nie mam zdolności manualnych. – Hugo chciał się wykpić.

– Nie ma jajka, nie ma jajecznicy. – Uniosła znacząco brwi.

– Zadzwonię po katering.

– Okej, dzwoń – prychnęła.

– Co mam robić? – westchnął Hugo z rezygnacją w głosie. Stanął przy niej i z przerażeniem popatrzył na plątaninę wstążek, tasiemek i kupkę szpilek leżących na blacie.

– To proste. Siadaj, zaraz ci wytłumaczę.

Cieszyła ją ta nieoczekiwana zamiana ról, która uczyniła z niej autorytet. Nachyliła się i w skupieniu pokazywała, jak składać w trójkąt wstążkę, jak ją przypinać szpilkami i jak to robić, żeby nie stracić symetrii. Pokazała, na jaką długość przycinać tasiemkę, żeby wszystkie trójkąciki były idealnie równe. Dała mu linijkę z zaznaczoną flamastrem kreską oraz nożyczki. Ostrzegła, żeby uważał na palce, bo szpilki są wyjątkowo ostre, oraz nie zgniatał zbyt mocno jajka, gdyż styropian łatwo się odkształca, i przyspieszony kurs zdobnictwa techniką wstążeczkową został zakończony.

Łucja udała się do kuchni i zajęła szykowaniem posiłku. Postawiła patelnię na płycie, włożyła kilka piórek masła oraz dwa przekrojone na krzyż pomidory i wylała roztrzepane jajka. Przygotowała kilka kromek chleba z twarożkiem ziołowym, nastawiła wodę na herbatę, zerkając co chwila na swojego następcę, który biedził się nad dwunastym styropianowym jajeczkiem.

– To nie był dobry pomysł… – Hugo kręcił głową.

Łucja sprzątnęła połowę blatu, wrzuciła wszystkie pasmanteryjne drobiazgi do siatki i odsunęła na bok. Ustawiła talerzyki, półmisek z kanapkami, garnuszki z herbatą i na koniec sporą miseczkę z parującą jajecznicą. Posypała ją natką pietruszki, żeby zapach był przyjemniejszy, i oprószyła odrobiną pieprzu.

– Nie potrafię – jęknął Hugo po drugiej stronie stołu. Odłożył jajko, które prezentowało się dosyć oryginalnie ze sterczącymi na wszystkie strony skrawkami krzywo przyciętych wstążek i wystającymi łepkami równie nieudolnie wbitych szpilek. – Starałem się, dostanę choć łyżkę tego czegoś?

– To jajecznica z pomidorami – wyjaśniła Łucja.

– Zjem wszystko. – Przełknął ślinę.

– Zapraszam, przesiądź się tutaj. – Roześmiała się, widząc, jaki jest głodny.

– To najlepsza jajecznica, jaką kiedykolwiek jadłem. – Pogłaskał się po brzuchu parę minut później. Smakowała mu ta dziwna wegetariańska jajecznica. Nigdy nie jadł takiej i na początku trochę sceptycznie podszedł do dania zaserwowanego przez Łucję.

– No widzisz, można się najeść bez grzechu – skwitowała, kończąc swoją porcję.

– Nie muszę się spowiadać? – Puścił do niej oczko.

– Nie możesz.

– Nie mogę? Dlaczego? – Spojrzał na nią zdumiony, bo wypowiedziała swoje słowa kategorycznym tonem.

– W zasadzie możesz, ale wtedy musielibyśmy przestać ze sobą sypiać.

– Czekaj, bo czegoś nie rozumiem. – Zamrugał szybko, oczekując wyjaśnień. Nie żeby miał jakąś szczególną ochotę na spowiedź czy odczuwał taką potrzebę, ale Hugo zdecydowanie nie lubił, gdy odmawiano mu prawa do czegokolwiek albo obwarowywano to prawo jakimiś warunkami. Pewnie dlatego ciągle jeszcze nie mógł wybaczyć wujowi tych nieszczęsnych klauzul w testamencie.

– A czego nie rozumiesz? – Łucja wzruszyła ramionami. Była dzisiaj w kościele i żałowała, że inni ludzie klękają przed konfesjonałem, a ona tylko mogła modlić się przy krzyżu.

– Wszystkiego. Dlaczego nie mogę iść do spowiedzi? Jeśli uznajesz, że seks przedmałżeński jest grzechem, to przecież spowiedź jest po to właśnie, żeby go zmazać? Czyż nie? – Uniósł brwi.

– Hugo, kiedy ostatni raz byłeś u spowiedzi? – spytała, z politowaniem kiwając głową.

– Hm... – Zerknął na sufit. – Gdy przystępowałem do bierzmowania.

– Pięknie. – Łucja ze zgrozą wpatrywała się w swojego grzesznika domowego.

– Zbyt długa przerwa? Czy straciłem prawo do odpuszczenia? – spytał z lekką ironią.

– Nie o to chodzi. Gdy idziesz do spowiedzi, musisz postanowić, że już więcej nie będziesz grzeszył, w przeciwnym razie spowiedź jest nieważna.

– A! Mocne postanowienie poprawy?

– No właśnie – potaknęła. – Gdybym dzisiaj się wyspowiadała i powiedziała księdzu, że z tobą mieszkam, nie dałby mi rozgrzeszenia.

– Rozumiem. A gdybyśmy ze sobą mieszkali, ale nie sypiali razem?

– Też nie.

– Bo?

– Bo trwałoby to bardzo krótko – westchnęła.

– Tak, to bardzo prawdopodobne – skwitował jej i własny temperament. – Po co chodzisz do kościoła, skoro i tak nie możesz w pełni uczestniczyć we mszy? – Hugo przedstawił jej swój punkt widzenia.

– A jeśli nie mam figury modelki, to nie mogę ładnie się ubierać? – zażartowała, wstając i gładząc się po lekko odstającym brzuszku.

– No możesz. – Podobało mu się, że Łucja mimo swojego dosyć poważnego podejścia do kwestii religii nie narzucała mu na siłę uczestniczenia w praktykach kościelnych. Nie tak jak jego matka, która często suszyła mu głowę, że nie chodzi z nią na niedzielne msze. Dla świętego spokoju i żeby sprawić jej przyjemność dwa razy w roku wybierał się z nią do kościoła, najczęściej w Wielki Poniedziałek i w Boże Narodzenie.

Posprzątali po skromnej obiadokolacji. Łucja rozłożyła lniany obrus w wiosennym odcieniu zieleni, ustawiła na środku stołu swoje jajeczne drzewko, nawet zawiesiła „rozczochrańca", jak określiła ostatnie jajko ozdobione przez Hugona. Wyglądało całkiem nieźle. Później kazała narzeczonemu obrać cebule, w łupinowej kąpieli ugotowała tuzin jajek przywiezionych z Podola, po czym wypolerowała je ściereczką i ułożyła w ślicznym półmisku tuż pod drzewkiem.

– Cudnie nam wyszło, prawda? – Stanęła przy stole, podziwiając ich wspólne dzieło.

– Tobie. Ja nic nie zrobiłem. – Hugo nie przypisywał sobie zbyt wielkiego udziału w sukcesie.

– Ozdobiłeś jajko i obrałeś cebule – przypomniała. – Pójdziesz ze mną jutro? Ze święconką? – Objęła go w pasie, z nadzieją podnosząc wzrok.

– Z koszykiem? – Skrzywił się, przypominając sobie, jakie boje toczył z matką i babką, żeby nie iść do kościoła w Wielką Sobotę.

– Uhm.

– A bardzo chcesz?

– Bardzo. To nasze pierwsze wspólne Święta Wielkanocne. – Jeszcze mocniej się przytuliła.

– No dobrze, ale obiecaj, że w przyszłym roku zrobisz mi taką samą jajecznicę.

Rozdział 17

„Ależ piekło" – pomyślała Łucja, wysiadając z samochodu pod domem babci. Ostatnia niedziela maja zaskoczyła upałem większym niż niejeden dzień w środku lipca. Jak zwykle zjedli obiad, Hugo wdał się w niezbyt pasjonującą pogawędkę z Zofią Maśnikową, a w tym czasie jego dziewczyna wpadła na genialny pomysł. Miała dosyć dyskusji o skwarze, który wszystkim dokuczał, i krótkiej, ale ostrej zimie. Przeprosiła babcię i narzeczonego, zeszła do kuchni, szybko odnalazła stary koszyk piknikowy, omiotła go z pajęczyn, wyłożyła bawełnianą ściereczką i aż klasnęła w dłonie, bo tak ładnie się prezentował po tych zabiegach.

Cicho podśpiewując, pakowała smakołyki: zawinięte w serwetki kawałki ciasta, dwie butelki soku z malin uzupełnionego chłodną wodą, kilka jabłek. Oczywiście wszystko ułożyła tak, żeby się nie pogniotło. Przykryła całość papierowymi serwetkami i poupychała ich rożki. Zajrzała do jadalni. „No tak, moje podejrzenia się sprawdziły – pomyślała, marszcząc nos. Babcia ma chyba ochotę na popołudniową drzemkę, a Hugo wyraźnie się nudzi".

– Chodź, porywam cię gdzieś.

– A gdzie?

– Zobaczysz.

Łucja mrugnęła do babci, która od razu domyśliła się, jakież to tajemne miejsce jej wnuczka ma na myśli, bo uśmiechnęła się radośnie i z aprobatą pokiwała głową.

– Weźcie samochód, to za daleko dla ciebie – poradziła.

Zabrali kosz, wełniany pled i parę minut później samochód toczył się, podskakując w koleinach wyrobionych przez ciągniki.

– Jedziemy na koniec świata? – spytał Hugo ze śmiechem, gdy droga coraz bardziej się zwężała.

– Prawie, prawie...

– Ciekawe, czy mój samochód to przetrwa? – Hugo aż się skrzywił, gdy jakaś grubsza gałąź kolejnego krzewu rosnącego na poboczu ze zgrzytnięciem przejechała po karoserii.

– Przetrwa, zresztą już prawie jesteśmy na miejscu. Stań tam. – Łucja wskazała miejsce na skraju lasu, pod drzewami. – Tu jest cień, więc auto się nie nagrzeje. – Weź kosz – poleciła. – Ja poniosę koc.

Weszli na wąską ścieżkę prowadzącą w głąb lasu. Łucja od razu odetchnęła pełną piersią. Wysokie drzewa i gęste poszycie nie pozwalały słońcu na taką zuchwałość, z jaką traktowało dzisiaj ogródek babci.

– Przyjemnie. – Hugo zadzierał co chwila głowę, próbując dostrzec w koronach drzew ptasich wokalistów.

– Owszem. Przyjemnie, bo chłodno i spokój. – Zacisnęła mocniej dłoń, którą go trzymała.

– Nigdy nie byłem na majówce, chyba tak to się nazywa? – Zerknął na Łucję.

– Tak. Zdążyliśmy, bo jutro już czerwiec.

– Można tu spacerować? Nikt nas nie pogoni?

– Oprócz wilków, leśnych dziadków i gajowego Maruchy, nikogo tu nie spotkałam. – Łucja uśmiechnęła się zawadiacko. – Dzisiaj tak ślicznie, a dwa tygodnie temu Kraków wyglądał jak z filmu o apokalipsie. – Wspomniała o pogodzie w ostatni dzień studenckich juwenaliów.

– W zeszłym roku było fajnie – oświadczył Hugo. – I to przez cały tydzień juwenaliów.

– Byłeś na juwenaliach? – zdziwiła się.

– Tylko na koncercie finałowym. Kult grał jak co roku. Poszliśmy z Solińskim i jeszcze kilkoma jego kumplami z UJ-otu.

– Zazdroszczę. Ja ani na korowód się nie załapałam, ani na ten koncert.

– Nie masz czego. Skończyliśmy nad ranem u mnie, wszyscy pijani jak studenci. Miałem kaca do środy. – Hugo zaśmiał się pod nosem. – Odbijesz sobie za dwa lata. Mówiłem, żebyś startowała w wyborach najmilszej studentki. Głosowałbym na ciebie. – Puścił do niej oczko.

– Jeden głos to za mało, na dodatek od osoby nieuprawnionej jest nieważny.

– Przekupiłbym jury.

– Nieładnie, panie mecenasie.

– Ładnie czy nie, ważne, że skutecznie – mruknął pod nosem.

W milczeniu pokonali resztę drogi. Gdy wyszli na polanę, Hugo aż westchnął z zachwytu. Łucja nie była zaskoczona jego reakcją. Rzeczywiście, miejsce, w którym się znaleźli, urzekało wszystkich, nawet najbardziej odpornych na wdzięki natury mieszczuchów.

Zbliżona kształtem do kwadratu polanka z trzech stron otoczona była lasem, a od północy ukoronowana polem uprawnym z zasianą pszenicą. Teren lekko się wznosił, zielone kłosy zboża ozimego chwiały się pod wpływem wietrzyku muskającego je łagodnie. Wyglądało to bajecznie, gdy falowały jak żywe i cicho szumiały.

Nikt jeszcze nie skosił trawy, więc brodzili w niej, zbliżając się do zacienionego fragmentu polany. Dzikie rumianki, maki i bławatki uderzały swoimi główkami po gołych dziewczęcych nogach, pokrywały pyłkiem nogawki dżinsów Hajdukiewicza i poruszone roztaczały swój delikatny rozgrzany słońcem zapach.

– Może tu. – Łucja wskazała zacieniony kącik zaraz przed granicą z łanem zboża a brzegiem lasu.

Razem rozłożyli koc, pobieżnie wygładzili fałdy, które tworzyły się na niepokornych źdźbłach trawy, postawili koszyk i usiedli.

– Zdejmij buty i skarpetki. Całymi dniami w nich chodzisz, uwolnij stopy – poradziła. – Dobrze, że już po pierwszych grzmotach. – Zerknęła w niebo. – Przynajmniej nie dostanę wilka.

– Też się cieszę, choć nie mam pojęcia, o czym mówisz i co wyprawiasz. – Patrzył na Łucję, która podała mu koszyk, a sama położyła się na wznak i zaczęła turlać na boki.

– Walcuję trawę, bo ciągle podnosi koc. Grzmoty to burza, ponoć była parę dni temu, a o wilka się nie bój, wy, mężczyźni, go nie dostajecie.

– Czuję się dyskryminowany.

– Niepotrzebnie. To nic miłego. Teraz znacznie lepiej – skwitowała, siadając po turecku. – Widzisz tamto miejsce? – Wskazała na przeciwległy koniec polany.

– Te chaszcze?

– Uhm. Rośnie ich tam tyle, bo w tym miejscu jest prawdziwe źródło. Cały rok wypływa z niego woda, chyba że jest wyjątkowo mroźnie. Spływa na dół przez las malutkim strumykiem i rozlewa się na łące sąsiadów kilometr stąd w niewielkiej niecce. Kiedyś ci pokażę, może w lecie, co się dzieje, gdy panują upały. Wszystkie zwierzęta tam się schodzą i piją, i to w środku dnia. To jest niesamowite! – Gestykulowała żywiołowo. – Przybywają sarny i bażanty, zające i nawet bardzo płochliwe nornice. Można do nich podejść, usiąść kilka metrów dalej i godzinami obserwować, a one nie zwracają na ciebie uwagi, na siebie zresztą też, bo każde z nich zajęte jest piciem.

– Hm... a gdyby tam podszedł lis? Albo wilk? – Hugo uśmiechnął się ironicznie. – Padłyby jego ofiarą.

– Oj przestań. Wilków tu nie ma, lisów też raczej nie. Co najwyżej jakiś pies bezpański się pałęta, ale rzadko. To bardzo miła i bezpieczna okolica, no i śliczna – stwierdziła z dumą.

– Fakt. Ładnie tu.

– Zjesz sernika? – spytała, wyciągając kawałek ciasta zawinięty w serwetkę. – Jest pyszny.

– Chętnie. Chyba zgłodniałem, przedzierając się przez tę amazońską dżunglę, zwłaszcza bez maczety.

Przez kilka minut zajadali ze smakiem, przepijając wypieki ciotki Ireny malinowym sokiem. Pszczoły brzęczały raźnie na okolicznych kwiatkach, a kilka os zwiedzionych zapachem soku siadło na szyjkach pustych butelek po napojach.

– Sio! – Łucja próbowała je odgonić. W końcu chwyciła butelki i ostrożnie, żeby ich nie rozbić, odrzuciła na odległość kilku metrów, mając nadzieję, że osy dadzą im wreszcie spokój. – Przypomnij, żebyśmy nie zapomnieli ich zabrać, bo gdy wujek Janek będzie kosił, może zniszczyć nóż – poprosiła, układając się na wznak i opierając głowę na zaimprowizowanym naprędce wałeczku zrobionym ze ścierki. – Złożyła dłonie na brzuchu, zgięła kolana, obróciła głowę w stronę narzeczonego i odpoczywała, czując się jak w raju.

– To jego teren? – Hugo zdjął lekko przepocony T-shirt, ułożył się na boku i przyglądał swojej dziewczynie z niekłamaną przyjemnością. Owszem, piękno tego miejsca wywarło na nim ogromne wrażenie, ale i tak to Łucja bardziej go zachwycała. Już rano ją skomplementował, mówiąc, że wygląda cudownie w tej lekkiej sukience, którą założyła. Podziękowała uprzejmie, dodając, że to prezent urodzinowy od dziewczyn i że rzeczywiście sukienka jest „superancka".

– Babci, a właściwie to mój od niecałego roku. Pod koniec ubiegłego lata babcia przepisała na mnie cały ten lasek, oczywiście polanę też – puściła do niego oczko – i to pole z pszenicą, i jeszcze dwa inne, ale nie tutaj. Na razie wujek to wszystko uprawia po staremu, ale kiedyś będę musiała kupić traktor i sama zadbać o swoje włości. A w ogóle to marzę o wybudowaniu tutaj domu, woda już jest – zachichotała.

– Nie mówiłaś, że taka z ciebie obszarniczka – stwierdził nieco zaskoczony.

– Nie pytałeś.

– Fakt. Ty też nie pytałaś o mój majątek – dodał po chwili.

– Mówiłeś, że chcesz intercyzę, więc w sumie po co nam ta wiedza? – skwitowała po chwili.

– Przeszkadza ci to? – dopytywał, bo rozmawiali o intercyzie tak dawno, że ich ustalenia mogły się nieco zmienić.

– Nie. Mówiłam ci przecież. – Uniosła lekko brwi. – To dobry pomysł. Razem tak uznaliśmy, nie pamiętasz?

– Pamiętam. Ponieważ to ja zaproponowałem umowę przedślubną, więc pytam, bo może zmieniłaś zdanie? Spodziewamy się dziecka, to jednak trochę zmienia postać rzeczy.

– Czy ja wiem, czy zmienia? – Znów się zdziwiła, okazując to lekkim zmarszczeniem czoła. – Szczerze mówiąc, rób, jak chcesz, ja i tak się na tym nie znam. Przecież mnie nie oszukasz. Bo co ja mam? Kawałek lasu? – Zaśmiała się cicho. – Choć nie powiem, źródełka bym żałowała, jest piękne.

– Ty jesteś piękna. – Musnął lekko dłonią jej policzek.

– Dzidzia właśnie mnie kopnęła, kazała ci powiedzieć, że to ona będzie piękna. – Łucja pogłaskała się po brzuchu.

– Kopnęła? Poczekaj, może tym razem coś poczuję. – Hugo przyłożył dłoń, ale jego niesforny potomek jak na złość ani drgnął. Przyszły tatuś już od trzech tygodni leciał na złamanie karku, gdy tylko jego narzeczona sygnalizowała, że dziecko się ruszyło. Niestety, zanim zdążył dobiec, „dzitek", jak go nazywała mamusia, zastygał w bezruchu, jakby bawił się z ojcem w kotka i myszkę.

Hugo był dzisiaj w wyjątkowo dobrym humorze. Widząc to, Łucja czuła się coraz bardziej zrelaksowana. – Zabawimy się w odpowiedź bez pytania?

– Czyli? – Podparł się ramieniem.

– To taka zabawa à propos twojego zarzutu, że nie pytałam o twój majątek. Polega mniej więcej na tym, na czym jeden z teleturniejów, bodajże *Va Banque*, tylko tam uczestnicy wymyślają pytania do gotowych odpowiedzi, a tu odpowiadasz na pytanie, które sam zadałeś sobie w zastępstwie kogoś, kto ci go nie zadał. Przegrywa ten, kto pierwszy zada drugiemu prawdziwe pytanie.

– E… – Hugo potrząsnął głową. – Strasznie skomplikowane. *Va Banque* kojarzę, bo to taki polski odpowiednik *Jeopardy*, ale reszty nie rozumiem.

– Dam ci przykład. – Wzięła głęboki wdech. – Tak. Myślę często o tym, że byłoby świetnie wybudować tu dom, bo to cudowne miejsce i spędziłam w nim całe dzieciństwo, dlatego kojarzy mi się z czymś bezpiecznym i z rodziną. Rozumiesz?

– Uhm – energicznie przytaknął.

– To teraz ty.

– Okej... – zawiesił na chwilę głos. – Nie – rzucił kategorycznym tonem.

– Dlaczego nie? – Łucja potrząsnęła głową z niedowierzaniem.

– Przegrałaś. – Hugo zarechotał radośnie.

– Jak to?

– Spytałaś mnie przed sekundą: „Dlaczego nie?" – zacytował jej słowa. – To było prawdziwe pytanie.

– Bo ty powiedziałeś „nie", więc myślałam, że nie chcesz się bawić ze mną w grę! – Uniosła dłonie w geście poirytowania.

– Powiedziałem „nie", bo to była odpowiedź na pytanie: Hajdukiewicz, wyobrażałeś sobie kiedykolwiek, że mógłbyś mieszkać na wsi?

– Aha! – Łucja dopiero teraz pojęła jego żart. – To się nie liczy. Nie wolno odpowiadać tylko jednym słowem, bo wtedy zabawa nie ma sensu. – Założyła ręce na piersiach. – A w ogóle to dlaczego nie chcesz mieszkać na wsi?

– Powiedziałem, że nigdy sobie tego nie wyobrażałem, a nie, że absolutnie nie chcę. Logika. Co do zabawy powinnaś od razu określić jej reguły. – W jego głosie rozbrzmiewała ironiczna nuta. – Okej. Druga próba, twoja kolej – skinął lekko.

– Tak, mam nieodparte wrażenie, że się ze mnie nabijasz.

– Tak, przypuszczam, a nawet jestem pewien, że to ci nie przeszkadza.

– Tak, jestem pewna, że przeszkadza mi, i to bardzo, że mój narzeczony uważa mnie za kogoś głupszego od siebie. – Łucja starała się zachować powagę, ale kąciki jej ust delikatnie się uniosły.

– Tak, jestem głęboko przekonany, że moja narzeczona nie uważa się za głupszą ode mnie, a jej poprzednie słowa to rodzaj dosyć kiepskiej prowokacji mającej na celu to, żebym jej zaprzeczył.

– Tak, sądzę, że to w Ameryce Hugo nauczył się tych swoich durnych sztuczek, jak obracać kota ogonem i robić ze mnie i innych kobiet idiotki – prychnęła.

– Tak, uwielbiam, gdy się złościsz. – Zaśmiał się na całe gardło.

– Nie, nie mam zamiaru dalej tego znosić. – Łucja obróciła głowę, nie mogąc opanować chichotu. Już miała spytać, czy to koniec zabawy, ale w ostatnim momencie ugryzła się w język. Nie chciała znów przegrać. Ułożyła się z powrotem na kocu i zamknęła oczy.

– Tak, uważam, że jesteś słodka i ponętna, zwłaszcza tu... – Hugo uniósł się i zaczął obsypywać delikatnymi pocałunkami jej dekolt. Rozpiął trzy maleńkie guziczki, rozchylił cieniutką bawełnianą tkaninę i wsunął dłoń pod miseczkę usztywnianego biustonosza.

– Tak, czuję wyraźnie, że są ciepłe, pełne jak nigdy wcześniej i bardzo miłe w dotyku. – Gładził coraz mocniej sterczące brodawki piersi, w końcu wydobył jedną i dotknął jej ustami. Lizał i ssał lekko bladoróżową kuleczkę, a jego przyspieszający ciągle oddech pieścił skórę Łucji.

– Kochaj się ze mną – poprosiła jak zawsze tymi samymi słowy i tak samo dobrze znanym gestem zarzuciła mu ręce na szyję i objęła.

Hugo rozejrzał się na boki, ale stwierdził, że raczej nikt ich tu nie podglądnie. Przesunął dłonią po wypukłym brzuchu Łucji, uniósł brzeg sukienki, odnalazł gumkę bielizny i dosyć sprawnie zdjął białe bawełniane figi. Ściągając pospiesznie spodnie i bokserki, pomyślał, że chyba oszalał.

Coraz częściej łapał się na tym, że nie może się oprzeć swojej dziewczynie. Reakcja jej ciała tak burzliwie odpowiadającego na pieszczoty odbierała mu rozum. Potrafił w kilka sekund zapłonąć pożądaniem, gdy Łucja obdarzona kilkoma niewinnymi pocałunkami w tył szyi obracała się przodem i patrzyła oczami rozszerzonymi pragnieniem, źrenicami, które wypełniały prawie całe jej szarobłękitne tęczówki.

Jeszcze bardziej zaskoczyło go, że jej zmieniające się ciało będzie tak go pociągać. Z tygodnia na tydzień piersi Łucji wypełniały się coraz bardziej i gdy kładł na jedną z nich swoją dłoń, czuł, że wkrótce nie będzie się w niej mieścić. Brzuch rysujący się wyraźniej pod sukienkami, które teraz chętnie nosiła, kusił swoją łagodną linią. Powodował, że Hugo często przystawał za narzeczoną, przytulał ją i gładził ręką po tej, tak bardzo kobiecej wypukłości. Czuł wtedy jakąś dziwną błogość, rozczulało go to, a łaskotanie w gardle zmuszało do przełykania śliny.

Kochał się z nią inaczej niż kiedyś, choć równie często. Ostrożnie, wspierając się na przedramionach, powoli doprowadzał Łucję do szczytu rozkoszy, a gdy go osiągała, sam odpływał równie szybko, nakręcony jej emocjami i wyznaniem miłości, które padało wtedy z jej ust.

– Jak mi dobrze – westchnęła, gdy zsunął się z niej i położył tuż obok.

Sięgnęła za głowę, zerwała długie źdźbło trawy i zaczęła zabawę. Wiodła wąskim kłosem po mięśniach widocznych pod mlecznobiałą skórą narzeczonego, przesuwała go między ciemnymi włosami odcinającymi się wyraźnie na klatce piersiowej.

– Hej, co robisz? – Złapał ją za nadgarstek.

– Masz łaskotki? – zachichotała. – Puść.

– Mam – odparł, zwalniając uścisk.

– Wszędzie?

– Wszędzie. – Na wszelki wypadek docisnął ramiona do brzucha, bo kłos wiechliny niepokojąco zbliżał się do jego prawej pachy. – Chyba się ubiorę, słońce tak parzy…

– Ciekawe jak? – prychnęła. – Leżymy w cieniu. Monia mi opowiadała, że poparzyła sobie kiedyś w solarium tyłek. A ty byłeś w solarium? Bo ja nigdy.

– Nie byłem. – Pomyślał, że to jedno z najgłupszych przypuszczeń, jakie usłyszał od Łucji pod adresem swojej osoby.

Nie mógł dłużej znieść łaskotania, obrócił się na brzuch i ułożył głowę na skrzyżowanych przedramionach.

– Mucha łazi ci po plecach. – Zaśmiała się, kontynuując swoją zabawę. – A teraz spaceruje po pośladku pana mecenasa, chyba jej się podoba to miejsce…

– Jeśli zaraz nie odleci, zginie marnie. Pacnę ją – burknął.

– To odważna i szybka mucha.

– Koniec tego. – Hugo obrócił się energicznie i usiadł.

– Cicho! – Nagle Łucja szeroko otwarła oczy i tak jak on przed chwilą obróciła się na brzuch.

– Co jest?

– Ktoś tu idzie – szepnęła. – Słyszysz? Jest w pszenicy. Połóż się, może nas nie zauważy.

Hugo natychmiast wrócił do poprzedniej pozycji. „*Damn* – zaklął w duchu, jeszcze tego brakowało: mecenas Hajdukiewicz nagi jak go Pan Bóg stworzył, leżący na środku polany i świecący tyłkiem". Na dodatek Łucja ciągle miała na sobie sukienkę, którą teraz po prostu obciągnęła. „Ale dałeś ciała, zachciało ci się nudyzmu, kretynie".

– To na pewno gajowy, pełznie przez pole, myśli, że jesteśmy kłusownikami. Nie ruszaj się, bo do nas strzeli. – Łucja poinformowała go scenicznym szeptem.

– Fuck, jaki gajowy? – Hugo zerknął na swoją towarzyszkę niedoli.

– Marucha. Mówiłam ci, że czasami tu spaceruje. Straszny z niego społecznik, patroluje nawet mój las, mimo że prywatny.

– Chryste, to jakiś świr? Nie wolno gonić z bronią i strzelać do ludzi. *What the fuck?** – Z niedowierzaniem pokręcił głową.

– Cicho, słyszysz? Jest coraz bliżej.

Hugo wytężał słuch tak bardzo, że oprócz niepokojącego szelestu pszenicy słyszał nawet własne serce. Łomotało w piersiach jak szalone. „Spokojna i bezpieczna okolica, też mi coś. I daj takiemu broń" – pomyślał o gajowym.

---

* Co do kurwy (ang.).

– Poddamy się. – Łucja zerknęła na swojego chłopaka. – Halo! Panie Marucha, to ja, Łucja od Maśników! – krzyknęła dosyć głośno w kierunku pola.

– I co teraz? – Hugo, mimo że kompletnie nagi, miał pełne spodnie strachu.

– Chyba nie usłyszał – szepnęła. – To ja! Łucja Maśnik! Jestem z narzeczonym, proszę do nas nie strzelać! – Podniosła się lekko.

– Co robisz? – syknął i natychmiast pociągnął ją z powrotem na koc.

Hajdukiewicz jeszcze jako amerykański licealista i student przeżył kilka obowiązkowych szkoleń obronnych i wiedział, że w takich momentach należy się położyć, dłońmi zakryć głowę i zachować spokój. Przesunął się tak, żeby w razie czego to on był na pierwszej linii strzału, sięgnął do kieszeni leżących obok dżinsów, wyjął komórkę i ostrożnie popatrzył w kierunku, z którego dobiegał hałas. – Wezwę pomoc – szepnął.

– Nie zdążą tu przyjechać – odpowiedziała równie cicho zza jego pleców.

– Spróbuję go uspokoić. Może powiem, że też mam broń. Wystraszy się.

– To nie jest dobry pomysł, wkurzy się. – Łucja pokręciła głową.

– Okej, nie ruszaj się – polecił. – Proszę się zatrzymać! – krzyknął. – Nie jesteśmy kłusownikami!

Łucja już nie mogła wytrzymać i roześmiała się tak głośno, że ze szczytów drzew wzbiła się w powietrze chmara ptaków.

– Żartowałam! – pisnęła, płacząc ze śmiechu. – Naprawdę się nabrałeś? Nie wierzę! – Obróciła się na plecy i chichotała jak szalona, podczas gdy Hugo miał nieodpartą chęć ją zamordować, zwłaszcza gdy ujrzał pomiędzy kłosami pszenicy wychylającą się głowę maleńkiego jagniątka, mimowolnego sprawcy całej afery.

Baranek stał i pobekiwał cicho, a Hajdukiewicz, który przed minutą przeżył istny horror, w końcu zerwał się z koca i w kilkanaście sekund założył ubranie.

– To nie było śmieszne – warknął, siadając obok Łucji, która też już zdążyła się nieco uspokoić.

– Ojej... przepraszam. Myślałam, że udajesz – próbowała się tłumaczyć. – Przecież leśne dziadki nie istnieją, a gajowy Marucha to taki żart, wszyscy to znają. Nie słyszałeś o tym? To wymyślona postać z radia. Takie słuchowisko kiedyś było, o panu Sułku.

– Nie znam – burknął.

– Hugo, nie gniewaj się. – Klęknęła i objęła go mocno. – Byłam pewna, że żartujesz, jak ja. Wierzysz mi? – Odsunęła się i spojrzała mu w oczy. Było jej głupio. Hugo chyba faktycznie się przejął, bo gdy go przytuliła, wyczuła, że delikatnie drży, a jego włosy zwilgotniały pod wpływem potu pokrywającego czoło.

– Chryste, ale mnie wystraszyłaś. Bałem się o ciebie. – Przyciągnął ją z powrotem. – Masz szczęście, że jesteś w ciąży, bo zasłużyłaś na lanie, i to takie, że przez tydzień nie siadłabyś na tyłku. – Tulił ją w ramionach, próbując jak najszybciej zapomnieć o tym, co się wydarzyło. Nienawidził się bać, a strach o kogoś, za kogo czuł się odpowiedzialny, był jeszcze bardziej paraliżujący niż o samego siebie. Właśnie bardzo dobitnie się o tym przekonał. Na dodatek wstydził się, że Łucja tak łatwo wyprowadziła go w pole.

– Nie chciałam sprawić ci przykrości, przepraszam. Byłam pewna, że udajesz. Gdy powiedziałeś, że zadzwonisz po policję, ledwie wytrzymałam, bo to było takie głupie. Policja nigdy by tu nie trafiła. – Znów się zaśmiała. – Albo gdy mówiłeś, że postraszysz go bronią. To nie Ameryka, przecież tu nikt nie ma broni. Poza tym nie słyszałeś dzwonka? Jak to możliwe?

– Jakiego dzwonka?

– No, tego dla owiec? – Łucja odsunęła się i wskazała palcem na jagnię, które właśnie położyło się w trawie. To była owieczka od Jaskierników, sąsiadów ciotki Agaty. Jaskiernik jako jedyny we wsi hodował owce. Gdy zaczynała się wiosna, wyprowadzał z synami całe stado i wypasał je niedaleko pól Maśników. Czasami te najmniejsze jagnięta przechodziły przez dziurę w ogrodzeniu i błądziły, aż ktoś je znalazł i odprowadził z powrotem.

– Nie. Chyba byłem zbyt przerażony. – Hugo spojrzał na śpiące w najlepsze zwierzę. – Myślałem, że już nikt nie stosuje takich dzwonków, teraz są specjalne chipy – żeby nie wyjść na kompletnego ignoranta, błysnął zasłyszaną gdzieś informacją.

– Stara Jaskiernikowa pochodzi z Podhala, zawsze zakłada tym maleństwom obróżki z dzwonkami. Mówi, że czuje się wtedy jak za czasów dzieciństwa, kiedy nie było chipów. Niestety, wszystkie jagniątka, gdy zamienią się w duże, stare i brzydkie barany, muszą mieć kolczyki. – Zachichotała. – Musimy go odnieść. Zabłądził, a akurat taki malutki baranek rzeczywiście może marnie skończyć, nawet tutaj.

Łucja podniosła się z koca, podeszła do jagnięcia, przykucnęła obok i zaczęła delikatnie głaskać zmierzwioną sierść.

– Ale jesteś słodki… – westchnęła, gdy zwierzak otwarł oczy i popatrzył na nią niezbyt przytomnym wzrokiem. – Pewnie chce mu się pić. Mógłbyś znaleźć flaszkę po soku i przynieść trochę wody ze źródła? – spytała narzeczonego.

Hajdukiewicz szybko przemierzył polanę, dotarł do wilgotnego zagajnika nad źródłem i z ulgą ochlapał twarz lodowatą wodą. Już się uspokoił i nawet złość na Łucję też mu przeszła. „W sumie sam jestem sobie winien – pomyślał. Mogłem się tego spodziewać po tej szalonej istocie” – zaśmiał się cicho. Napełnił butelkę i wypił połowę jej zawartości, a potem znów uzupełnił krystalicznie czystą wodą.

– Proszę. – Podał Łucji butelkę. – Jak on to wypije? Nie za zimna ta woda? – Przykucnął obok jagnięcia.

– Zaraz ci pokażę. – Łucja nalała odrobinę wody na dłoń ułożoną w kształcie muszli i podstawiła pod pyszczek owieczki, która od razu wyciągnęła maleńki różowy języczek i zaczęła chłeptać. – Teraz ty. Daj rękę.

– Łaskocze… – wykrzyknął, gdy szorstki język zwierzęcia wędrował po jego skórze, docierając do łokcia. – Hej, mały, czemu mnie tak liżesz?

– One lubią sól. Spociłeś się i dlatego jej smakujesz.

– Rozumiem – potaknął. – To samiczka?

– Nie mam pojęcia. – Łucja wzruszyła ramionami. – Trzeba by zajrzeć pod ogonek.

– Hm... może przy innej okazji – mruknął. Sięgnął po butelkę i ponownie nalał na dłoń trochę wody. Owieczka ją wypiła, wstała i raźnie beknęła.

– Ogłosiła właśnie koniec majówki – radośnie oznajmiła Łucja. – Zbieramy się?

– Chyba tak. – Hugo zerknął na zegarek. – Muszę powiedzieć Solińskiemu, żeby się wybrał na majówkę. Pierwszorzędna sprawa, pyszne jedzenie, kontakt z naturą, seks pod chmurką i na okrasę sporo adrenaliny. – Zaśmiał się, wkładając do kosza puste butelki i zmięte serwetki. – Nie wiem tylko, czy znajdzie równie interesującą towarzyszkę i tak atrakcyjny zakątek.

– Zmieniłeś zdanie co do wsi? – Łucja składała koc w kostkę.

– Raczej nie. Nie wyobrażam sobie życia tutaj, ale jeszcze kilka takich wypadów i kto wie? – Mrugnął do niej. Żartował, bo nawet Kraków wydawał mu się małą mieściną w porównaniu z Bostonem, a co dopiero mówić o mikroskopijnym punkcie na mapie, czyli Podolu. Hugo czasami czuł jakieś patriotyczne zapędy, chociażby na koncercie Kultu, o którym wspominał przed paroma godzinami. Gdy razem z Solińskim i jego kolesiami darli się jak rzesze otaczających ich studentów, że mieszkają w Polsce, wtedy tak, przez chwilę był dumny, że jest Polakiem. Niestety, następnego dnia żałował nie tylko tego, że przesadził z alkoholem, lecz także powrotu do kraju.

– A co u słychać u Adama? – Łucja przerwała mu te rozważania.

– Chyba po staremu. Z ciekawostek: spotykał się z Olgą jakiś czas, a może nawet teraz są razem. Rzadko się widujemy, brak czasu, przecież wiesz.

– No tak. – Pokiwała głową.

Rzeczywiście ciągle coś się działo. Firma Hajdukiewicza rozwijała się coraz dynamiczniej, coraz więcej kancelarii podpisywało umowy, więc Hugo często wyjeżdżał, a gdy wracał po kilku dniach, nadrabiał zaległości w biurze. Zostały im jedynie weekendy, które spędzali sami lub ze swoimi najbliższymi.

Nie sprawdził się system podziału niedzieli na pół, czyli do obiadu wizyta u jednej mamy, a po południu u drugiej, jeśli tak można było nazwać babkę Łucji. Było to zbyt męczące, więc teraz testowali trzeci model: dwie kolejne niedziele należały do Zofii Maśnikowej, a co trzecia do pani Hanny, która i tak miała przewagę, bo odwiedzała przyszłą synową dwa razy w tygodniu.

– Musisz go zanieść do samochodu. – Łucja wskazała brodą na owieczkę. – Nie zajdzie tak daleko.

– Okej. – Hugo podniósł jagnię i przełożył przez prawe ramię. – Jestem dobrym pasterzem?

– Świetnym. Najlepszym na świecie. Będziesz dobrym tatusiem, widziałam, jak je troskliwie poiłeś.

– Dzięki. – Hajdukiewicz się roześmiał.

– Jakoś się udało. – Łucja upchała z trudem koc do kosza.

– Daj, poniosę. – Wyciągnął lewą rękę.

– Przestań, to jest lekkie, poza tym masz już co nieść. Idziemy.

– Dawaj ten koszyk. – Hugo nie ustępował.

– Nie.

– Łucja, jak mi Bóg miły, zdejmę zaraz tego barana, złapię cię i spiorę tyłek – wrzasnął, widząc, z jakim trudem jego nieznośna narzeczona przedziera się przez trawę, wlekąc za sobą wiklinowy kosz, z którego zwisał coraz bardziej wystający fragment koca.

– No dobra. Masz, uparciuchu – dodała z przekąsem.

– Uparciuchu? Dobre sobie.

– Tak. Uparciuchu.

– Tak, myślę, a nawet jestem pewien, że to moja dziewczyna jest najbardziej upartym stworzeniem na świecie – zainicjował ich zabawę, wkraczając na wąską leśną ścieżkę.

– Tak, jestem głęboko przekonana, że Hugo Hajdukiewicz będzie musiał jeszcze dzisiaj jechać na myjnię, bo wnętrze jego samochodu zostanie potraktowane równie okrutnie jak koszulka, którą ma na sobie – bąknęła pod nosem.

– Fuck!!! – zaklął, zerkając na swój T-shirt. Owieczka, mówiąc wprost, zsikała mu się na tors i zrobiła coś jeszcze, co teraz ściekało powoli w stronę paska dżinsów. Hugo miał dzisiaj zdecydowanie dużo okazji do rzucania mięsem.

– Tak, to był najlepszy piknik w moim życiu. – Zaśmiała się radośnie Łucja.

– Tak, wiem, że mi nie uwierzysz, ale myślę tak samo.

Znów w milczeniu mijali kolejne drzewa i zarośla, ptaki ćwierkały coraz ciszej, a upał już ustąpił.

– Nie jesteś zmęczona? – spytał po chwili.

Szli już dobre dziesięć minut, a waga owieczki, początkowo niezauważalna, stawała się coraz bardziej odczuwalna. No i do tego kosz, lekki, ale krępujący ruchy ze względu na spore gabaryty.

– Przegrałeś – zachichotała.

– Martwię się o ciebie, a ty się śmiejesz.

– Czuję się cudownie. – Stanęła i popatrzyła na narzeczonego, który szedł jakieś trzy metry za nią. – Może odpoczniemy?

– Nie – odparł, zrównując się z Łucją. – Pytałem, bo to jednak kawał drogi.

– Od kiedy jestem w ciąży, czuję się, jakbym mogła góry przenosić. – Wspięła się na palce i ucałowała spocony, pokryty jakimiś paprochami męski policzek. – Mogę całe życie być z tobą w ciąży. Chcesz?

– Dziewczyno, jeszcze jedno się nie urodziło, a ty myślisz o następnym?! – Hugo wybuchnął śmiechem. – Ruszajmy, bo gdy tak będziemy marudzić, rzeczywiście zrobię ci tu drugie.

– Nie żartowałam, chciałabym mieć dużo dzieci – powiedziała po kilkunastu metrach. – A ty?

– Nie zastanawiałem się nad tym. Jak mówiłem, poczekajmy na pierwsze.

– Dobrze. – Pokiwała głową. – Naprawdę ci się podobało? – Zerknęła na coraz głośniej posapującego chłopaka.

– Naprawdę.
– I mój żart też ci się podobał?
– Też. Nawet barania kupa, którą mam na klacie.
– Hugo! – Dała mu kuksańca.
– No co?! Nie może mi się podobać kupa? – Zarechotał.
– Dzidziusiowa owszem, ale nie barania…

Rozdział 18

Hugo ledwie żył. Obowiązków przybywało, a dni wydawały się kurczyć. Termin ślubu cywilnego, ostatecznie ustalony na pierwszą sobotę lipca, zbliżał się nieubłaganie. Łucja ostatnie cztery tygodnie przesiedziała z nosem w książkach. Dobrze, że sesja egzaminacyjna już się skończyła, bo przyszła mama już miała dość tej całej socjologii, nawet dla matki narzeczonego nie mogła znaleźć czasu.

Pani Hania na szczęście świetnie radziła sobie sama. Od kilku tygodni zajmowała się głównie dobieraniem tapet, wykładzin, mebli i innych akcesoriów niezbędnych w pokoiku maleństwa. Przyszła synowa sprawiła jej niekłamaną przyjemność, pozwalając na zaprojektowanie tegoż pomieszczenia oraz wyposażenie go we wszystko, co uważała za słuszne.

Nikt nie wtajemniczył Hajdukiewiczowej w skomplikowany system przesądów, obyczajów i tradycji panujących w rodzinie Maśników, dlatego sądziła, że Łucja jest bardzo miła i zgodna, skoro przystawała na każdą jej propozycję. Na dodatek syn pozwolił jej na sponsorowanie całości i teraz z dumą mogła ogłaszać wszem wobec, czyli głównie Alicji Solińskiej i dwójce dalszych przyjaciółek, że to ona samodzielnie urządziła pokój dla wnuczki.

Wracając wieczorem do domu, Hugo z obawą przekraczał próg apartamentu. A to wdepnął w jakieś kartony, a to hol zawalony był foliami. Rozważał krótką przeprowadzkę do hotelu, gdy przez całą sobotę dwóch majstrów układało podłogę ze specjalnych ekologicznych klepek i jeden z nich irytująco stukał gumowym młotkiem.

– Co znowu? – jęknął, potykając się o buty Łucji porzucone na środku korytarza. Zdjął przepoconą marynarkę, rzucił ją na komodę, tradycyjnie postawił obok swoją skórzaną teczkę i krzyknął, że już wrócił. – Odpowiedziała mu głucha cisza. Dopiero po kilku sekundach uświadomił sobie, że coś jeszcze mu nie pasuje. Brakowało mu nie tylko obecności Łucji, witającej go z reguły bardzo wylewnie, lecz także zapachu ciepłej kolacji szykowanej przez nią co wieczór.

– Łucja? – krzyknął, ale nie bardzo głośno.

Zajrzał do sypialni, bo ostatnio zdarzało się, że przysypiała popołudniami, później do łazienki, gabinetu, drugiej łazienki, pokoiku dziecięcego. Nigdzie jej nie było, coraz bardziej zaniepokojony wyjrzał na taras, ale tu też jedyne, co zobaczył, to pusty leżak.

– *Damn it!* – zaklął, rozglądając się bezradnie. Już miał zjechać na parter i popytać, czy może ktoś z recepcji ją widział, ale przypomniał sobie o górnym tarasie. Kilkoma susami pokonał schody.

– Hej, co tu robisz? – spytał, jeszcze trochę zdenerwowany.

– Nic. Siedzę i rozmyślam. – Łucja podniosła na niego udręczone oczy.

– Co się stało?

Hugo natychmiast przykucnął przed niskim fotelem, na którym siedziała jego narzeczona. Wyglądała inaczej niż zwykle, nie płakała, ale jej twarz miała dziwnie blady odcień i sprawiała wrażenie woskowej.

– Usiądź – poprosiła cicho. – Przyszła poczta. Olga wysłała nam prezent. Dostaliśmy śliczną grzechotkę, chyba srebrną.

– Gdzie ta grzechotka? – Posłusznie siadł na sąsiednim fotelu.

– Na dole, w salonie.

– I co z nią? – Hugo zaniepokoił się od razu, gdy usłyszał imię byłej dziewczyny. Parę dni wcześniej wpadł na nią przypadkiem, zjedli nawet lunch w jego ulubionej knajpie na rynku. Olga coś poopowiadała, chciała do nich przyjechać w odwiedziny, ale odwiódł ją od tego pomysłu, twierdząc, że Łucja ostatnio kiepsko się czuje i potrzebuje spokoju.

– Z grzechotką? Nic. Jest naprawdę ładna. – Łucja zagryzła kącik ust i odruchowo pogłaskała brzuch, bo dziecko delikatnie się poruszyło.

– To dlatego tutaj siedzisz? Przez jakąś głupią grzechotkę? – Przypomniał sobie o panujących w rodzinie Maśników „zabobonach", jak je nazywał, dotyczących wyprawki dla dziecka.

– Nie. Razem z pocztą przyszło coś jeszcze. Jedna koperta była zaadresowana do mnie. To było w środku. – Podała mu złożony na cztery list.

Przeleciał wzrokiem kilka linijek tekstu wydrukowanego na zwykłej białej kartce.

`Twój facet, muszę wyjść za mąż i się dziecko przed jego 30 b-day. W przeciwnym razie, nie odziedziczy firmę wuja. Więc dlatego zaproponował, tak szybko i wykonane ci dziecko. Gdy przychodzi do dziedzictwa, on na pewno was odprawi, bo on kocha inną kobietę, ale ona jest bezpłodna. Przyjaciel.`

– Co to jest? – Spojrzał na Łucję. Był totalnie zszokowany. Tak bardzo, że słowa uwięzły mu w gardle.

– List – odparła, wzruszając ramionami. – Od przyjaciela... – dodała po chwili, wyciągając kartkę z jego drżącej dłoni. – Chodzi o to, że masz się ożenić przed trzydziestymi urodzinami i mieć dziecko, bo nie odziedziczysz tej firmy wujka? – Popatrzyła na narzeczonego. – To „b-day" oznacza urodziny, prawda?

– Tak – wymamrotał z trudem.

– A ta kobieta to kto? Chyba nie Olga? – Łucja znów wpatrywała się w kartkę.

– Chryste! To jakaś bzdura! – Hugo wreszcie odzyskał głos. – Nie ma żadnej kobiety!

– A ja? – Przypomniała mu o swojej obecności.

– Oczywiście, że ty jesteś! Mówię o jakiejś innej kobiecie. To jakieś brednie! – Wyrwał kartkę i jeszcze raz błyskawicznie ją przeczytał. – Fuck! Co za kretyństwo... – Zmiął papier w kulę i rzucił na deski tarasu.

– Hugo...

– Tak? – Podniósł na nią wzrok.

– To prawda? Z tym spadkiem? Nie okłamuj mnie. Wiem, że masz lecieć do Stanów na wiosnę, pamiętam, co mi mówiłeś. – Łucja za wszelką cenę starała się zachować spokój.

– Prawda, mam odziedziczyć wszystko po trzydziestych urodzinach – potwierdził, patrząc jej prosto w oczy. – Całą kancelarię, wszystkie amerykańskie oddziały, kilka nieruchomości, środki zgromadzone na lokatach, trochę papierów wartościowych, to mieszkanie i polskie przedstawicielstwo, którego obecnie jestem prezesem.

– Sporo tego – stwierdziła z uznaniem. – Twój wuj sporządził testament?

– Tak – odparł, bezwiednie zaciskając szczęki. Wiedział, w jakim kierunku zmierza ta rozmowa, i nie mógł nic zrobić. Czuł się zupełnie bezradny – wszystkie kłamstwa i oszustwa właśnie wychodziły na jaw. „Szambo wybiło" – przypomniał sobie jeden z ulubionych tekstów Solińskiego.

– Mogę zobaczyć ten dokument?

– Nie mam go tutaj. Jest w kancelarii. – Hugo starał się nie tracić kontaktu wzrokowego. Pamiętał zasady wpajane przez wujka, który często powtarzał: łganie to taka sama sztuka jak każda inna i tak samo można ją wyćwiczyć, zacznij od czegoś, co jest prawdą, nachyl się w stronę rozmówcy, mów, utrzymując stały rytm, siedem sekund patrzenia wprost, trzy sekundy na rozproszenie, mruganie i inne, potem wprowadzasz pierwsze kłamstwo...

– Tak jak pierścionek? – Łucja przechyliła lekko głowę.

– Co masz na myśli? – Przełknął ślinę.

– Wiem, że nie kupiłeś go w Wigilię. Miałeś go wcześniej, sprawdziłam na stronie Tiffany'ego i tej kolekcji nie ma w Pradze.

– Chryste, Łucjo! – Hugo chwycił się za głowę. – Mówię prawdę, testament jest w biurze, jeśli chcesz mogę go w każdej chwili przywieźć, ale uprzedzam, jest po angielsku, a co do pierścionka, zaraz ci...

– Nie musisz mi nic tłumaczyć – przerwała mu. – Nie bój się, nie będę pytać, dla kogo był przeznaczony – wyjąkała przez ściśnięte gardło.

Gdy spytała o pierścionek, jeszcze miała nadzieję, że może to jednak prawda z tym wyjazdem do Pragi, ale teraz po skutecznym blefie pozbyła się ostatnich złudzeń co do prawdomówności przyszłego męża.

– Ale ja chcę ci wytłumaczyć! – Próbował chwycić ją za rękę, ale gdy odsunęła się w obronnym geście, cofnął dłoń.

– Nie interesuje mnie, dla kogo był pierścionek – powtórzyła, poprawiając się na fotelu i obejmując brzuch. – Powiedz, co jest w testamencie.

– Klauzule warunkowe.

– Czyli?

– Mniej więcej to, co w tym liście.

– Możesz mi to przybliżyć? Musisz mieć żonę i dziecko? Z żoną czy może być z kimś innym?

– Może być z kimś innym, jeśli już się narodziło, a w akcie urodzenia jestem wpisany jako ojciec. Może też jeszcze się nie narodzić, ale wówczas kobieta, która je nosi, musi być moją żoną. – Przekazał jak najprościej to, co znacznie bardziej zawile ujął w testamencie wuj Henryk.

– Wystarczy ślub cywilny?

– Tak. – Zwiesił głowę.

– To dobrze. – Łucja przełknęła ślinę. – Na kościelnym i tak ci nie zależy. Jeśli Bóg da – dziecko będziesz miał, a ożenić się zdążysz. To jeszcze ponad pół roku, na pewno kogoś poznasz.

– Łucjo, co ty mówisz... – Odważył się znów popatrzyć jej w oczy. – Chyba nie chcesz...

– Hugo, przecież to nie ma sensu. Okłamałeś mnie. Oszukałeś tak strasznie, że chyba gorzej już nie można. Posłużyłeś się mną, wykorzystałeś jak przedmiot, jak jakąś rzecz. To była mistyfikacja, cały nasz związek, oświadczyny, wspólne mieszkanie, wszystko. – Powoli podniosła się z fotela. Siedziała tu prawie trzy godziny, w jednej pozycji, z podwiniętymi nogami, które teraz ścierpnięte odmówiły posłuszeństwa.

– Co mogę zrobić, żebyś mi wybaczyła? Nie skreślaj nas z mojego powodu. – Wstał i patrzył bezradnie, jak Łucja prostuje nogi, a potem znanym mu gestem poprawia sukienkę na brzuchu.

– Hugo. – Podniosła na niego oczy. – Nas nie ma. Nas nigdy nie było i ani ty, ani ja nie możemy z tym nic zrobić. Rozumiesz? Przecież od początku chodziło ci wyłącznie o pieniądze. Gdyby nie dziecko, wyszłabym stąd i już nigdy nie stanęła ci na drodze, ale tak się nie da, więc musimy to inaczej załatwić.

– Ale ja naprawdę cię kocham. – Stanął przed nią. – Uwierz, proszę. Wybacz, daj mi jeszcze jedną szansę, błagam.

Nagle coś sobie uświadomiła.

– Ten konkurs na uczelni też musiałeś zaplanować… – Z niedowierzaniem pokręciła głową. – Dlaczego ja? Dlaczego mnie wybrałeś? Bo jestem ze wsi? Z biedy? Młoda i naiwna?

– Błagam. – Chwycił ją za ramiona. – Poczekaj, porozmawiajmy. Proszę.

– Nie dotykaj mnie. – Spuściła wzrok na jego dłonie, które natychmiast opadły w geście bezradności.

– Kocham cię – wychrypiał. – Nie zostawiaj mnie.

– Coś ci powiem. Nawet gdybyś teraz mówił prawdę, i tak ci nie uwierzę, a gdy pierwszy raz powiedziałeś mi, że mnie kochasz, wtedy, u mnie w domu, kłamałeś, a ja ci wierzyłam. Zabawne, prawda?

– Wybacz mi. Mówiłaś, że każdy zasługuje na wybaczenie. Pamiętasz? Daj mi coś, daj mi nadzieję. Co robisz? – spytał, widząc, jak Łucja podnosi list.

– Sprzątam. Ostatni raz. – Uśmiechnęła się blado.

Zeszła po schodach, mając za plecami mężczyznę swojego życia.

– Jesteś w domu? – warknął do słuchawki, wyjeżdżając spod apartamentowca.

– Tak. Stało się coś? – Soliński od razu wyczuł dziwny głos przyjaciela.

– Będę u ciebie za dziesięć minut.

– Poczekaj, nie jestem sam – rzucił cicho Adam.

– Pozbądź się jej. Musimy pogadać. – Rozłączył się.

Niecały kwadrans później Hugo wbiegał do kamienicy, w której mieszkał jego przyjaciel. W kieszeni miał kopertę znalezioną na ławie i list wyjęty z kosza na śmieci.

– Co jest?! – Soliński nie był zachwycony i powitał kumpla dosyć chłodno.

Przerwał sobie całkiem miły wieczór, zmuszony do tłumaczenia niedawno poznanej pannie Kasi, że, niestety, tym razem nici z ich miłego niezobowiązującego seksu. Dziewczyna grzecznie się ubrała i opuściła mieszkanie.

– Łucja wszystko wie: o konkursie, testamencie, nawet o pierścionku. – Machnął ręką. – Zrób mi coś do picia.

– Co? Jak? – Soliński aż zbladł.

Szybko napełnił dwie szklanki i postawił na stoliku butelkę czystej wódki oraz karton z sokiem jabłkowym. „To nie czas na wymyślne drinki" – stwierdził, widząc rozdygotanie kumpla.

– Wszystko się wydało. – Hugo rzucił na blat zmiętą kartkę.

– Co teraz? – Adam podniósł strzęp papieru, rozprostował i szybko przeczytał. – Co ona na to?

– Pakuje się. Jutro mam ją odwieźć do babki. Koniec. Oddała mi pierścionek.

– Próbowałeś rozmawiać? – Soliński był równie przejęty, bo przecież to on był autorem planu ŻONA i maczał palce w wyswataniu Łucji z najlepszym przyjacielem.

– Pewnie, że tak.

– I co?

– Nic. Jak o ścianę. Nie płacze, nie rozpacza, nie krzyczy, nie pozwala się dotknąć, nie robi mi wyrzutów. Nic. – Hugo sięgnął po szklankę i opróżnił ją kilkoma haustami. Sam napełnił ją do połowy wódką, dolał trochę soku i wypił wszystko równie szybko jak za pierwszym razem.

– Ale chyba coś powiedziała? – Soliński był zszokowany.

– Tak. Powiedziała, że wie o konkursie i o pierścionku. To znaczy o konkursie się domyśliła, a co do pierścionka, ponoć sprawdziła praski butik. Pewnie w sieci znalazła jakieś informacje. Nieważne, i tak najgorszy jest testament.

– Ze ślubu nici?

– Przecież mówiłem, oddała pierścionek.

– Graj na zwłokę, nie pozwól jej wrócić do babki. Cholera! Zabrakło tygodnia. – Soliński nerwowo podrapał się po brodzie.

– Chryste! Czy ty nie rozumiesz, co się stało?! – Hugo walnął otwartą dłonią w blat ławy, aż zadrżało szkło. Zerwał się z fotela i zaczął krążyć po salonie.

– Ja się w niej zakochałem! Rozumiesz?! – Zatrzymał się przed Solińskim. – Kocham ją! I gdy ją stracę... Nie wyobrażam sobie tego! To najlepsze, co mi się przytrafiło w całym moim zasranym życiu! Ona mnie też kochała. Czułem to w każdej chwili, nawet gdy jej nie widziałem. Słodki Jezu, dlaczego byłem taki podły... – Zakrył twarz dłońmi. – Co teraz? – wyszeptał do siebie.

– Uspokój się. – Soliński był wstrząśnięty. Jeszcze nigdy nie widział przyjaciela w takim stanie. Wstał i zaprowadził go z powrotem na drugi fotel. Nalał kolejnego drinka i podał szklankę, ale Hugo potrząsnął głową. – Wszystko się ułoży. – Poklepał go uspokajająco po ramieniu. – Daj jej czas. Jutro ochłonie, to pogadacie spokojnie.

– Co ty pieprzysz?! – Hugo aż podskoczył. – Ona jest spokojna! Jest tak spokojna, jakby była martwa! Rozumiesz?! Ja szaleję, a ona nic. To nie jest moja Łucja. – Oparł czoło o chłodny szklany blat. – Muszę ją odzyskać. Muszę.

Adam znów wziął do ręki list, jeszcze raz przeczytał uważnie treść i nagle potrząsnął głową, jakby doznał olśnienia.

– Kto wysłał ten list? – spytał.

– Nie mam pojęcia. Nie zastanawiałem się nad tym. – Hugo podniósł głowę.

– A powinieneś. Porozmawiaj z matką, niech to odkręca.

– Co ty bredzisz?

– O testamencie wiesz ty, twoja matka, notariusz i ja. Dużego wyboru nie ma.

– Moja matka? – Hajdukiewicz wybałuszył oczy. – Ty siebie słyszysz, chłopie? Ona dałaby sobie rękę odciąć za Łucję. Co ja mówię?! Głowę by dała. Poza tym po co miałaby to robić? Nie ma motywu, nie ma zbrodni.

– Moja matka coś tam kiedyś wspominała, że gadały o Łucji. Nie była zadowolona z waszego związku. – Soliński wzruszył ramionami.

– Przestań bredzić, to było na samym początku. Ona ją uwielbia, ostatni miesiąc prawie zamieszkała u nas, bo urządzała pokój dla dziecka.

– No to kto? Ja? – prychnął. Znów sięgnął po list. – To jest tak charakterystycznie napisane jak z jakiegoś translatora angielsko-polskiego. Sprawdziłeś, czy tak było?

– Nie. Dopiero teraz zastanawiam się nad autorem.

– Hugo! A może to jeden z tych kolesi, którzy są tymi ewentualnymi spadkobiercami? Wiesz, jeden z tych starszych partnerów. Pasowałoby, motyw jest jak najbardziej. Napisał, wrzucił w Google, wydrukował i wysłał pocztą.

– Po pierwsze, list nadano w Krakowie, a po drugie, oni nie znają treści testamentu.

– Ten ktoś mógł poprosić o pomoc kogoś na miejscu. Co za problem. A może notariusz coś sypnął?

– To stary przyjaciel wuja. Lojalny i godny zaufania.

– Okej, ale ma pracowników. Sekretarkę? Asystentkę? Może chlapnęła coś, gdy jeden z twoich amerykańskich kolegów ładnie spytał? – Soliński próbował znaleźć jakąś lukę.

– Jeszcze raz. Wszyscy partnerzy nie mają pojęcia o treści testamentu i przypuszczam, a nawet jestem pewny, że nigdy nie sądzili, że któryś z nich coś odziedziczy poza ewentualnymi drobnymi zapisami. Znali wuja i wiedzieli, że traktuje mnie jak syna. Więc?

– Okej, tylko dywaguję. – Adam wydął usta.

– A może porozmawiajmy o ostatnim podejrzanym? – Hugo przymrużył oczy.

– Przestań – żachnął się Soliński. – Naprawdę mnie podejrzewasz?

– A dlaczego nie? To ty poruszyłeś temat autora listu. Wiesz, że przestępca wraca zawsze na miejsce zbrodni? Dopytujesz, kluczysz, szukasz sprawców, próbujesz mi pomóc, ale ja wiem, że najciemniej pod latarnią.

– Nie mam motywu. – Adam parsknął śmiechem, choć poczuł się nieco dziwnie, gdy najlepszy przyjaciel zaczął świdrować go wzrokiem.

– Owszem, pozornie nie masz, ale czasem motyw to zemsta, kara, odwet albo zwykła ludzka podłość. – Hugo wymieniał najpowszechniejsze powody zbrodni.

– A za co miałbym się mścić? – Soliński pokręcił głową. – Wiesz co, Hajduk? Jesteś pijany. Zamówię ci taksówkę.

– Poczekaj. – Hajdukiewicz rozparł się wygodnie. Założył nogę na nogę, dłonie skrzyżował na brzuchu, oparł głowę o miękką skórę fotela i tak przygotowany zaczął przemowę. – Wspominałeś ostatnio, że twoja firma kiepsko przędzie. Moja matka rozmawiała z twoją i ponoć jesteś na krawędzi upadłości.

– I co w związku z tym? – Adam bezwiednie zacisnął palce na pustej szklance, po czym z irytacją odstawił ją na stolik.

– Finansowo bieda, a przecież tyle kasy dostałeś od starego. I wszystko na marne. Z kobietami też kiepsko ci się układa. Romansowałeś z Olgą. Słyszałem plotki, że bardzo ci na niej zależało, ale jak widać, nic z tego nie wyszło. Może ona ciągle jeszcze mnie kocha? – Hugo nachylił się i z uśmiechem rozlał sobie i przyjacielowi resztkę wódki. – Twoje zdrowie. – Wzniósł toast.

– Olga to wariatka. – Soliński nie zamierzał brać udziału w tej farsie, którą właśnie serwował mu najlepszy kumpel, ale sięgnął po swoją szklankę.

– Może i wariatka, ale przyznaj, zawsze ci się podobała, jak większość moich dziewczyn, zwłaszcza tych, które najbardziej za mną szalały. Zgadza się? Nawet do Łucji podbijałeś na sylwestrze, prawda?

– Puknij się w głowę. To były żarty. Nic nie mam do tej twojej cnotki. – Adam prychnął pogardliwie.

– No właśnie o to chodzi, że ona już nie jest moja! – Hugo nagle ryknął jak lew. – Jak mogłeś to zrobić?! Miałeś coś do mnie, mogłeś przyjść, pogadać, a nie jak ostatnia menda zniszczyć życie niewinnej dziewczynie!

– Hajduk, masz coś z głową. Wynoś się. – Adam wstał z pobladłą z oburzenia twarzą i wskazał mu drzwi.

– Nie wyjdę, dopóki się nie przyznasz. – Hugo też podniósł się z fotela i stanął naprzeciw przyjaciela. – Powiedz, za co mnie tak nienawidzisz? – cedził słowa, zbliżając się powoli, aż prawie zetknął się nosem z Solińskim. – Przyjaźniliśmy się latami, wszystko o mnie wiedziałeś, jak najlepszy kumpel. Powiedziałem ci o ojcu, o testamencie, o Nicole, o wszystkim, co wydarzyło się w moim życiu. To ty wymyśliłeś całą tę intrygę dotyczącą małżeństwa, ochoczo zorganizowałeś konkurs i swatałeś mnie na siłę. Pamiętasz naszą rozmowę o ślubie? Poradziłeś mi, żeby się nie spieszyć z cywilem, żeby poczekać do lata, bo Łucja się spłoszy. To przecież twoje słowa. Liczyłeś na to, że ślub się nie odbędzie, i udało ci się. Nie pomyślałeś, że wysyłając ten list, zrujnujesz życie Łucji, zrujnujesz moje życie i spowodujesz, że moja nienarodzona jeszcze córka będzie wychowywać się bez ojca, tak jak ja. Myślisz, że gdy Łucja wyjedzie do babki, będę tam witany z otwartymi ramionami? Ci ludzie mnie znienawidzą, jej rodzina mnie przeklnie. I słusznie, bo to, co zrobiłem, było podłe i wstrętne. Matka mi tego nie wybaczy i też będzie miała rację. Jestem chyba nawet gorszy od Orneckiego, który mnie spłodził. Ale to wszystko jest nieważne, zniósłbym wiele więcej, gdyby Łucja nadal mnie chciała. Nikt nie pokocha mnie tak jak ona, a ja nie pokocham równie mocno żadnej innej kobiety. I choć w środku czuję się martwy, to bardzo boli. Mam ochotę cię zabić – zakończył równie nagle, jak zaczął.

– Nie jestem autorem tego listu – powiedział Adam drżącym głosem, choć za wszelką cenę chciał zachować spokój.

– Nie wyjdę stąd. Będziesz musiał wyrzucić mnie siłą albo się przyznać. – Hugo przełknął ślinę.

– Hugo, przysięgam na wszystko, co chcesz, nie ja to napisałem.

– Nie wierzę.

– Porozmawiajmy jutro, gdy się uspokoisz. – Adam lekko się cofnął.

– Jutro będę odwoził dziewczynę do jej domu rodzinnego. – Hugo postąpił krok naprzód.

Stali naprzeciw siebie, Hajdukiewicz dyszący z wściekłości i Soliński, który przeżywał całą sytuację równie mocno. Kochał przyjaciela jak brata. Gdy Hugo wyjechał na długie lata do wuja, tęsknił za nim do tego stopnia, że opuścił się w nauce i ledwie skończył pierwszą klasę liceum. Później było nieco lepiej, a gdy wreszcie kilka lat temu znów się spotkali, czuł, że z powrotem odzyskał jakąś cząstkę siebie samego.

– Nie przyznam się do czegoś, czego nie zrobiłem – wydusił z trudem.

– Jesteś śmieciem, brzydzę się tobą. – Hugo odwrócił się na pięcie, zabrał kluczyki i wypadł z mieszkania. Nie słyszał głosu przyjaciela, który pobiegł za nim, prosząc, żeby nie prowadził. Nie słyszał niczego oprócz słów Łucji odtwarzających się bezlitośnie jak zdarta płyta: „Nas nie ma. Nas nigdy nie było i ani ty, ani ja nie możemy z tym nic zrobić...”.

Rozdział 19

Łzy zawsze przynosiły jej ulgę, a teraz nie uroniła ani jednej. Najpierw zajęła się pakowaniem. Metodycznie wyjmowała z półek stosy ubrań i wkładała do torby podróżnej. Gdy torba się zapełniła, sięgnęła po drugą. I znów to samo, powolne ruchy, opanowanie i skupienie na wykonywanych czynnościach. Podniosła na moment wzrok, kiedy Hugo nieśmiało wszedł do sypialni i powiedział, że wyjeżdża, ale nie na długo, i spytał, czy ona czegoś potrzebuje. Potrząsnęła głową, od razu wracając do przerwanej czynności.

Martwiła się, bo po zapełnieniu drugiej torby nadal mnóstwo ubrań i osobistych drobiazgów leżało na łóżku. Przyniosła z kuchni trochę dużych mocnych reklamówek i poupychała rzeczy.

Poszła do łazienki, rozglądała się bezradnie, w końcu uznała, że zabierze tylko osobiste kosmetyki, a wszystko, co mógł zużyć ktoś inny, zostawiła zgromadzone na jednej półce. „Najwyżej to wyrzuci" – pomyślała o kimś bezimiennym.

Hugo wrócił po niecałej godzinie. Nie zauważyła, że coś wypił, ale zarejestrowała, że siadł w salonie, postawił przed sobą pełną butelkę alkoholu i szklankę. Gdy weszła, żeby zabrać swoje książki leżące pod blatem stolika do kawy, popatrzył na nią i powiedział: „Pamiętam, mam cię jutro odwieźć, nie będę pił dużo".

Dopiero wtedy poczuła bijący od niego zapach wódki. „Nie musisz mnie odwozić, mogę pojechać autobusem, wezwę taksówkę i zawiezie mnie na dworzec" – wyjaśniła. Wtedy on odsunął butelkę, odwrócił szklankę dnem do góry i spytał, czy go nienawidzi, a ona wzruszyła ramionami i wymamrotała, że nie. I w tym momencie znów sobie uświadomiła, że nic nie czuje: ani złości, ani żalu, ani nienawiści. Nic. Kompletna pustka w sercu.

Przypomniała sobie opowieści ciotek, gdy wspominały, że po pogrzebie ich ojca wszyscy rozpaczali, a jedyną osobą, która nie uroniła nawet łzy, była babcia. Zamrożona jeszcze mocniej niż teraz jej wnuczka, Zofia Maśnikowa nie płakała przez następne trzy lata. Nigdy. Zawsze uśmiechnięta łagodnie, pogodna i oddana dziecku, którym musiała się zaopiekować. Dopiero gdy zdjęła ubrania żałobne, nagle coś się zmieniło. Odblokowała się, a emocje, które uśpione czekały głęboko w sercu, powoli zaczęły się z niej sączyć.

Łucja położyła się przed północą. Była znużona, kilkugodzinne pakowanie zmęczyło ją fizycznie. Hugo wszedł do sypialni i spytał, czy może z nią spać, czy ma iść do gabinetu. I znów nie zaprotestowała. Nie widziała powodu, dla którego miałby spać osobno, powiedziała, że to nie ma znaczenia i jeśli chce spać w sypialni, to ona się zgadza. Wtedy Hugo zagryzł wargi i wyszedł.

Rano zastała go siedzącego w salonie przed tak samo zastawioną ławą jak wieczorem. „Sobota, powinniśmy iść nad Wisłę" – pomyślała. I nagle uprzytomniła sobie, że przecież za chwilę mają jechać na wieś i że już nie będą chodzić na spacery, a jej ptasi przyjaciele na pewno będą tęsknić. Wtedy właśnie pojawiła się pierwsza łza.

Łucja zabrała swój portfel i poszła do łazienki. Umyła zęby, uczesała się i pociągnęła kremem spierzchnięte usta. Wyjęła z portfela trzy maleńkie łuski, rozkruszyła je w palcach. Opadły na ścianki umywalki w postaci srebrnego pyłu. Odkręciła kran, a wtedy pyłek, lekko migocząc na powierzchni wody, zniknął w odpływie.

W sypialni siadła na brzegu łóżka. *Siadiem na darożku*[*], powtórzyła powiedzonko babci. Czuła się całkiem dobrze. „Gdyby jeszcze to przeszło" – pomyślała, dotykając twarzy. Łzy ciekły po policzkach, skapywały z brody, a Łucja ocierała je poirytowana, jak człowiek odganiający natrętną muchę.

– Ktoś dzwonił, gdy byłaś w łazience. – Hugo wszedł do sypialni i podał jej telefon.

– Ciotka Irenka – westchnęła. – Muszę oddzwonić.

Hajdukiewicz często łapał się na tym, że gdy jest zdenerwowany, bezwiednie zaciska dłonie. Próbował nad tym zapanować, ale bez rezultatu. Teraz też co chwila prostował palce, ale gdy tylko kolejny raz zerknął na siedzącą obok Łucję, znów zapomniał o swoim postanowieniu i miażdżył kierownicę.

Milczał, prowadząc ją pod ramię do samochodu. Pozwoliła pomóc sobie przy wsiadaniu, ostrożnie zapiąć pasy. Nie oponowała, gdy włączył radio ani gdy kilka kilometrów za Krakowem je wyłączył, bo uznał, że to niestosowne słuchać idiotycznych reklam i wesołej muzyki w takiej chwili.

Jechał szybko, ale bezpiecznie. Na przemian zerkał na prędkościomierz, zegarek, drogę i Łucję. Nerwowo bębnił palcami, gdy kilka razy zatrzymali się na czerwonym świetle czy jak teraz, z powodu niewielkiego korka pod Tarnowem. „Zaraz będziemy na miejscu" – zapewnił ją, bo nagle popatrzyła na niego pytającym wzrokiem. Kwadrans później wchodzili do tarnowskiego szpitala. Hugo spytał ochroniarza o drogę do szpitalnej kawiarni.

– Zrozumiałaś? Trafisz? – Popatrzył na Łucję stojącą obok.

Nie odpowiedziała, wzięła głęboki wdech, a potem nieśmiało chwyciła go za rękę.

– Okej, chodźmy. – Zrozumiał, co chciała mu przekazać.

---

[*] Usiądźmy przed podróżą (ros.).

– Jesteście.

Ciotka Irena podniosła się z krzesła i mocno uścisnęła Łucję, a potem Hajdukiewicza. Jej siostra zrobiła to samo, po czym ciężko opadła z powrotem całym tęgim ciałem.

– Siadajcie. Jezu, dziewczyno, jak ty wyglądasz. – Ciotka Agata pokręciła głową z dezaprobatą. – Nie płacz, co to da? Jadłaś coś dzisiaj? Pewnie nie. Panie Hugo, niechże jej pan coś zamówi. – Popatrzyła w stronę bufetu. – Może herbatę i jakieś ciastko. Nic tu nie mają – stwierdziła zirytowana.

Hajdukiewicz od razu wstał, ale Łucja go powstrzymała drżącą i wilgotną z potu dłonią.

– Nic nie chcę. – Przełknęła ślinę. – Co z babcią?

– Mówże, Irenko, ty to lepiej robisz.

– Jak ci mówiłam przez telefon, już we wtorek wieczorem mama narzekała, że znów coś ją łupie w lewym boku. Chciałam zostać na noc, ale mnie pogoniła, a teraz żałuję, mogłam jej nie posłuchać – Irena pokręciła głową – więc postanowiłam zajrzeć do niej rano w środę, bo jechałam na targ do Przecławia. Wchodzę do domu, mam swoje klucze – zerknęła wyjaśniająco na Hajdukiewicza – a tu cisza. Wołam, wołam, no i w końcu wchodzę do łazienki, a tam mama leży. O Matko Bosko, mówię wam! Głowę miała rozbitą i krew na czole, ale niedużo. Myślałam, że zejdę na zawał! Zadzwoniłam po Agatkę, a potem zaraz po pogotowie, no i szybciutko nawet przyjechali, bo może po kwadransie, a w tym czasie mama trochę oprzytomniała. Zabrali ją tutaj, a my z Agatką do samochodu i za nimi.

– Co jej jest? – Łucja nerwowo gniotła pasek torebki.

– Rozmawiałyśmy z lekarzem. Podejrzewali wylew, bo ją jakby sparaliżowało po jednej stronie, ale na szczęście to nie wylew. – Ciotka Irena szybko się przeżegnała. – Zrobili tomograf i rezonans.

– Magnetyczny – dopowiedziała jej siostra. – Z kontrastem ten rezonans. No i badania różne, z krwi i tak dalej, no i mówią, że nie wylew. Chwała Bogu, bo te wylewy to straszne są.

– Co ustalili? – Hugo już nie mógł wytrzymać tego dawkowania emocji i wtrącił się do rozmowy. Zerkał na Łucję i widział, jak bardzo jest zdenerwowana i blada z przerażenia. Zaraz po przyjściu tutaj próbował ją znów wziąć za rękę, ale tym razem nie pozwoliła. Pozostało mu siedzenie blisko i bierne obserwowanie, jak ona niemal umiera z trwogi.

– Podejrzewają coś, jakieś stwardnienie. A to, że się przewróciła, to był skurcz.

– Spastyczny – dodała Agata.

– Stwardnienie rozsiane? – Hajdukiewicz próbował dowiedzieć się czegoś bliżej.

– No właśnie nie. Boczne? – Ciotka Irena popatrzyła na siostrę.

– Boczne zanikowe? – Hugo doprecyzował.

– Tak! – Obie siostry krzyknęły jednogłośnie i tak samo równo pokiwały głowami.

– Panie Hugo, pan wie, co to za choroba? – Ciotka Agata od razu się zainteresowała.

– Wiem. Mój nieżyjący wuj Henryk przez kilka lat był w związku z kobietą, która cierpiała na SLA. To skrót od nazwy tej choroby – dodał.

– I co teraz się z nią dzieje?

– Zmarła kilka lat przed nim, ale i tak wyjątkowo długo żyła z tym schorzeniem.

– To znaczy? – Łucja popatrzyła na niego z nadzieją.

– Od diagnozy bodaj sześć lat, a może nawet siedem?

Ledwie powiedział te parę słów, a od razu pożałował, że w ogóle się odzywał. Wszystkie trzy kobiety były wstrząśnięte. Obie ciotki Łucji natychmiast zaczęły szlochać, a ich siostrzenica z głośnym świstem wzięła głęboki wdech, a teraz siedziała bez ruchu i tępo wpatrywała się w szklany blat stoliczka.

– Jeszcze nie wiadomo, czy to dokładnie ta choroba – wysapała Irenka po chwili. – Może to coś innego.

– SLA jest dosyć rzadko spotykanym schorzeniem – potwierdził. – Jane, ta przyjaciółka wuja, mówiła, że kilka przypadków na sto tysięcy, więc może to coś innego. Kiedy będziecie wiedzieć coś więcej? – Nachylił się i popatrzył na obie siostry.

– A pieron to wic. – Agatka machnęła ręką. – Ci lekarze ruszają się jak muchy w smole. Zbywają nas. Pięć minut pogadają i każą wyjść, bo nie mają czasu.

– Ale na kawkę i ploty to mają zawsze – podsumowała Irena.

– Może zmienić szpital? Na bardziej specjalistyczny? Moja matka od lat przyjaźni się z Iwoną Kuźniecką, to żona najlepszego neurologa w Krakowie. Jestem pewny, że da się załatwić przeniesienie pani Zofii na oddział tego Kuźnieckiego. On współpracuje z najlepszymi neurologami amerykańskimi, czasami nawet przyjeżdża do Bostonu, do tamtejszego instytutu. Jane też go znała, bo kiedyś z żoną odwiedził mojego wuja.

– Mógłby pan to zrobić, panie Hugo? – Irena od razu się przysunęła razem z krzesłem.

– Jeśli będzie taka potrzeba, nie widzę problemu. A na marginesie, proszę mi mówić po imieniu – dodał, zerkając na obie ciotki Łucji. – To jaka decyzja? Mam porozmawiać z mamą?

– Pewnie, że tak. – Irena natychmiast pokiwała głową.

– Też tak myślę. – Druga siostra również zaakceptowała propozycję. – Co myślisz, Łucka? To chyba dobry pomysł?

– Tak. Dziękuję, Hugo. – Przygryzła kącik ust, żeby się nie rozkleić.

– My też dziękujemy, panie Hugo.

– Naprawdę, nie ma o czym mówić.

– Muszę zobaczyć babcię. – Łucja poprawiła się nerwowo na krześle.

Pragnęła tego, od kiedy dowiedziała się od ciotki Ireny o tym, co się stało. Nie mogła doczekać się chwili, gdy przytuli się do ciepłego, pulchnego policzka i poczuje się bezpieczna i spokojna.

– Niestety, nic z tego, dzisiaj cały dzień śpi. Podają jej silne środki rozkurczowe i to one tak usypiają. Nawet nie wiem, czy jutro będzie można ją odwiedzić. Mama jest na zamkniętym oddziale, tam wolno wejść tylko jednej osobie i tylko na dziesięć minut. Chodzimy na zmianę, raz ja, raz Agatka. Jak cię ordynator zobaczy, to cię pogoni, bo sama wyglądasz jak śmierć. Poza tym mama nie chce, żebyś plątała się po szpitalach. Jedźcie do domu. Panie Hugo, niech pan ją zabierze do jakiejś restauracji. – Irena jak zawsze była praktyczna.

– Wiedziałyśmy, że się, biedactwo, zdenerwujesz. – Ciotka Agata wstała i pogłaskała Łucję po głowie. – Ale co mogłyśmy zrobić, i tak byś się dowiedziała. Jak to się czasem sra w życiu? – westchnęła ciężko. – Nic dobrego, gdy kobieta ma stresy w czasie ciąży, ale jakoś sobie poradzimy z pomocą boską i pana Hugo. – Uśmiechnęła się blado.

Wycałowały się i wyściskały, nawet Hajdukiewicz uczestniczył, choć dosyć biernie, w tym łzawym pożegnaniu z ciotkami Łucji. Zapraszał je do samochodu, proponując podwiezienie, ale kobiety podziękowały, bo postanowiły zostać w Tarnowie jeszcze parę godzin. Wybierały się do kościoła, a później miały wrócić do szpitala.

Łucja zajęła swoje miejsce, sama zapięła pasy, wyjęła z torebki małą butelkę wody mineralnej kupioną w szpitalnym bufecie i wypiła kilka łyków.

– Jeszcze raz dziękuję ci za wszystko – powiedziała beznamiętnie i bardzo cicho. – Za to, że ze mną tu przyjechałeś i że chcesz nam pomóc. Naprawdę to doceniam. – Opuściła głowę.

– To żadna pomoc. Matka załatwi to w jeden dzień – odpowiedział po dłuższej chwili.

Z trudem manewrował po zatłoczonym parkingu, ale w końcu udało mu się wydostać spod szpitala i wyjechać na główną drogę.

Kilometry mijały, a Hugo intensywnie myślał. Rozważał, co teraz począć. Nie wyobrażał sobie, że Łucja wróci do pustego domu, że będzie tam siedzieć sama, skazana na towarzystwo płaczących ciotek i gorzkich wspomnień, bo przecież tylko takie mogła teraz mieć, o ich związku.

Bał się o nią panicznie. Umierał ze strachu, mając przed oczami najgorsze z możliwych wizje. Obawiał się, że coś może jeszcze się wydarzyć, że Łucja zachoruje, zasłabnie w pustym domu, a on nie będzie mógł udzielić jej pomocy. Ale najbardziej bał się tego, że odrzuci każdą jego propozycję, że nie będzie chciała z nim rozmawiać i że wyjedzie dzisiaj, tak jak zaplanowała, a on zostanie sam ze swoją bezradnością.

– Hugo… – zająknęła się.

– Tak? – Natychmiast popatrzył na Łucję. – Źle się czujesz? Mam się zatrzymać?

– Nie. W porządku.

– Mimo wszystko zjadę. – Przyspieszył, żeby jak najszybciej dotrzeć do niewielkiej zatoczki wygospodarowanej z przydrożnego lasu.

– Chcesz wyjść?

– Nie. Wolę zostać w środku.

Stanął samochodem w cieniu, opuścił lekko okno, ale pozostawił włączoną klimatyzację. Gdyby mógł, uchyliłby nieba Łucji, która przygnębiona siedziała obok i bezmyślnie bawiła się pustym opakowaniem po chusteczkach higienicznych.

– Chciałaś coś powiedzieć – przypomniał jej, wypinając się z pasów.

– Tak. Chciałam spytać… – urwała. – Chciałam spytać, czy w związku z tymi przenosinami babci do Krakowa będziesz potrzebował jakichś pieniędzy, bo odkładałam swoją rentę i mam prawie sześć tysięcy na koncie. Ciotki pewnie też coś mają odłożone, ale nie sądzę, żeby było tego dużo. Jak myślisz, poradzimy sobie?

– Gdybym ci powiedział, że wezmę to na siebie i żebyś nie myślała o pieniądzach, pewnie się nie zgodzisz? – odparł po chwili namysłu.

– Wolałabym nie korzystać z twoich pieniędzy, ale zdaję sobie sprawę, że nie mam ich zbyt dużo – przyznała. – Nie wiem, czy lekarstwa na tę chorobę są drogie, babcia pewnie będzie teraz dużo ich łykać, może jeszcze jakaś rehabilitacja, gdy już wyjdzie ze szpitala, badania, wizyty u lekarza. Jeśli nasze pieniądze się skończą i coś nam pożyczysz, oddam ci wszystko co do grosza, choć nie wiem kiedy.

– Rozumiem – odparł zaskoczony.

Nie spodziewał się takiego obrotu sprawy. Myślał, że Łucja uniesie się honorem i odrzuci jego bardzo ostrożną ofertę. W jego sercu coś drgnęło, jakiś maleńki promyk nadziei, że może jednak nie wszystko stracone.

Wyjął z klimatyzowanego schowka butelkę z wodą i upił parę łyków.

– Żałuję, że nie powiedziałem tego przy twoich ciotkach, ale z drugiej strony nie wiem, czy mam wystarczającą wiedzę na ten temat. Pamiętam, że Jane uczestniczyła w jakimś eksperymentalnym programie dotyczącym SLA. Poddała się specjalnej terapii niwelującej większość skutków tej choroby, to właśnie sprawiło, że tak długo żyła od diagnozy. Wiem, że jeszcze nic nie jest przesądzone, bo ostatecznego orzeczenia nie ma, ale nawet gdyby się potwierdziło, bostońscy lekarze potrafili bodajże o trzy lata przedłużyć czas... – nagle urwał, bo znów uświadomił sobie, że powiedział za dużo.

– Dokończ – westchnęła cicho. – Wiem, że nie chcesz sprawić mi przykrości, ale nie obawiaj się, wytrzymam. – Łucja popatrzyła na niego i nawet przez moment musnęła dłonią jego ramię.

– Wszystko będzie dobrze, zobaczysz. – Hugo uśmiechnął się do niej krzepiąco. Ale gdyby ktoś popatrzył teraz uważnie na jego pobielałe palce zaciśnięte na butelce, na mięśnie ud napięte do granic bólu, nie dałby się zwieść pozorom. – W Bostonie pacjenci mają dostęp do najnowszych metod leczenia i do najskuteczniejszych leków. Gdyby zaszła konieczność, a ty i twoja rodzina się zgodzicie, chętnie poniosę wszystkie koszty leczenia twojej babki, tym bardziej że mój wujek ustanowił specjalny fundusz na ten cel, którym ja teraz zarządzam. Co roku wspieramy określoną grupę osób. Prawdę mówiąc, nie musiałbym cię nawet o tym informować, ale to byłoby nie fair, choć z drugiej strony nie traktuj mojej propozycji jako próby przekupstwa – dodał naprędce.

– Wiem, że chcesz mi pomóc bezinteresownie i bardzo ci za to dziękuję. Nie wiesz, ile dla mnie znaczy świadomość, że nie jesteśmy sami z chorobą babci. – Łucja westchnęła głęboko.

– Naprawdę? – Hugo przełknął ślinę. – Nie boisz się, że chcę wykorzystać sytuację, sprawić, żebyś zmieniła zdanie i została ze mną? Wyszła za mnie?

– Nie. – Pokręciła głową.

– Dlaczego?

– Wszystko, co się stało dzisiaj... – Spuściła wzrok na swoje dłonie. – To wszystko sprawiło... – Nagle zamilkła. Znów coś ściskało ją w gardle.

– Porozmawiaj ze mną. Proszę.

– Hugo, ja nie wiem, jak ci to powiedzieć.

– Ale co? – Nachylił się ku niej, ale gdy zauważył, że drgnęła nerwowo, natychmiast się wyprostował.

– Gdy jechaliśmy do Tarnowa, przemyślałam sobie wszystko. Gdyby babcia się dowiedziała o tym, że my... że nie jestem już z tobą... – Szybko zamrugała powiekami, żeby powstrzymać napływające do oczu łzy.

– Domyślam się, o co ci chodzi.

– Gdyby była zdrowa, na pewno jakoś byśmy dały radę, ale teraz... Nie mogę dokładać jej trosk, bo ona tego nie przeżyje. Będzie się zamartwiać o mnie, nie mogę do tego dopuścić. Rozumiesz mnie? – Popatrzyła na niego z nadzieją. – Może później, gdy trochę się jej polepszy, ale nie teraz.

– Zostajesz w Krakowie? – spytał ostrożnie.

– Gdybym wróciła do akademika, to się zaraz wyda. Miałam na myśli twoje mieszkanie. Nie będę ci przeszkadzać, mogę zająć najmniejszy pokój, ten dziecięcy. – Spuściła wzrok. – Od ciebie będę miała blisko do babci, mogę codziennie u niej bywać.

– A co ze ślubem? – Hugo potarł policzki, czuł się coraz bardziej zmęczony fizycznie, a nie chciał uronić ani jednego jej słowa.

– Myślałam również o ślubie. Chciałam ci zaproponować układ, ty pozwalasz mi zostać u siebie, naturalnie tylko na jakiś czas, w zamian ja wyjdę za ciebie, oczywiście ślub z intercyzą. Gdy już otrzymasz spadek, wtedy się rozwiedziemy i wrócę do Podola. Tak to widziałam, ale teraz gdy zaoferowałeś nam bezinteresowną pomoc, nie wiem, co o tym wszystkim myśleć... – szepnęła na końcu.

– Zgodzę się na wszystko. Będzie, jak zechcesz – wychrypiał. – Dziękuję.

Ostrożnie wyciągnął rękę i dotknął jej dłoni leżącej na brzuchu. Nie wysunęła palców, ale też nie odwzajemniła jego gestu. Patrzyła niewidzącym wzrokiem na dłoń narzeczonego, na jego długie palce wsuwające się delikatnie między jej drobne i nic nie czuła.

– Jesteś zmęczona. Wracamy do domu? – spytał, puszczając rękę Łucji.

– Wracamy.

Dalsze losy bohaterów w powieści *Bilet do szczęścia*.

Podziękowania

Pierwsze wyrazy wdzięczności kieruję do Ciebie, Drogi Czytelniku, za to, że sięgnąłeś po moją powieść i ją przeczytałeś. To właśnie Ty jesteś najważniejszy. Nie autor, nie książka, a Czytelnik. Dlatego serdecznie dziękuję za poświęcony czas. Mam nadzieję, że dobrze się bawiłeś w trakcie lektury i gdy wyjdzie druga część, sięgniesz po nią, a później po trzecią, czwartą…

Dziękuję mojemu mężowi i córce, że wybaczają mi okresy alienacji, gdy uciekam w świat kreowanej powieści, i pozwalają na bezbolesny powrót.

Podziękowania dla Justyny Zgorzelskiej-Cezak i Małgosi Garkowskiej. To one któregoś fajnego dnia (fajnego, bo spędzonego razem) postawiły mi wyzwanie: „wymyśl jakąś historię w kwadrans". Wyzwanie podjęłam i tak właśnie powstała historia Łucji i Hugona.

Dla kilku Czytelniczek, które poznały tę historię, jeszcze zanim wysłałam ją do wydawnictw, zwłaszcza dla Irenki Bujak, blogerki książkowej i wspaniałej dziewczyny, którą bezustannie i niezmiennie podziwiam.

A na koniec – dla każdego, kto przyczynił się, by powstała ta książka.